Tosca Lee

Iskariot

Roman

Deutsch von Renate Hübsch

BRUNNEN
Verlag GmbH · Giessen

Die amerikanische Originalausgabe erschien unter dem Titel „Iscariot"
by Howard Books, A Division of Simon & Schuster, Inc.
1230 Avenue of the Americas
New York, NY 10020

MIX
Papier aus verantwortungsvollen Quellen
FSC www.fsc.org FSC® C014496

www.brunnen-verlag.de
Umschlagbild: Christian Vinces/Shutterstock.com
Umschlaggestaltung: Olaf Johannson, spoon design
Satz: Uhl + Massopust, Aalen
Druck: GGP Media GmbH, Pößneck
ISBN 978-3-7655-0946-9

Für meine Eltern

Nach allem, was gewesen ist ...

Ein räudiger Hund steht mitten in Kapernaum am Straßenrand und würgt etwas hinunter. Er hat die Tollwut, ein stinkender Köter, den niemand liebt.

Der Hund verdient es eher zu leben als ich.

Hätte ich doch Jerusalem nie verlassen, damals, als Kind. Wäre doch Herodes noch am Leben. Und hätte ich bloß den ausgemergelten Mann am Jordan nie zu Gesicht bekommen.

Den Nazarener.

Sie werden sagen, dass ich ihn verraten habe, verschachert um dreißig Silberschekel. Dass ich meinem Meister den Krieg erklärt habe.

Sie kennen mich nicht.

Sich selbst werden sie nicht fragen, ob sie nicht vielleicht ebenso gehandelt hätten. Allein der Gedanke hieße ja, die Möglichkeit einzuräumen, dass wir vielleicht gar nicht so verschieden sind. Das würde bedeuten, auf das Recht zu verzichten, mich zu verdammen. Würde ihnen die tröstende Beruhigung nehmen, sich zu sagen: „Wenigstens bin ich nicht wie er!“

Der Meister hat dazu einmal eine Geschichte erzählt.

Aber wenn sie mich nicht kennen, dann kannten sie auch ihn nicht. Und so wird die Wahrheit mit mir zugrunde gehen.

Judas. Einst war das ein guter Name. Ein kraftvoller Name,

der Name unseres Volkes: Juda. Hier, bei uns in Judäa, hat der Tempel seinen Platz, die Wohnung des Höchsten.

Von hier unten aus dem Tal kann ich den Tempel mit seinen Fassaden aus Marmor und Gold nicht sehen. Auch den Rauch nicht, der von den Altären aufsteigt und jetzt, gegen Abend, langsam verweht. Hier gibt es nur den schwelenden Unrat vor meinen hervorquellenden Augen …

Die Schlinge, die mir ins Fleisch schneidet.

Die Sonne versinkt. Kein Geräusch erreicht mich mehr, nur den Wind spüre ich noch, der durchs Tal an mir vorbeibraust wie ein letzter gestohlener Atem. Wie vom Teufel gejagt fegt er nach Westen, ins Bergland.

Da ist es wieder. Das dunkle Licht.

Und jetzt packt mich die Angst. Weil ich weiß: Im Scheol rühmt niemand den Höchsten. Im Totenreich muss man für immer beklagen, was hätte sein können.

Wieder erscheint das dunkle Licht. Jemand taucht auf. Ein Junge.

Ich selbst.

Verhängnis

1

An dem Tag, als wir aus Jerusalem flohen, wurde ich sechs Jahre alt. Caesar Augustus herrschte als Kaiser.

Mein ganzes Leben lang hatte ich nur Jerusalem gekannt. Dort stand der Tempel und die ganze Welt drehte sich um diese Stadt. Selbst damals, verpestet von römischen Soldaten und dem Amphitheater des Herodes, war Jerusalem die Stadt, in der das Haus Gottes stand, und kein aufrechter Israelit hätte sie je freiwillig verlassen.

Ich war also wie vor den Kopf gestoßen, als mein Vater, der ein gottesfürchtiger Mann war, verkündete, dass wir fortgehen würden.

Und das ausgerechnet jetzt. Noch am Morgen desselben Tages war Vater mit der Nachricht nach Hause gekommen, dass Herodes, unser König, tot sei. Ich war überzeugt, dies würde der glücklichste Tag meines Lebens werden, denn noch nie hatte ich einen so freudestrahlenden Vater erlebt. An diesem Tag stimmte er ein Lied an, einen der Gesänge Davids, und meine Mutter klatschte dazu, während mein älterer Bruder Joschua und ich durch die Straße tanzten und Freudenrufe ausstießen. Und wir waren nicht allein. Schon bald brach ganz Jerusalem in einen Freudentaumel aus.

Wir waren noch immer in Festlaune, als Vaters Freund Aaron auf unser Haus zueilte. „Wo ist dein Vater?“, rief er. „Simon?“

Mein Vater trat vor die Tür, aber Aaron war zu erregt, um den üblichen Begrüßungskuss abzuwarten. „Sie wollen den römischen Adler von der Tempelmauer reißen."

Selbst als Sechsjähriger hatte ich bereits mehr als genug über diese Abscheulichkeit gehört, die Herodes im Tempel hatte anbringen lassen – ein goldener Kuss des Königs auf den römischen Hintern. Das verkörperte alles, was ein Jude verabscheute: Es war ein Steinbild, eine Beleidigung des Gesetzes, das uns der Ewige gegeben hatte, und es war das Symbol Roms.

„Geht ins Haus, Jungs", sagte mein Vater. Dann machte er sich auf den Weg zum Tempel.

Während der nächsten Stunden malte ich mir aus, wie er dort am Tempel stand, auf den Schultern anderer, die mit ihm unter dem Jubel der Menge den Adler von den Tempelmauern hieben. Schließlich kam Vater zurück, unter seinem Bart mahlten seine Kiefer aufeinander.

„Rasch", sagte er. „Packt alles ein, was ihr tragen könnt. Wir gehen fort."

Noch in derselben Nacht verließen wir die Stadt, nachdem wir die Wache bestochen hatten, damit sie uns durch eine kleine Tür im Stadttor hinausließ.

Den ganzen nächsten Tag über waren wir schweigend unterwegs. Mutter umklammerte meine Hand eisern und mein Bruder warf immer wieder verstohlene Blicke auf meinen Vater.

Ich wusste nicht, was geschehen war – nur, dass wir in Jerusalem plötzlich nicht mehr sicher waren und sich die Furchen auf Vaters Stirn tiefer eingegraben hatten als zuvor. Ich war verständig genug, ihn nicht mit Fragen zu behelligen; später würde ich Joschua bitten, mir zu erklären, was los war. Mit seinen zehn Jahren hatte mein Bruder sich schon vielfältig hervorgetan. Schon damals wussten alle, dass er einmal ein großer Gesetzeslehrer werden würde. Und deswegen wollte ich ebenfalls einer werden.

Als ich nach ein paar Stunden begriff, dass ich noch nie im Leben so weit von Jerusalem fort gewesen war, wurde ich unruhig.

„Vater“, sagte ich, „sind wir denn zum Passahfest wieder zu Hause?“

Das Passahfest liebte ich besonders. Ich würde mit Joschua und meinem Vater ein Lamm kaufen gehen und es anschließend den Priestern im Tempel übergeben

„Nein, Judas“, antwortete er. „Die Stimmung in Jerusalem kocht. Ein Funke genügt und niemand kann den Brand löschen. Gott ruft uns jetzt nach Galiläa.“

„Aber warum ...“

„Frag nicht weiter.“

In der Nacht lagen mein Bruder und ich Seite an Seite im muffigen Nebenraum einer Herberge und schwiegen uns an.

Ich stützte mich auf den Ellenbogen. Von irgendwoher drang der Lichtschein einer einsamen Laterne im Treppenhaus herein, und ich konnte Joschuas Profil sehen. Er starrte zur Decke.

„Herodes ist nicht tot“, sagte er schließlich. „Vater hat heute mit einem von den Männern, die mit uns reisen, darüber gesprochen. Es war nichts als ein Gerücht. Der König ist krank, aber er lebt.“

„Aber Vater hat doch gesagt ...“

„Er hat sich geirrt. Alle haben sich geirrt. Aber allein das Gerücht hat ihnen den Mut gegeben, den Adler zu zertrümmern. Bis Herodes seine Soldaten geschickt hat.“ Joschua drehte sich um und sah mich an. „Sie haben Aaron verhaftet.“

Durch die Dunkelheit starrte ich zu ihm hinüber.

„Rabbi Judas und Rabbi Matthias haben den Sturm auf den Tempel angeführt. Auch ihre Schüler waren dabei.“

Mein Vater war ebenso wie Aaron Schüler des berühmten Rabbi Judas bar Sepphoraeus gewesen. Er war es, nach dem ich benannt war – und natürlich nach Judas Makkabäus, dem Freiheitskämpfer, den sie den „Hammer" nannten. Plötzlich war es viel zu kalt im Raum.

„Vater hat gesagt, als sie beim Tempel ankamen, stürmte Aaron mitten durch die Menge. Bald stand er auf den Schultern von einem der Thoraschüler und schlug auf den Adler ein. Vater selbst konnte sich nicht so rasch durch die Menge drängen. Also hat er alles von Weitem beobachtet – er hat gesagt, er wollte seinen Söhnen ein Ereignis bezeugen können, das bald in aller Munde sein würde und mit dem ganz sicher der große Tag begann, an dem der Ewige Gericht halten würde. Sie hatten den Adler gerade von der Mauer gestoßen, als die Soldaten kamen. Vater hat versucht, die anderen zu warnen, aber in dem Getümmel hat ihn niemand gehört."

„Dann war er nicht beteiligt!" Aber trotz dieser Worte kroch mir kalte Angst den Nacken hoch.

Joschua sagte nichts.

„Werden sie Vater verhaften?"

„Nein. Aber wegen all dieser Ereignisse haben wir die Stadt verlassen."

„Was wird aus den anderen?"

„Weiß ich nicht."

„Aber wenn sie nun …"

„Da kommt Mutter. Schlaf jetzt."

Aber an Schlaf war nicht zu denken. Erst als auch mein Vater sich hingelegt hatte, schloss ich zumindest die Augen. Eigentlich wäre es mir jetzt lieber gewesen, wir würden die Nacht über weiterziehen. Zum ersten Mal, seit wir Jerusalem verlassen hatten, wünschte ich mir, wir wären tausend Meilen weit weg.

Soldaten marschierten durch meine Träume. Ich war an ihren Anblick gewöhnt. In der Heiligen Stadt sah man sie überall – rund um die Festung Antonia herrschte ein ständiges Kommen und Gehen, sie arbeiteten an Mauern oder an den Aquädukten. Aber in dieser Nacht drangen sie in unsere Schlafkammer ein und zerrten meinen Vater mit sich fort. Schreiend wachte ich auf.

„Schhhh, was ist denn, Judas?“, flüsterte Vater und zog mich an sich. Seine Haut roch noch immer nach der Hitze des Tages. „Alles ist gut. Schlaf wieder ein.“

In seinen schützenden Arm geschmiegt lag ich da und starrte ins Dunkel, bis die Soldaten nur noch flüchtige Gespenster waren und ich nichts mehr vernahm als das leise Geräusch seines tiefen Atmens neben mir.

Wir rasteten in Skythopolis. Von hier waren es nur noch fünfzehn Meilen bis zum Galiläischen Meer – und nur noch wenige Tage bis zu Purim, dem Frühlingsfest, das dem Passah vorausgeht.

Skythopolis war die größte Stadt, durch die wir seit Jericho gekommen waren. Überall wurde gebaut; man bepflasterte sogar eine breite Straße mit gleichmäßigen Basaltquadern. Wir kamen an einem Gebäude vorbei, das wie ein Tempel aussah. Vor dem Gebäude stand die Statue eines nackten Mannes, und ich riss die Augen auf – die Gesichtszüge mit den vollen Lippen waren fein herausgearbeitet, und zwischen den Schenkeln hing das Geschlecht wie eine Weintraube herab. Ich hatte bisher kaum je solch heidnische steinerne Abbildungen gesehen – und ganz sicher noch kein unbeschnittenes Glied.

„Schau nicht hin“, ermahnte mich mein Vater. „Das ist kein Haus des Höchsten.“

Ich wandte den Blick ab, aber vor meinem inneren Auge liefen die Bilder weiter – die nackte Gestalt neben anderen, ebenfalls unbekleideten, lorbeerbekränzten Tänzern, die als Relief die Fassade des Tempels schmückten.

Wir fanden ein Gasthaus mit einem jüdischen Wirt. Am Abend

zogen wir frische Kleidung an, begannen das Fasten und gingen in die Synagoge.

Ausgerechnet als die Thora gelesen wurde, begann mein Magen vernehmlich zu knurren. Joschua beugte sich zu mir und flüsterte: „Vielleicht kommt Gottes Herrschaft schneller, wenn wir anständig fasten."

Ich nickte. Ich wusste nicht genau, wie dieses kommende Gottesreich aussehen würde. Fest stand nur, dass weder Römer noch Heiden oder Samariter dazugehören würden.

Vor allem würde in einem Gottesreich Aaron nicht verhaftet werden und mein Vater wäre in Sicherheit.

Am Abend saßen wir mit anderen Gästen noch lange auf dem Dach zusammen. Der Vollmond schien hell. Meine Cousins zu Hause würden auch lange aufbleiben, spielen und am nächsten Tag lange schlafen, damit dann die Zeit bis zum Sonnenuntergang, wo man wieder etwas essen durfte, nicht allzu lang war. Aber hier gab es keine Spiele, und die kleineren Kinder hatten bereits gegessen und schliefen friedlich auf dem Schoß ihrer Mütter.

Ich war inzwischen schon ganz unglücklich vor Hunger; mein Magen fühlte sich an wie ein Stein. Aber ich wusste: Wenn ich einmal ein großer Lehrer werden wollte, musste ich mich an das Fasten gewöhnen. Wie mein Bruder, der den Gesprächen der Männer lauschte, als ob er schon zu den Erwachsenen gehörte. Als es schließlich recht spät geworden war, fing ich an, um erholsamen Schlaf zu beten.

„Herodes hat sie alle nach Jericho bringen lassen." Die Stimme des Wirts riss mich aus meinem Dämmern. „Das hat ein Händler berichtet, der vor zwei Tagen hier durchkam."

Joschua stieß mich an, und ich begriff, dass sie von den Männern sprachen, die beim Tempel verhaftet worden waren. Plötzlich war ich hellwach.

Einer der Männer, der früher am Abend mit uns und den anderen zur Synagoge gegangen war, schüttelte den Kopf. „Dann sieht es schlecht aus für sie. Warum müssen sie sich zu Märtyrern machen, wo Herodes doch in ein paar Tagen ohnehin tot sein wird? Der Ewige möge es so fügen."

Zustimmendes Gemurmel erklang aus der Runde.

Ich starrte Joschua an und das Herz schlug mir bis zum Hals. Ich wusste nicht, was ein Märtyrer war. Aber ich sah die erschrockenen Augen meines Bruders und die steilen Falten in Vaters Mundwinkeln, als die Männer ihr Gespräch fortsetzten.

„Die Römer werden wir trotzdem nicht los."

„Mir sind die Römer lieber als Herodes. Vor dem ist selbst seine eigene Familie nicht sicher. Caesar Augustus hatte schon recht. ‚Es ist besser, Herodes' Schwein zu sein, als sein Sohn', soll er gesagt haben."

„Ich würde es diesem Verräter zutrauen, dass er auch Schweinefleisch isst."

Ich fiel fast vornüber, während ich mich krümmte und mir die Arme um die Taille schlang.

„Komm mit, Judas", flüsterte Joschua und winkte mir, ihm nach unten zu folgen. Es war eine Qual, mich aufzurichten und ihm nachzugehen.

Er ging mir voran in die rückwärtig gelegene Kammer, in der sein Bündel lag. Joschua kramte ein wenig darin herum, dann nahm er meine Hand und legte einen bereits hart gewordenen Brotkanten hinein. „Hier. Du musst etwas essen. Sonst geht es dir wieder so schlecht wie letztes Mal."

Ich blickte von dem Brot in meiner Hand zu ihm auf und dachte nach. Ich sollte es ihm zurückgeben. Es von mir fortschleudern.

„Dein Eifer ist lobenswert", sagte Joschua. „Aber du bist noch klein. Niemand erwartet von dir, dass du fastest."

„Aber wenn das Gottesreich kommen soll …"

„Ein Stück Brot treibt weder die Römer aus dem Land, noch

wird Herodes deswegen schneller sterben. Ich bin älter als du, stimmt's?"

Ich nickte und die Tränen stiegen mir in die Augen. Mit hastigen Bissen schlang ich das Brot hinunter und folgte Joschua dann zurück aufs Dach.

Ich hatte noch den letzten Bissen im Mund, als ein überraschter Ruf durch die Nacht schallte, dann ein weiterer, dicht gefolgt vom Klang einer schrillen Frauenstimme.

Wir rannten aufs Dach zurück, wo die ganze Gesellschaft aufgesprungen war und zum Himmel starrte. Und dann sah ich, was sie so fesselte: Der Mond, der eben, als wir hinuntergegangen waren, noch voll und hell am Himmel gestanden hatte, war nun zu einem Teil überschattet.

„Ein Omen!", rief jemand. „Es ist ein Zeichen."

Ich blinzelte zum Himmel hinauf und starrte auf den Mond, der nun aussah, als sei er zur Hälfte mit einem schwarzen Tuch bedeckt. Würde er verlöschen? Was für ein Frevel konnte das verursacht haben?

Und dann wusste ich es.

Ich begann zu zittern, es überlief mich heiß und kalt zugleich. Ein Klagelaut drang mir in die Ohren. Er kam aus meiner eigenen Kehle.

„Schhhh, Judas!" Mutter legte ihre Arme um mich. Im selben Moment verkrampfte sich mein Magen, ich krümmte ich und spuckte ihr den Inhalt vor die Füße. Das bisschen Brot war in blässlichen Brocken herausgekommen, die das Licht des verschwindenden Mondes beleuchtete. Ich schämte mich in Grund und Boden. Der beißende Geschmack in Nase und Rachen brachte mich zum Schluchzen, während meine Mutter mich aufrichtete und von dem Unrat wegführte. Inzwischen war ich völlig außer mir, zitterte und heiße Tränen liefen mir über die Wangen.

„Es ist meine Schuld!", schluchzte ich.

„Was?“, fragte Mutter.

„Der Mond – ich bin daran schuld.“ Wie Eva, die mit einem Bissen von der Frucht die Erde verdorben hatte, hatte ich den Mond für den Himmel verdorben.

„Nein, mein Täubchen, du bist nicht schuld – meinst du, der Höchste nimmt Anstoß an einem kleinen Stück Brot? Ich habe Joschua gesagt, er solle dir etwas geben, damit es dir nicht wieder so schlecht geht. Jetzt beruhige dich“, sagte sie und begann, mein Gesicht zu säubern. „Du hast nichts damit zu tun, Judas.“

Aber auch von anderen Dächern hörte man jetzt laute Rufe, und die Männer begannen zu streiten, was es wohl bedeutete. Ich wusste es besser. Eine noch so unbedeutende Tat konnte die Welt ins Verderben stürzen. Mose hatte das Gelobte Land nicht betreten dürfen, weil er seinen Stab an einen Felsen geschlagen hatte. Und nun hatte ich den Himmel ins Verderben gestürzt.

Ich riss mich von meiner Mutter los und rannte zu den Männern, die in einer Ecke zusammenstanden. Als ich meinen Vater entdeckte, packte ich ihn am Ärmel.

„Judas! Was soll das bedeuten?“

Ich fiel auf die Knie und er hob mich in seine Arme.

„Es ist meine Schuld.“

„Der Mond? Nein, Judas. Es ist ein Omen, ein Vorzeichen. Du musst keine Angst haben. Der Allmächtige zwinkert uns zu. Siehst du?“

Ich schluchzte immer verzweifelter und verschluckte mich heftig. Er wusste ja nicht, wie ungeheuerlich meine Sünde war. „Ich habe etwas gegessen, und sieh nur, was geschehen ist.“ Ich würde es nicht auf Joschua oder meine Mutter schieben – ich war es, der das Brot gegessen hatte.

Vater warf mir durch die Dunkelheit einen ungläubigen Blick zu, dann begann er leise zu lachen. Dass meine Mutter mich nicht verstand, hatte mir nicht so viel ausgemacht, aber nun hörte ich dasselbe auch von meinem Vater – und dabei war das Unheil doch nicht zu übersehen. Noch nie im Leben hatte ich mich so allein gefühlt.

„Judas, mein Kleiner. Du denkst, das alles hat etwas mit dir zu tun? Aber schau mal ... siehst du? Der Mond kommt schon wieder zum Vorschein."

Er wies zum Himmel und ich folgte ihm mit dem Blick. Tatsächlich. Der Schatten war ein wenig kleiner geworden. Ich sah zu, wie er langsam immer schwächer wurde, aber meine Angst wich kaum um einen winzigsten Schritt.

Vater strich mir über den Rücken. „Der Ewige wird es dir sicher nicht zur Last legen, dass du ein hungriger Junge bist. Aber wenn es dir hilft, dich wieder besser zu fühlen, gehen wir morgen ins Tauchbad."

Am nächsten Tag tauchte ich in der Mikwe der Synagoge drei Mal vollständig unter – zur Verblüffung meines Vaters und unter den mitfühlenden Blicken meines Bruders. Erst nach dem dritten Untertauchen empfand ich ein wenig Erleichterung, und die stellte sich auch erst dauerhaft ein, als ich am Abend hinausging und sah, dass der Mond wieder voll am Himmel stand.

Wir erfuhren die Nachricht, noch bevor wir Skythopolis wieder verließen: In der Nacht der Mondfinsternis war Herodes gestorben. Aber zuvor hatte er noch dafür gesorgt, dass zwei der bedeutendsten Schriftkundigen Jerusalems und vierzig ihrer Schüler in Jericho verbrannt wurden. Mein Vater stieß einen lauten Klageschrei aus und zerriss seine Kleider. Joschua tat es ihm gleich.

Ich schluchzte einfach nur.

Diejenigen unter den Rabbinenschülern, die behaupteten, sie hätten nicht zum Sturz des römischen Adlers aufgerufen, hatte man am Leben gelassen und dafür hasste ich sie. Ich hasste sie, weil ich wusste, dass Aaron nicht darunter war – Aaron, der Herodes noch mit seinem letzten Atemzug verdammt hätte, so sehr liebte er das Gesetz. Bei diesem Gedanken schluchzte ich noch heftiger, denn ich wünschte mir, er hätte das Gesetz nicht ganz so sehr geliebt.

Noch viele Nächte lang lag ich zitternd unter meiner Decke und träumte von Flammen, die die Thoraschüler verzehrten.

Obwohl mir bewusst war, dass es in Sepphoris nichts gab, das mir gefallen sollte, mochte ich die Stadt. Das hätte nicht so sein sollen, denn sie war weit weg von Jerusalem. In der Welt, die ihre massiven Festungsmauern umschlossen, gab es nichts, das dem Tempelheiligtum vergleichbar war. Es hätte nicht so sein sollen, weil Herodes sie erbaut hatte, und wenn der jetzt auch tot war, so waren seine Söhne doch ebensolche Adlerverehrer wie er und leckten sich die Finger nach allem, was römisch aussah – bis hin zu dem bisschen erbärmlicher Macht, die das Imperium ihnen vorwarf, wie man Brocken vor die Hunde wirft.

Aber ich liebte die Stadt, weil sie meinem Vater Sicherheit bot. Nichts und niemand konnte uns hier etwas anhaben.

Ich lernte die Stadt durch ihre Klänge kennen. Von weiter unten am Hügel, wo die Kleinbauern wohnten und in ihren Weinbergen arbeiteten, schallten die Stimmen von Kindern herauf, die so alt sein mochten wie ich. Den ganzen Tag über hörte man Hähne krähen. Manchmal konnte ich sogar erlauschen, wie in der Ferne ein Hirte bei seinen Schafen die Flöte blies. Und immer und überall umgab mich Vogelgezwitscher.

Im Frühling, wenn es regnete, tropfte das Wasser vom Dach in die Kanäle, die es der weiter unten gelegenen Zisterne zuführten. Ein gutes Geräusch, dieses Tropfen des Wassers. Die steinerne Hauswand war mit Moos bedeckt, und selbst an sonnigen Tagen lag in der Nähe des Hauses unter dem rauschenden Dach einiger Föhren immer der Geruch nach Regen in der Luft.

Wir wohnten bei Eleazar, einem Cousin meines Vaters. Er war Priester und half uns, für Joschua und mich einen Platz bei einem Thoralehrer zu bekommen. Der war von Joschuas Können so beeindruckt, dass er ihm den Spitznamen „Kleiner Rabbi“ gab.

Ich beobachtete, wie rasch die Menschen von Joschua eingenommen waren, als sei ein solcher Junge ein Beweis dafür, dass der Ewige uns nicht vergessen hatte. Hatte er nicht vielmehr in den Boden dieser neuen Generation den Samen einer Größe gelegt, die unsere Väter nicht kannten? Ich wusste auch, dass ich es Joschua nie gleichtun würde, aber es machte mir nichts aus. Die Leute würden trotzdem sagen: „Da kommt der Bruder von Joschua bar Simon. Wie heißt er doch gleich? Ach, richtig – Judas.“ Das würde mir völlig genügen.

In diesem Jahr ging ich zum ersten Mal am Passahfest nicht in den Tempel. Stattdessen sahen wir zu, wie die Familien, die zusammen nach Jerusalem pilgerten, aufbrachen, und mein Herz war neiderfüllt, als sie Psalmen singend durch die Stadttore hinauszogen.

Eleazar war seit einigen Wochen kränklich gewesen und konnte deshalb nicht mit den anderen Priestern mitreisen. Manchmal beobachtete ich, wie Zippora, seine Frau, die Hände vors Gesicht schlug, wenn sie sich unbeobachtet glaubte. Ich mochte Eleazar und machte mir Sorgen um ihn; hin und wieder sprach ich ein Gebet für ihn. Das Tauchbad besuchte ich so oft, dass ich den Unmut meines Bruders auf mich zog. Selbst die Pharisäer würden sich nicht so oft waschen, grollte er, und auch die Essener nicht, und die seien so extrem, dass sie es vermieden, am Sabbat den Darm zu entleeren – es könnte ja eine unerlaubte Bewegung sein. Ob ich etwa vorhätte, es ihnen gleichzutun?

Ich zog diese Möglichkeit kurz in Erwägung. Aber schließlich war ich doch nicht so töricht, mich darauf zu verlassen, dass mein Magen und meine Gedärme mir gehorchen würden.

Am Passahfest feierten wir in der Synagoge und mit Eleazars Familie. Er hatte sich – wie durch ein Wunder – wieder erholt und beharrte darauf, dass es am guten Lammtopf lag, den Zippora und meine Mutter zuzubereiten wussten.

Wenige Tage später kehrten die ersten Pilger zurück.

Zu früh.

Wir saßen gerade zum Abendessen beisammen, als Eleazars Neffe Haare raufend das Haus betrat.

„Sie haben sie abgeschlachtet, als sie die Opfertiere in den Tempel brachten", rief er aus.

„Wovon redest du?", wollte Eleazar wissen und erhob sich.

„Am Tag vor dem Fest hat der neue König seine Leibwache in den Tempel geschickt – lauter fremde Söldner. Einige Pilger protestierten und es flogen ein paar Steine. Der König schlug zurück, indem er Truppen schickte. Sie haben die Leute regelrecht abgeschlachtet. Pilger – Männer, Frauen, Kinder. Es gab Tausende Tote!"

Vater verlor den Halt. Aus seinem Gesicht war jegliche Farbe gewichen. Am Abend war das Haus erfüllt vom Schluchzen der Frauen und von Eleazars Klagen. Er klang jetzt kaum wie ein bewährter betagter Priester. Er klang wie ein gebrochener alter Mann.

Dreitausend Menschen starben an diesem Passah bei dem Massaker im Tempel. Der Funke hatte die Stadt in Brand gesetzt.

Und das war erst der Anfang.

2

Herodes war tot und sein Sohn Archelaos kaum auf dem Thron, und schon kam es überall im Land zu Aufständen. In jenem Sommer folgten immer neue Nachrichten über Truppenbewegungen wie Blitzeinschläge aufeinander: Römer, die an der Küste landeten. Legionen, die von Syrien aus anmarschierten ... Rund um Jerusalem kampierten Soldaten.

Wir versuchten, Vater danach zu fragen, was vorging, aber er war häufig in irgendwelchen Geschäften unterwegs, und manchmal bekamen wir ihn tagelang nicht zu Gesicht. Wenn er zurückkam, war er oft schweigsam, angespannt und müde.

Inzwischen ging es Eleazar wunderbarerweise erstaunlich gut. Als er für das Wochenfest Schawuot zum Tempeldienst bestimmt wurde, brach er daher nach Jerusalem auf, gemeinsam mit einem anderen Priester und einem örtlichen Teppichweber, der die Gebetsriemen der Pharisäer so eng um seine Stirn schlang, dass sie ihm praktisch ins Fleisch schnitten.

Nun, da Eleazar nicht da war, bemerkte ich schmerzhafter als zuvor, wie häufig mein Vater fort war, und ich hängte mich an Joschua. Er war jetzt elf, fast ein Mann, und so versessen auf jede neueste Neuigkeit, dass es schon fast eine Manie von ihm war. Ich fühlte mich völlig verloren, und als er eines Nachmittags zum Haus unseres Lehrers gelaufen kam, nachdem er den ganzen Vormittag verschwunden gewesen war, warf ich ihm nicht gerade freundliche Blicke zu. Aber statt sich auf seinen Platz im Innenhof zu setzen, rief er: „Jericho brennt! Irgendein Aufständischer, ein Simon, hat sich zum König ausrufen lassen!"

Gemeinsam rannten wir zum Marktplatz.

Und dort, im Trubel zwischen den Verkaufsständen, sah ich ihn zum ersten Mal: Ein breitschultriger Mann drängte sich durch die Menge. Er war groß, deshalb zog er meine Aufmerksamkeit auf sich. Aber was meinen Blick fesselte, war die Art, wie er sich unter den Leuten bewegte, als ginge er im Wasser. Er hatte den Umhang über den Kopf geschlagen, sodass ich sein Gesicht nicht sehen konnte; was ich aber sah, war, wie die Leute ihm begegneten: Manche neigten stumm den Kopf, andere legten grüßend die Hand an die Stirn. War er ein Lehrer? Die Menschen verfolgten ihn mit den Augen, als wollten sie ihm Platz machen, ohne sich zu bewegen. Etliche Händler, an deren Ständen er vorbeikam, drückten ihm Speisen oder sogar einen kleinen Weinkrug in die Hand und wandten sich dann ab, als sei das Geschäft abgeschlossen, auch wenn sie noch keine Bezahlung erhalten hatten.

„Wer ist das?“, fragte ich, den Blick immer noch starr auf ihn gerichtet.

Joschua zog mich an den Straßenrand. „Sag bloß niemandem, was ich dir jetzt erzähle. Und hör auf, ihn anzustarren!“

Ich nickte, verzweifelt bemüht, das Vertrauen meines Bruders zu gewinnen. Ich hatte nämlich das Gefühl, dass er mir das in jüngster Zeit entzogen hatte. Als ich dann versuchte, den Mann in der Menge wiederzufinden, war er verschwunden.

„Das ... war Judas bar Hesekija“, sagte Joschua und lächelte hintergründig.

Judas, der Sohn des Hesekija?

Joschua wartete einen Moment und sagte dann, als hätte ich das auch selbst wissen sollen: „Sein Vater war der berüchtigtste Gesetzlose in ganz Galiläa. Komm.“ Offensichtlich war Joschuas Hunger nach Neuigkeiten gestillt und er zerrte mich nach Hause. Aber ich hatte den Blick wohl bemerkt, den er über die Schulter zurückwarf.

An jenem Abend schickte Vater sich an, aus dem Haus zu gehen. Ein paar Männer kamen an die Haustür, um ihn abzuholen. Joschua bat, mitgehen zu dürfen, und Vater zögerte kurz, nickte dann aber und bedeutete ihm, er möge sich beeilen. Ich sprang ebenfalls auf, aber diesmal schüttelte Vater den Kopf.

„Nein, Judas."

Ich war gekränkt, und mein Vater hockte sich vor mich hin. „Joschua ist elf, er wird bald ein Mann. Es ist ganz richtig, dass er mitkommt. Aber du – du solltest lieber deiner Mutter und Zippora Gesellschaft leisten. Genieß deine Kindheit, Judas, solange sie dir noch gehört."

Ich drehte mich um und rannte ins Nebenzimmer.

Irgendwann in der Nacht spürte ich, dass Joschua sich neben mich legte, aber statt mich wie sonst an ihn anzuschmiegen, tat ich so, als schliefe ich. Auch als er schließlich sehr leise in die Dunkelheit hinein fragte: „Judas?", gab ich keine Antwort.

Ich erwachte davon, dass mich jemand so heftig schüttelte, dass meine Zähne aufeinanderschlugen. „Judas!"

Mutter.

Mitsamt dem Umhang, der mich zudeckte, riss sie mich hoch. Aus der Ferne hörte man Donnern und Krachen. Von irgendwo draußen zog leichter Brandgeruch durchs Haus.

Ich klammerte mich an meine Mutter, die mich durch den rückwärtigen Raum und die Felsstufen hinuntertrug, die man unter dem Haus in den felsigen Untergrund geschlagen hatte. Joschua folgte uns mit einer Lampe. Die Flamme flackerte unruhig in der Dunkelheit.

Zippora war als Letzte unten. Ich konnte ihre sehnige Gestalt kaum erkennen, als sie da neben Mutter auf der engen Treppe stand. Sie zog irgendetwas über die Bodenöffnung über sich und wir standen im Dunkeln. Und in der Kälte.

„Joschua?" Viel zu laut hallte meine Stimme durch diese menschengemachte Höhle.

„Still!", zischte Zippora vom Treppenschacht.

„Ich bin hier", flüsterte Joschua. Ich streckte die Hand nach ihm aus und stieß ihm dabei aus Versehen die Lampe aus der

Hand. Der Docht fiel heraus und verlosch auf dem feuchten Boden.

„Was ist los? Wo ist Vater?“

Joschua wollte etwas sagen, aber Mutter unterbrach ihn: „Still jetzt. Dein Vater kümmert sich darum, dass alles in Ordnung ist.“

In dieser Nacht nahm Judas bar Hesekija Sepphoris ein.

„Seine Männer haben den Palast besetzt und die Waffenkammer geplündert!“, schrie Joschua, als er am nächsten Morgen ins Haus lief. Ich hatte den Eindruck, dass ich begeistert sein sollte. Aber alles, was ich herausbrachte, war: „Wo ist Vater?“

„Er ist im Palast.“

„Bei Judas bar Hesekija?“, fragte ich verwirrt.

„Nein. Judas zieht schon weiter nach Jerusalem.“ Joschuas Augen blitzten. „Verstehst du denn nicht? Wenn er diese Stadt hier kontrolliert, kontrolliert er das ganze westliche Galiläa. Und jetzt zieht er in die Heilige Stadt.“

Er kam zu mir und legte mir den Arm um die Schultern. „Judas bar Hesekija ist der Messias! Und unser Vater ist ein Held!“

Mein Herz schwoll förmlich an, so stolz war ich auf meinen Vater. Natürlich – er war ein Held. Ich hatte es immer schon gewusst – auch wenn ich nun eine bittere Eifersucht spürte, weil mir deutlich wurde, dass Joschua gewusst hatte, was vorging, und etwas mit meinem Vater geteilt hatte, das mir verborgen blieb.

Bevor am nächsten Abend der Sabbat anbrach, kam Vater zurück, so düster und schweigsam, dass ich mich nicht in seine Arme warf oder auch nur wagte, Fragen zu stellen. Aber er war da, und das genügte mir. Auch wenn er etwas mitgebracht hatte, was ich noch nie an ihm gesehen hatte: Er trug ein Schwert. Er verstaute es gut entfernt von uns in einer Ecke des Vorderzimmers und sein Blick sagte uns deutlich, dass wir es auch dort lassen sollten.

Spät an diesem Tag, als Zippora mit Mutter das Sabbatessen vorbereitete, zog er mich zu sich auf den Schoß, legte die Arme um mich und ließ mich die Stärke spüren, mit der sie mich umschlossen.

„Ich weiß, Judas", sagte er, „die letzten Tage waren nicht einfach für dich." Sein Bart, der meine Wange kitzelte, roch nach Feuer. „Ich werde dir alles erklären, wenn es Zeit ist, und du wirst verstehen, was jetzt geschieht. Aber im Moment genügt es, wenn du eines nicht vergisst: Ich liebe dich und was ich getan habe, das habe ich für dich und für Joschua getan und für eure Söhne, damit sie eines Tages einmal frei sein können."

Wir feierten das Wochenfest in der Synagoge. Es war das erste Mal seit Tagen, dass Mutter und ich uns wieder aus dem Haus wagten. Ganz Sepphoris wirkte verstört, wie ein Käfig voller Tauben auf dem Weg zum Markt.

„Sobald Eleazar zurückkehrt, sollten wir daran denken weiterzuziehen", hörte ich meinen Vater wenige Tage später sagen. Ich lag im Nebenzimmer bereits neben Joschua im Bett, aber ich fand keinen Schlaf. Das Geräusch seines Atems sagte mir, dass Joschua auch noch wach war.

Mutters Stimme klang alarmiert. „Was? Sind wir nur deshalb hergekommen, um wieder zu gehen? Außer natürlich, wir kehren nach Jerusalem zurück …?"

„Nein. In die Heilige Stadt ziehen gerade alle Armeen, Möchtegernkönige und Messiasse. Es wird ein Wunder brauchen, damit die Stadt die nächsten Tage übersteht."

„Dann sollten wir hierbleiben. In Sepphoris sind wir sicher, und du hast hier inzwischen einen anerkannten Stand. Und jetzt, wo Judas bar Hesekija die Stadt beherrscht …"

„Judas bar Hesekija hat zu lange in den Bergen gelebt. Die

Leute strömen ihm zu, weil er so leidenschaftlich ist und weil sein Vater ein Volksheld war. Aber er weiß weder, wie man eine Stadt regiert, noch wie man sie verteidigt!"

„Er hat doch Leute wie dich!"

„Leute wie ich sind nicht genug. Ich befürchte, auch hier kann uns allerhand geschehen. Ich habe den einen Brandherd verlassen, um ihn gegen einen anderen einzutauschen!" Vater versagte die Stimme und in dem Schweigen, das folgte, wusste ich, dass Mutter ihn in die Arme genommen hatte.

Noch nie hatte ich meinen Vater so reden hören. Aber als ich mich von meinem Lager erheben wollte, um zu ihm zu laufen, packte Joschua mich am Arm und hielt mich zurück.

Noch lange, nachdem die stille, aber angespannte Verbindung meiner Eltern im Nebenraum verklungen war und man im dunklen Haus nichts mehr hörte als Vaters – und Zipporas – Schnarchen, lag ich in dieser Nacht wach.

Der Gedanke daran, aus Sepphoris fortzumüssen, gefiel mir gar nicht, selbst wenn die Stadt sich als weniger sicher erwies, als Vater angenommen hatte – und schon gar nicht jetzt, wo sowohl Soldaten als auch Steuereintreiber aus der Stadt verschwunden waren.

Aber viel mehr als der Gedanke, die Stadt zu verlassen, beunruhigte mich Vaters Stimme. Wie gebrochen sie klang. Das wollte ich nicht hören – nicht von meinem Vater, nicht von dem Mann, der für mich tausendmal bedeutender war als jeder hergelaufene Rebellenkönig.

Während der nächsten Tage kehrten die Pilger vom Wochenfest zurück und alle erzählten dieselbe Geschichte: Straßenkämpfe. Blut in den Gassen von Jerusalem. Feuer im Tempel – sogar der Marmor brannte. Der Tempel war so gut wie zerstört.

Nachdem Joschua diese Nachrichten gehört hatte, geschah etwas mit ihm. Er sprach kaum noch, aber seine angespannten Augenbrauen verrieten mir nur allzu deutlich, dass es in seinem Inneren alles andere als ruhig zuging. Als ich mit ihm reden wollte, schüttelte er einfach nur den Kopf, als könne er mich durch seinen Gedankenlärm hindurch nicht hören.

„Joschua", sagte ich und schüttelte ihn. „Was ist mit dir?"

Seine weit aufgerissenen Augen bohrten sich wild in meine, als wären meine Worte wie ein Schakal im Haus. „Was bedeutet es", sagte er seltsam ruhig, „wenn der Herr in seinem Tempel wohnt und der Tempel niederbrennt? Warum verteidigt der Ewige denn sein eigenes Haus nicht? Was bedeutet es? Hat der Höchste uns verlassen?"

Ich wusste nicht, was mir mehr Angst machte – die Richtung dieser Fragen oder dass sie von ihm kamen. Irgendetwas in mir erschauderte.

„Nein, Judas. Vergiss, was ich gesagt habe. Unsere Sünden sind es, die den Römern gestatten, uns in unserem eigenen Land zu Fremden zu machen. Ebenso wie damals, als die Sünden Israels zum Exil nach Babylon führten – wie die Propheten es sagen. Wir werden umkehren, Buße tun, und der Höchste wird unser Volk und unser Land wiederherstellen."

Er schlug die Hände vors Gesicht und begann, das Glaubensbekenntnis zu sprechen. Ich brauchte sein Gesicht hinter seinen Fingern nicht zu sehen, um zu wissen, dass es schmerzverzerrt war.

Höre, Israel, der Ewige ist unser Gott …

Ich sprach die Worte mit ihm, aber ich war erschüttert.

Joschua war der beste Junge, den ich kannte. Ich würde niemals so gut, so vollkommen sein wie er. Er würde sogar einmal ein noch besserer Mann werden als Vater. Wenn Joschua davon sprach, umzukehren, Buße zu tun – was bedeutete das dann für mich? Für alle anderen in Israel?

Am nächsten Tag kam Malachi, der Priester, der mit Eleazar

nach Jerusalem gereist war. In seinem staubigen Gesicht zeigten sich Schrammen, seine Tunika hatte Risse. Als Zippora ihn zu Gesicht bekam, fiel ihr das Ölkännchen, das sie gerade trug, aus der Hand und sie sank auf die Knie. Das Stöhnen, das sich ihrer Kehle entrang, war so gewaltig, als läge ihre ganze Seele darin.

„Der Brand war zu groß“, rief Malachi. „Eleazar blieb zurück, um so vielen wie möglich einen Weg durch das Tor zu weisen. Aber bevor er selbst herauskam, stürzte ein Erker ein und ein Balken vom Säulengang hat ihn getroffen.“

Nach ein paar Tagen hörten wir auf, nach weiteren Rückkehrern aus Jerusalem Ausschau zu halten. Es kamen auch keine mehr.

Man hatte uns verboten, an die Stadttore oder auf den Marktplatz zu gehen. Aber die Nachrichten, die dann eintrafen, ließen sich nicht zurückhalten. Die Straßen hallten praktisch davon wieder: Die Juden hatten die Römer angegriffen.

Juden, die Römer angriffen! Es sei das Ende der römischen Vorherrschaft, sagten manche. Andere fürchteten eine rasche und gründliche Vergeltung und schimpften auf die Samaritaner, die sich mit den Römern gegen uns verbündet hätten – diese Hunde und Hurensöhne, fluchten sie. Jemand wusste zu berichten, Varus, der Statthalter von Syrien, zöge eine neue Armee zusammen. Schon bald würde er mit neuen Legionen auftauchen und jeden Funken eines Aufstands in Judäa ersticken. In Jerusalem höre man nämlich jetzt immer häufiger den Ruf: Freiheit für Israel! Rom den Tod!

„Wir brechen auf“, sagte Vater ein paar Tage später. „Wir gehen nach Kerioth, ins Haus von Mutters Schwester.“ Es war jetzt mitten im Sommer; gerade etwas länger als drei Monate waren wir in Sepphoris gewesen. Die Stadt hatte inzwischen deutlich mehr Einwohner, denn von jedem Flecken und Dorf strömten die Leute herbei, um hinter ihren Mauern Schutz zu suchen. Jeder lebte in Angst.

Mutter versuchte, Zippora dazu zu bewegen, mit uns zu kommen. Aber sie glich einem Baum, der den Hof eines Hauses ganz und gar durchwurzelt und schließlich ein Teil davon wird. Schon früher war sie mir alt vorgekommen; aber jetzt, seit Eleazars Tod, war sie uralt geworden.

Ich hatte an diesem Ort keine Wurzeln, aber ich wollte auch nicht fort. Das Jerusalem, das ich liebte, gab es nicht mehr. Hier kannte man meinen Vater – als Mitverschwörer von Judas bar Hesekija, der sich selbst König und den andere Messias nannten. Ich sah, wie die anderen Männer ihn nickend grüßten, beiseitetraten, um ihn durchzulassen, und voll Hochachtung den Kopf neigten.

Selbst, als wir bereits unsere Sachen packten, betete ich noch, der Höchste möge uns hierbleiben lassen, betete um einen noch so kleinen Aufschub vor dem Aufbruch.

Am selben Abend kam Judas bar Hesekija in die Stadt zurück. Das Erste, was er tat, war, dass er nach Vater schickte. Als der am Nachmittag des nächsten Tages zurückkam, war er verstörter, als ich ihn je erlebt hatte.

„Gut“, sagte er mit einem Blick auf das Gepäck, das aufbruchsbereit dalag. „Morgen verlässt Judas die Stadt noch einmal. Ich habe ihm versprochen zu bleiben, bis er zurückkehrt.“

„Was?“, rief Mutter.

„Nur bis dahin. Dann werden wir gehen.“

Er legte sich auf seine Matte und schlief ein, den Arm über die Augen gelegt.

Joschua schlug sich weiterhin mit Fragen herum, für die nur er allein verständig oder gequält genug war, um sie zu beantworten. Zippora verstummte immer mehr. Und ich bat den Höchsten noch einmal, dass wir nicht weggehen müssten.

Es war ein Gebet, das ich für den Rest meines Lebens bereuen sollte.

3

„Komm, Judas.“

Mutter hob den Wasserkrug. Zipporas Esel hatte sie schon vors Haus geführt. Es war kurz vor Sabbatbeginn. Bereits vor zwei Tagen hätte Judas bar Hesekija nach Sepphoris zurückkehren sollen.

Ich hasste es, mit Mutter zu der Quelle unten am Hügel zu gehen. Das war Frauenarbeit, und wenn ich auch jünger war als Joschua, so war ich doch ganz bestimmt kein Mädchen.

„Judas“, wiederholte Mutter. Ich rührte mich nicht.

Mutter seufzte und warf meinem Bruder einen Blick zu und der sprang sofort auf. Sein bereitwilliger Gehorsam, mit dem er ohne zu murren aufsprang und mir ein versöhnliches Lächeln zuwarf, beschämte mich. In mir ging etwas kaputt.

„Nein, ich gehe.“ Nun sprang ich auf. Ich wollte es eigentlich nicht; ich tat es nur, um Joschua auszustechen. Und weil ich wirklich nicht bei Zippora bleiben wollte, die mit jedem Tag weniger in dieser Welt zu Hause zu sein schien. In letzter Zeit suchte sie den ganzen Tag überall im Haus nach Steingefäßen, in denen, wie sie sagte, der gute Wein aufbewahrt werde – dabei wusste jeder, dass man Wein nicht in solchen Gefäßen lagerte und dass sie eigentlich nicht wirklich nach etwas suchte.

„Du kannst die Krüge doch nicht auf den Esel laden“, sagte Joschua und stand auf.

Ich wirbelte herum und spuckte ihm vor die Füße. Noch immer war ich eifersüchtig, dass man ihn bei Vaters Angelegenheiten einbezogen hatte und mich außen vor ließ. Selbst wenn er neben mir saß, schien er in Gedanken mit etwas anderem beschäftigt zu sein, und das tat mir weh. Eine merkwürdige Bedrücktheit hatte von ihm Besitz ergriffen, und selbst dadurch fühlte ich mich irgendwie verraten. Joschua schien in mancher Hinsicht enger mit Zippora verbunden zu sein als mit mir.

Den Blick, den Joschua mir in diesem Moment zuwarf, werde ich nie vergessen, so traurig und erschrocken war er. Ich wusste ja, dass auch ihm das Zusammensein mit mir fehlte und dass er darunter litt, dass der Junge in einer anderen Welt lebte als der junge Mann.

Er ließ die Schultern hängen und einen Augenblick lang sah er aus, als sei er nichts als ein kleiner Junge, den soeben sein bester Freund verraten hat.

Als wir die enge Gasse hinuntergingen, sagte Mutter: „Wenn wir zurück sind, wirst du dich bei deinem Bruder entschuldigen.“ Ich nickte und fühlte mich hundeelend.

Bald hatten wir das Stadttor passiert, das nicht mehr von richtigen Soldaten, sondern von raubeinigen Kerlen bewacht wurde, die Mutter so unverfroren anstarrten, dass ich mich enger an sie schmiegte. Ich begann, am Wegrand nach interessant geformten Steinen Ausschau zu halten. Gelegentlich konnte man eine Scherbe von römischem Glas finden oder sogar eine kleine Münze, die der letzte Regen freigespült hatte. Wenn ich etwas in der Art finden sollte, würde ich es Joschua schenken – als Friedensangebot. Ich hätte wirklich nicht spucken sollen. Einmal hatte ich beobachtet, wie ein anderer Junge das tat, und ich war zugleich fasziniert und entsetzt darüber gewesen, was für ein Ungeheuer er sein musste, um so etwas zu tun.

Ich wollte kein Ungeheuer sein.

Aus der Ferne trug der Wind eine Flötenmelodie heran. Sonst hörte ich diese Klänge, wenn ich zur Synagoge ging; sie kamen von irgendwo weiter unten am Hang oder von einem der Hügel im Umland. Wie schon oft fragte ich mich, wer wohl die Flöte blies.

Wir hatten jetzt beinahe den Pfad am Fuß des Hügels erreicht – ich konnte die Quelle bereits sehen und auch die Mädchen, die sich mit ihren Krügen geschmeidig wie Weidenzweige darüber beugten.

Im selben Moment bemerkte ich, dass die Flöte verstummt war.

Mutter blieb stehen. Sie musste es auch bemerkt haben. Mit zusammengekniffenen Augen suchte sie die Felder im Norden ab, wo ein paar Bauern ihre armseligen Behausungen erbaut hatten. Ich konnte sie kaum ausmachen; ein staubiger Dunst verbarg sie, der aus dem Nichts zu kommen schien.

Dann hörte man das anschwellende Grollen rollenden Donners von Norden.

Im selben Moment, als ich zu Mutter aufsah, erschallten von überall aus dem Tal und von oben vom Stadttor Rufe.

„Römer!"

Ich hatte mein Leben lang Soldaten gesehen. Aber in diesem Schrei lag etwas, das in mir eine Angst weckte, wie ich sie noch nie gekannt hatte.

Mutter packte meinen Arm.

Entsetzensschreie überall. Alarm vom Torhaus. Das Klirren von zerbrechendem Ton, als die Mädchen ihre Wasserkrüge fallen ließen und uns auf dem Pfad entgegenrannten, die Hände um die Rocksäume gekrallt, damit diese die vor Angst schwerfälligen Füße nicht noch mehr behinderten. Einige zerrten ihre Tiere mit sich. Mutter zog mich ein Stück den Hang empor und wir pressten uns eng an den Boden.

Eine ältere Frau war hinter uns auf dem Pfad unterwegs gewesen und lag nun neben mir am Boden. Als Mutter mich beim Handgelenk hochzog und sich anschickte, dem Strom der anderen zu folgen, die hügelaufwärts flohen, packte die Alte Mutter bei der Schulter und mich beim Arm.

„Geht nicht zurück!", sagte sie. „Sie laufen in den sicheren Tod! Nicht zurück! Rennt um euer Leben!" Sie war überraschend stark und ich weiß noch, dass ich in all dem Durcheinander dachte, dass sie mir wehtat.

„Mein Sohn ist in der Stadt. Und mein Mann", schrie Mutter und versuchte, sich zu befreien, aber die Frau hatte sie fest im Griff. Statt Mutters Schulter ließ sie meinen Arm los und wies nach Norden durch das Tal. Und jetzt sah ich sie. Sie strömten aus den Feldern hervor wie Blut aus einer Wunde quillt. Das Purpur dieser Schilde kannte ich nur zu gut.

Römer. Tausende. Soldaten zu Pferd und Fußtruppen mit Wurfspießen und Schwertern. Die Erde erzitterte unter ihnen und spie in ihrem Gefolge Staub aus.

„Wenn ihr in die Stadt zurückkehrt, ist das euer Tod! Lauft! Und bete, dass dein Sohn und dein Mann sich retten können und euch finden!"

Mutter packte meinen Arm, dann zögerte sie.

„Los!", rief die Frau. Und dann schürzte sie die Lippen über den Zähnen so weit, dass ihr Mund unnatürlich lang erschien, als sie schrie: „FLIEHT!"

Mutter riss mich an sich, obwohl ich inzwischen viel zu groß war, als dass sie mich länger tragen konnte. Dann stürmte sie den Pfad hinunter. Jeder Schritt schüttelte mich durch, das Trommeln ihrer Füße auf dem Boden hämmerte in meinem Schädel. Mutter glitt aus, stürzte beinahe, erreichte aber den Fuß des Hanges und begann zu rennen. Südwärts, fort von der nahenden Römerlegion, in die Berge.

Einmal stolperte sie, ließ mich fallen und wäre beinahe auf mich gestürzt. Ihr Atem ging tief und keuchend. Ihr Schleier hatte sich von ihrem Haar gelöst. Dann zog sie mich am Arm hoch und wir rannten weiter.

Gräser schlugen uns schmerzend um die Beine; Steine und Gebüsch brachten uns zum Stolpern. Ich sah mich um, ob die alte Frau uns folgte, ob sie, was eigentlich unmöglich war, mit uns Schritt halten konnte. Aber ich konnte keine Spur von ihr entdecken. Ich sah nichts als die Flut der römischen Truppen im Norden des Tals, in dem zuvor das trockene Gelb der Sommergerste geleuchtet hatte und das nun in Blutrot getaucht war.

Die Höhlen in den Hügeln im Süden waren flach, manche nicht mehr als bloße Kerben im Kalkgestein. Ich kannte den Ort. Hatte ich diesen Hügel nicht schon einmal zusammen mit Joschua erforscht? Damals war uns die Entfernung groß vorgekommen, aber nun hatte ich ihn mit Mutter in einer Spanne von nur wenigen verzweifelten Herzschlägen erreicht.

Wir stolperten durch Bäume und Gebüsch und krochen in den Eingang der tiefsten Höhle, die wir finden konnten. Mutter schloss mich in die Arme, und ich spürte das heftige Pochen ihres Herzens – eines Herzens, das niemals vor Angst so hätte schlagen sollen.

Wo Vater wohl sein mochte, fragte ich mich. War er nach Hause geeilt oder zum Stadttor gestürmt und dann den Pfad entlang, um uns zu suchen? Und Joschua da oben bei der verrückten alten Zippora? Hatte er mitgekriegt, was geschah, und ein Versteck gefunden?

„Was ist mit Vater? Und mit Joschua? Wie sollen sie uns finden?"

Mutter schüttelte den Kopf und schloss die Augen. Sie sagte irgendetwas und ich dachte zuerst, sie rede mit mir. Aber dann verstand ich, dass sie betete. Ihr Oberkörper schwang im Rhythmus der Worte vor und zurück.

Schließlich saß sie wieder still; aber sie schien ihr geflüstertes Gebet noch stundenlang fortzusetzen.

Plötzlich war das Tal vor der Höhle von Geräuschen erfüllt: Geklirr von Pferdegeschirren und militärischer Ausrüstung, Rufe von Soldaten, die dabei waren, ihr Lager aufzuschlagen.

Mutters Gebete erstarben nach einer Weile und sie schwieg, aber noch immer spürte ich das wilde Schlagen ihres Herzens in ihrer Brust im Gleichklang mit dem Hämmern in meinen eigenen Ohren.

„Was ist mit Vater und Joschua?“, flüsterte ich noch einmal, und mein Flüstern hallte in dem Felsenraum viel zu laut wider.

„Ich weiß es nicht“, sagte Mutter. Ihre weit aufgerissenen Augen starrten ins Leere. In diesem Moment erinnerte sie mich an Zippora und das erschreckte mich zutiefst.

Die Sonne wanderte jetzt schräg über den Höhleneingang. Gleich würde der Sabbat beginnen. Wir zogen uns noch ein wenig tiefer in die Höhle zurück. Und da entdeckte ich schließlich die kleinen Nischen, die im Innern der Höhle in den Fels geschlagen worden waren. Insgesamt waren es vier, von denen zwei noch mit Felsbrocken verschlossen waren.

Wir waren in einem Grab.

Ich schmiegte mich in Mutters Schoß und presste die Augen fest zusammen, während das letzte Licht des Tages verlosch. Sie hielt mich ganz fest und von ihren Lippen flossen die alten Worte:

> *Wenn die Übeltäter an mich wollen, um mich zu verschlingen, meine Widersacher und Feinde, sollen sie selber straucheln und fallen. Wenn sich auch ein Heer wider mich lagert, so fürchtet sich dennoch mein Herz nicht.*

Als es völlig dunkel war, kroch Mutter aus der Höhle. Es kam mir endlos vor, bis sie zurückkam, und in meiner Angst hatte ich zu weinen begonnen und flüsternd nach ihr gerufen. Als sie endlich wieder da war, nahm sie mich in die Arme.

„Können wir jetzt zurück?“, fragte ich.

„Nein, mein Junge. Die Römer lagern vor der Stadt.“

Und selbst ich, ein kleiner Junge, verstand: Sie hatten vor, die Stadt und alles, was sich darin befand, einzunehmen.

In dieser Nacht gab ich dem Höchsten einige Versprechen: Ich würde meinem Bruder nie wieder vor die Füße spucken. Ich würde der denkbar beste Lehrer des Gesetzes werden. Ich würde mein Leben lang gottesfürchtig und makellos leben, wenn nur Joschua und Vater – und Zippora, natürlich – entkommen würden, oder, besser noch, sich alles als böser Traum herausstellte.

Aber wenn in jenen Tagen zwischen Jerusalem und Syrien geträumt wurde, so waren es Albträume.

Als ich aufwachte, war ich allein.

„Mama?"

Ich stolperte hastig zum Eingang der Höhle und schlidderte fast ganz heraus, so eilig hatte ich es, von den Toten fortzukommen, die sie barg.

Mutter packte mich am Arm, als ich herauskam, und zog mich neben sich zu Boden.

Unter uns im Tal hatte sich über Nacht eine ganze Legion eingerichtet, präzise und kalt wie der Apparat Roms selbst. Der Anblick ließ eine neue Angst in mir aufsteigen, die mir die Eingeweide zusammenzog. Neben dem Weg, auf dem wir erst gestern gegangen waren, reihten sich die Zelte neben großen hölzernen Maschinen, die ich noch nie gesehen hatte.

Und da, zuvorderst im Lager: die Standarte, der Adler. Als sei er uns von Jerusalem her gefolgt.

Wie Tiere am Boden kauernd beobachteten wir, was im Lager vor sich ging, und hielten Ausschau nach dem kleinsten Anzeichen dafür, dass jemand aus der Stadt herauskäme. Aber die gab es nicht.

Wir suchten nach irgendetwas Essbarem, gruben Wurzeln aus und schälten die saftigen Blätter eines Kaktus. Inzwischen hatten wir bemerkt, dass wir nicht die Einzigen waren, die sich hier in den Hügeln versteckten; etwas weiter unten am Hang hatten wir eine Frau unter den Bäumen entlangkriechen sehen. Mutter versuchte, ihr etwas zuzurufen, wagte aber nicht, zu laut zu werden, und die Frau hörte es anscheinend nicht. Den Tag über vernahmen wir immer wieder ein schwaches Gemurmel von Gebeten, das der heiße Wind um die Hügel trug, als bete selbst die Luft.

Eine zweite Nacht verbrachten wir auf dem Boden der Höhle, umgeben von den Geräuschen des römischen Heerlagers und dem Geruch der Feuer, der über den Hügeln lag. Gelegentlich drang sogar das Lachen der Soldaten aus der Dunkelheit herüber.

Und dort, in diesem Grab, kam mir ein entsetzlicher Gedanke.

Ich hatte darum gebetet, länger in Sepphoris bleiben zu können. Ich hatte darum gebetet und der Herr hatte mir die Bitte gewährt.

Ich begann am ganzen Leib zu zittern. Ich hatte die Hochachtung von anderen genießen wollen und war so für meine Familie zu einem Satan geworden.

Mutter versuchte mich zu trösten, aber ihr Trost konnte meinen entsetzlichen Fehltritt nicht ungeschehen machen. Es war meine Schuld. Es war alles meine Schuld.

Sie brachte mir die wenigen Wurzeln und Samen, die sie fand – ich würgte das meiste davon wieder heraus, und bald säumten Fliegen die Pfützen von Erbrochenem auf dem Höhlenboden.

Unter dem rhythmischen Klang von Mutters Gebeten schlief ich ein. Die Schuld lastete auf mir wie ein Grabstein und ich fragte mich, ob es wohl dies war, was man im Scheol erlebte.

Schwarzer Rauch lag über den Hügeln. So weit es nur möglich war, schauderten wir zurück vor dem Albtraum, der sich um die Stadt herum abspielte – vor den Schreien, dem Feuer und dem wiederkehrenden Donner, wenn die Stadtmauern barsten und einstürzten.

Sepphoris wurde belagert.

Im Dunkel der Höhle hielt ich mir die Ohren zu und kniff die Augen fest zusammen. Aber den Brandgeruch konnte ich nicht ausschließen.

In dieser Nacht fand ich einen scharfen Felssplitter. Ich kroch zur Höhlenwand und ritzte, so gut es im Dunkeln möglich war, meinen Namen in die Wand.

Judas.

Dann ritzte ich Josuas daneben, während mir die Tränen heiß über die Wangen liefen.

Ich hatte ein berühmter Lehrer werden wollen, hatte mir einen Ehrenplatz unter den Menschen gewünscht. Jetzt wünschte ich nur noch eines: dass ich meinen Bruder und meinen Vater wiederhätte und wir in einem völlig unbedeutenden Leben einfach nur zusammen sein könnten.

4

Die Römer waren im Wald.

Einen halben Tag lang hallten Axtschläge aus dem Waldstück unter uns herauf, ein eintöniger Rhythmus, der uns hohl in den Ohren klang. Noch im Halbschlaf hörten wir die Hiebe der Äxte, die Rufe, das Lachen. Immer die Äxte. Immer dieses Lachen.

Mutter und ich lagen aneinandergeschmiegt im Dunkel der Höhle, bis wir kaum noch unterscheiden konnten, ob wir wachten oder schliefen, ob wir uns in einem Albtraum befanden oder in einem Rausch.

Ich glaube, Mutter hätte sich wohl einfach in diesem Grab niedergelegt, um sofort ins Totenreich zu gehen, wenn sie mich nicht gehabt hätte. Ich wusste es, wenn ich in ihre Augen sah, die stumpf und leblos waren und nichts in dieser Welt mehr wahrnahmen, als seien sie bereits auf die nächste gerichtet. Wenn sie die Augen schloss, zeigten mir nur ihr langsamer Herzschlag und ein gelegentlich hörbarer Atemzug, dass sie noch lebte.

Manchmal glaubte ich Stimmen zu hören, die Worte aus dem Glaubensbekenntnis ins Dunkel riefen oder einen Hymnus rezitierten. Manchmal hörte ich sie laut aufschreien und dann in einem Stöhnen verklingen.

Am achten Tag verwandelten sich die Hammerschläge und die Unruhe des römischen Heerlagers in das präzise Räderwerk einer Legion im Aufbruch. Ausgetrocknet und vom Hunger benommen lagen wir da, während sie über den Westhang unseres Hügels nach Süden zogen, nach Galiläa.

Endlich regte Mutter sich. „Komm", sagte sie. Ihre Stimme war rau. Ich hörte, wie sie versuchte zu schlucken.

Sie nahm mich an der Hand, und gemeinsam gingen wir auf schwachen und unsicheren Beinen den Hügel hinab. Im hellen Sonnenlicht sah ich jetzt, dass ihr Haar von Staub bedeckt war, ihr Gesicht trug Rußspuren, ebenso ihre Kleider. Sie sah aus, als käme sie direkt aus dem Totenreich. Und in gewisser Weise traf das ja auch für uns beide zu.

Wie von fern dachte ich: Wir haben den Sabbat verpasst – unsere erste Nacht und der folgende Tag in unserem Versteck. Und dann wurde mir klar: Heute war wieder Sabbat.

Auf halbem Weg den Hügel hinunter machten wir Rast. Von dem Kiefernwäldchen, das einmal hier gestanden hatte, waren fast nur noch Baumstümpfe übrig.

Mutter bewegte sich steif; sie hatte den federnden, mädchenhaften Gang, mit dem sie stets den Blick von Männern ebenso wie von Frauen auf sich gezogen hatte, verloren.

Wir erreichten den Fuß des Hügels.

Zu beiden Seiten der Straße standen die Kreuze.

Mutters Knie gaben nach, sie stolperte und zog mich dabei fast zu Boden. Ihr Atem ging wie ein Sägemesser. Ihre Hand schloss sich wie ein Schraubstock um meine, und der ganze Arm zitterte so heftig, dass es aussah, als schraube er sich geradezu in ihre Schulter hinein.

Ein Klagelaut entrang sich meinen Lippen und ich sackte zusammen, aber sie riss mich mit einer Kraft hoch, von der ich nicht weiß, woher sie sie nahm.

Wir gingen weiter die Straße entlang. Durch diesen grausamen Korridor, vorbei an zehn Körpern. Zwanzig. Fünfzig. Ich hörte auf zu zählen.

In Jerusalem hatte ich die Gekreuzigten bereits gesehen, aber nur aus der Entfernung – fast jeden Tag wurde jemand aus irgendeinem Anlass hingerichtet. Es war die Hinrichtungsart, die die Römer denen vorbehielten, die keine Bürger des Reiches waren – teuflisch erdacht, sollte sie so langwierig, schmerzvoll und demütigend sein wie möglich. Sie kreuzigten die Verurteilten nackt und wir bemühten uns stets, keinen Blick auf die grob zur Schau gestellte Scham der Opfer zu werfen, die sich den Weg in den Scheol so bitter erlitten.

Mittlerweile starrte ich aber unverhohlen auf die Körper, die hier in ihrer Qual so grausam ausgesetzt waren, jeder Einzelne eine Demonstration römischer Macht, eine Warnung für alle, die sich nicht bereits zu Lebzeiten dem Kreuz der römischen Besatzung unterwarfen.

Die Luft war durchtränkt von Blutgeruch und Exkrementen, es stank nach Körpern, die in der erstickenden Schwüle des Nachmittags bereits verwesten. Einige der Hingerichteten starrten uns aus gebrochenen Augen an, als hätten sie im Moment des Todes erkannt, dass das nächste Leben nicht das war, was sie erwartet hatten. Maskenhaft lag der Ausdruck des Entsetzens noch auf den Gesichtern, der Schuppenhaut ähnlich, die eine Eidechse zurückgelassen hat – eine Hülle, die nur noch den Anschein des Lebens an sich trug, das ihr einmal innegewohnt hatte.

Raben kamen und gingen mit dunklem Flügelschlag, ließen sich auf den Leichen nieder und stießen nach den Gesichtern. Ohne einen Laut, ohne ein Krächzen. Man hörte nur das Flattern ihrer Schwingen, unterbrochen vom Schweigen, in dem sie nach Wunden und Genitalien, nach Lippen und Augäpfeln hackten.

Allmählich bemerkte ich, dass neben uns noch andere wie betäubt umhertaumelten, hörte ihre Schreie in der fauligen Luft. Ein wenig vor mir war eine Frau am Fuß eines Kreuzes beinahe zusammengebrochen. Ein Mann in der groben Tunika eines Bauern stand in der Mitte der Straße, den Kopf in die Hände vergraben, hierhin und dorthin schwankend, und gab keinen anderen Laut von sich als das Klatschen, das erklang, wenn er sich auf das vor Entsetzen starre Gesicht schlug.

Fast am Ende des grausigen Korridors stand eine kleine Gruppe bei einem Kreuz – zwei Frauen und ein alter Mann schickten sich an, den Leichnam abzunehmen. In kleinen Abständen stieß eine der Frauen ein entsetzliches Geheul aus, und von einem der Pfähle in der Nähe antwortete ein Gewimmer. Der Mann daran war noch am Leben.

Dann blieb Mutter stehen. Stocksteif aufgerichtet stand sie da. Ich hob den Kopf, um sie anzusehen. Der Ausdruck in ihrem Gesicht war furchtbar und leer.

Ich folgte ihrem Blick zu einer Gestalt, die ich nicht erkannte. Ein Körper, verrenkt in unvorstellbarer Qual, die gebrochenen Beine standen in unnatürlichen Winkeln ab.

Diesmal schubste meine Mutter mich heftig fort; ihre Finger gruben sich mir in die Schultern, als sie sich krümmte und sich übergab.

Ich riss mich los, rannte zurück – und dann sank ich im Schmutz der Straße auf die Knie.

Ich kannte dieses verzerrte Gesicht, das sich da dem Himmel entgegenreckte.

Vater.

Ein entsetzliches Geräusch drang mir in die Ohren. Erst als meine Mutter mich an sich zog und es erstickte, verstand ich, dass es von mir gekommen war. Ich heulte und schlug um mich und riss mir die Haare aus – nicht weil sich das so gehörte, sondern weil ich gar nicht anders konnte.

Ich wollte zu ihm, mich an ihn klammern, aber ich verspürte ebenso viel Abscheu wie Sehnsucht nach ihm. Wo war die klare Heiterkeit seiner Umarmung, die Haut, die nach Sonne duftete, der Bart, selbst wenn er nach Feuer roch? Nichts war geblieben als Blut und Fliegen.

Mutter rüttelte mich an den Schultern.

„Sieh deinen Vater nicht in seiner Blöße an", sagte sie heiser.

Ich versuchte, den Blick abzuwenden, aber es gelang mir nicht, bis sie mich schließlich unsanft an sich zog und mein Gesicht im verschmutzten Stoff ihrer Tunika barg.

Dort auf der Straße, zu Füßen meines Vaters, bin ich gestorben. Mein Name stand ja bereits in einem Grab geschrieben. Obwohl wir doch erst eine Stunde zuvor aus seinem Schlund gekrochen waren, wusste ich: Ein Teil von mir würde nie wieder daraus auftauchen.

Die Reste der Stadtmauern ragten in die Luft wie schwarze, zerklüftete Zähne. Das war nicht mehr Sepphoris. Das waren die schwelenden Überreste von Gomorrha.

Hinter dem Schutt der Stadtmauern waren die Straßen mit Leichen übersät, um die die Fliegen schwärmten. Ein alter Mann umklammerte noch immer seinen Stock.

Wir hielten uns den Stoff unserer Tuniken vor die Nase und ich hatte Mühe, mit Mutter Schritt zu halten, die immer schneller an den Trümmern der Häuser und Fassaden vorbeiging, vorbei an den schwelenden Überresten dessen, was einmal die Synagoge gewesen war. Wir stolperten über umgestoßene Karren, zerbrochenes Geschirr, eingestürzte Wände. Die Festung, die den ganzen Hügel über uns beherrscht hatte, war nur noch ein

Trümmerhaufen, und die Klippe des Felsens war schwarz vom Rauch.

Als wir das Wohnviertel erreichten, rannten wir.

Am verkohlten Türsturz von Eleazars Haus winkte Mutter mir, zurückzubleiben.

„Warte hier", sagte sie und wandte ihr Gesicht dem dunklen Eingangsraum zu. Es roch nach Rauch. Nach Rauch und noch etwas anderem. Sie hielt sich die Hand vor die Nase und suchte sich in der Dunkelheit einen Weg.

Ich wartete, hörte, wie sie nach Luft schnappte und irgendwo im Haus einen erstickten Schrei ausstieß.

„Mama?", rief ich in die Stille. „Mama?"

Ich floh ins haus und fiel beinahe über eine schwarze Gestalt, die am Boden lag.

Zippora. Ich erkannte sie nur an ihren versengten Haaren und Füßen – dem Einzigen an ihr, was nicht verbrannt war.

Ich schrak zurück; nicht nur von dem Anblick war mir übel, auch von dem Geruch. Ich konnte Mutter in den unteren Räumen hören; ihre erstickten Rufe „Joschua! Joschua!" hallten die Treppe empor.

Wie versteinert stand ich da und starrte auf die verkohlten Überreste von Eleazars Haus, auf den Albtraum, in den sich das Heim, das ich gekannt hatte, verwandelt hatte.

Als Mutter in den Eingangsraum zurückkehrte, zogen sich Tränenspuren durch den Ruß in ihrem Gesicht. Sie starrte mich an, als erinnere sie sich gerade eben erst daran, dass ich auch noch da war, dann nahm sie mich bei der Hand.

Ich weiß nicht, in wie viele Häuser wir danach gingen. Sie erzählten alle dieselbe Geschichte von Plünderung und Brandschatzung. Wo wir hinkamen, rief Mutter Joschuas Namen. Als wir die Hälfte des Wohnviertels durchsucht hatten, schrie sie ihn nur noch.

Wir sahen nur wenige andere, die wie benommen durch die

Straßen irrten. Einmal schrie Mutter: „Wo sind die anderen?" Aber die Gestalten wandten den Blick ab und starrten weiter auf die verbrannten Gerippe der Häuser und die von Fliegen belagerten Toten in den Straßen.

Wir durchsuchten die ganze Stadt; dann ließen wir sie hinter uns.

Auf der Straße fanden wir eine Frau, die sich gegen eines der Kreuze legte. Einige Haarsträhnen hatten sich in den beschmutzten Zehen des Mannes, der daran hing, verfangen. Mutter beugte sich zu ihr herunter, um ihr Gesicht zu sehen. Es war dermaßen zerschlagen und geschwollen, dass ich es nicht wiedererkannt hätte, selbst wenn es meiner eigenen Mutter gehört hätte. Zwei Milchflecken zeigten sich auf der Brust ihrer Tunika.

„Wo sind die anderen?", flüsterte Mutter. Die Frau starrte sie aus trüben Augen an und Mutter schüttelte sie, bis sie wimmerte. „Wo sind sie? Es waren Tausende in der Stadt, als die Römer kamen!"

Die Frau brachte ein Gurgeln heraus. Als sie den Mund öffnete, sah ich, dass die Zunge fehlte. Man hatte ihr die Zähne ausgeschlagen und die Zunge herausgeschnitten. Mutters Blick wurde starr, als die Frau die Handgelenke übereinanderlegte, als seien sie gefesselt – so wie ich es auf dem Sklavenmarkt in Jerusalem gesehen hatte.

Mutter sank auf die Knie.

Sie waren fort. Alle, die hier an der Straße grausige Wache standen oder auf den Straßen der Stadt lagen, waren ältere Menschen. Alle anderen – die Jüngeren und Kräftigeren – hatte man mitgenommen, um sie als Sklaven zu verkaufen.

Ich würde meinen Bruder nie wiedersehen.

5

Einige Bauern hatten den Mann, der noch lebte, vom Kreuz genommen, obwohl ihnen beim Anblick des Entsetzens die Knie weich wurden. Sie halfen uns, auch Vater herabzunehmen, und trugen ihn zu der Höhle am Berg, die uns in der letzten Woche Schutz geboten hatte.

Ich ritzte seinen Namen neben Joschuas und meinen in die Felswand. Wir hatten keine Kräuter, um ihn einzubalsamieren, aber wir häuften alle Steine über ihm auf, die wir rund um den Höhleneingang finden konnten. Wir hatten keinen Gedenkstein für diese Bestattung, die Tatsache, dass wir überlebt hatten, würde dafür genügen müssen. Die Gebetsworte, die wir murmelten, schien der Wind fortzureißen.

Einer der Bauern hatte ein Herz und lud uns am Abend in sein Haus ein, wo seine Frau uns Brot und Oliven vorsetzte und Mutter ein Tuch gab, damit sie ihr Haar bedecken konnte.

Am nächsten Tag verließen wir den Ort.

Es waren unsichere Zeiten, damals. Unsicher für eine Mutter, die mit einem Kind unterwegs war. Aber auch für jeden Mann. Räuberbanden und Römer durchzogen die Gegend – die Römer auf der Suche nach Männern, die sie kreuzigen oder versklaven konnten, um sich so bei den Herren in Rom verdient zu machen, die Banditen auf der Jagd nach Beute bei jedem, den sie entdeckten.

Irgendwann erreichten wir Skythopolis, wo wir jene geheimnisvolle Nacht erlebt hatten, als der Mond sich verfinsterte. Nun, wo wir wieder hier waren, befiel mich Angst vor dem heidnischen Tempel, vor den breiten Römerstraßen …

… vor den Soldaten, die es in der Stadt gab.

Als ich den ersten Purpurschild zu sehen bekam, entleerten

sich meine Eingeweide augenblicklich. Mutter konnte mich nicht schnell genug zur öffentlichen Latrine bringen, und ich beschmutzte mich. Ich hätte im Boden versinken mögen vor Scham.

Mutter setzte sich vor das Stadttor und hielt die Hand auf, aber es gab viele Bettler, die schlimmer dran waren als wir. Am Ende des Tages hatte sie nur wenige kleine Münzen gesammelt, die nicht einmal für Brot für uns reichen würden, aber sie ging mit mir zu einem Gasthaus.

Die Herberge war klein und verdreckt und der Wirt ließ seine Blicke über Mutter schweifen, wie ich es bei noch keinem Mann gesehen hatte.

„Der Junge stinkt", sagte er. „Der kommt mir hier nicht rein."

Mutter brachte mich nach draußen und ging dann wieder hinein, um mit dem Wirt zu reden. Ich konnte von der Straße aus nicht hören, was sie sagte; aber ich war mir sicher, dass der Wirt nicht auf ehrbare Weise mit ihr redete. Ich hätte sie am Arm nehmen und wegziehen sollen und dem Mann noch die geballte Faust vor die Nase halten. Aber ich zeigte mittlerweile die ersten Anzeichen einer Sommergrippe und war wie betäubt vor Gram und Erschöpfung.

Nach ein paar Minuten holte Mutter mich ins Haus. Eine magere Dienstmagd brachte uns etwas Wasser zum Baden. Mit gerümpfter Nase nahm sie meine Tunika und sagte, sie werde sie waschen.

Schließlich war ich sauber und nach ein paar Löffeln Linsen auch gesättigt, und ich sank auf dem Strohlager in einem Hinterzimmer sofort in den Schlaf. Mitten in der Nacht stand Mutter auf. In den Straßen draußen, die tagsüber von Lärm erfüllt gewesen waren, war es jetzt ganz ruhig.

„Schlaf weiter", sagte Mutter und deckte mich mit ihrem Tuch zu. Dann verließ sie den Raum. Nur wenig später kam sie zurück. Ich wollte mich gerade aufsetzen und ihr sagen, dass ich Durst hatte, als ich bemerkte, dass sie nicht allein war. Ich konnte den schwereren Schritt eines anderen hören, der ihr in den winzigen Raum folgte. Ich konnte ihn riechen.

Ich verkroch mich unter den zu dünnen Stoff ihres Tuches. Mein Mund war ganz trocken, das Herz schlug mir bis zum Hals. Ich kniff die Augen so fest zusammen, wie ich nur konnte – als Abwehr gegen das Geraschel der Kleider, gegen seinen scharfen Geruch in der abgestandenen Luft. Gegen das angestrengte Stöhnen dieses Mannes, der nicht mein Vater war, der nicht in sanftem Ton mit ihr redete, wie Vater es tat, sondern aufstand, sobald er fertig war, und sich beim Hinausgehen die Tunika überwarf, als habe er gerade die Toilette benutzt.

Lange nachdem er gegangen war, lag ich noch immer regungslos, bis Mutters leises Schluchzen verstummte und ich sicher war, dass sie eingeschlafen war. Ich rührte mich nicht. Sie sollte nicht wissen, dass ich gesehen hatte, was er mit ihr gemacht und was sie zugelassen hatte.

Wir verbrachten etliche Wochen in der Stadt und warteten darauf, dass es im Umland wieder sicherer würde. Wir hörten davon, dass Römer, Syrer und Araber die Gegend durchkämmten – alle im Auftrag Roms. Man erzählte sich, dass sie Juden an Kreuze nagelten, die noch warm waren vom Leib des letzten Unglücklichen, der daran gehangen hatte. Der neue König sei in Rom, hieß es, um seine Krone zu verteidigen.

Ich hatte mich vom Fieber erholt und mich in der Stadt einer Schar Straßenjungen angeschlossen. Wir beschmierten uns die Gesichter und bettelten die Fremden, die zum Heidentempel kamen, um Bronzemünzen an. Manchmal stahlen wir auch. Als ich bemerkte, dass der Anführer der Gruppe die Münzen nicht gerecht verteilte, und es auch sagte, verprügelten sie mich, nannten meine Mutter eine Hure und nahmen mir das bisschen Geld ab, das ich noch hatte.

Danach ging ich ihnen aus dem Weg. Aber ich konnte meiner Mutter nicht mehr in die Augen sehen.

Als wir Skythopolis schließlich im Spätsommer verließen, erzählte man sich, als Vergeltung für die Aufstände, die es überall in Israel gegeben hatte, seien zweitausend Juden gekreuzigt worden und der Gestank der Leichen, die die Straßen der Heiligen Stadt säumten, steige höher als der Rauch des Tempels selbst.

Als wir Kerioth erreichten, brach ich in Tränen aus – aber aus anderen Gründen als Mutter, als ihre Schwester und ihre Tante sie in die Arme schlossen. Ich weinte, denn ich wusste: Ich war zwar im Tauchbad gewesen und hatte zum ersten Mal gefastet, ohne dass mein Magen rebelliert hatte, aber es hatte sich nichts geändert. All das würde meinen Bruder nicht aus der Sklaverei zurückbringen und Vater nicht aus dem Scheol. Es würde meiner Mutter ihre Ehre nicht wiederbringen und auch den Bastard nicht aus der Welt schaffen, den sie trug.

Ich begann damit, für die Leute im Dorf Briefe zu schreiben, und ging zum Lernen in die Synagoge. An meinem zwölften Geburtstag konnte ich bereits Aramäisch, Hebräisch und Griechisch lesen. Ich zitierte die besten Passagen, die ich von Joschua kannte, und verblüffte meine Lehrer. Aber ihr Lob klang mir schal in den Ohren, weil ich wusste, dass es unverdient war und dass ich ebenso falsch war wie eine Münze aus unreinem Silber. Schließlich blieb ich dem Unterricht fern und kriegte allerhand Ärger, bis meine Mutter nur noch die Hände rang und nicht mehr wusste, was sie mit mir machen sollte.

Inzwischen hegte ich kaum noch die Hoffnung, ein Weiser zu werden. Die anderen wussten vielleicht nicht, wie heillos wir uns verunreinigt hatten, wenn auch aus Not. Aber ich wusste es und ich trug den Makel an meiner Haut wie den Aussatz.

Mittlerweile war ich sechzehn und Herodes' Sohn Archelaos hatte sich als völlig unfähiger König erwiesen. Er hatte zwar ein paar Gefangene freigelassen – darunter etliche berüchtigte Rebellen – und niedrigere Steuern versprochen, aber letztlich war er ebenso skrupellos wie sein Vater. Er wurde schließlich verbannt, und Judäa kam unter direkte römische Herrschaft, während seine Halbbrüder, Philippus und Antipas, sich Galiläa und das nordöstliche Israel als Herrschaftsgebiete sicherten.

In jenem Jahr gab es wieder einen Aufstand – den ersten ernst zu nehmenden seit jenem schrecklichen Sommer zehn Jahre zuvor. Er war eine Reaktion auf die Volkszählung, die der neue Statthalter für Judäa angeordnet hatte, damit Rom auch dort Steuern eintreiben konnte. Das war der Zeitpunkt, zu dem Judas bar Hesekija wieder auftauchte. Ich hatte all die Jahre nicht gewusst, ob er überhaupt noch am Leben war.

Diesmal unternahm Judas keinen Kriegszug. Er verlegte sich aufs Predigen und verkündete, Steuern an einen Herrscher zu zahlen, der sich als *Divi Filius* – als Sohn Gottes – verehren ließ, sei gleichbedeutend mit Götzendienst.

Als ich ihn hörte, wurde zum ersten Mal seit Jahren wieder etwas in mir lebendig. An diesem Abend bekam das Glaubensbekenntnis für mich wieder eine Bedeutung, die es nicht gehabt hatte, seit Joschua es damals in Galiläa gebetet hatte. *Höre, Israel!* Ich war jetzt ein Mann und hatte für eine Mutter und einen jüngeren Bruder zu sorgen, und doch war mir klar, dass ich mich dem anschließen musste. Aber bis es mir gelungen war, alles so zu organisieren, dass meine Mutter unter dem Schutz meines Onkels stehen würde, wenn ich ging, erreichte uns die Nachricht, dass der Aufstand schon vorbei und Judas bar Hesekija getötet worden sei.

Damals wurde mir etwas klar: Nicht nur, dass ich *nicht* um Judas bar Hesekija trauerte – ich verachtete ihn. Ich verachtete ihn ebenso sehr dafür, dass er die Hoffnungen eines ausgebluteten Volkes ins Leere laufen ließ, wie dafür, dass er gescheitert war. Denn mit diesem Scheitern hatte er einmal mehr bewiesen, dass es unmöglich war, sich gegen diesen Satan Rom zu erheben, und dass Männer wie mein Vater ihr Leben für eine verlorene Sache gelassen hatten.

Am nächsten Tag nahm ich das Angebot an, mich mit einem Mädchen aus dem Dorf zu verloben, das ihr Vater mir machte. Dann schrieb ich einen Brief an Nikodemus, einen früheren Förderer meines Vaters, in der Heiligen Stadt.

Im Winter desselben Jahres zog ich mit meiner Braut, meiner Mutter und meinem Bruder Nathan nach Jerusalem.

Den Tag, an dem wir durch das Stadttor zogen, werde ich nie vergessen. Ich ging durch Jerusalems Straßen und es kam mir vor, als könne ich zum ersten Mal seit Jahren wieder frei atmen. Als sei ich endlich zu Hause.

Aber wirklich zu Hause würde ich erst sein, wenn ich wieder vor dem Tempel stand. Als ich aus der Mikwe kam und meine saubere Tunika anlegte, um in den Tempel zu gehen, fühlte ich mich, als sei ich aus einem jahrelangen Schlaf erwacht … aus einem jahrelangen Albtraum.

Es war nicht mehr der Tempel, den ich gekannt hatte – die Decken der Säulenhallen wiesen noch die Brandspuren jenes Wochenfestes vor zehn Jahren auf. Aber auch ich war ja nicht mehr der, der ich damals gewesen war.

Ich stand im Vorhof der Israeliten, atmete den Rauch ein, der vom Altar aufstieg, und wusste: Mein früheres Leben war vorbei. Endlich hatte ein neues Leben angefangen.

An jenem Tag sagte ich allen Träumen von kommenden Messiassen Ade und verschrieb mich erneut einem einzigen Ziel: Ich würde das Gesetz des Höchsten getreu einhalten.

Von diesem Zeitpunkt an erfüllte mich Frieden und er blieb mir über viele Jahre erhalten.

Aber dann, kurz nach dem Purim-Fest in meinem achtunddreißigsten Jahr, wurde dieser Friede erschüttert.

Reinigung

6

Ich liebte die Heilige Stadt vor allem zu zwei Tageszeiten: im Morgengrauen und wenn der Tag sich neigte.

Jerusalem am Morgen war eine Stadt voller Verheißung. Dann schienen selbst die Straßen, die am meisten nach Urin stanken, kurz vor einer Verwandlung zu stehen. Dann verharrten die Steinquader der uralten Stadttore in schweigender Erwartung und schienen vor Spannung zu bersten, als wollten sie den Mörtel sprengen.

Und nichts war überwältigender als der Moment kurz vor Sonnenaufgang, wenn der Tempel, der massig über der Oberstadt thronte, sich zu regen schien wie ein Wesen aus Fleisch und Blut. Wenn die ersten Strahlen des Morgens seine Steine zum Leben erweckten und die Mauern mit einem rötlichen Schein überzogen, dass sie schimmerten wie menschliche Haut. Der Anblick schlug mich jedes Mal aufs Neue in seinen Bann. Dann, wenn die Sonne höher stieg, erstrahlte das Heiligtum in gleißendem Weiß – das schönste Bauwerk auf Erden. Und am Abend dann, bei Sonnenuntergang, wieder dieser flüchtige Moment, wenn der Stein rostrot erglühte, als wäre das Blut, das durch die Rinnsteine vom großen Opferaltar ins Kidrontal strömte, nicht das der Opfertiere, sondern das Blut des Tempels selbst, mit dem er das üppige Leben jenseits der Stadtmauern speiste.

Mit raschen Schritten stieg ich die Stufen an der Südseite des

Tempels hinauf. Es waren stolze und zielstrebige Schritte, und das mit gutem Grund: Meine Frau Susanna war schwanger und würde bald ein Kind zur Welt bringen, und wenn die Hebamme recht behielt, würde es ein Junge sein.

Meiner Hoffnung wuchsen Flügel. Es war seit Jahren die längste Schwangerschaft, die Susanna durchgestanden hatte. Zwei andere waren vorzeitig zu Ende gegangen, und unsere Tochter hatten wir verloren, als sie noch in den Windeln lag. Und nun sollte es ein Sohn werden! Der Herr hatte mich nicht vergessen und es würde ein Tag kommen, an dem er seinen heiligen Bund mit uns besiegeln würde durch die Beschneidung meines Sohnes, mein eigen Fleisch und Blut. Ich war nun seit meinem dreizehnten Lebensjahr ein Mann und hatte mein Leben lang die Thora studiert, aber heute spürte ich es zum ersten Mal: Ich stand an der Schwelle einer unbestimmten Verheißung, eines Geheimnisses zwischen dem Ewigen und mir ganz allein.

Es war noch sehr früh, denn ich wollte unter den Ersten sein, wenn die großen Tore sich öffneten. Wollte die ersten Gesänge der Leviten hören, während man die Gaben und Opfertiere für das Morgenopfer zum Altar brachte – und damit auch das erste der beiden Opfer, die täglich für das Wohlergehen des römischen Kaisers dargebracht wurden. Ich sah zu, wie der Rauch des Opfers in den bis dahin ungetrübten Himmel aufstieg.

„Wir bringen Opfer dar für die, die uns versklaven", murmelte eine vertraute Stimme hinter mir.

Simon. Mein bester Freund. Sicher auf dem Weg in die Säulenhallen, wo er den Tag zu Füßen seines Lehrers verbringen würde.

Ich wandte mich um und hob die Augenbrauen. „Ah, aber vielleicht ist heute der Tag, an dem der Ewige beschließt, die Römer aus dem Land zu werfen, weil er sieht, wie treu wir seine Gesetze befolgen."

„Ich wenigstens habe gestern gefastet. Wenn er sie heute nicht hinauswirft, kann es also nur an deiner Sünde liegen", konterte Simon, ohne eine Miene zu verziehen.

„Nun, jetzt hast du Gelegenheit, für Rom zu beten."

Der Schalk in seinen Augen verschwand. „Für Rom beten! Seit wann bist du nicht mehr bei Trost?"

„Hast du nicht die Schriften gelesen? Selbst im Exil war es unseren Vätern geboten, für ihre Unterdrücker zu beten."

Nicht, dass ich die Absicht gehabt hätte, für Rom zu beten. Nie im Leben. Aber ich wusste, dass Simon ein anständiges Wortgefecht liebte, und ich würde ihn nicht enttäuschen.

Während wir den äußeren Vorhof überquerten, erörterte er mir mit gedämpfter Stimme, weshalb man auf keinen Fall für die römischen Besatzer beten sollte. Seit Kaiphas, der Hohepriester, den Händlern vor den Stadttoren erlaubt hatte, im Vorhof ihre Stände aufzubauen, herrschte dort ein heilloses Durcheinander. Die Pharisäer hatten sein Vorgehen verurteilt; sie empörten sich ebenso sehr über das Feilschen innerhalb der Tempelmauern wie über den Gestank des Tierdungs. Simon ereiferte sich regelmäßig darüber, und auch mich ärgerte es jedes Mal, wenn ich das Treiben sah – und roch. Aber heute konnte mich das alles nicht berühren.

Schließlich sagte ich lachend: „Lass es gut sein! Was kann ich dir schon entgegenhalten? Du bist der bessere Redner von uns beiden."

Stirnrunzelnd blieb Simon stehen. „Du willst mich so leicht davonkommen lassen? Du enttäuschst mich, Judas."

Ich wies mit der Hand über den Vorhof. „Siehst du da hinten die Arbeiter? Nicht jeder kann den lieben langen Tag über das Gesetz debattieren und mit Pharisäern speisen. Manche müssen schließlich auch arbeiten."

„Ja, geh du nur arbeiten. Ich werde mit Eifer für dich mit debattieren. Wie immer." Er küsste mich und ging. Simon, der Zelot.

In einer kleinen unterirdischen Kammer neben dem Holzmagazin, in dem das Holz für die Brandopfer aufbewahrt wurde, bereitete ich mich auf mein Tagwerk vor. Fast ein Jahrzehnt lang oblag es mir nun schon, die Entlohnung der Steinmetze, Zimmerleute und sonstigen Handwerker zu überwachen, wobei ich dem Schatzmeister und einem alten Leviten mit Namen Elias verantwortlich war. Der Tempel beschäftigte nicht nur die besten Handwerker ihres Fachs, er war auch der sicherste und beste Dienstherr in der Stadt. Der sicherste, denn am Tempel wurde seit seiner Beinahezerstörung im Todesjahr von Herodes ständig gebaut. Der beste, denn man zahlte gut, und das täglich bei Arbeitsschluss.

Auch ich war in all den Jahren, in denen ich mein Amt im Holzmagazin versehen hatte, stets gut bezahlt worden. Aber ich würde diese Arbeit aufgeben, sobald mein Sohn geboren war. Susannas Familie besaß eine Ölmühle und hatte kürzlich damit begonnen, Oliven aus Peräa zu beziehen. Es war kein großes Unternehmen, aber erfolgreich genug, dass ich mit einsteigen und ihrem Vater helfen könnte, den Gewinn zu steigern, indem ich Darlehen mit Zinsen vergab – ein Geschäft, das ich, genau genommen, durch meinen Einblick in die Geldgeschäfte des Tempels erlernt hatte. Wir würden es nicht an die große Glocke hängen, denn nicht wenige betrachteten Geschäfte dieser Art als Diebstahl. Aber es würde Susanna und mir ein gutes Auskommen sichern – und eines Tages auch meinem Sohn.

Das Leben meinte es gut mit mir.

Im Laufe des Vormittags erhielten die Arbeiter ihre Marken, mit denen sie sich am Ende des Tages ihren Lohn abholen konnten. Im äußeren Tempelhof wimmelte es von Juden und Nichtjuden, Pilger kauften die besten Opfertiere, die sie sich leisten konnten, und Fremde aus aller Welt bestaunten den majestätischen Tempel des Herodes.

Ich blieb stehen und blickte auf zu den behauenen Steinen des

Allerheiligsten, die in der hellen Vormittagssonne strahlend weiß glänzten. *Siehst du, dort? Die goldenen Zacken auf dem Dach?*, würde ich zu meinem Sohn sagen. *Und die goldenen Weinreben an den Säulen?* Und ich fasste den Entschluss, für ihn, sobald er geboren war, auf dem Markt ein Ornament aus Blattgold zu kaufen und es über dem Eingang zum Heiligtum anbringen zu lassen. Eines Tages, wenn er alt genug wäre, würde ich mit ihm in den Tempel gehen und ihm sein Goldplättchen zeigen. Und er würde wissen, dass er im schönsten Bauwerk dieser Erde einen Platz hatte.

Ich griff nach meinem Umhang, um nach Hause zu gehen – weniger wegen des Mittagessens, sondern um meine Frau zu sehen und ihr vielleicht die Tunika von den Schultern zu streifen und ihre schwellenden Brüste zu liebkosen. In diesen letzten Wochen der Schwangerschaft würde ich sonst nichts von ihr erwarten. Später würde ich ins Tauchbad gehen, wenn es sein musste.

Ich hatte gerade den Heidenvorhof erreicht, als meine beiden jungen Freunde Isaak und Levi auf mich zugelaufen kamen. Ich wusste, was auf mich zukam, wenn sie derartig zielstrebig auftraten, und seufzte innerlich.

Levi drückte mir einen Kuss auf die Hand, wie man einen Rabbi begrüßt. „Gesegnet der Schoß, der dich getragen hat, Judas." Ich lachte und stieß ihn weg.

Isaak gab mir den üblichen Begrüßungskuss. In seinen Augen leuchtete ein Eifer, wie ihn nur die Jugend kennt. „Judas, wir brauchen deinen Rat", sagte er.

„Wirklich?"

„Ja", bekräftigte er. „Du kennst dich von uns allen am besten im Gesetz aus."

„Was du nicht sagst. Du willst wissen, ob das Gesetz dir erlaubt, dich von deiner Frau zu scheiden."

„Was? Natürlich nicht."

„Die Schule Hillels sagt Ja. Schammai und seine Schüler sagen

Nein. Und da du zur letzten Gruppe gehörst, lautet die Antwort für dich: Nein."

Levi grinste.

„Aber danach wollten wir dich gar nicht fragen", platze Isaak heraus.

„Nicht? Nun, zumindest haben wir diesen Punkt geklärt. Also, worum geht es dann? Ich habe nicht viel Zeit. Zu Hause wartet nämlich eine ausgesprochen schöne Frau auf mich."

„Judas, sag uns, was wir tun müssen, damit das Reich Gottes endlich kommt? Was müssen wir tun, um erlöst zu werden?"

Eine seltsame Spannung stieg in mir hoch. Ich warf einen Blick zurück zum Tor – dort hatte einmal ein goldener Adler gehangen. In meinem versonnenen Rückblick erwartete ich beinahe, ihn dort in der Sonne glänzen zu sehen.

Isaak wiederholte die Frage drängend, bevor ich antworten konnte. „Komm, tu uns den Gefallen. Ein Lehrer sagt dies, ein anderer das. Aber was sagst du, Judas? Wie können wir die Römer loswerden? Wie werden wir erlöst?"

Der Jüngere starrte mich erwartungsvoll an, während die Sonne seine Wangen rosig färbte, ein leidenschaftliches Funkeln in den Augen. Ich fragte mich, was er wohl sagen würde, wenn er wüsste, dass ich einmal eine ganze Woche in einem Grab verbracht hatte. Dass mein Vater ein Verfluchter war, der am Holz gehangen hatte. Was meine Mutter getan hatte, um mir ein Dach über dem Kopf und Brot für meinen Magen geben zu können. Oder dass sie schon seit Monaten an einem seltsamen Ausfluss litt, der es erforderlich machte, dass ich täglich ins Tauchbad ging, damit ich überhaupt in den Tempel kommen konnte. Aus diesem Grund waren wir auch in ein Haus gezogen, das eine eigene Mikwe besaß.

Mein ganzes Leben lang verfolgte mich die Unreinheit – mich, der einmal ein großer Lehrer des Gesetzes hatte werden wollen und dem die Leute jetzt so ehrerbietig begegneten, als sei ich tatsächlich der weise Rabbi, der ich so gern geworden wäre. Ich sah zu Boden und tat so, als müsse ich meinen Umhang zurechtziehen.

„Also?", fragte Isaak.

„Du kennst das Gesetz so gut wie ich. Was sagt das Glaubensbekenntnis?"

„Du sollst den Herrn lieben von ganzem Herzen, mit ganzer Seele und aus allen Kräften."

„Und was sagen unsere weisen Lehrer?"

„Wir sollen das Gesetz halten, aber ..."

„Siehst du? Du weißt genauso viel wie ich." Ich zwang mich zu einem entschuldigenden Lächeln. „Und nun, meine Freunde, verzeiht mir bitte, aber ich bin in Gedanken schon bei meiner Frau, die auf mich wartet."

Ich eilte nach Hause. Aber mein Verlangen war mir vergangen.

Nach dem Essen ging ich für die Arbeit des Nachmittags zurück in den Tempel. Die letzten Opfer des Tages brannten auf den Altären, als ich ihn am Abend wieder verließ.

Ich war so in Gedanken versunken, dass ich die Gestalt, die mich einholte, nicht bemerkte, bis mich jemand am Arm packte. So aus meinen Gedanken gerissen, sah ich zum zweiten Mal an diesem Tag Levis Gesicht vor mir. Er hatte den Umhang über den Kopf gelegt, und obwohl ich ihn schon jahrelang kannte, erschien er mir jetzt irgendwie fremd und verändert.

„Judas, du musst mitkommen."

„Danke, mein Freund, aber ich muss nach Hause."

„Es dauert nicht lange. Bitte."

Nun doch neugierig geworden, begleitete ich Levi nach Hause, wo uns Hulda und Mariam, seine beiden kleinen Töchter, freudestrahlend entgegenliefen. Ich sah zu, wie er sie hochhob, ein Kind in jedem Arm, wie sie ihre Gesichter an seine Wangen pressten und sich Mariams Haar in seinem Bart verfing, als er sie küsste.

„Sagt eurer Mutter, dass wir einen Gast haben. Der Mann aus Kerioth besucht unser Haus“, wies er die beiden an.

Obwohl es noch warm genug war, führte er mich nicht hinauf aufs Dach, sondern in eines der Hinterzimmer. Seine Frau brachte ein wenig Wein und Oliven. Sie war schön, wirkte aber doch eher abgezehrt, wenn ich sie mit Susanna verglich – Susanna, die bis in die Spitzen ihrer geschwollenen Zehen hinein das blühende Leben war. Beim Gedanken an sie kehrte das Verlangen zurück, das mich am Mittag verlassen hatte.

Ich beschloss, den Besuch hier kurz zu halten.

Aber dann geschah etwas Seltsames: Levi stand auf und begann zu beten. Es war nicht das übliche Gebet über dem Wein, sondern die Amida, das Achtzehnbittengebet, das wir dreimal täglich sprechen.

> *Blase das große Schofar unserer Freiheit ... Alle Übeltäter vergehen im Augenblick, alle werden sie schnell vertilgt und die Frevler reißest du schnell aus ... Gepriesen seist du, Ewiger, der Israel erlöst.*

Für einen Moment stand mir Isaak vor Augen und wie er mich am Mittag angesehen hatte. *Wie können wir erlöst werden?*

„Judas, was ich dir jetzt sage, muss zwischen uns bleiben. Das musst du mir versprechen, bevor ich weiterrede.“

„So feierlich, Levi? Willst du mich in eine Debatte verstricken? Oder willst du mich schelten, weil ich Isaak heute Mittag ein bisschen aufgezogen habe?“

„Nein“, sagte er ruhig. „Keine Debatten. Und was Isaak angeht – er ist der Reinste von uns. Männer wie er werden noch das Wohlgefallen des Herrn auf uns herabbringen, wenn du und ich längst vom Erdboden verschwunden sind. Nein. Für das, was ich dir jetzt erzähle, könnte man mich umbringen. Sogar ans Holz hängen.“

Ich zögerte.

„Dann solltest du es vielleicht besser nicht sagen.“

„Ich muss aber. Uns verbindet mehr, als du ahnst. Schwöre mir, Judas, dass es nur zwischen uns bleibt. Ich lege mein Leben in deine Hände."

War es Neugier? Oder dieselbe Unruhe, die mich schon heute Mittag befallen hatte? Das eine wie das andere mochte die Ursache dafür sein, dass ich so antwortete, wie ich es tat.

„Ich schwöre es."

Er nickte.

„Also, worum geht es?"

„Um ein Geständnis."

„Was hast du mir zu gestehen?"

„Judas ... ich kannte dich ... wusste von dir ... bevor wir Freunde wurden."

„Mein Ruf eilt mir voraus?", sagte ich und lachte unbehaglich.

Er lächelte. „Ja, das wohl auch. Du bist bekannt für deinen scharfen Verstand, und noch mehr dafür, dass du keiner der großen Schulen angehörst. Du solltest eigentlich Pharisäer sein oder Rabbi. Du passt eben wirklich in keine Schublade. Aber das meine ich nicht."

„Ich fürchte, du musst dich deutlicher ausdrücken, mein Freund."

„Also gut. Sie nennen dich zwar hier den Mann aus Kerioth. Aber ich weiß, dass du eigentlich aus Sepphoris kommst. Und dass dein Vater zu den Leuten von Judas bar Hesekija gehörte."

Alles. Alles hätte er sagen dürfen und ich wäre darauf gefasst gewesen. Alles – nur das nicht.

War er ein Informant von Herodes' Sohn Antipas? Oder für den Hohepriester? Die Sadduzäer? Ich starrte ihn an und die vertrauten Gesichtszüge waren plötzlich die eines Fremden.

„Mein Vater war ein gottesfürchtiger Mann", sagte ich, vergeblich bemüht, meine Hände ruhig zu halten, die plötzlich zitterten.

„Das weiß ich."

Unter meiner Tunika lief mir der Schweiß den Rücken herunter.

„Ich weiß es, weil ich zu einer Bruderschaft gehöre, die das Erbe solcher Männer, wie dein Vater einer war, antritt."

„Was?"

Er beugte sich vor und sah mich eindringlich an. „Hör mir zu. Die Essener glauben, dass wir heute dem Ende der Geschichte näher sind als jemals zuvor. Und wir glauben das auch, Judas. Wir glauben, dass die Tage der Römer in Israel gezählt sind. Wir haben uns diesem Ziel verschrieben. Und bald ist es so weit."

„Und wer ist ‚wir'?"

„Die Söhne des Lehrers."

„Welcher Lehrer?"

Jetzt sprühten seine Augen Funken. „Der, der sagt, dass wir uns erheben müssen, wenn wir das Gesetz streng befolgen wollen. ‚Kein Herr außer dem Höchsten.'"

Kein Herr außer dem Höchsten. Das war der Schlachtruf von Judas bar Hesekija bei seiner letzten Revolte gewesen – die, der ich mich damals hatte anschließen wollen. Die Leute nannten seine Philosophie eine Schule, und Judas bar Hesekija selbst hatten sie in den letzten Jahren vor seinem Tod den „Lehrer" genannt.

Und Levi kam selbst aus Galiläa; er war erst vor Kurzem zum Studieren nach Jerusalem gekommen. Es passte alles zusammen.

„Seine Lehre lebt weiter, Judas. In vielen Männern."

„Wie viele seid ihr? Wer ist euer Anführer?"

Levi schüttelte den Kopf. „Das könnte ich dir nicht sagen, selbst wenn du mir ein Schwert an die Kehle hieltest. Niemand von uns kennt mehr als ein paar andere – um genau zu sein, nur den, dem wir Bericht erstatten. Und auch seinen Namen wage ich dir nicht zu sagen, und zwar zu seinem und zu deinem Schutz. Aber was ich dir sagen kann, ist dies: Es gibt ein paar Schlüsselfiguren, das weiß ich. Dies ist die Bruderschaft, die das Werk von Männern wie Judas bar Hesekija oder wie deinem Vater vollenden wird. Es ist bald so weit. Schließ dich uns an, Judas. Gemeinsam befreien wir Israel vom römischen Joch."

Seit dem Tag, als ich vor fast zwanzig Jahren meine Füße wieder auf Jerusalems Straßen gesetzt hatte, hatte ich nie mehr von meiner Kindheit gesprochen. Und nun legte dieser Mann, den ich nur wenige Jahre kannte, sie mir offen vor die Füße, breitete sie vor mir aus wie Dung vom Straßenrand oder fauliges Obst, durch dessen aufgeplatzte Schale man die Maden im Inneren sehen konnte ...

Ich zitterte, als ich sehr leise sagte: „Mein Vater ist für diese Sache gestorben; und mein Bruder wurde dafür zum Sklaven gemacht. Dieses Leben liegt hinter mir. Und ich werde bald einen Sohn haben. Ich werde ihn nicht auch dem Schicksal überlassen, ohne Vater aufzuwachsen!"

„Judas ..."

Ich stand auf und schnitt ihm mit einer Handbewegung das Wort ab. „Ich werde dein Geheimnis bewahren. Aber sprich nie wieder zu mir davon."

Drehten sich die Schatten nach mir um, als ich nach Hause ging? Folgten sie mir durch die Gassen?

Zu Hause verriegelte ich die Tür. Dann lehnte ich mich dagegen und atmete tief und ruhig durch.

7

Auf einmal ergab alles einen Sinn. Die Art, wie Amos, auch ein Thoraschüler, Levi an der Schulter packte. Wie sie auf dem Tempelvorhof grußlos und ohne sich noch einmal umzuschauen auseinandergingen. Die unausgesprochene Sprache des Aufruhrs tarnte sich mit Öffentlichkeit. Ich hatte einfach keinen Blick dafür gehabt. Oder vielmehr: Ich hatte es nicht sehen wollen. Jetzt begriff ich, dass ein Teil von mir davon gewusst hatte und selbst im Tempel nach Anzeichen für die allgegenwärtige Rebellion Ausschau gehalten hatte, wenn ich auch behauptete, ich hätte den Traum von einem Messias aufgegeben.

Freiheit für Israel. Tod den Römern.

Mein neues Wissen befeuerte meine Fantasie und brachte mich um den Schlaf. Nachts lag ich wach und grübelte: Was, wenn die Essener recht hatten und der Gerichtstag des Herrn tatsächlich kurz bevorstand?

Nein. Solche Gedanken waren tödlich. Der Höchste würde selbst eingreifen müssen. Ich würde bald Vater sein.

Ich hielt mein Versprechen und verriet Levis Geheimnis nicht; aber ich ging ihm aus dem Weg. Darüber hinaus ließ ich Elias wissen, dass ich mein Amt im Tempel mit Beginn des Passahfestes aufgeben würde. Der alte Levit vergoss Tränen; auf seine alten Tage war er rührselig geworden wie ein Weib. Ich umarmte ihn, dankte ihm und versprach, ihn zu besuchen, sobald mein Sohn geboren wäre. Aber ich war erleichtert.

An dem Tag, als ich mein Amt im Tempel aufgab, sah ich Levi von Weitem. Im letzten Blick, den er mir zuwarf, lag ein Lächeln. Es war allerdings ein trauriges Lächeln.

Es waren kaum mehr zwei Wochen bis zum Passahfest, als meine Mutter aus Kerioth die Nachricht erhielt, ihre Schwester läge im Sterben.

Als Junge hatte ich das Passahfest kaum erwarten können. Ich liebte es, wenn bei Tisch ein Platz für den Propheten Elia frei blieb, der ja wiederkommen würde, wenn der Messias erschien. Ich liebte es, wenn Straßen, Gassen und Hügel in und um Jerusalem sich mit Menschen füllten und die dreißigtausend Einwohner der Stadt auf das Dreifache dieser Zahl anwuchsen.

Aber in den Jahren seit Sepphoris hatte sich mir auch die Symbolik der Gewalt eingeprägt, die das Passahfest umfasste: das Schlachten, das Blut, das die Hoffnung auf Freiheit begleitete – damals auf Freiheit von Ägypten, heute auf Freiheit von Rom.

In diesem Jahr wollte ich das Fest einfach in Ruhe feiern, im Gedenken an die Vergangenheit und in der Hoffnung auf eine bessere Zukunft. Aber als der Brief eintraf, fand ich mich damit ab, dass ich nach Kerioth reisen musste.

Mein Bruder Nathan und ich setzten Mutter auf einen Esel und zogen los. Nathans Frau, seine Tochter und der Sohn, der im letzten Winter geboren worden war, begleiteten uns. Für Susanna kam so kurz vor der Geburt eine Reise nicht infrage. Ich ließ sie zwar nur ungern allein zurück – noch dazu in einem Haus voller Festgäste, um die sie sich kümmern musste –, aber ich würde Nathan nicht allein mit Mutter nach Kerioth ziehen lassen, wo man sich noch immer an seine zweifelhafte Herkunft erinnern würde.

Zwei Tage, nachdem wir angekommen waren, starb meine Tante auf ihrem Lager.

Am Nachmittag wusch Mutter gerade den Leichnam, als Rufe im Dorf erschallten.

„Pilatus hat den Tempelschatz geraubt."

Ich war mit den Vorbereitungen für das Begräbnis beschäftigt gewesen. Als ich die Rufe hörte, sprang ich auf und eilte auf den Mann zu, von dem sie kamen. „Was sagst du? Sprich deutlicher! Was ist passiert?"

„Der römische Statthalter Pilatus hat Soldaten in den Tempel geschickt und den Tempelschatz an sich gebracht!"

Der Rufer schlug sich aufs Haupt und rief dann: „Aiee! Wo sind wir hingekommen? Wie damals Antiochus hat er den Tempelschatz geraubt!"

„Still“, zischte ich ihm zu. „Das sind gefährliche Worte. Du wagst einen gefährlichen Vergleich.“ Jeder wusste, dass Antiochus nicht nur den Tempelschatz geplündert hatte – er hatte außerdem den Altar entweiht, indem er ein Schwein darauf opfern ließ.

Der Mann pfiff durch eine seiner zahlreichen Zahnlücken. „Stimmt es etwa nicht? Entweiht Rom etwa nicht unsere Altäre, indem wir darauf für einen Kaiser opfern müssen, der sich Sohn Gottes nennt? Wo bleibt unser Makkabäus, der den Kaiser entthront und die Römer aus dem Land wirft? Wo ist unser Messias, der den Tempel reinigt? Komm, Elia! Komm, Sohn Davids!“

Judas Makkabäus. Der Freiheitskämpfer, nach dem ich benannt war. Mit der Geschichte davon, wie er den entweihten Tempel gereinigt hatte, war ich groß geworden. Die Worte ließen mir einen Schauer über den Rücken laufen.

„Hör auf!“, sagte ich. Aber es sammelte sich bereits eine besorgte Menschenmenge um den Rufer. Demnächst würde er sie noch zu einer Panik aufstacheln. Die Angst steckte mir bereits in den Knochen, das Herz schlug mir bis zum Hals. Angst um die Leviten, die den Tempelschatz verwalteten. Um die Thoraschüler in den Säulenhallen und die Pilger in den Tempelhöfen.

Und dann durchzuckte mich ein schrecklicher Gedanke: Wenn schon hier in Kerioth solche Worte fielen, was hörte man dann wohl in Jerusalem? Wie würde sich die Empörung äußern, die Pilatus mit dieser Tat heraufbeschwor – jetzt, wo die Stadt zum Bersten voll war mit Menschen?

Ein Funke genügte.

Als ich ins Haus zurückeilte, stand mir nur ein Gesicht vor Augen: Susannas.

Ich verabschiedete mich hastig, ließ meine Mutter in der Obhut meines Bruders zurück und brach auf nach Norden, nach Jerusalem.

In der Heiligen Stadt herrschte bereits ein buntes Festgetümmel. Auf den Hügeln vor der Stadt kampierten die Pilger in dichten Scharen; das ganze Kidrontal bis hinaus nach Bethanien war voller Menschen. Der Rauch von den Feuern und die Farbtupfer der Zelte waren allgegenwärtig; sie füllten die Hügel und die Dächer sogar der Synagogen in der Stadt. Nur das Hinnom-Tal, wo der Unrat der Stadt vor sich hin schwelte, blieb von den Zelten der Pilger verschont.

Aber noch etwas anderes als Festgetümmel herrschte in der Stadt: Zorn erfüllte die Gassen, ein Aufschrei über einen weiteren Gewaltakt Roms und seines Statthalters Pilatus.

Ich erreichte die Stadt und mischte mich unter die Menge, die dem Tempel zuströmte. Dort würde ich mir aus erster Hand ein Bild von der Empörung machen, bevor ich nach Hause gehen und Susanna holen würde. Wenn es sein musste, würde ich sie aus der Stadt bringen.

Aber um den Tempel betreten zu können, würde ich mich reinigen müssen. Ich trug noch den Staub der Straße an den Füßen und konnte so nicht in den Tempel gehen – ausgerechnet heute nicht. An der Südseite des Tempels gab es eine Mikwe, auf die ich nun zusteuerte. Aber die Menge, die davor wartete, erstreckte sich ein gutes Stück die Straße entlang. Ich erwog kurz, die Mikwe eines nahe gelegenen Gasthauses aufzusuchen …

Dann blieb ich stehen. Ich war im selben Haus gewesen wie meine verstorbene Tante. Ich war unrein durch die Berührung einer Leiche. Selbst ein Tauchbad konnte mich heute nicht davon reinigen. Ich konnte nicht in den Tempel gehen.

„Judas bar Simon!“ Eine vertraute Stimme hob sich aus der Menge hervor. Beim Klang meines Namens drehte ich mich um und starrte ins Gesicht von Isaak. Den Ausdruck darauf werde ich nie vergessen. Er strahlte. Seltsam glücklich, fast überirdisch.

„Kommst du, um dich uns anzuschließen? Komm!“ Über einen Mann hinweg, der zwischen uns stand, streckte er die Hand nach mir aus, um mich an sich zu ziehen. Ich ergriff sie und bahnte mir einen Weg an zwei Männern vorbei, die vor mir quer über die Straße liefen.

„Erzähl mir, was passiert ist", bat ich.

„Pilatus hat das Korbangeld an sich genommen."

Das Korbangeld. Das Geld aus dem Opferkasten. Es wurde für öffentliche Arbeiten am Tempel oder in der Stadt verwendet – ich hatte selbst die Löhne für die Arbeiter, die Straßen pflasterten oder Rinnsteine ausbesserten, daraus ausgezahlt.

„Komm mit uns!"

Mein erster Gedanke war: *Wohin?* Dann dachte ich an Susanna. Ich war bereits entschlossen, den Tempel, den ich ohnehin nicht betreten konnte, zu vergessen und direkt nach Hause zu gehen, um sicher zu sein, dass meine Frau und mein ungeborener Sohn in Sicherheit waren.

Trotzdem rief ich Isaak nach: „Wohin?"

Ich verlor seine Hand, und die Rufe der Menge um uns her verschluckten seine Stimme. Dann bemerkte ich, wie sich um mich her ein Protestmarsch formierte.

„Isaak!", schrie ich.

Aber er war fort. Die Menge strömte nun der Nordwestecke des Tempels zu, sie schloss mich ein und riss mich mit sich fort, obwohl ich versuchte, mich aus dem unaufhaltsamen Menschenstrom herauszulösen. Für einen Moment erschien Isaaks Gesicht über der Menge, dann war er wieder fort, wie ein Kopf, der noch einmal aus der Welle auftaucht, bevor sie ihn endgültig mitreißt. Dann strebte ich mit dem Strom der Westmauer des Tempels zu und der Festung Antonia.

Dort, auf einem Podest, das man auf die Stufen vor der Festung gesetzt hatte, sah ich den Mann. Eine Gestalt, die man sich vom bloßen Anblick merken würde.

Pilatus.

Seinem Rang entsprechend in das Purpur der berittenen Truppen gehüllt, saß er auf einem einfachen Stuhl. Er hatte die Hände im Schoß gefaltet und hielt den Kopf leicht geneigt, als lausche er irgendeinem unsichtbaren Jemand, der vor ihm stand – aber von seinen zusammengebissenen Kiefern und den Blicken, die sich wie Schatten über die Köpfe der lärmenden Menge vor ihm legten, ging etwas aus.

Irgendetwas stimmte nicht. Die Wachen am Eingang zur Festung hinter ihm schienen zu ruhig. Und vor ihm auf dem Podest, zwischen dem Statthalter und der anschwellenden Menge, gab es gar keine.

Jetzt erklangen Rufe: „Er stiehlt aus dem Tempelschatz! Gib dem Herrn zurück, was ihm gehört!“

Etwas landete eine Handbreit vor Pilatus' sandalenbewehrten Füßen. Ein verfaulter Apfel. Er warf einen Blick darauf, rührte sich aber sonst nicht, auch nicht, als einige, die dem Podest am nächsten standen, begannen, an den Streben zu rütteln.

„Wir sehen zu, wie Rom unser Heiligtum entweiht!“, rief jemand. „Schickt Pilatus zurück nach Rom.“

Jemand nahm den Refrain auf und wenige Sekunden später hallte es aus der ganzen Menge: „Pilatus nach Rom!“ Fäuste reckten sich in die Luft.

Pilatus rührte sich nicht. Er verzog keine Miene und wandte auch nicht schuldbewusst den Blick ab. Er präsentierte das teilnahmslose Gesicht einer Statue. Dann stand er auf, raffte den Saum seiner Toga und zog sich ruhig zurück ins Innere der Festung.

Hinter mir brachen ein paar Männer in Applaus aus, als wäre Pilatus tatsächlich nach Rom geflohen. Aber er erstarb rasch, als von weiter vorn ein Schrei aufstieg. Eine Gruppe wich vor den Stufen zurück. In einem Augenblick erfasste ich die Situation: Entweder brach jetzt ein Aufstand los, oder die Menge da vorn wurde angegriffen – aber von wem? Ich hatte keine Römer in der Menge gesehen.

Auf allen Seiten herrschte jetzt Tumult, die Menge schob Menschen hin und her. Vor mir stolperte eine Frau, und als der Mann, der sie begleitete, ihr aufhelfen wollte, ging die Menge einfach über ihn hinweg wie Wasser, das in eine Pfütze strömt. Rechts von mir schlug jemand einem anderen eine Keule über den Kopf. Der zerplatzte wie eine reife Melone und spritzte mir Blut in die Augen. Ich taumelte zurück und fiel vor Entsetzen beinahe auf die Steine.

Der Mann, der zugeschlagen hatte, war, nach seiner Kleidung und seinem Bart zu urteilen, ein Jude.

Laute Rufe erklangen. Von den Stufen, die zum Tempel hinaufführten, hörte man Schreie.

Hatte ich vorher versucht, mir einen Weg zum Tempel freizukämpfen, so wurde ich jetzt mit dem Strom derer mitgerissen, die vom Tempel fortrannten. Ich hatte Mühe, auf den Beinen zu bleiben, und hielt mich an den Schultern der Leute neben mir fest. Schließlich sprang ich auf einen Karren, der umgestürzt auf der Straße lag, und suchte nach einem Weg, der Flut der Leute zu entkommen.

Wohin ich blickte, herrschte Gewalt und Tod.

„Judas!"

Ich sah mich um. Mit hochrotem Gesicht stand Simon vor mir.

„Ich muss nach Hause!"

„Komm!" Er winkte mir verzweifelt zu. „Rasch!"

Ich stieg vom Karren und folgte ihm. Ich pflügte geradezu durch die Menge, das Herz pochte mir in den Ohren, in meinen Eingeweiden spürte ich einen Eisklumpen. Wir erreichten das Ephraimtor. Gemeinsam fielen wir in Laufschritt.

„Isaak ist tot!", sagte er. „Sie haben ihn an der Westmauer totgeprügelt."

Isaak. Der unschuldige Junge mit dem wachen Gesicht. Ich rannte schneller.

„Wer?" Ich hatte nur Juden in der Menge gesehen.

„Samariter", sagte Simon und seine Lippen kräuselten sich vor Verachtung.

Mich überkam der Ekel. Samaritische Soldaten, die sich als Juden verkleidet hatten. Samaritische Hilfstruppen, die Rom die Drecksarbeit abnahmen.

Bis zu jenem Tag hatte ich vergessen, auf der Hut zu sein. Das Gleichmaß meiner Tage hatte mich in den Glauben eingelullt, dass Jerusalem ein sicherer Ort war, um dort zu leben.

Es war nicht so.

Wir rannten die Straße hinunter. Ich war fast zu Hause.

„Susanna!", schrie ich und stürmte ins Haus.

Ihre Mutter betrat den Eingangsraum. „Judas! So früh zurück? Wie geht es deiner Tante – ist das da Blut in deinem Gesicht?"

„Wo ist Susanna?", wollte ich wissen.

„Sie ist zum Markt gegangen, ein paar Dinge für das Fest einkaufen – Judas!"

Ich stürmte bereits wieder aus dem Haus, Simon war mir dicht auf den Fersen. Zurück durch das Tor, zu den Marktständen, vorbei an den Menschen, die vor dem Aufruhr flohen und mit schreckgeweiteten Augen auf mich zustürmten wie rasende Tiere.

Ich sah es schon aus hundert Schritt Entfernung: Der Markt lag in Trümmern, Körbe mit Gewürzen und anderen Waren lagen herum, zerbrochene Wein- und Ölkrüge bedeckten den Boden und Plünderer schnappten, was sie konnten, während die Händler hastig zusammenpackten, was noch zu retten war.

Wir liefen zwischen den Ständen hindurch, nach allen Seiten Ausschau haltend.

„Susanna!" Ich schrie ihren Namen, raufte mir das Haar, lief eine kleine Seitengasse hinunter, in der die Marktstände über den Haufen geworfen worden waren. Dann kehrte ich um, lief wieder zurück …

Dann sah ich die Gestalt, die sich an einen umgestürzten Tisch lehnte. Eine Frau lag dort zusammengesunken da, wie Treibgut am Flussufer, wenn es heftig geregnet hat. Ich kannte diese Stickerei auf dem Umhang. Den Fuß in dieser Sandale. Die dunkle Fülle des unbedeckten Haars.

Nein. Es musste jemand anders sein, jemand, der Susannas Umhang trug, der ihre Tunika über den starken, schwellenden Leib gehüllt hatte ... der mich aus ihren leblosen Augen anstarrte.

Simon erreichte die Seitengasse, als ich neben ihr auf die Knie sank, sie in meine Arme zog und auf die Wangen klopfte.

„Susanna! Susanna ..."

Dann spürte ich das Blut in ihrem kräftigen Haar. Es sickerte aus einer Wunde am Hinterkopf hervor, wo der Schädel eingedellt war wie eine angeschlagene Frucht.

Sie war noch warm.

„Hilf mir! Wir müssen sie zur Hebamme bringen", schrie ich. „Hilf mir!"

Simon starrte mich an und sein Gesicht war so grau wie die Steine unter seinen Füßen.

„Die Hebamme! Rasch!"

Simon rannte vor mir die Straße entlang, zurück zur Neustadt. Schluchzend hob ich den leblosen Körper meiner Frau auf meine Arme und stolperte hinter ihm her.

Endlos wie in einem Albtraum dehnten sich diese Augenblicke.

Meine Frau lag in meinen Armen, makaber und vertraut zugleich, die kostbare Wölbung, die unseren Sohn barg, zwischen uns.

Simon kam mir mit der Hebamme entgegen. Die fühlte Susannas Puls, schüttelte den Kopf und rief uns zu, uns zu eilen.

Wir legten Susanna im Hof auf den Boden. Ich stöhnte und riss mir den Bart aus, als die Hebamme den Bauch aufschnitt und das Blut sich auf der Erde sammelte.

„Ein Sohn", sagte sie und legte mir den Jungen in die Arme.

Ich fiel auf die Knie und wiegte die winzige Gestalt.

Er war zu klein. Die winzigen Augen, um die sich Susannas Wimpern so fein herumlegten, waren geschlossen und würden sich nie öffnen.

Als ich das erste Mal starb, war ich ein Kind, das seinen Vater an einem Kreuz anstarrte. Das zweite Mal starb ich an jenem Tag – ein Mann, der neben dem klaffenden Körper seiner Frau kniete und seinen toten Sohn in den Armen wiegte.

Ich badete mich nicht. Ich aß kaum etwas, obwohl Mutter mir Datteln und Oliven hinstellte und Nathans Frau mir Honigwein gebracht hatte. Ich konnte nichts davon vertragen. Nachts sah ich Susanna und unsere toten Kinder im Totenreich. Der Gedanke verfolgte mich, mir sie dort im Scheol vorzustellen, vier verhungerte Babys an der eingefallenen Brust.

Ich forschte unermüdlich in den Schriften. Ich quälte mich selbst mit Gedanken daran, dass die Sadduzäer nicht an die Auferstehung der Seele glauben. Ich wand mich förmlich vor Verlangen, sicher sein zu können, dass ich meine Familie wiedersehen würde. Ich erwog, in die Säulenhalle zu gehen, zum großen Schammai selbst, um endlich sicher sein zu können. Ich wollte Bestätigung. Ich wollte eine Verheißung.

Was sonst sollte es denn für Susanna geben? Für eine ehrbare Frau wie sie? Für meinen Bruder, der vollkommen gewesen war, für meinen Vater, der Besseres verdient hatte als die Schmach eines Kreuzes? Für Isaak, der bis zuletzt dem Gesetz treu geblieben war?

Alle hatten sie das Gesetz geliebt und es ihr Leben lang gehalten.

Was hatte meiner Mutter geholfen, auch in ihrer tiefsten Schande erhobenen Hauptes durch die Welt zu gehen? Was hatte meinen Vater durch die qualvollen Stunden am Kreuz getragen?

Was hatte Joschuas Zweifel besiegt? Es wollte sich mir nicht erschließen.

Wie können wir erlöst werden?

Wieder und wieder las ich Hiobs Geschichte. Meiner Mutter gelang es nicht, mir die Schriftrolle zu entwinden. Nachts, wenn der übrige Haushalt schlief, schrie ich zu Gott und stand stundenlang im kalten Wasser der Mikwe. Aber ich hörte nichts als Schweigen. Nicht einmal ein stilles, sanftes Sausen gab mir Antwort.

Ich hatte mich mit ganzem Herzen dem Gesetz verpflichtet und es hatte mir nichts eingebracht. Es hatte das Gottesreich nicht herbeigeführt, hatte Gott nicht zum Handeln bewegt und auch den falschen, von Rom ernannten Priester nicht mitten im Tempel niedergestreckt.

Als der Trauermonat sich dem Ende zuneigte, wusste ich nur eines: Ich war es müde, heilig zu sein. Der große Freiheitsheld Judas Makkabäus war es auch nicht gewesen; schließlich hatte er seine Kriege auch am Sabbat geführt.

Und wir konnten uns die Heiligkeit auch nicht mehr leisten.

An diesem Abend suchte ich Levi in seinem Haus auf.

„Komm herein, Judas", sagte er.

Als ich in dieser Nacht in die dunklen Wasser der Mikwe eintauchte, erfüllte mich eine neue Verheißung: die Revolte, die die im Geheimbund zusammengeschlossenen Söhne des Abbas herbeiführen würden. Abba war das Wort für „Vater", aber auch Lehrer sprach man so an.

All diese Bar-Abbas.

Und dann trat in jenem Herbst die Stimme Zions in Erscheinung.

8

Schon seit Wochen redeten die Leute vom Täufer.

Pilger, die zum Laubhüttenfest in die Stadt kamen, brachten Geschichten über ihn mit: Wie radikal er predigte, wie besessen er davon war, die Leute im lebendigen Wasser des Jordans zu taufen.

Sie erzählten noch andere Geschichten: Wie offen er Herodes Antipas verdammt hatte, weil der die Frau seines Bruders geheiratet hatte – eine krasse Gesetzesverletzung. Schon allein weil er das gewagt hatte, hätte ich den Täufer gern einmal zu Gesicht bekommen.

Aber dann kam das Geflüster unter denjenigen auf, die am Fluss bei ihm gewesen waren, und mir sträubten sich die Haare.

Elia.

Er ist Elia!

Elia. Elia, der wiedererscheinen würde, wenn der Kommende erschien.

„Ich frage mich, ob er vielleicht wirklich ein Prophet ist", sagte Simon an dem Tag, als ich ihn überredete, Jerusalem hinter uns zu lassen und nach diesem Täufer zu suchen. Zusammen mit einer Gruppe von Thoraschülern waren wir jetzt unterwegs; Amos und Levi gehörten auch dazu.

„Seit vierhundert Jahren ist kein Prophet mehr aufgetreten", sagte Levi. „Nein, mein Freund. Er ist ein Essener, daher ist er so besessen vom Waschen und Untertauchen. Oder er ist ein Verrückter. Aber ein interessanter Verrückter."

„Wer sagt, dass er verrückt ist?", fragte Amos.

„Wer sonst würde öffentlich den König kritisieren? Aber gerade dafür lieben wir ihn ja. Und deshalb nehmen wir es mit Skorpionen und Schakalen auf, um einen Blick auf diesen Verrückten zu werfen, bevor Herodes seine Männer schickt, um ihn umzubringen. Jetzt, wo ich darüber nachdenke, kommt mir der Gedanke: Ein Mund, den Herodes zum Schweigen bringen will, muss der Mund eines Propheten sein. Wir sollten uns anhören, was er zu sagen hat, bevor man ihn umbringt."

Ich lachte, aber es klang etwas hohl. Er konnte nicht ahnen, welche Unruhe seine Worte in mir geweckt hatten und dass ich sie den ganzen Weg über wie eine scharfe Klinge in mir spürte. Etwas war in mir wieder zum Leben erwacht, größer und hungriger als zuvor. Ich befürchtete zwar, dieser Verrückte, der Täufer, werde mich enttäuschen. Aber noch mehr als die Enttäuschung fürchtete ich die Hoffnung.

Mitten am Nachmittag erreichten wir einen steilen Uferabschnitt, von wo aus man einen Blick auf den Jordan hatte. Der Anblick, der sich uns bot, verschlug uns die Sprache.

An beiden Seiten des Flusses säumten farbenfrohe Unterstände und Zelte die Hänge am Fluss. Es mussten wohl dreihundert Menschen sein, die dort am Ufer saßen, in den Fluss stiegen oder das Wasser wieder verließen – Landarbeiter mit Haut wie gebrannte Ziegel, reiche Leute in teuren Kleidern, Kinder in Lumpen. Frauen breiteten Kleider zum Trocknen in der Sonne aus und stillten im Schatten der Akazien ihre Säuglinge.

Und dann sah ich ihn. Er stand mitten im Fluss, wie das Auge eines aufziehenden Sturms.

Seine Haut war sonnenverbrannt und fast so dunkel wie die eines Nubiers. Das Haar hing ihm in dicken Zotteln bis über die Taille herunter und bedeckte sehnige Schultern, deren Haut mit den Muskeln, die sich darunter abzeichneten, wie verschweißt erschien. Ein Bart quoll ihm wie ein schwarzer Strom vom Kinn bis zur Mitte der Brust herunter. Aber was ihn so wild erscheinen ließ wie ein Geschöpf, das einem Käfig entronnen war, war seine Stimme, die von unten am Fluss bis zu unserem Aussichtspunkt am Hang herüberdrang. Das war nicht die Stimme eines Ältesten, der in der Synagoge aus den heiligen Schriften vorliest; auch nicht die eines Lehrers in den Tempelhöfen. Es war die Stimme eines Mannes, der durchs Dorf rennt und ein kommendes Unheil ankündigt.

„Die Zeit kommt rasch! Hört, was ich euch sage: Kehrt um, heute noch. Das Reich Gottes ist nah."

Ich zuckte unweigerlich zusammen. Mein ganzes Leben lang hatte ich mich danach gesehnt, diese Worte zu hören. Gleichzeitig erfasste mich eine Welle der Empörung. Wie konnte er es wagen, falsche Hoffnungen zu wecken! Allzu oft hatte ich ähnlichen Versprechungen geglaubt und war jedes Mal bitter enttäuscht worden.

Wie von unsichtbaren Fäden gezogen, tat ich einen Schritt auf ihn zu. Ich musste diesen Mann aus der Nähe sehen. Und sei es nur, um ihm zu sagen, er solle den Mund halten und mit seinem leeren Geschwätz aufhören.

„Judas!"

Nur schwach nahm ich wahr, wie Simon hinter mir her rief. Ich hastete die steinige Böschung hinunter, rutschte dabei mehr als ich rannte und erreichte atemlos das Ufer, wo sich die Menschen drängten. Anstatt mir einen Weg durch die Menge zu bahnen, watete ich durchs seichte Wasser. Es war angenehm kühl nach dem langen Tagesmarsch in der sengenden Sonne, die an diesem Herbsttag so heiß brannte, dass mir der Schweiß nur so den Rücken hinuntergelaufen war.

Mein Gewand wickelte sich mir um die Beine, während ich mich stromaufwärts durch eine Schilfinsel vorankämpfte, auf den Ursprung der Stimme zu.

Keuchend brach ich aus dem Schilf hervor, bis zu den Knien im trüben Wasser. Dann stand ein einzelner Mann vor mir, keine zwanzig Schritte entfernt.

Der Täufer.

Er drehte sich zu mir um und blickte mich an. Ich blieb wie

angewurzelt stehen. Das waren nicht die Augen eines Wahnsinnigen.

„Willkommen." Er kam näher und streckte mir seine Hand entgegen. Offenbar war er nicht im Geringsten überrascht, mich zu sehen.

Ich ergriff die Hand nicht. Ich wagte es einfach nicht. Denn seinen Augen fehlte nicht nur der irre Glanz, sondern es lag in ihnen eine Klarheit, wie ich sie noch nie gesehen hatte. Ein helles, beinahe überirdisches Leuchten und eine tiefe Weisheit. Augen eines Mannes, der zu viel gesehen hatte. Und diese Augen schauten mich an.

Plötzlich fühlte ich mich nackt. Ich wich zurück und sehnte mich danach, in der Menge unterzutauchen, der ich soeben noch entflohen war.

„Ich sage dir, die Zeit ist nahe. Heute sage ich euch: Nach mir wird einer kommen, der größere Macht hat als ich." Seine Worte waren leise und nicht für die Menschenmenge bestimmt, sondern allein für mich. Er senkte die Stimme noch weiter. „Und ich bin nicht würdig, ihm die Schuhe zu tragen."

Dann war da dieser besondere Moment, seltsam und beinahe unheimlich. Wir maßen einander mit Blicken, als wollte einer den anderen durchschauen. Dann war der Augenblick vorüber und er wandte sich wieder den Massen am Ufer zu: „Kommt alle her! Heute taufe ich euch mit Wasser, aber es wird einer kommen, der wird euch mit Feuer taufen!"

Die Leute drängten sich ins Wasser und ich tauchte in der Menge unter, dankbar, jenem durchdringenden Blick zu entfliehen.

Um mich her sirrten die gemurmelten Gebete der Büßer wie ein Schwarm Heuschrecken. Neben mir bekannte ein Mann flüsternd, dass er seinen Nachbarn bestohlen hatte. Ein anderer bereute, dass er den Sabbat gebrochen hatte.

Und dann tauchten sie mit dem ganzen Körper im kalten Wasser unter. Immer mehr Leute legten am Ufer ihre Oberkleider ab, manche bis auf das Lendentuch. Einige Frauen entfernten sich stromabwärts um die nächste Flussbiegung.

Ich fühlte mich fehl am Platz, drehte mich um und rannte durchs Wasser zum Ufer zurück. In dem verzweifelten Versuch zu entkommen keuchte ich taumelnd die Böschung hinauf und hielt Ausschau nach Simon und Levi.

Ein junger Mann näherte sich und legte seine Tunika ab. „Wirst du dich auch taufen lassen? Komm, gehen wir gemeinsam."

Ich schüttelte stumm den Kopf.

„Es ist lebendiges Wasser – das lebendige Wasser des Ewigen zur Vergebung der Sünden", sagte er.

„Zur Vergebung der Sünden?" Simon hatte mich entdeckt und trat neben mich. „Unsinn. Dieser Täufer ist kein Priester und wir sind hier nicht im Tempel."

„Der Tempel ist unrein und bedarf der Reinigung", erwiderte der Fremde. „Genau wie du, mein Freund. Wasch dich rein von deinen Sünden. Und dann berichte jedem, den du triffst, dass Elia gekommen ist."

„Scher dich weg und lass uns in Ruhe", knurrte Simon. „Und sieh dich vor, dass du nicht gegen den Höchsten lästerst. Der Tempel ist heilig und der Ort, an dem der Ewige wohnt."

Der Fremde sagte nichts darauf, er sah Simon nur an, drehte sich um und ging unbeirrt seines Weges.

Simon nahm mich beim Arm und versuchte, mich fortzuziehen. „Diese fanatischen Irrlehrer, sie gehen eindeutig zu weit!"

Doch ich blieb stehen und beobachtete, wie der junge Mann ins Wasser watete und auf einen der Schüler des Täufers zuging. Ich sah, wie sie miteinander sprachen und beteten. Dann sank er, von dem anderen gehalten, unter die Wasseroberfläche.

Als er auftauchte, schimmerten die langen nassen Haare und sein Bart um seinen Kopf in der Sonne hell wie ein Leichentuch. Auf seinem Gesicht lag ein Ausdruck der Verklärung.

Neben mir raunte Simon: „Merk dir, was ich jetzt sage. Dieser Ort wird noch von sich reden machen. Ein gefährlicher Ort."

Wäre es nicht so spät gewesen, er hätte darauf bestanden, dass wir noch am selben Tag nach Jerusalem zurückkehren. Aber für den Weg hierher hatten wir fast sieben Stunden gebraucht, und wir würden den Rückweg erst im Morgengrauen antreten können.

Insgeheim war ich froh, denn ich wollte das Geheimnis dieses Mannes ergründen. Das Geheimnis dieser klaren, wissenden Augen.

An jenem Abend rückten Levi und ich so nah wie möglich ans Feuer heran, an dem Johannes – so hieß der Täufer, wie wir erfahren hatten – mit seinen Anhängern saß. Selbst zu der späten Stunde drängten sich so viele Menschen um ihn, dass wir nicht hören konnten, was er sagte. Und ich spürte einen seltsamen Stich im Herzen, dass ich nicht zum Kreis seiner engsten Vertrauten gehörte, mit denen er sich den Platz am Feuer teilte.

„Hast du's bemerkt?", murmelte Levi. „Er trägt ein Gewand aus Kamelhaar."

„Ja", sagte ich und verstand, was er sagen wollte: So wie Elia.

„Was sagt er?", fragte ich die Gruppe, die vor uns saß.

Einer der Männer antwortete: „Da ist gerade ein Zöllner gekommen, der den Täufer fragt, was er tun solle. Johannes sagt ihm, er solle nicht mehr verlangen als recht ist."

Neben mir schnaubte jemand. Jeder wusste, dass alle, die eine Lizenz zum Steuereintreiben besaßen, forderten, was sie kriegen konnten und alles, was über den von Rom verlangten Steuersatz hinausging, in die eigene Tasche steckten.

„Ein Zöllner?", sagte Levi stirnrunzelnd. „Warum sollte er wohl einen Zöllner taufen?"

„Jemand hat ihn gefragt, ob er der Messias ist", wusste ein anderer zu berichten.

Der Messias. Der Gesalbte des Herrn. Ich bekam eine Gänsehaut.

„Und was hat er geantwortet?" Die Frage war mir kaum herausgerutscht, als ich mich schon dafür schalt. Ich hatte die Möchte-gern-Messiasse dieser Welt hinter mir gelassen und mein Los mit den Bar-Abbassen verknüpft, mit den Söhnen des Lehrers. Wenn ein Messias erscheinen würde, dann würden wir das sein – auch wenn wir die Hilfe eines Mannes nicht verschmähen würden, der in der Lage war, notfalls eine Armee auf die Beine zu stellen.

Das war nämlich der eigentliche Grund, warum Levi und ich hier waren.

„Er sagt, er sei es nicht", berichtete der Mann.

Ich weiß nicht, was in diesem Moment stärker war: meine Enttäuschung oder meine Erleichterung.

Noch vor der Morgendämmerung wachte ich mit steifem Hals auf. In mir machte sich Enttäuschung breit, das Gefühl, an etwas gehindert worden zu sein, stieß mir sauer auf. Als die Sonne aufging, stapfte der Täufer an unserer Seite des Flusses am Ufer entlang; er predigte bereits. Die Menge war heute kleiner als gestern und ich bemerkte auf einmal, dass der Täufer mir beunruhigend nahe kam.

Er fand einfach kein Ende! Wieder und wieder rief er die Menge zur Umkehr auf, verkündete, dass das Reich Gottes nahe sei, bis ich so frustriert war, dass es mich nicht mehr auf meinem Platz hielt. Ich sprang auf.

„Wo?", rief ich. „Wo ist denn der Herr?"

Der Täufer sah mich mit diesen hellsichtigen Augen an und ich erwiderte seinen Blick wie gebannt. Diesmal wich ich nicht zurück.

„Er kommt! Ich sage euch, er kommt, und mit ihm das Reich Gottes." Der Täufer kam jetzt zu mir herüber. „Komm. Lass mich dich taufen."

Ich brauchte keinen Messias. Ich wollte nicht noch einmal miterleben, wie wieder ein Gesalbter den Tod fand und Israel noch tiefer in die Fänge der Römer trieb.

Aber wie ich mich danach sehnte, rein zu sein! Ich verzehrte mich geradezu danach. Ich bedauerte es jedes Mal, wenn ich das Tauchbad verließ und das Wasser von meiner Haut abperlte, denn ich wusste, mein innerer Friede würde sich nur allzu bald ebenso verflüchtigen.

Etwas schnürte mir die Kehle zu. Der Täufer drehte sich um und stieg ins Wasser, und mir war seltsam bewusst, dass aller Augen auf mich gerichtet waren. Monate zuvor hatte ich eine Hoffnung begraben, um den Funken einer anderen zu erhalten. Der Judas, der ich im letzten Frühling gewesen war, wäre dem Täufer nicht in den Jordan gefolgt.

Aber der Judas, der ich in diesem Herbst war, tat es.

Mit einem Ruck schleuderte ich die Sandalen fort und zog mir die Tunika über den Kopf. Simons Überraschungsruf neben mir beachtete ich gar nicht. Nur in ein Lendentuch gehüllt, stolperte ich hinter dem Täufer ins Wasser.

Meine Zehen sanken in den schlickigen Boden des Flusses und meine Arme überlief eine Gänsehaut. Die Sonne erreichte eben erst das gegenüberliegende Ufer, als ich Johannes erreichte – und als ich dann den Blick hob, stieg sie hoch und umgab mich mit einem Bogen aus Licht.

Ich schlug die Hände vors Gesicht und beichtete flüsternd jedes Vergehen, das mir einfiel. Meinen Zorn auf Gott wegen Susannas Tod, den Tag, an dem ich Joschua vor die Füße gespuckt hatte … die Angst, die mich noch immer plagte, der Ewige könne sich für immer von uns abgewandt haben – oder, schlimmer noch, es gäbe ihn gar nicht. Auch das sprach ich flüsternd aus, und meine Worte fielen auf das Wasser wie die zahllosen Insekten, die über seiner Oberfläche dahinjagten.

Dann gab ich mein Gesicht frei und breitete die Arme weit

aus. Ich spürte, wie der Täufer mir die Hand auf den Kopf legte. Er drückte mich nach hinten und meine Knie gaben nach. Dunkelheit hüllte mich ein und eine Kühle umfloss meine Brust und mein Gesicht, das bereits nass war von meinen Tränen. Dann ließ ich mich in die kalten Fluten sinken, die unter mir dahinströmten. Das Licht durchstrahlte selbst die Trübheit des schlammigen Wassers, das nicht annähernd so dunkel war, wie es hätte sein sollen.

Es war wie im Mutterschoß. Wie der Moment vor der Geburt, in dem man weder Böses noch Schmerz, noch Hoffnung, noch irgendetwas kennt außer der leisen Stimme, die einfach flüstert: *Ich bin.*

Ich blieb so lange untergetaucht, wie ich konnte, bis ich dachte, wenn ich nur wollte, könnte ich tatsächlich dieses trübe Licht einatmen und zugleich damit die kühle Unbewusstheit, die es verbreitete, die ahnunglose Unschuld einer Seele, der noch nicht der Makel von Haut oder Blut oder Leben anhaftete.

Dann tauchte ich auf. Ich straffte die Knie und den Rücken und mein Gesicht durchbrach die Wasseroberfläche. Wie von fern hörte ich Johannes reden, während die Sonne mein Gesicht beschien und sich in den Wassertropfen brach und in jedem einzelnen ein Wunder an Farben aufleuchten ließ. Tausend Stimmen sangen in der Sprache des Lichts und mich erfüllte ein einziger Gedanke: *Ich bin neu geworden. Endlich. Endlich.*

Der Herr hatte mich nicht verlassen. Der Herr hatte Israel nicht verlassen. Ich glaubte es; ich wusste, dass es wahr war.

Wenn auch nur für diesen einen Augenblick.

9

Die Stadttore waren noch gar nicht für den Tag geöffnet, als mich Levi bereits in meinem Haus aufsuchte.

„Ich gehe“, sagte er nur.

„An den Jordan?“ Es war bereits Winter, der zu dieser Zeit übliche Regen hatte die Hügel grün gefärbt, und wir hatten jeden Tag, den wir erübrigen konnten, am Fluss beim Täufer verbracht. „Ich komme mit, aber lass mich noch rasch etwas zu essen für uns ...“

„Nein. Ich meinte, ich gehe fort. Ich schließe mich Johannes an.“

Jetzt erst bemerkte ich das Bündel, das er über der Schulter trug und die einfache Tunika, die er statt des sonstigen feinen Stoffes trug ... Die Furchen auf seiner Stirn schienen plötzlich verschwunden ... ein Lächeln spielte um seine Lippen.

Wenn ich Levi jemals lächeln gesehen hatte, so war es bisher stets ein bitteres Lächeln gewesen.

„Ich bin gekommen, um dich wissen zu lassen, dass du bald direkt mit meinem Kontaktmann im Briefkontakt stehen wirst. Ich natürlich auch, egal, wo ich stecke.“

„Du gehst fort? So plötzlich?“

„Nein, es kommt nicht plötzlich. Es treibt mich schon lange um. Jetzt habe ich endlich erkannt, dass ich besser da draußen sein sollte.“ Er wies mit dem Kinn nach Osten. „Nicht hier wohlbehütet in der Säulenhalle des Tempels sitzen und sinnlose Diskussionen führen. Wir bilden uns etwas ein auf unser ganzes Wissen und beschäftigen uns mit den letzten Spitzfindigkeiten, die das Gesetz zu bieten hat. Und um uns her gehen die Leute unter der Knute Roms zugrunde und hungern – nicht nach dem Gesetz, sondern nach Hoffnung! Sie sterben, Judas, sie sterben aus Verzweiflung, dass der Herr uns vergessen hat und dass wir nie wieder frei sein werden." Seine Augen sprühten Feuer.

„Aber wann hast du diesen Entschluss gefasst?"

„Gestern haben ein paar Schüler von Gamaliel ihn einen Gotteslästerer genannt. Verstehst du? Sie werden die Pharisäer gegen ihn aufbringen. Johannes braucht Leute wie uns, die zwischen ihm und den Pharisäern vermitteln können, bis noch mehr Leute sich uns angeschlossen haben. Judas, ich *glaube*. Das Reich Gottes beginnt. Und unsere Bruderschaft sollte das sehr genau beobachten. Deshalb gehe ich jetzt. Sagst du Simon für mich Lebewohl?"

Ich hatte Simon seit Wochen nicht gesehen. Levi stand mir mit unserer gemeinsamen Begeisterung für den Täufer näher; Simon und seine Freunde, weitgehend Pharisäer, ärgerte sie nur.

Mir fiel nichts anderes ein, als zu fragen: „Bist du dir ganz sicher?"

„Ich war mir noch nie im Leben sicherer. Gib mir deinen Segen, Judas, und versprich mir, dass ich dich auch bald dort sehe."

Ich küsste ihn wie betäubt. Noch lange, nachdem sich die Tür hinter Levi geschlossen hatte, starrte ich auf die Tür.

Noch kurz bevor er aufgetaucht war, hatte ich selbst daran gedacht, an den Fluss zu gehen. Ich hatte geglaubt, ich könne es gar nicht erwarten, das Reich Gottes anbrechen zu sehen. Aber nun, wo Levi tatsächlich loszog, um die neue Zeit einzuleiten, wurde mir klar, dass ich mich viel zu rasch damit begnügt hatte, den Frieden zu genießen, den ich nach meiner großen Reinigung im Fluss empfand. Ich war in eine Traumwelt geflohen.

Levis Entschiedenheit nagte an meinem Gewissen und weckte mich aus dem trügerischen Traum, ich könne untätig bleiben. Während der folgenden Tage traf ich meine eigenen Vorbereitungen. Ich überprüfte die Darlehen, die ich für Susannas Familie vergeben hatte, und regelte es so, dass mein Anteil am Zinsgewinn im Tempel für meine Mutter hinterlegt würde.

Meinem neuen Kontaktmann schrieb ich in dem einfachen Code, den Levi mir bereits erklärt hatte, als ich damals bei ihm war, um mich den Rebellen anzuschließen. Er musste mir gar nicht viel erklären, denn ich erkannte die Chiffren, die mein Bruder mir einst beigebracht hatte. Er hatte sie selbst von Vater gelernt und ich hatte das Ganze damals für ein Spiel gehalten. Es war eine einfache Botschaft, adressiert an einen Namen, den ich nicht kannte und der vermutlich ohnehin ein Deckname war, und eine Anschrift irgendwo in der Oberstadt.

Nach dem Sabbat gehe ich fort, um mich dem Täufer anzuschließen.

Aber am nächsten Abend, noch bevor der Sabbat vorüber war, brachte ein Botenjunge mir eine Nachricht. Sie war kurz und klar: *Warte.*

Warte?

Enttäuscht starrte ich die Wände meines Zimmers an.

Levi hatte mich nachdrücklich auf die Konsequenzen hingewiesen, falls ich eine Anordnung der Söhne missachten oder die ganze Sache verraten würde. Würden sie etwa meine Mutter bedrohen, oder Nathan und seine Familie, wenn ich ihnen nicht Folge leistete? Wäre ich ein Mann ohne Familie und Bindungen gewesen, wäre ich aufgebrochen. Aber ich war es nicht.

Also wartete ich ab und versuchte mir einzureden, dass meine Mutter und Nathan mich bräuchten.

Der Sabbat war längst vorüber und die Tage dehnten sich zu Wochen.

Jeden Tag lag der Tempel da, ließ sich durch die aufgehende Sonne erwärmen und kühlte nach ihrem Untergang wieder ab, beeindruckend schön, aber teilnahmslos. Jeden Tag begab ich mich in die Tempelhöfe, um zu beten, aber meine Gedanken waren in der Wüste, wo Johannes Buße predigte und von einem redete, der größer war als er und der bald kommen würde. Auch an dem Tag, als eine Delegation der Sadduzäer zurückkam, die bei Johannes gewesen war und nun Bericht erstattete, war ich im Tempel.

Die Neuigkeiten schwirrten in den Tempelhallen und -höfen umher. Sie waren zu Johannes gezogen, um ihm im Auftrag der führenden Männer in den einflussreichen Familien ein paar Fragen zu stellen. Vor allem Hanan und Boethus hatten sie losgeschickt. Ich mochte niemanden, der zu diesen Familien gehörte, besonders, und so hörte ich mit Genugtuung, dass Johannes sie „Schlangenbrut" geschimpft hatte. Ich sah es förmlich vor mir, wie sie da in ihren feinen Gewändern vor ihm auf dem kleinen Abhang über dem Fluss standen und er in seiner typischen Art über den Fluss hin mit dem Finger auf sie wies.

Der ganze Bericht enthielt eine Anschuldigung nach der anderen.

> *Wie kannst du es wagen, Sünden zu vergeben? Bist du etwa Priester? Gib uns eine Antwort für die, die uns schicken.*
>
> *– Ich bin der Sohn eines Priesters. Aber was bedeutet euch das schon? Wer hat euch erzählt, ihr könntet dem kommenden Zorn entrinnen?*
>
> *Zorn? Doch nicht über uns! Wir sind Abrahams Söhne.*
>
> *– Die Axt ist dem Baum schon an die Wurzel gelegt. Wer keine Frucht bringt, wird umgehauen und ins Feuer geworfen! Oder wisst ihr nicht, dass Gott dem Abraham aus Steinen Kinder erwecken kann, wenn es ihm gefällt?*
>
> *Wag es nicht!*

Ich wusste, dass die Bewegung, die als ein Wirbel im Jordan begonnen hatte, inzwischen zu einer Flutwelle angeschwollen war. Die Sadduzäer waren nicht zu Johannes gegangen, weil sie Fragen hatten, auf die sie eine Antwort suchten. Sie wollten etwas gegen ihn in der Hand haben. Sie wollten eine tödliche Anklage schmieden.

Johannes und seine Schüler wussten gar nicht, in welcher Gefahr sie schwebten. Sie mussten nach Norden gehen, heraus aus Judäa. Ich würde mich an die Anordnung halten und in der Stadt bleiben, aber es drängte mich, sie wenigstens zu warnen. Und so kam es, dass ich am nächsten Tag an den Jordan hinausging.

Die Menge, die sich am Fluss zusammenfand, war gewachsen; das sonnendurchglühte Tal wimmelte nur so von Menschen. Mir fiel auf, wie viele Kranke darunter waren, Lahme, aber auch die grell geschminkten anrüchigen Frauen und sogar ein paar Soldaten in Uniform. Wozu hatte sich dieser Ort entwickelt?

Als ich Levi endlich entdeckt hatte, schien ich einen anderen Mann vor mir zu haben. Seine Haut war wettergegerbt und von der Sonne zu einem dunklen Rotbraun gebrannt. Das Haar war in den wenigen Wochen, seit ich ihn zuletzt gesehen hatte, gewachsen und verlieh ihm ein wildes Aussehen, wodurch er seinem Meister ähnelte. Obwohl der Tag nicht sehr warm war, stand er fast nackt im Fluss, nur in ein Lendentuch gehüllt, und rief die Worte, die ich nun schon so oft gehört hatte: „Kehrt um! Das Reich Gottes ist nahe!"

Ich watete durch das Wasser zu ihm.

„Judas!" Er strahlte und küsste mich. „Gesegnet die Brust, die dich gesäugt hat!"

„Ich komme, um Buße zu tun", sagte ich lächelnd. „Taufe mich, Levi."

Über den Wassern des Jordan löste ich mich von meiner Selbstgenügsamkeit und meinem Neid und tauchte dann im Strom unter. Zu rasch kam ich wieder hoch und die Geräusche im Tal schlugen über mir zusammen, als gingen gerade zahllose Töpfe zu Bruch.

„Ich muss Johannes sprechen", sagte ich, während das Wasser mir aus dem Bart floss.

Levi kniff die Augen zusammen, lächelte aber nicht. Vielleicht sah er an meinem Gesichtsausdruck, wie ernst es mir war.

Johannes stand etwas flussaufwärts in einer Gruppe von Pilgern und predigte. Die Vorstellung, wie ich ihn ansprechen würde, beunruhigte mich; wie würde er meine Warnung aufnehmen?

Aber als wir ihn fast schon erreicht hatten, brach er seine Rede plötzlich ab und heftete den Blick auf irgendetwas im Osten. Und dann stürmte er los; er hatte es eilig, ans Ufer zu kommen. Das war nicht der zielstrebige Schritt eines Mannes, der es gewohnt ist, im Wasser zu laufen. Nein, der Mann vor uns stolperte durchs Wasser, murmelte etwas Unverständliches und hielt die Augen starr auf irgendetwas gerichtet – auf irgendjemanden. Wir folgten ihm hastig.

Dann sah ich, was ihn so faszinierte: Ein Mann – ein sehr hagerer Mann – kam am Ufer entlang.

„Lamm Gottes!“, sagte Johannes wie zu sich selbst. Und dann noch einmal und diesmal lauter: „Seht, das Lamm Gottes, das die Sünde der Welt hinwegnimmt.“

Der Mann war so dünn, dass er eher wie ein Leichnam wirkte, und sein Gang war schwankend und unsicher. Jetzt sah ich auch, dass seine Haut ebenso dunkel war wie die von Johannes, aber sie schälte sich an etlichen Stellen, wo sie zu viel Sonne abbekommen hatte. Die Lippen waren aufgesprungen und voller Bläschen und bluteten an einer Stelle. Johannes schien von alledem nichts wahrzunehmen. Er nahm den Mann bei der Hand, legte ihm den Arm um die Schulter und führte ihn behutsam zu der engen Biegung im Fluss, wo er seinen Lagerplatz hatte.

Ich wandte mich an Levi, der den beiden nachblickte. „Wer ist das?“

„Ein Cousin von Johannes, aus Nazareth“, sagte er in eigenartigem Ton.

Nazareth. Ich erinnerte mich an den winzigen Flecken nicht allzu weit von Sepphoris – ein Ort, mit dem ich den Fieberwahn von Schmerz, Hunger und Scham verband. Konnte von dort irgendetwas Gutes kommen?

„So, wie er aussieht, hat er wohl kaum einen Bissen zu essen gekriegt, seit er das letzte Mal hier war“, bemerkte Levi.

„Er war bereits hier?“

„Vor einem guten Monat. Er kam, um sich taufen zu lassen.“ Levi schüttelte den Kopf. „Den Tag werde ich nie vergessen.“

„Was willst du damit sagen?“

„Johannes wollte es nicht tun. Und das ist seltsam, denn er schickt sonst nie jemanden fort. Wie es schien, gerieten sie in eine Diskussion. Schließlich fiel Johannes mitten im Fluss vor seinem Cousin auf die Knie, aber der packte ihn am Ellbogen und zog ihn wieder hoch. Johannes hat ihn dann schließlich doch getauft ...“

„Und?“

„An dem Tag war der Himmel wolkenverhangen, aber als Johannes' Cousin aus dem Wasser auftauchte, brach die Sonne durch. Und Johannes starrte in den Himmel, als könne er den Feuerwagen des Elia dort sehen, obwohl sonst niemand irgendetwas Außergewöhnliches erkennen konnte. Ein paar Leute sagten: ‚Hat es nicht gedonnert? Wo bleibt der Sturm?‘ Aber wir haben keinen Donner gehört.“

Ich blickte den Fluss entlang in Richtung von Johannes' Lagerplatz, aber die beiden Männer waren nicht mehr zu sehen. Johannes kam an diesem Tag nicht mehr zum Fluss hinunter.

Als der Abend kam, nahm Levi mich am Arm.

„Komm mit.“

Wir gingen flussaufwärts, vorbei an den Feuern der Johannesschüler, bis wir zum Unterstand des Täufers kamen. Dort saß er in ein ernstes Gespräch mit dem hageren Mann vertieft. Der hatte sich inzwischen in etliche Umhänge gehüllt, um die abendliche Kühle abzuwehren, und hielt eine Schale mit einer dünnen Suppe in Händen.

„Meister“, sagte Levi. „Dies ist Judas bar Simon. Er kommt mit einer Warnung zu uns.“

Der Täufer sah mich an, während Levi ihm rasch die Botschaft zuflüsterte, die ich ihm bereits mitgeteilt hatte, und wieder zog mich die Unverblümtheit dieses Blicks in ihren Bann.

„Ich habe dich getauft“, sagte Johannes, nachdem Levi geendet hatte.

„Ja. Mehr als einmal.“

Ich bemühte mich, den Schatten eines Mannes da neben dem Täufer nicht anzustarren, aber das war unmöglich. Das Echo seiner Worte hallte in mir nach:

Lamm Gottes.

Als der Nazarener schließlich den Blick auf mich richtete, konnte ich meine Augen nicht von ihm abwenden. Unter dem Blick von Johannes hatte ich mich bloßgestellt und nackt gefühlt; im Blick des Nazareners sah ich ... eine Verwandtschaft – als lägen hinter diesen tief liegenden Augen ein Geheimnis und ein Schmerz, die dem meinen entsprachen.

An diesem Tag sah ich ihn zum ersten Mal – den Mann, der mein bester Freund werden sollte.

Zwei Wochen später setzte sich Johannes mit seinen Schülern nach Norden ab. Inzwischen hörte man aus Galiläa auch Geschichten über seinen geheimnisvollen Cousin.

Es hieß, in Kana habe er bei einer Hochzeit ein Wunder getan, aber jeder erzählte eine andere Version davon, worin es bestand. Andere sagten, er sei ein Trunkenbold, ein kleiner Handwerker, der sich von Fremden aushalten ließ und nur von der Berühmtheit seines Cousins lebte.

Und dann gab es die ersten Stimmen, die verstohlen etwas ganz anderes sagten.

Messias.

Als der Winter dem Frühling wich, war ich zu einer verlorenen Seele geworden, ein Mann ohne Vater, ohne Bruder, ohne Frau und Sohn, der sich verzweifelt danach sehnte, die Hoffnung wiederzufinden, die ihn an den Ufern des Jordan erfüllt hatte. Und den der Blick des Nazareners verfolgte.

Ein paar Wochen später wurde Johannes von Herodes gefangen gesetzt. Ich machte mir Sorgen um Levi. Ich war wie besessen vom Gedanken an den Nazarener. Ich konnte nicht länger warten.

Meinem Kontaktmann schrieb ich:

Ich gehe nach Galiläa, um etwas über den Cousin von Johannes herauszufinden, diesen Nazarener. Ich werde in Erfahrung bringen, was er vorhat und ob er vielleicht unsere Sache unterstützt.

Und dann ging ich zu Simon.

„Komm mit mir", sagte ich.

Er runzelte die Stirn, Schatten spielten in seinem Bart und ließen seine ausgezehrten Wangen noch dunkler erscheinen. Sein geliebter Lehrer, der große Schammai, war kürzlich verstorben und in den Säulenhallen war Chaos ausgebrochen. Seither hatte sich hinter seiner Stirn eine neue unstete Rastlosigkeit eingenistet.

„Und du glaubst, ein Lehrer aus Galiläa könnte dir deinen inneren Frieden wiedergeben oder deine Fragen beantworten?"

„Meine Frau und mein Sohn sind tot. Alles, wofür ich gelebt habe, ist nicht mehr da. Simon, bitte." Ich hatte ihm nichts davon erzählt, dass ich mich den Söhnen angeschlossen hatte, aber ich hegte die stille Hoffnung, dass ich meinen Kontaktmann dazu bringen könnte, auch Simon für unsere Sache zu gewinnen.

Er sah mich nicht an und schüttelte den Kopf. „Ich gehe mit, aber nur bis zum Herbst. Zum Laubhüttenfest kommen wir zurück."

„Ja, zum Laubhüttenfest", bestätigte ich und küsste ihn erleichtert.

Als Simon und ich zwei Tage später die Stadttore hinter uns ließen, öffnete sich der Himmel und sandte einen der seltenen Sommerregen herab. Er dauerte nur ein paar Augenblicke, aber ich nahm es als ein Segenszeichen.

Mit jeder römischen Meile, die wir uns von Jerusalem entfernten, fiel eine Last von mir ab wie Ballast, den man über Bord wirft. Ich wusste nicht, was wir bei diesem Nazarener entdecken würden, aber zum ersten Mal seit mehr als einem Jahr erfüllte mich wieder eine Freiheit, in der so etwas wie Hoffnung lag.

Ich wusste nicht, dass ich Jerusalem für immer verließ und dass ich nie mehr länger als ein paar Nächte in ihren Mauern verbringen würde.

Verehrung

10

Hatte ich je bemerkt, welche Farbenpracht die Hügel Galiläas aufwiesen? Die Rot- und Purpurtöne, in denen morgens und abends der Horizont versank ... der See, in dem sich der Himmel so makellos spiegelte, dass man glaubte, in die Wolken zu fallen, wenn man einfach nur am Ufer stand ... Weizenhalme, die sich mit zur Ernte reifen prallen Ähren auf den Feldern wiegten ...

Schafe grasten auf den Hügeln, wie die Getreideernte für herrschaftliche Tafeln bestimmt.

Je näher wir den Städten und Dörfern Galiläas kamen, umso intensiver wurde der Geruch der Armut. Je weiter wir kamen, umso mehr verdichtete sich der Eindruck, die Ernte, die man wirklich in Galiläa einbrachte, bestünde weder aus Weizen noch aus Gerste oder den Trauben von den Hängen im Norden, sondern aus Hunger und Unzufriedenheit, und die Böden schienen von der Last der römischen Besteuerung verseucht wie mit Salz.

„Ich hoffe, du bist nicht bitter enttäuscht", sagte Simon. Er sagte es mechanisch, wie ein Gebet, das man so oft gesprochen hat, dass die Worte ihre Bedeutung verlieren. Simon hatte immer einen glühenden Glauben besessen – er hatte nur einen Anker gebraucht, der stark genug war, seinem Eifer standzuhalten. Seit dem Tod seines Lehrers hatte er seinen Halt verloren, und so nahm ich es ihm nicht übel, wenn er mich auf diese Weise ansprach.

Die kleine Stadt Magdala am Westufer des Sees, den man auch das Galiläische Meer nennt, stank nach Fisch. Nach Trockenfisch. Eingelegtem Fisch. Verfaulendem Fisch. Fische standen in Bassins herum, manche schwammen oben und die Fliegen machten sich darüber her. Zu dieser Tageszeit waren wenige Boote auf dem See, die Fischer flickten am Land ihre Netze, brachten neue Steingewichte an, reparierten die Boote mit Tannenholz oder dem, was sie sonst zum Ausbessern fanden.

In der Nähe des Stadttores sprachen wir einen älteren Mann an. Er war dünn wie ein Gerippe, die knochigen Knie stachen unter der abgetragenen Tunika hervor. Nur eine Handvoll anderer saß bei ihm und ich wunderte mich, warum in einem Städtchen von der Größe Magdalas nicht mehr Leute auf den Straßen zu sehen waren.

„Verzeihung", sagte ich, „hast du etwas von einem Wanderprediger gehört, der aus Nazareth kommt?"

„Ach, der Heiler."

Simon und ich wechselten einen Blick.

„Der, der dasselbe verkündet wie der Täufer?", fragte der Mann.

„Ja", bestätigte ich. „Genau der."

Er wies unbestimmt nach Norden. „Die ganze Stadt ist hinausgelaufen, um ihn zu hören."

Wir eilten am kleinen Hafenbecken vorbei und am Seeufer entlang. Zum ersten Mal, seit wir Jerusalem verlassen hatten, sah ich so etwas wie Aufregung in Simon und ich lächelte.

Nördlich der Stadt liefen wir über Wiesen, die in der Hitze des Sommers braun geworden waren, ab und zu kamen wir an einer ärmlichen Fischerhütte vorbei. Gespannte Erwartung lag so spürbar in der Luft wie der Geruch nach Trockenfisch in der Stadt.

Was ich dann auf jener kleinen Ebene vor mir sah, erstaunte mich zutiefst. Hunderte von Menschen füllten den Platz. Ich hielt

Ausschau nach dem hageren Mann, der meine Erinnerung und meine Träume durchzog, aber mein Blick blieb an den Kindern hängen, die um die Menge herumtobten, und an Männern und Frauen, die sich gegenseitig voranschoben, um noch besser zu sehen und zu hören, was vorging.

„Komm!“ Ich rief es aufgeregt wie ein Kind.

Wir drängten uns nun ebenfalls durch die Menge. Von ihrem Rand her konnten wir nur seine Stimme hören, aber seine Worte gingen im allgemeinen Stimmengewirr unter.

„Was sagt er?“, fragte ich einen Mann, der vor mir stand. Er war dreckig und dünn wie ein Schilfrohr, als habe er schon seit Tagen keine anständige Mahlzeit mehr gesehen.

„Das Reich Gottes ist wie eine Perle – eine, für die jemand alles verkauft, um sie zu erwerben“, sagte er und seine Augen glänzten.

Ich sah Simon an. Das war das Letzte, was ich erwartet hatte. Ich hatte ja im Geist schon die Worte des Täufers gehört: „Kehrt um! Das Reich Gottes bricht schon an.“

Ich wollte den Mann schon fragen, was er noch gehört hatte, aber bevor ich dazu kam, hörte man einen Schrei und die Menge stob auseinander wie ein Schwarm erschreckter Vögel. Die Leute wichen zurück; es zog sie geradezu von dem Mann fort, der im Zentrum stand. Statt wie gerade noch am äußeren Rand der Menge fanden wir uns auf einmal fast in vorderster Reihe vor.

Konnte dies der Mann sein, der halb verhungert und von der Sonne verbrannt an den Jordan gekommen war? Was für eine Verwandlung! Sein Haar war gewaschen und glänzte von Öl, und seine Schultern waren kräftig geworden – ich hatte damals nicht bemerkt, was für breite Schultern er hatte. Aber was sich am meisten verändert hatte, war sein Gesicht. Es wies nicht mehr diesen kränklichen Ausdruck eines von Hunger und Durst Geplagten auf. Jetzt war es voll und hellwach – ganz anders als an jenem ersten Tag. Da hatte er ausgezehrt und erschöpft gewirkt, als käme er gerade aus dem Schlund des Scheol.

Was mich am allermeisten verblüffte, war, dass ich so gar nichts Außergewöhnliches mehr an ihm fand. Der Mann, dessen Blick ich nicht hatte vergessen können – sollte es wirklich dieser Mann sein?

Die ganze Versammlung hatte sich fast aufgelöst, ein paar Leute hasteten sogar durchs Wasser davon. Dann sah ich, warum. Vor dem Nazarener stand ein Mann und reckte ihm verrenkte Hände entgegen, die verkrüppelten Finger weit gespreizt wie missgestaltete und fehlende Zacken eines Sterns.

Ein Aussätziger.

Unwillkürlich wich ich einen Schritt zurück.

Der Mann humpelte mühsam vorwärts; der Fuß, den er auf den Boden setzte, war grässlich verfärbt. Das Gesicht war von warzenartigen Auswüchsen entstellt und glich den mit Flechten bewachsenen Ankern, die wir im Hafen gesehen hatten. Ich spürte mehr, als dass ich es sah, dass Simon neben mir zurückwich, und hörte, wie er einen erstickten Laut des Abscheus ausstieß.

Natürlich hatte ich schon Aussätzige gesehen, aber noch nie war ich einem so nahe gekommen. Irgendwo vor den Toren der Stadt lebten sie von dem, was ihre Familien ihnen hinausbrachten. Ihre Unreinheit verbot jegliche Berührung und verlangte, dass sie selbst mit lauten Rufen „Unrein! Unrein!“ auf sich aufmerksam machten, wenn sie sich einer bewohnten Gegend näherten. Sie waren ein einziges Bild des Schreckens, der Gestalt gewordene Zorn des Höchsten.

Bei diesem Mann war die Krankheit so weit fortgeschritten, dass er völlig entstellt war und kaum noch aussah wie ein Mensch. Er hatte sein Gesicht enthüllt; die restliche Gestalt war in Lumpen gewickelt, wie es das Gesetz verlangte. Die Haut hatte sich abgelöst, sodass man kaum das Fleisch von dem schmutzigen Stoff unterscheiden konnte. Und nun wusste ich wieder, warum ich früher gedacht hatte, die Aussätzigen lebten in Gräbern: Der Mann vor mir war wirklich nichts anderes als ein lebender Leichnam, dem das Fleisch von den Knochen faulte, während seine Seele widersinnigerweise intakt blieb.

Mütter packten ihre Kinder und bargen ihre Köpfe im Schoß. Ein paar Männer schrien den Mann an, er solle verschwinden. Ob er nicht sehe, dass hier Menschen waren? Aber es war nicht nur der Zorn, der ihren Stimmen Nachdruck verlieh. Es war die Angst. Jeder Einzelne von uns hatte schon einmal entsetzt auf einen Riss in seiner Haut gestarrt, sich bange gefragt, ob ein Geschwür aufplatzen und nicht mehr zuheilen würde und ob dann das Blut hervorquellen würde. Blut, das zu heilig war, als dass man es vergießen oder nur damit in Berührung kommen durfte. Jeder Einzelne von uns fürchtete aufgeplatztes Fleisch, weil es nur eines bedeutete – Unreinheit und Gericht ... den Ausschluss aus der Gemeinschaft und aus dem Tempel. Wie ungeheuerlich musste die Sünde dieses Mannes sein, dass er so entsetzlich geschlagen war, so entstellt von dieser Krankheit! Und wir selbst? Waren wir vielleicht selbst nicht weit davon entfernt?

Sicher kannte der Aussätzige das Gesetz! Jetzt beteuerte er das sogar, aber zugleich stolperte er vorwärts, den Mund mit den zerfressenen Lippen aufgerissen, dass es einen ekelte.

„Bitte!“, krächzte der Mann und seine Stimme brach sofort, als habe er schon seit sehr langer Zeit keinen Gebrauch mehr von ihr gemacht. Ich sah jetzt, wie sein Blick unstet hierhin und dorthin huschte, wie seine Hände mit den Fingerstumpen zitterten wie Blätter im Wind. „Bitte!“

Der Nazarener trat auf ihn zu und einer seiner Schüler warnte ihn: „Rabbi, er ist unrein.“ Ich kniff die Augen zusammen. Den Mann kannte ich. War das nicht Andreas, der auch zu den Anhängern von Johannes gehört hatte?

Der Nazarener machte eine abwehrende Geste in Richtung von Andreas. Sein Blick ruhte auf dem Aussätzigen, der vor ihm stand. Die Massen, die die Szene beobachteten, waren inzwischen ganz still geworden. Irgendwo in der Menge schrie ein Kind.

Der Kranke taumelte vorwärts, immer näher heran an den einzigen Menschen, der sich nicht von der Stelle gerührt hatte, als er aufgetaucht war. Dann fiel er zu Boden, auf die Knie, auf sein Gesicht.

„Bitte!“, heulte er noch einmal auf. Die raue Stimme war in schrecklicher Klarheit weithin vernehmbar. „Bitte! Wenn du es willst, dann kannst du mich rein machen.“

Der Nazarener sank auf die Knie und legte dem Aussätzigen eine Hand auf die Schulter, und ich wich zurück, als habe mich der Blitz getroffen. Dann stand ich wie gebannt da und spürte mit durchdringender Klarheit die angespannten Blicke der Menge, die an einem Punkt zusammenliefen wie die Fäden eines Spinnennetzes.

Dort, wo die Hand auf dieser Schulter lag.

Der Mann am Boden hob den Kopf. Seine Gesichtszüge waren verzerrt. Aus dem geöffneten Mund kam ein leiser Klagelaut, als bereite die Berührung ihm, der so lange jegliche menschliche Berührung hatte entbehren müssen, Pein. Er hob eine Hand, bizarr verrenkt, sodass die Finger abstanden wie Strahlen von einem Stern, als wolle er die gesunde Hand auf seiner Schulter ergreifen, wagte es dann aber nicht. Dann durchlief ihn ein Zittern, er neigte den Kopf wieder zu Boden und ein tonloses Stöhnen verriet einen Menschen, der so lange gelitten hatte, dass er vergessen hatte, wie es ist, zu weinen.

„Ich will es.“

Die Stimme erstickte und er legte dem Aussätzigen sanft die Hände aufs Gesicht. Das war unmissverständlich. Dann sagte er es noch einmal: „Ich will es.“

Mit den Daumen strich er über die Geschwüre auf den Wangen des Kranken, berührte die Schrunden, die den Mund umrandeten wie raue Steine ein Wasserloch im Wüstensand. Es lag keinerlei Abscheu in dieser Geste; es war auch nicht das pflichtschuldige flüchtige Darüberstreifen des Arztes … Es war die Liebkosung eines Menschen, dem beim Anblick von etwas sehr Schönem die

Tränen kommen. Der Aussätzige ließ den Kopf in die Hände des Nazareners sinken und schluchzte.

„Sei rein."

Langsam hob der Mann den Kopf.

Ich taumelte. Stieß tief die Luft aus. Simon schob sich an mir vorbei, die Augen weit aufgerissen.

Wo gerade noch eitrige Wunden gewesen waren, war die Haut glatt und heil und umhüllte weit auseinanderliegende Augen, eine kräftige Nase und einen wohlgeformten Mund – einen Mund, wie geschaffen dafür, Gebete zu sprechen. Aus dem verfaulenden Fleisch war ein lebendiges Wesen erstanden. Und erst jetzt, seit ich den Mann zu Gesicht bekommen hatte, fragte ich mich, wie er wohl heißen mochte.

Er schlug wieder die Hände vors Gesicht und sein wildes, haltloses Schluchzen sagte mehr als alle Worte. Als er die zitternden Hände schließlich hob, reckten sich zehn vollständige und unversehrte Finger in den Himmel.

Ich hatte schon viele große Lehrer erlebt. Ich hatte viele Geschichten gehört.

Aber so etwas hatte ich noch nie gesehen.

11

In dieser Nacht lag ich in meinen Umhang gewickelt in einem Gasthaus in Genezareth und fand keinen Schlaf. Der Aussätzige ging mir nicht aus dem Sinn und ich stellte mir vor, wie er zu seiner Familie zurückkehrte. Und in die Synagoge. Er würde wieder in den Tempel gehen – in den langen Jahren seiner Krankheit hatte er ihn ja nicht betreten dürfen.

Ich konnte nicht vergessen, wie der Nazarener sein Gesicht liebkost hatte – nicht wie einen Aussätzigen, sondern wie den eigenen Bruder, den eigenen Sohn oder den teuersten Freund.

Wie viele Jahre mochte der Mann wohl schon den Tag herbeigesehnt haben, an dem ihn der Priester mit dem Blut einer Taube besprengen und damit für rein erklären würde? Wie viele Jahre hatte er wohl davon geträumt, dann acht Tage später zwei Lämmer als Opfer zu bringen? Und von der Stunde, in der der Priester mit dem Blut dieser Lämmer sein Ohrläppchen bestreichen würde, den Daumen und den großen Zeh – und er würde als rein gelten? Und wie viele Monate oder Jahre mochte es her sein, dass er in irgendeiner Felsenhöhle in Galiläa all diese Hoffnungen verloren hatte, als die Krankheit ihm Ohrläppchen, Daumen und Zeh wegfraß?

Was bedeutete es, wenn ein Mensch einem derart Verlorenen die Hoffnung zurückgeben konnte?

Konnte dieser Mann das etwa auch für ein ganzes Volk tun?

Messias.

Ich verbot mir derartige Gedanken. Aber sie ließen sich einfach nicht verbieten.

In knapp zwei Tagen sollten wir den Nazarener wiedersehen. Der Lehrer war, wie jemand zu berichten wusste, ins Bergland gegangen, um zu beten. So blieben wir in unserer Herberge und warteten ebenso wie die vielen anderen, die außerhalb der Stadt kampierten, darauf, dass er zurückkehrte. Es waren die Tage, in denen man sich landauf, landab von ihm erzählte, und die Geschichten über ihn waren so zahlreich und unglaublich wie das Seemannsgarn der galiläischen Fischer.

In Magdala, hieß es, habe er eine Frau von bösen Geistern befreit – einfach, indem er ihnen befohlen hatte, sie zu verlassen. Ich wusste: Das war unmöglich.

Diese Frau aus Magdala begleitete ihn nun angeblich auf Schritt und Tritt; sie gehörte sogar zum engeren Kreis seiner Schüler. Die bloße Vorstellung sprengte alle Grenzen der Schicklichkeit.

Angeblich war er über Samaria nach Galiläa gekommen. Welcher aufrechte Jude würde das Gebiet dieser Mörder betreten? Jemand wollte sogar wissen, er habe am Jakobsbrunnen Rast gemacht und eine Frau um einen Schluck Wasser gebeten. Simon erklärte diese Geschichte für erfunden und schalt den, der sie verbreitete, ins Gesicht einen Lügner. Kein Lehrer, der etwas auf sich hielt, würde mit einer Frau sprechen – es sei denn mit der eigenen. Und eine Samaritanerin um Wasser zu bitten ... Schon bei der Berührung ihrer Hand würde er unrein werden.

Aber er hatte einen Aussätzigen berührt ...

„Der Meister sagt, das Reich Gottes sei wie ein Senfkorn“, erfuhren wir von einem Händler, bei dem wir ein wenig Brot kauften. „Es ist nur ein winziger Same, aber wenn es heranwächst, wird es größer als alle anderen Pflanzen im Garten. Ein richtiger Baum, und in seinen Zweigen bauen die Vögel ihre Nester.“

„Bist du sicher, dass er so etwas gesagt hat?“, erkundigte ich mich stirnrunzelnd.

„Ich hab's selbst gehört. Ich suche ihn auf, wann immer ich die Zeit erübrigen kann. Schon seit ein paar Monaten. Das Reich Gottes, sagt er, ist wie ein Netz, das man ins Wasser wirft und damit Fische aller Art fängt. Und wenn es voll ist, zieht man es ans Ufer und legt die guten Fische in Eimer. Die schlechten wirft man fort.“

„Das gefällt mir alles nicht“, brummte Simon am zweiten Abend. „Welcher Lehrer verpackt das, was er zu sagen hat, in solche Geschichten? Wie soll man denn mit erfundenen Geschichten Wahrheit aufzeigen? Es ist gefährlich, mit der Schrift zu spielen; wie leicht hat man das Gesetz um ein Jota oder Tüpfelchen verändert!"

„Simon, er redet zu einfachen Leuten. Nicht zu solchen, die sich in den Schriften auskennen wie wir."

„Heute hat jemand gesagt, er wasche sich nicht einmal vor dem Essen die Hände. Was ist das für ein Lehrer, der die Reinigungsgebote nicht einhält?"

Ich erzählte ihm nichts von meiner Vermutung, dass der Nazarener wohl nicht an dieser Art von Reinheit interessiert war. Ich erinnerte ihn auch nicht daran, dass auch Judas Makkabäus durch die Städte gezogen war und seine Armee um sich gesammelt hatte, bis er sich in der Lage sah, nach Jerusalem zu marschieren und den Tempel zu reinigen. Auch meinen Eindruck vom Tag unserer Ankunft verschwieg ich ihm: Dass ich dort vor den Toren von Magdala nicht eine Menge hungriger Bauern gesehen hatte, sondern die Vorläufer einer Armee. Nichts von alldem teilte ich mit Simon, obwohl es mein Herz mit einer schwindelerregenden Hoffnung erfüllte und ich wusste, dass ich den Söhnen davon berichten würde.

Aber Simon ließ sich nicht überzeugen.

„Jemand hat erzählt, zu Hause, in Nazareth, hätten sie ihn beinahe umgebracht. Da ist er nämlich nur ein kleiner Handwerker, aber er hat behauptet, in ihm würde sich die Schrift erfüllen. Außerdem lehrt er nicht wie üblich, indem er die großen Rabbis zitiert. Er erdreistet sich, seine eigenen Worte zu wählen – als seien die Schriften nur ein Kommentar dazu!"

„Das sind doch alles nur Gerüchte! Diese Bauern haben eben keinen anderen Gesprächsstoff", konterte ich.

„In Nazareth hat er jedenfalls keinen Aussätzigen geheilt und auch sonst nichts Besonderes vollbracht. Und weißt du, welchen Grund er dafür genannt hat? Weil sie dort nicht glaubten. Deswegen könnte er ihnen kein Wunder bieten. Mir kommt das eher vor wie die Strategie eines Taschenspielers. Soll ich dir noch erzählen, was mir heute jemand zugeflüstert hat? Als Kind soll er in Ägypten gewesen sein. Ägypten – dieses Land der Zauberer und Geisterbeschwörer."

„Jetzt sei nicht albern."

„Judas, sei vorsichtig. Den Messias werden wir an seiner Macht erkennen. Aber einen Mann Gottes erkennen wir daran, dass er das Gesetz hält und mit anständigen Leuten verkehrt."

„Es ist doch keine Sünde, den Armen gute Worte zu schenken."

„Warum verteidigst du ihn so? Uns geht langsam das Geld aus. Wenn wir jetzt aufbrechen, können wir noch vor den Festpilgern wieder in der Stadt sein."

„Simon, hier geschehen wichtige Dinge. Merkst du es nicht? Spürst du es nicht? Diese Leute sind nicht hier, um schöne Geschichten zu hören. Sie sind hier, weil sie nach *Hoffnung* suchen."

„Hoffnung? Worauf? Ich sehe nur eine Bauernrotte, die sich in dem Moment aus dem Staub machen wird, wenn man ihren Anführer erschlägt wie einen Straßenköter! Das ist nicht der richtige Weg, Judas!"

Ein verzweifelter Zorn stieg in mir auf.

„Woher willst du das wissen? Weil sie sich nicht *waschen*? Hast du nicht gesehen, dass dieser Aussätzige mit völlig heiler Haut davonging? Er hatte Finger – und vorher hatte er keine! Kannst du es nicht in den Gesichtern lesen: Diese Leute verlangen viel, viel mehr nach dem, was dieser Nazarener an sich hat, als nach Nahrung und Brot! Was hier vorgeht, ist einfacher und bedeutsamer, als selbst du oder ich mit all unserer Gesetzesgelehrtheit begreifen."

„Du bist besessen von ihm!", brach es aus Simon heraus. „Du sehnst dich so verzweifelt danach, dass er das ist, was du in ihm siehst, dass du sogar übersiehst, wie er sich über das Gesetz hinwegsetzt!"

„Er kam aus Ägypten. Du hast es selbst gesagt. Andreas sagt, er war in der Wüste, das hat ihn so ausgezehrt. Vierzig Tage. Vierzig – ebenso viele Jahre wanderte Mose durch die Wüste. Dann kam er zurück und überschritt den Jordan. Bedeutet das etwa in deinen Augen nichts? Haben unsere Väter nicht dasselbe getan, als sie aus dem Exil zurückkehrten?" Bei dem, was ich da sagte, lief mir eine Gänsehaut über den Rücken.

„Und Bethlehem", fuhr ich fort. „Hast du gehört, dass er nicht in Nazareth geboren wurde? Sondern in Bethlehem? *Bethlehem*, Simon. Der Geburtsort von David. Seine Eltern sollen sogar Nachfahren Davids sein."

„Das sind hundert andere Bauernkinder in jedem Jahr auch. Da raunt jemand ‚Messias', und ihr verliert alle den Verstand? Gibt es nicht ebenso viele Gerüchte, dass seine Herkunft äußerst zweifelhaft ist?"

Ich blinzelte. Von „zweifelhafter Herkunft". Kein Bastard, aber auch nicht ohne dunkle Flecken in seinem Stammbaum. Als mein Bruder geboren wurde, hatten die Leute auch etwas von „zweifelhafter Herkunft" gemunkelt. Aber in seinem Fall war das freundlicher gewesen, als wenn sie ihn mit dem Begriff benannt hätten, der wirklich auf ihn zutraf. Im kleinen Kerioth war es deswegen nicht einfach gewesen, eine Frau für ihn zu finden. Rebecca, die jetzt seine Frau war, stand jedoch in demselben zweifelhaften Ruf, da ihre Eltern erst verlobt waren, als sie empfangen wurde.

Warum war alles, was wir über diesen Lehrer hörten, so beunruhigend?

Ich schob den Gedanken fort und trat näher an Simon heran. „Ich bin der Letzte, der wegen eines sogenannten Messias' den Verstand verliert. Du hast keine Vorstellung, was ich alles im Namen solcher Möchte-gern-Messiasse schon verloren habe!"

„Oh doch", sagte er, plötzlich sehr ruhig. „Du merkst gar nicht, wie überheblich du bist! Du denkst wohl, du bist der Einzige, der leidet, der einen schweren Verlust zu beklagen hat? Ich weiß sehr wohl, was es heißt, zuzusehen, wenn der eigene Bruder enthauptet und der eigene Vater ans Kreuz gehängt wird! Und ich muss dir nicht erzählen, dass diese ganze Sache hier uns teuer zu stehen kommen kann. Herodes hat den Täufer bereits festgesetzt, zu dem du ja gar nicht schnell genug kommen konntest. Wie lange, glaubst du, dauert es, bis er seinen Cousin ebenfalls verhaftet?"

„Er hat den Mann vom Aussatz geheilt", sagte ich. „Ich habe es mit eigenen Augen gesehen. Und du ebenfalls. Das war kein Taschenspielertrick."

Simon presste die Kiefer zusammen; die Härte in seinem Blick war abwehrend wie ein eherner Schild.

„Nur noch ein wenig länger", bat ich. „Wenn die Zeichen nicht echt sind, wenn du nicht aus ganzem Herzen sagen kannst: ‚Ich sehe es auch. Ich glaube', dann kehren wir zurück."

Noch während ich es sagte, wusste ich, dass ich nicht zurückgehen würde, selbst wenn Simon sich auf der Stelle umdrehen und mich verlassen würde.

„Ein wenig länger", sagte er nun ruhiger. „Aber denk nach, Judas. Siehst du nicht, dass er einfach ein gewitzter Bauer sein könnte, der einen Groll mit sich rumschleppt? Vielleicht aus gutem Grund, aber doch einen Groll – gegen die Reichen, die Gebildeten, die Gesetzestreuen, gegen jeden, der ihn vermeintlich um einen ehrbaren Platz in dieser Welt gebracht hat? Und dann ist es doch nur verständlich, wenn die Bauern und besitzlosen Hungerleider ihm nachlaufen. Er ist einer von ihnen. Aber er ist keiner von uns."

Am nächsten Tag standen wir früh auf, bevor die Menschen zusammenströmten. Die Sonne färbte den Himmel erst mit dem leisesten Hauch, als wir einem Mann begegneten, den ich an jenem ersten Tag beim Nazarener gesehen zu haben glaubte – einem aus seinem engsten Schülerkreis.

„Verzeihung", sagte ich und ging auf ihn zu. „Hast du vielleicht den Lehrer gesehen, diesen Jesus aus Nazareth?"

„Er ruht noch“, sagte der Mann mit starkem galiläischen Akzent. Sein Gesicht war sonnenverbrannt und ich vermutete, dass auch er einmal zu den Schülern des Johannes gehört hatte. „Keine Sorge, ihr seht ihn bald wieder. Ihr könnt ihn gar nicht verpassen.“

Der Jesusschüler setzte seinen Weg in Richtung des Hafens fort und wir folgten ihm eilig.

„Und wer bist du?“, rief ich ihm nach.

Wir hatten ihn fast eingeholt und er warf uns über die Schulter einen Blick zu. „Simon bar Jona“, sagte er und hob ein wenig das Kinn. „Aber der Meister nennt mich Petrus.“

„Er nennt dich ‚Fels‘?“, hakte Simon nach und warf ihm einen zweifelnden Blick zu.

Petrus grinste und schlug sich dann an den Schädel. Seine Schneidezähne standen schief; selbst wenn er den Mund schloss, schien einer noch durch die geschlossenen Lippen herauszuragen. „Wenn es ihm passt. Andreas ist mein Bruder.“

„Ich wüsste nicht, dass ich dich auch am Fluss beim Täufer gesehen hätte“, bemerkte ich.

„Dort war ich nicht. Wir haben mit der Fischerei genug Arbeit; da brauchen wir jeden, der zupacken kann, zu Hause. Nein, Andreas ist bei uns der Heißsporn – der mit seinen Geschichten von diesem Mann am Jordan, der jeden ins Wasser taucht, der verrückt genug ist, ihm zuzuhören.“ Er warf mir ein schiefes Lächeln zu. „Insgeheim waren wir nicht böse, als sie Johannes verhafteten. Es bedeutete, dass Andreas nach Hause kommen würde.“

Ich zog die Stirn in Falten.

„Aber jetzt seid ihr beide hier“, stellte Simon fest und sah ihn aus zusammengekniffenen Augen an. „Und jetzt lauft ihr seinem Cousin nach.“

„Ja. Jetzt sind wir hier. Ich habe geschworen, ihm zu folgen, wo er auch hingeht. Als mein Bruder das erste Mal kam und mir erzählte, er hätte den Messias gefunden, habe ich gedacht, er sei nicht mehr bei Trost."

Ich sah ihn scharf an. „Den Messias?"

Petrus hob wieder das Kinn. „Wenn das kein Messias ist, dann weiß ich nicht, wer es sonst sein sollte."

Mir fiel auf, dass er ein Schwert trug, das sein Gewand nicht ganz verhüllte.

„Verrätst du uns, wohin ihr geht?", wollte ich wissen.

„Nach Kapernaum", sagte jemand hinter uns. „Nach Hause."

Wir waren schon so weit gereist und jetzt verließen sie die Stadt, um in ein noch entlegeneres Dorf zu ziehen. Die Leute hier waren wirklich alle Fischer, Kleinbauern und ärmliche Landarbeiter. Einen Augenblick fragte ich mich, ob Simon recht hatte. Wir gehörten nicht hierher.

Ich drehte mich um, um zu sehen, wer da gesprochen hatte, und die Frage erstarb mir auf den Lippen.

Vor mir stand der Nazarener.

„Geh schon vor zum Boot, Petrus", sagte er.

Petrus schien den Kopf einzuziehen und lief voraus zum Hafen.

„Wir sind uns schon begegnet", sagte der Nazarener lächelnd.

Er erinnerte sich an mich? War das möglich? Ich erinnerte mich ja auch an jenen ersten Tag, an diesen Blick, der mich noch tagelang an den Fluss zurückgezogen hatte, um ihm noch einmal zu begegnen.

„Ja", sagte ich. „Am Fluss. Ich war gekommen, um Johannes zu warnen."

„Wie ist dein Name?"

„Judas bar Simon. Aus Kerioth. Ursprünglich aus Jerusalem. Und dies ist Simon bar Isaak. Er war Schüler des großen Schammai."

„Rabbi", sagte Simon, der natürlich trotz seiner Zweifel noch vollendet die Form wahrte.

Ich konnte nicht ermessen, ob der Name Schammai dem Nazarener irgendetwas bedeutete. Ich wusste nur eins: Die Worte, die er dann zu mir sprach, veränderten mein Leben.

„Judas Isch-Kerioth. Simon bar Isaak", sagte er und sah jeden von uns an. „Kommt mit mir."

„Jetzt gleich?", gab Simon zurück.

Er lächelte. „Ja, jetzt gleich."

Dann ging er hinunter zum Anleger, wo Petrus uns vom Boot aus zuwinkte.

Simon und ich tauschten noch rasch einen Blick, dann eilten wir ihm nach und stiegen ins Boot.

Ich bemühte mich verzweifelt, einen Blick auf das Gesicht des Nazareners zu erhaschen. Ich wollte sehen, ob ich darin irgendeinen Hinweis erkennen konnte, was dieses Etwas in ihm war, das ihm ermöglicht hatte, einen Aussätzigen zu heilen. Würde ich in diesen allzu gewöhnlichen Augen irgendein Geheimnis lesen können? Aber er hatte sich zum Schutz vor der Vormittagssonne den Umhang über den Kopf gelegt und ich fürchtete, wenn ich den Hals weit genug reckte, um sein Gesicht sehen zu können, würde ich bei der Schaukelei des Bootes von meinem Sitz fallen.

Also betrachtete ich seine ausgestreckten Füße. Die schlichten Sandalen und die schmutzigen, abgewetzten Zehen. Den ebenfalls schmutzigen Saum seiner Tunika und dann die Hände, die über die Knie herabhingen, rau und voller Schwielen. Es waren nicht die Hände eines Rabbis oder eines Gelehrten, sondern die eines Arbeiters, die Feldarbeit gewohnt waren oder mit Stein umzugehen wussten, vielleicht auch mit Holz, falls er es beschaffen konnte – Hände, die zupacken konnten, sobald eine Arbeit nur einen Denar als Tageslohn einzubringen versprach.

Einige andere im Boot nannten uns ihre Namen, aber ich hörte sie kaum.

Meine Gedanken waren beim Nazarener.

Kommt.

Und wir waren ihm gefolgt.

Als wir durch die Öffnung im Hafendamm auf den See hinausfuhren, konnte ich sehen, wie sich am Ufer die Menge wieder sammelte und uns folgte.

„Ihr beiden Stadtpflanzen seht ein bisschen kränklich aus", sagte Petrus und griff zu einem der Ruder.

„Ich war noch nie auf einem Boot", gestand ich ihm.

Jesus grinste und Andreas tat es ihm gleich. Und bald lachte die ganze Truppe.

In dem Moment ahnte ich nicht, dass mit der kurzen Überfahrt zwischen den Ufern von Tabgha und Kapernaum die große Reise begann, auf die ich mein Leben lang gewartet hatte.

Während ich dasaß und die Sonne mir auf den Rücken brannte, wusste ich nur eines: Die Welt des Tempels, die Welt Jerusalems, war unendlich weit weg. Und hier, unter dem Himmel Galiläas, konnte das kommende Gottesreich sehr wohl ein Same sein, der zwischen den Golanhügeln aufspross, oder vielleicht sogar zwischen den ungleichen Holzplanken eines Fischerbootes.

Wäre ich doch nur damals über Bord gegangen oder mit einem Mühlstein um den Hals ertrunken.

12

Kapernaum.

In den kommenden Wochen und Monaten sollte ich die Stadt gut kennenlernen: ihre Straßen und Gassen, den Wein, den man hier trank, und die Ölmühlen, die Basaltsteine der Häuser und die Synagoge. Von den Hügeln im Norden her fegten die Fallwinde durch die Straßen, bevor sie weiterzogen auf den See hinaus.

Aber das Erste, was ich von Kapernaum sah, war ein Gewirr von Gesichtern, von Armen und Händen, die sich alle nach einem Mann ausstreckten. Manchen reichte es, ihn zu sehen; andere wollten ihn berühren – wie man eine Reliquie berührt oder einem Götzenbild die Füße küsst.

In einem solchen Gedränge kann man niemandem aus dem Weg gehen, auch nicht den Kranken oder Missgestalteten. Dem Zugriff der Verzweifelten, der Alten, der Mütter mit ihren Säuglingen entkommt man nicht, und auch nicht den gramverzerrten Gesichtern der Weinenden, der vor Kummer Erstarrten und der Wahnsinnigen.

Sie kamen zu ihm, als sei er Brot, das ihren Hunger stillen könnte. Dann verschmolzen sie wieder mit der Menge, die Gesichter verklärt. Ich hörte nicht, was er zu ihnen sagte. Aber im schwindenden Licht dieses Tages – des Tages, an dem er uns gerufen hatte, ihm zu folgen –, nahm ich wahr, wie gebannt Simon, der näher bei ihm stand, den Lehrer anstarrte. Er wirkte fassungslos, als hätte diese Vielzahl an Menschen ihm wie mit einer Stimme schließlich das Geheimnis zugeraunt.

Ich war noch immer vorsichtig; immerhin hatte er Jesus einen Taschenspieler und Zauberer genannt. Auch als wir uns am Abend schlafen legten, stellte ich ihm keine Fragen.

Es war noch dunkel, als ich aufstand, um mich ein Stück von Petrus' Haus entfernt zu erleichtern. Im Hof war seine Frau bereits an der Arbeit; ich hörte, wie sie kleine Äste zerbrach, um den Herd anzuheizen; dann folgte das mahlende Geräusch der Handmühle. In der Ferne sah man die Herdfeuer der Fischer orange auf den Booten aufleuchten. Am Morgen würden sie zurück sein und ihren Fang zum Markt bringen, genau wie gestern und vor einem Jahr und seit hundert Jahren.

Und doch war heute nichts so wie immer. Nicht der Nebel über dem See, nicht die winzigen Feuerflecken auf dem Wasser. Auch die schwindende Dunkelheit am östlichen Himmel nicht, und auch nicht die Hunde, die um meine Füße herumschnüffelten.

Nichts war wie sonst.

Und auch wenn ich nicht wusste, wieso oder was es bedeutete – auch ich war nicht derselbe.

Ich zog den Umhang enger und lief in Richtung Stadtrand, vorbei an den schlafenden Gestalten der Armen, die kein Dach über dem Kopf hatten und nur neben Hauswänden und Ladenfassaden ein wenig Schutz fanden. Meine Kehle brannte vor Ungeduld, das Bekenntisgebet Israels zu sprechen, das Schma. Und ich wusste: Heute würde ich nicht, wie gewohnt, die Augen mit der Hand bedecken. Heute würde ich am Ufer entlanggehen und aus ganzer Seele singen: *Höre, Israel, der Ewige ist unser Gott, der Ewige ist einzig.*

Ich hatte gerade einen schmalen Weg außerhalb der Stadt erreicht, als ich vor mir leise Schritte hörte. Instinktiv griff ich zu meinem Dolch. Manches in dieser Welt war eben doch wie immer.

Aber je näher die Gestalt vor mir kam, umso deutlicher spürte ich, dass es kein Feind war. Der Mann ging zu unbefangen, ohne den leisesten Anflug von Vorsicht. Und diese unheimliche Selbstverständlichkeit sagte mir: Es ist Jesus.

Dann stand er vor mir, nur eine Armlänge entfernt: der Mann, der im Boot so kräftig gelacht und dann auf den Straßen von Kapernaum zahllosen Menschen die Hand geschüttelt hatte. Der am Abend dann erschöpft im Hinterzimmer im Haus von Petrus in den Schlaf gesunken war. Wieder versuchte ich, in ihm denselben Mann zu erkennen, den ich am Jordan gesehen hatte: den

Cousin von Johannes, der so ausgezehrt und knochig aussah, als hätte er in den vierzig Tagen, die er fort gewesen war, keine einzige Mahlzeit gesehen.

„Judas", sprach er mich an und erst da wurde mir bewusst, dass ich unvermittelt vor ihm stehen geblieben war.

Zum ersten Mal war ich ganz allein mit ihm und konnte ihn in Ruhe betrachten. Bisher hatte ich ihn ja nur aus der Ferne gesehen, als abgemagerte Gestalt am Jordan oder verstellt durch die Menge oder die Gruppe seiner Jünger, die ihn abzuschotten versuchten. Nein, jetzt stand er direkt vor mir. Und – um die Wahrheit zu sagen: Er war so unscheinbar, dass ich ihn nicht erkannt hätte, wenn er mitten in einer Gruppe von Landvolk oder armseligem Gesindel dagestanden hätte, das sich sonst immer um ihn scharte. Wie jeder in Israel hatte er braune Augen, der Bart wies lichte Stellen auf und sein Gesicht war nicht ganz ebenmäßig, sodass man ihn noch nicht einmal attraktiv nennen konnte.

Ich suchte nach einem Anzeichen, den Wundertäter in ihm zu erkennen, nach dem kleinsten Schimmer des Geheimnisvollen oder einem Hauch von Vollmacht. Aber ich sah nichts als die braune Haut und die von Fältchen umgebenen Augen eines Arbeiters aus Galiläa, die mich ansahen.

„Rabbi, dieser Aussätzige. Wie hast du das gemacht? Wie konntest du wissen, dass du ihn heilen kannst?"

Er blickte über mich hinweg zur eingefallenen Stadtmauer. „Genauso, wie ich weiß, dass ich diese Mauer dort instand setzen könnte."

Jetzt ruhte sein Blick wieder auf mir.

„Das, was du suchst, findest du nicht hier am Ufer oder in den Hügeln. Du findest es bei mir. Komm mit mir."

Ja. Ich sagte es im Herzen. Ob das Wort auch durch meine Lippen drang, weiß ich nicht.

Das Ganze war absurd. Er war ein einfacher Handwerker, noch dazu von zweifelhafter Herkunft; ich ein Gebildeter, ein

Kaufmann. Aber in jenem Moment spürte ich, dass ich etwas gefunden hatte, oder besser jemanden, für den es sich lohnte, all meine Hoffnungen wiederaufleben zu lassen. Der Gedanke erschreckte mich ebenso sehr, wie er mich begeisterte.

Ich wollte ihm sagen, dass mein Vater ein Freiheitskämpfer gewesen war. Dass ich die Thora kannte und dass ich bei den Leuten ebenso viel galt wie Simon oder jeder andere Schüler des großen Schammai.

Aber ich behielt das alles für mich. Nichts davon war wichtig.

„Komm, geh mit mir, Judas", sagte er. „Dann wirst du finden, was du suchst."

In diesem Moment glaubte ich ihm. Ich glaubte ihm von ganzem Herzen.

Wir kehrten zusammen zurück in die Stadt, wo sich bereits wieder die Menge zusammenfand, um ihn zu begrüßen.

Simon war den ganzen Tag über recht schweigsam. Ich fragte ihn nicht, was er dachte oder was ihn beschäftigte. Irgendetwas war mit mir passiert. Ich hatte das Gefühl, ich sei auf einmal in etwas hineingezogen worden, was viel tief greifender war als alles, was mir bisher in meinem Leben begegnet war. Etwas, das bedeutender war als die Thoraschulen in den Tempelhallen oder als die Söhne des Lehrers. Und sogar wichtiger als der Täufer …

… und als der Schmerz der Vergangenheit, der mich hierher gebracht hatte.

An jenem Tag erkannte ich: Nach all meinen vielen Irrwegen hatte Gott schließlich doch zu mir gesprochen und mir den Weg gezeigt, den ich gehen sollte.

In jenen ersten Tagen war ich immer wieder überwältigt davon, in welchen Massen die Leute kamen, um ihn zu sehen. Sie kamen, damit er sie berührte, klagten ihm ihre Leiden und schwirrten um ihn herum wie Mücken um ein Licht – und wir selbst machten es ja genauso.

In dem ganzen Gedränge hörte ich nicht immer, was er sagte, und sah auch nicht alles, was er tat. Ich weiß nur, dass manche länger blieben; andere gingen wieder, laut in die Gegend rufend. Dann kamen sie zurück und brachten noch mehr Menschen mit, bis die Menge schließlich so unüberschaubar war, dass einer seiner Schüler, ein Fischer namens Johannes, gezwungen war, das Boot zu holen. Es war die einzige Möglichkeit, ihnen allen zu ihrem Recht zu verhelfen und selbst nicht im Gedränge unterzugehen. Sie kamen in hellen Scharen, um Jesus und seine ungewöhnlichen Geschichten zu hören.

„Ein Bauer ging auf sein Feld, um zu säen", begann er etwa. Ich hatte die Geschichte inzwischen schon ein paarmal gehört. „Und während er den Samen auswarf, fiel etwas davon auf den Weg, und die Vögel kamen und pickten es auf. Manches fiel auf felsigen Boden. Die Körner gingen schnell auf, weil sie nicht tief in der Erde lagen."

Das war nicht die Sprache der Pharisäer oder der Gesetzeslehrer; es war die Sprache der Bauern und Tagelöhner und, ja, auch der Fischer. Simon lief tagelang mit gerunzelter Stirn herum, weil Jesus so ganz anders redete, als er es von den Tempellehrern oder aus der Synagoge kannte.

Ein paar Tage nach unserer Ankunft in Kapernaum drängten sich einige Lehrer aus der Synagoge durch die Menge. Einer aus der Gruppe trug die Gebetsriemen, die ihn als Pharisäer auswiesen. Ich beobachtete, wie die Menschen eine Gasse bildeten, um ihn durchzulassen; Simon stand sogar auf und bot ihm seinen Platz an.

Jesus schien gar keine Notiz von den Neuankömmlingen zu nehmen. „Hört zu", sagte er. „Zwei Männer gingen in den Tempel, um zu beten. Einer war ein Pharisäer, der andere ein Zolleinnehmer. Der Pharisäer stellte sich aufrecht hin und betete: ‚Ich danke dir, dass ich nicht so bin wie die anderen Leute – Räuber, Verbrecher, Ehebrecher – oder so wie dieser Zolleinnehmer da hinten.'"

Als Jesus den Zolleinnehmer erwähnte, zischten ein paar Leute in der Menge verächtlich. Der Pharisäer, der mir gegenüberstand, lächelte selbstgefällig, als erwarte er, gleich etwas Anerkennendes zu hören. Diesen Gesichtsausdruck kannte ich; ich hatte ihn auch bei anderen Pharisäern, mit denen ich zu tun gehabt hatte, immer wieder gesehen. Schließlich waren die Pharisäer in ihrem Eifer, das Gesetz zu halten, wirklich zu bewundern.

„Der Zöllner stellte sich abseits in eine Ecke. Er sah auch nicht zum Himmel auf, sondern schlug sich an die Brust und sagte: ‚Hab Erbarmen mit mir; ich bin ein sündiger Mensch.'" Zustimmendes ironisches Nicken in der Menge. Jeder wusste: Nie und nimmer würde ein Zöllner so etwas sagen.

„Ich sage euch: Dieser, nicht der andere, ging als Gerechter in den Augen Gottes zurück nach Hause. Wer sich selbst groß wähnt, wird an seinen Platz verwiesen; und wer sich Gott demütig naht, wird von ihm erhoben."

Irritiert sah der Pharisäer sich um. Die offensichtliche Beleidigung trieb ihm die Röte ins Gesicht. „Warum erzählt er diese Geschichte?", fragte er und reckte den Hals, um die anderen zu sehen, mit denen er gekommen war. Schließlich blieb sein Blick an Simon hängen, der gleichermaßen betroffen wirkte. „Warum sagt er solche Sachen?"

Ich war ebenfalls verblüfft und sah zu, wie der Pharisäer aufstand, seine Kleider ordnete und sich durch die Menge, die auffällig still geworden war, einen Weg zu seinen Begleitern bahnte.

Am Abend begleiteten wir Jesus zum Haus eines angesehenen Bürgers der Stadt. Mir war nicht ganz wohl dabei. Nahum bar Sauls rundes Gesicht strahlte vor Stolz über die Aufmerksamkeit, die seinem Haus zuteilwurde. Als ich ihn erblickte, konnte ich förmlich sehen, was er dachte: *Das wird mich zum Stadtgespräch machen.*

Die Menschen folgten uns auch dorthin, und nachdem wir das Haus betreten hatten, drückten sie ihre Gesichter an die Fenster, die geöffnet waren, um den leichten Abendwind hereinzulassen – besonders weit, musste ich denken, damit auch jeder sehen konnte, welch hoher Besuch sich eingefunden hatte.

Der Meister hatte nur ein paar von uns eingeladen, ihn zu begleiten – Simon und mich, die Brüder Jakobus und Johannes, Andreas und Petrus, die ebenfalls Brüder waren. Kaum hatten wir das Haus betreten, als meine Stimmung noch mehr in den Keller sank. Vor mir stand der Pharisäer von vorhin und neben ihm noch ein Mann, der die Gebetsriemen und den leicht gelangweilten Gesichtsausdruck der Gesetzesgelehrten zur Schau trug.

Der Mann hatte sich also Verstärkung geholt, um den Meister zur Rede zu stellen. In meiner Zeit im Tempel hatte ich viele Bekannte unter den Gesetzeslehrern und -schülern gehabt und ich hatte oft genug derartige Begegnungen miterlebt. Nicht selten war ich als zweite Stimme im verbalen Schlagabtausch hinzugezogen worden.

Jesus war keine Nervosität anzumerken. Nachdem der Diener uns Wasser über die Hände gegossen hatte, begrüßte Jesus den Hausherrn und auch beide Pharisäer mit dem üblichen Kuss.

Der zweite Pharisäer ergriff das Wort. „Jesus, Sohn der Maria, wie ich höre, hast du heute am See ein paar Geschichten erzählt."

Die Art, wie er „Sohn der Maria" betonte, ließ mich zusammenzucken. So sprach man einen Bastard an – als Sohn einer Frau statt als Sohn seines Vaters.

„So?"

„Eine nette Geschichte ... über Unkraut." Der Pharisäer grinste und machte eine unbestimmte Handbewegung. „Worum geht es wohl in dieser Geschichte? Um einen Bauern? Oder ...

um einen Ehemann, dem sein Nachbar ‚Samen ins Feld streut', wenn er gerade nicht aufpasst?"

Jetzt grinsten auch andere.

Bevor Jesus antworten konnten, fielen von der Decke her plötzlich Stroh und Lehmbrocken auf den Tisch herab. Im nächsten Moment sprangen alle auf, stolperten über die Kissen vom Tisch weg; die Pharisäer verhedderten sich in ihren Gewändern; Simon knallte in der Eile gegen die Wand. Der Schock stand ihm derart ins Gesicht geschrieben, dass ich laut aufgelacht hätte, aber jetzt kamen weitere und weit größere Lehmklumpen und Staubwolken von der Decke.

„Wer ist da oben? Aufhören! Sorgt dafür, dass sie aufhören!", rief Nahum und schlug sich die Hände auf den Kopf. Nahum war ein stolzer Mann, auch wenn er nicht wohlhabend war. Als er diese imposante Einladung ausgesprochen hatte, hatte er wohl nicht damit gerechnet, dass sein Haus dabei in Mitleidenschaft gezogen werden könnte.

Jetzt erschienen über uns einige Gesichter, braun und verstaubt. Johannes schrie sie an, sie würden uns umbringen. Sie brachen noch weitere Stücke aus der Decke und machten sogar ein Loch in das Grundgeflecht, durch das der sternenklare Himmel hereinschaute.

„Was soll das bedeuten?", schrie Jakobus.

Dann war der Himmel plötzlich verschwunden und etwas wie eine Trage erschien in der Öffnung.

„Vorsichtig", rief jemand. Das Chaos und der Tumult, die jetzt unter dem versammelten Landvolk von Galiläa ausbrachen, übertrafen alles, was ich bisher gesehen hatte.

„Meister! Bitte!" Der Ruf kam von oben. Ein Stein löste sich aus der Wand und fiel polternd in den Raum. Seile knarrten. Von der Trage hörte man ein Stöhnen.

Sie ließen den jungen Mann direkt auf den Tisch herunter. Seine Gesichtszüge waren angespannt, aus einem Mundwinkel lief ihm der Speichel heraus. Ich hielt ihn zuerst für einen jungen Mann, aber er war kaum dreizehn, wenn überhaupt schon. Wenn ich früher auf den Stufen vor dem Tempel die Gelähmten gesehen hatte, waren sie mir immer unheimlich gewesen. Und der hier war noch nicht einmal ein Bettler, für den man noch Mitleid empfinden konnte. Er schien kaum bei klarem Verstand zu sein, die Augen, die aus dem Gefängnis des eigenen knochendürren Körpers herausstarrten, schienen leblos. Ein übler Geruch breitete sich aus – nach Urin vielleicht. Nur der Gestank eines Menschen, der von innen her verfault, konnte schlimmer sein. Auf der anderen Tischseite hielt sich einer der Pharisäer mit dem Ärmelsaum die Nase zu.

Der Junge hob die Arme – jedenfalls ein klein wenig. Er konnte sie nicht richtig bewegen. Die verrenkten Beine waren nicht mehr als ein Paar dünne Stecken. Ich wandte schaudernd den Blick ab und sah, dass Simon es mir gleichtat. Aber Andreas blickte mit einem eigentümlichen Interesse auf die Bahre.

Und Jesus ebenfalls.

Er beugte sich über die Trage und seufzte, dann strich er dem Jungen übers Haar. Der Gelähmte gab einen Laut von sich, der nicht als Wort zu erkennen war. Der Speichel, der ihm aus dem Mund floss, warf Blasen.

Ich werde nie vergessen, wie Jesus ihn ansah. Diesen Ausdruck hatte ich schon einmal gesehen – im Gesicht meiner Mutter, als Joschua und ich beim Herumtoben eine Schale zerbrochen hatten. Es war ein teures, bemaltes Stück gewesen, das wertvollste Gefäß, das sie besaß. Tränen hatten ihr in den Augen gestanden, als sie die Scherben in ihrem Schoß betrachtete.

Wie konnte es sein, dass ich genau denselben Ausdruck jetzt im Gesicht dieses Menschen sah? Wer war dieser Mann, dass er einen Gelähmten so anschauen konnte?

Sanft umfasste er jetzt das Handgelenk des Kranken. Ich sah, wie Simon einen Blick zur Tür warf.

Die Situation war unmöglich. Wie sollten wir mit einigem Anstand aus dem Haus kommen – und weg von diesem kaputten Wesen –, wenn sich vor der Tür die Massen drängten?

„Mein Sohn", sagte Jesus – laut genug, damit alle es hören konnten, und doch zugleich so persönlich, als hätte er es nur dem Kranken zugeflüstert. Der Blick des Jungen hing andächtig an seinen Augen. „Deine Sünden sind vergeben."

Sicher hatte ich ihn falsch verstanden.

Simon mir gegenüber war bleich geworden.

Was tat er da? Jeder in Israel wusste: Nur der Höchste selbst konnte Sünden vergeben!

Die Pharisäer hatten sich in einer Ecke an die Wand gedrängt; einer von ihnen starrte auf die Szene, die Augen quollen ihm fast aus dem Kopf und er schien ganz und gar nicht mehr willens zu dulden, was hier vorging.

Jesus warf ihm einen Blick zu, als hätte der Mann laut aufgeschrien.

„Warum gibst du bösen Gedanken in dir Raum?", fragte er.

Der Pharisäer setzte zu einer Erwiderung an.

„Was ist leichter?", fuhr Jesus lauter fort und schien sich direkt an die Gesetzeslehrer in der Zimmerecke zu wenden. „Zu diesem jungen Mann zu sagen: ‚Deine Sünden sind vergeben'?" Er wandte seine Aufmerksamkeit jetzt wieder dem Kranken auf der Trage zu. „Oder: ‚Steh auf. Nimm deine Matte … und geh!'?"

Der Junge schloss den Mund, aus dem noch immer ein Speichelfaden glänzend übers Kinn und den Hals herunterlief. Langsam drehte er den Kopf nach vorn und schaute auf, als sähe er nicht die Gesichter seine Familie über sich an, sondern blicke weit darüber hinaus, bis in die Tiefen des Himmels. Dann senkte er das Kinn zur Brust … und begann, sich aufzusetzen.

Oben hielten sie den Atem an. Am Fenster ebenfalls. Und auch ich ertappte mich dabei.

Der Junge erhob sich, als tauche er aus dem Wasser der Mikwe oder den Fluten des Jordan auf und atme endlich wieder Luft. Jesus nahm ihn am Handgelenk und er setzte sich gerade auf. Eins seiner dünnen Beine zuckte über die Trage. Oben brach eine Frau in Tränen aus.

Das Bein glitt über den Rand der Trage, dann über die Tischkante, und baumelte herab. Dann folgte das andere, bis beide Füße den Boden berührten. Er senkte den Kopf, umklammerte mit der freien Hand die Tischkante ...

... und stieß sich dann ab.

Sein Atem kam langsam und unregelmäßig, wie ein abgehacktes Keuchen.

Nein – wie ein unbändiges Lachen, obwohl doch gerade noch Kiefer und Zunge den Dienst versagt hatten.

Vom Dach ertönten ungläubige Rufe. Aber alle, die im Raum waren, starrten in atemlosen Schweigen auf den Kranken, der jetzt vor dem Meister stand und seine Hände umklammerte. Dann ließ er langsam los, hob eine Hand und wischte sich den Speichel vom Kinn, ging einen Schritt vorwärts, dann noch einen, und zog den Meister dann in seine zitternden Arme.

Explosionsartig löste sich der angehaltene Atem der Menge; Rufe und Lachen drangen durch die Fenster und das Loch in der Decke von draußen herein. Mir gegenüber johlte Johannes mit der Macht der himmlischen Heerscharen; sein Bruder war ans Fenster gerannt und brüllte aus Leibeskräften: „Habt ihr das gesehen? Habt ihr's gesehn?"

Das Haus brodelte wie ein Vulkan. Unter dem Getöse draußen und auf dem Dach erzitterte es wie die Mauern von Jericho, als wolle es schließlich doch noch über uns zusammenbrechen.

Aber die Pharisäer in der Ecke waren leichenblass.

Und damit begannen die Schwierigkeiten.

13

Es waren noch drei Wochen bis zum Laubhüttenfest. Die letzten beiden Monate waren die erstaunlichsten gewesen, die ich in meinem ganzen Leben erlebt hatte.

Inzwischen fragten die Leute überall, wo wir hinkamen: „Bist du nicht einer von denen, die mit ihm ziehen? Bist du nicht auch sein Schüler?"

Anfangs verschaffte es mir Genugtuung, wenn ich den Blick in ihren Augen sah. Es übertraf alle meine kindlichen Träume, in denen ich mich als großer Lehrer des Gesetzes gesehen hatte, dem man erst mit Respekt und schließlich mit Ehrfurcht begegnen würde.

Aber andererseits: Bauern und Fischer zu beeindrucken, war keine Kunst. Aber sich die Hochachtung der Gesetzeslehrer zu verschaffen, das stand auf einem anderen Blatt. Natürlich gab es viel mehr Bauern als Gesetzeslehrer, aber dafür wog die Meinung der Pharisäer und Lehrer viel schwerer. Und ausgerechnet sie stieß mein neuer Rabbi am meisten vor den Kopf.

Und dann war da noch Simon.

Wenn die Leute ihn fragten, wie ich es oben beschrieben habe, antwortete er nicht, sondern starrte stur geradeaus. Sie packten ihn trotzdem am Ärmel oder rissen an seiner Tunika, als hätte die Wunderkraft des Heilers auf alle in seiner Nähe abgefärbt und müsse nun auch von ihm ausgehen. Aber das war natürlich alles Unsinn.

Ich sah ihn oft ins Gebet versunken, den Gebetsschal über den Kopf gelegt, und wusste: Er quälte sich mit irgendetwas, was er mir nicht sagen wollte. In diesen Tagen und Stunden erinnerte er mich an Joschua damals in Sepphoris und daran, wie tapfer und bewundernswert er gekämpft hatte. Vielleicht war das der

Grund, warum ich mit Simon nachsichtig war, auf die einzige Weise, die ich kannte: Ich ließ ihn in Ruhe.

Ein paar Tage später begleiteten Simon und ich Jesus hinunter zum See. Jakobus und Johannes waren schon vorgegangen.

In vollen Zügen sog ich die leichte Brise und den Geruch des Wassers ein – nicht so begeistert dagegen den der Fische in den flachen Becken, in denen die Fischer ihren Fang anlandeten. Der Vater von Johannes und Jakobus – den „Donnersöhnen", wie Jesus sie nannte – hatte uns zum Abendessen in sein Haus eingeladen. Ich war gespannt auf den Mann, der die beiden polterigen Brüder in die Welt gesetzt hatte, aber als ich den Meister nach diesem Besuch fragte, sagte er: „Wir werden ihn besuchen, aber nicht heute. Heute essen wir bei einem wohlhabenden Mann."

Insgeheim atmete ich auf; bei einem Reichen würde uns hoffentlich etwas anderes vorgesetzt werden als Fisch.

In der Nähe der Fischbecken am Südende des Hafens stand ein kleines Steinhaus. Davor sah man Soldaten und eine Reihe Bauern mit ihren Lasttieren, die mit Getreidekörben oder Krügen mit gesalzenem Fisch, Öl oder Wein beladen waren. Hinter dem Häuschen wartete ein großer Wagen, halb voll beladen mit ähnlichen Gütern und von zwei Soldaten bewacht.

Die Zollstation.

Wollte der Meister etwa Steuern zahlen? Ich folgte ihm bis zum Zollhaus, wo Jakobus und Johannes bereits lautstark mit dem Zollpächter hinter dem Tisch diskutierten.

Der Mann war Jude – wie fast alle Zöllner, die sich das Privileg, ihre Landsleute auszubeuten, notfalls auch durch Bestechung gesichert hatten. Mein Vater hatte möglichst jedes Mal, wenn er an einer Zollstation vorbeikam, ausgespuckt, aus Verachtung über die schlichte Tatsache, dass diese Leute ihr Wissen und ihre Bildung ihrer Liebe zum Geld opferten, statt sie für die Liebe zum Gesetz zu nutzen. Aus diesem Grund hatte Schammai auch erlaubt, einen Zolleinnehmer zu belügen, solange man keinen Eid leisten musste ... und Hillel erlaubte selbst den falschen Eid gegenüber einem Zöllner.

„Ich sage dir, das war ein Ausnahmefang", hörte ich Johannes poltern. „Du kannst die Steuer nicht nach einem Einzelfall berechnen! Also, hier ist der übliche Satz und damit basta!"

Der Zollpächter sprach so leise, dass ich ihn nicht verstand. Mit zwei Soldaten an der Seite konnte er es sich leisten, auf Stimmgewalt zu verzichten. Für Jakobus dagegen sah die Sache anders aus.

„Idiot! Wir haben nur zwei Boote und es gibt jetzt weniger Leute in der Familie, die zum Fischen rausfahren als früher. Von dem, was wir dir schon gezahlt haben, kannst du dir tagelang den Bauch vollschlagen, aber für unsere eigenen Kinder bleiben nur noch ein paar Bissen. Glaub bloß nicht, wir wüssten nicht, wer du bist, Sohn des Alphäus. Du bist Levit! Du solltest im Tempel Dienst tun! Stattdessen sitzt du hier rum, stiehlst uns unser Brot und unseren Lebensunterhalt und steckst es Herodes und Rom in den ..." Er spuckte auf den Tisch, direkt neben die Bücher, die vor dem Zolleinnehmer lagen.

Die Soldaten verfolgten die Auseinandersetzung gelangweilt. Anscheinend waren sie Derartiges gewohnt.

Simon trat zu Jesus und versuchte, ihn wegzuziehen.

„Bitte, Meister, du beschmutzt dich hier", sagte er.

Der Zollpächter, der beim Ansturm der beiden Brüder den Blick gesenkt hatte, sah plötzlich auf. Er hatte volle Wangen und man konnte ihm ansehen, dass er üppig speiste, dass seine Haut nicht von der Sonne verbrannt und seine Kleidung aus feinstem Tuch gefertigt war. Aber was ich außerdem sehen konnte, waren die Falten um seine Augen, die angespannten Lippen, als müsse er sich zwingen, dort zu sitzen – nein, als kette ihn der Luxus seiner feinen Kleidung ebenso an diesen Tisch wie der Hass und die Verachtung der Leute.

„Bist du der Lehrer, über den hier alle reden?"

„Das bin ich“, sagte der Meister. „Komm mit mir.“

Ich stolperte fast über meine eigenen Füße. Ich sagte mir, es sei unmöglich. Ich konnte unmöglich gerade gehört haben, wie mein Meister dieselben Worte, mit denen er mich gerufen hatte, jetzt zu einem *Zolleinnehmer* sagte. Genauso unmöglich, wie das Scharren des Stuhls und die raue Stimme des Mannes, der es wagte, auf die Knie zu fallen und auszurufen: „Hab Erbarmen mit mir! Ich bin ein Sünder!“

Mit klopfendem Herzen betrat ich an diesem Abend die römische Villa an einem der Hänge über der Stadt, wo die Häuser der Reichen standen. Wir waren wirklich zu einem wohlhabenden Mann gekommen – ins Haus von Matthäus, dem levitischen Zollpächter.

Simon hatte sich geweigert, uns zu begleiten.

Wir setzten uns so steif auf die Sofas, als könnten aus den Kissen gleich Skorpione kriechen. Petrus und sein Bruder lehnten sich steif und aufrecht auf die Ellbogen, statt sich in die Polster sinken zu lassen.

Kurz nach uns traf ein weiterer Gast ein, ebenfalls ein begüterter Mann, wie die dicken Goldringe an seinen Fingern zeigten. Sein feistes Gesicht war von der Hitze des Spätnachmittags gerötet. Matthäus begrüßte ihn mit einem Kuss. Und zu meinem Entsetzen stand auch der Meister auf und küsste den Neuankömmling, als wäre er ein guter Freund.

Den anderen stand die Überraschung ins Gesicht geschrieben, und ich sah auch den Zorn, der in den Fischern schwelte. Aber das alles war nichts im Vergleich zur absoluten Verblüffung des Mannes selbst, von dem seine ganze Großspurigkeit im selben Moment abgefallen war, als Jesus ihn aus seiner Umarmung entließ und einlud, sich zu uns an den Tisch zu setzen.

Noch zwei weitere Gäste aus den Reihen der Reichen stellten sich ein. Und auch sie setzten sich mit unsicher schweifenden Blicken zu Tisch. Offensichtlich fühlten sie sich ebenso unbehaglich wie wir.

Von den Pharisäern oder Gesetzeslehrern ließ sich niemand blicken. Natürlich nicht. Schließlich speisten wir in Gesellschaft von Zöllnern.

Vor der römischen Villa hatte sich eine kleine Menschenmenge eingefunden. Sie wollten einen Blick auf die Gäste erhaschen oder auch auf den Hof und durch die Fenster, auf den luxuriösen Tisch und die Delikatessen, die aufgetischt wurden. Die Menge schnappte nach Luft wie ein Mann, als Diener hinausgingen und Platten mit denselben Leckereien hinaustrugen, die drinnen serviert wurden: Datteln aus Jerusalem und seltene Melonen aus der Küstenebene, Mandelkuchen und ein Linsengericht, gesalzener Fisch, Krüge mit Wein, und Brote über Brote über Brote. Es dauerte nur wenige Minuten und der Hof war überfüllt. Matthäus ging selbst hinaus, um so viele Menschen ins Haus einzuladen, wie der Raum fassen konnte.

Irgendwann in diesem ganzen Geschehen erschien auch die Frau aus Magdala, die mit dem Meister umherzog, zusammen mit ihrer Freundin Johanna. Johanna war, wie ich bestürzt zur Kenntnis nahm, die Frau eines hohen Beamten des Herodes. Nicht mal drei Armlängen entfernt vom Meister nahmen sie Platz.

Es war chaotisch, anarchisch. Es verstieß ebenso eklatant gegen jede Regel wie die Heilungen, die Jesus bewirkte. Die Fischer sahen aus, als brächten sie kaum einen Bissen herunter; die Blicke der Zollpächter wanderten von den Frauen zu den Platten mit Essen, die sie mit hoch erhobenen Händen in den Hof hinaustrugen, sodass es aussah, als schwebten die Ziegen darauf am Himmel.

Plötzlich legte einer von den Zollpächtern, den die anderen

Kaniel nannten, seinen Mandelkuchen aus der Hand und zischte: „Was macht diese Frau hier?"

Ich dachte zuerst, er meine die Frau aus Magdala oder ihre Freundin. Dann folgte ich seinem Blick in eine Ecke des Raumes. Die Frau, die dort stand, hatte das Gesicht grell geschminkt, ihr Kopftuch bedeckte das Haar nicht ordentlich. Ob Matthäus wohl weiß, dass er eine Prostituierte im Haus hat?, fragte ich mich. Sie aß gierig, und als sie aufstand, um einer anderen Frau Platz zu machen, die sich neben sie setzen wollte, sah ich, dass sie schwanger war.

Sicher würde man sie auffordern, sofort zu gehen.

Der Zolleinnehmer sah sich um und winkte einen Diener heran, dem er dann etwas zuflüsterte. Aber als er fertig war, streckte Jesus die Hand aus, packte den Diener am Ärmel und sagte etwas zu ihm, was ich nicht verstand. Einen Augenblick später ging der Diener auf die Frau zu. Aber anstatt sie aus dem Haus zu weisen, stellte er einen Korb mit Brot und Feigen vor sie hin.

Ich sah sprachlos zu. Sie nahm den Korb in Empfang, als sei es kein Lebensmittelkorb, sondern eine Amphore mit einem weit kostbareren Inhalt.

Sichtlich verärgert erhob sich der Mann, den ich nun als Kaniel kannte, und ging.

Ich sollte auch nicht hier sein, sagte ich mir, und mich so verunreinigen. Die Alten lehrten, dass ein Mann sich nicht mit dem Übeltäter gemein machen soll, selbst wenn der Übeltäter dadurch wieder für das Gesetz gewonnen würde. In einer unreinen Umgebung etwas zu sich zu nehmen, bedeutete, selbst unrein zu werden.

Und ich saß hier, mitten unter Zolleinnehmern und Frauen mit sündhaftem Gewerbe.

Aber für den Moment erschien mir die Sorge um meine Reinheit wie etwas, das weit hinter mir lag. Während ich aß, erfüllte mich ein ungewohntes Gefühl der Freiheit, als hätte mir jemand einen rauen, kratzenden Umhang von den Schultern genommen.

Ich nahm einen tiefen Schluck von dem Wein. Er war recht stark und ich fragte mich, ob das meine Gedanken oder meine Selbstbeobachtung beeinflusste. Jedenfalls wurde mir etwas bewusst: In Gesellschaft der Pharisäer hätte ich mich eigentlich besonders rein fühlen sollen. Aber ich fühlte mich alles andere als rein. Ich war der Sohn einer Frau, die ihre Unschuld verloren hatte. Ich hatte in einer Höhle gewohnt, die Leichen barg, und ich hatte meinen Vater am Kreuz in seiner Blöße gesehen. Wenn hier jemand unrein war, dann ich.

Der Meister hatte einem Aussätzigen und einem Gelähmten die Hand aufgelegt und sich damit verunreinigt. Nun beschmutzte er sich öffentlich durch die Gesellschaft des Zolleinnehmers. War das vielleicht der Schlüssel zum Geheimnis seiner Heilkraft? Musste man, um heilen zu können, sich die Hände schmutzig machen?

Es war, als sei die Welt in seiner Gegenwart auf den Kopf gestellt und als sei Reinheit die schlimmste aller Seuchen.

Während ich noch über all diese Dinge nachdachte, sah ich sie kommen: Drei Gestalten schritten durch den Hof. Die Menge teilte sich vor ihnen und ich konnte die Quasten an den langen Gewändern sehen, die Gebetsriemen auf Stirn und Armen, und wie sie nicht stehen blieben, um die angebotene Nahrung anzunehmen, sondern sich angewidert abwandten.

Pharisäer.

Wenig später kam einer der Bauern, die draußen im Hof saßen, in den Raum, in dem wir aßen, und ging auf Jesus zu.

„Bitte, Rabbi“, begann er. Er war etwas besser gekleidet als die meisten da draußen; seine Kleidung war nicht ganz so abgerissen und er hatte Sandalen an den Füßen. Die gestelzten oder bemühten Gespräche am Tisch verstummten. „Draußen steht ein Pharisäer, der dich fragen lässt: ‚Warum isst du mit Zolleinnehmern und Sünderinnen? Warum dieses öffentliche Spektakel von unschicklichem Verhalten?‘“

Jesus setzte den Weinbecher ab. „Du solltest besser fragen, warum ich die Kranken heile und nicht die Gesunden“, sagte er, laut genug, dass man es auch im Hof verstehen konnte.

Jetzt stand ihm nicht mehr das Lächeln im Gesicht, mit dem er all die anderen begrüßt hatte. Er warf einen Blick zur Seite und schüttelte leicht den Kopf. „Sag dem, der dich geschickt hat, er solle lernen, was die Worte bedeuten: ‚Ich verlange Barmherzigkeit und keine Opfer.‘ Ich bin nicht gekommen, um die Gerechten zu rufen, sondern die Sünder!“

Der Pharisäer draußen im Hof erstarrte sichtlich; die beiden anderen wechselten ratlose Blicke. Jesus nahm eine Dattel und aß und redete weiter mit seinen Tischnachbarn, als sei nichts geschehen. Nach einer Weile folgten wir anderem verlegen seinem Beispiel.

An diesem Abend fiel mir zum ersten Mal auf, dass sich der Ton zwischen Jesus und den Pharisäern verschärft hatte. Bisher waren sie gekommen, um ihm Fragen zu stellen, hatten wissen wollen, welcher Lehrtradition oder Schule er folgte und wessen Meinung er unterstützte. In jeder Synagoge und selbst im Tempel spielte sich immer dasselbe Ritual ab. Man beschnüffelte sich gegenseitig wie die Hunde.

Aber als die Pharisäer an diesem Abend gingen, die Gewänder eng um sich gezogen, fing ich den Blick auf, den einer von ihnen zurückwarf. Der Ausdruck auf seinem Gesicht ließ mich erschaudern.

14

Das neue Jahr kam und mit ihm die Ernte. In zwei Wochen würden wir das Laubhüttenfest feiern, und wir richteten unseren Blick nach Süden, auf die Heilige Stadt.

Im Blick auf unsere Reise nach Jerusalem mischte sich in mir Vorfreude und Angst. Vorfreude, weil ich die Heilige Stadt mit diesem neuen, berauschenden Gefühl betreten würde, dass das Leben wieder einen Sinn hatte, und weil ich meine Familie vermisste.

Angst, weil ich wusste: Simon würde mich und die Gemeinschaft meines neuen Meisters verlassen.

In Bethmaus stieß die Familie des Meisters zu uns. Sie würden mit uns reisen. Überrascht stellte ich fest, dass mich so etwas wie Eifersucht packte, als ich sah, wie sie sich um ihn drängten und seine Aufmerksamkeit in Anspruch nahmen, und sogar darauf, wie Jesus sich seiner Mutter widmete. Sie war eine zierliche Person und ihre schlanke Gestalt verlieh ihr etwas Mädchenhaftes – bis man in ihre Augen sah: Sie schienen uralt und voller Geheimnis.

Ich sagte mir, in Jerusalem würde ich mit Jesus in die Säulenhallen gehen. Ich würde ihn im Tempel herumführen und ihn den wichtigen Leuten dort vorstellen. Jerusalem war schließlich meine Stadt.

Die ganze Zeit hatte ich mir an einer Frage die Zähne ausgebissen: Was sollte ich den Söhnen sagen? Dass er Aussätzige heilte? Dass Lahme wieder gingen? Oder dass er mit Sündern aß und sogar einen Zollpächter in seine Gemeinschaft aufgenommen hatte?

Ich wusste: Ich musste eine Entscheidung treffen. Wie sollte ich ihn präsentieren – als Heiler und vielleicht als Messias – oder als einen Gesetzlosen von zweifelhafter Herkunft und möglichen Gotteslästerer?

Schließlich besann ich mich auf den Code und schrieb:

Sag dem Lehrer: Kranke werden geheilt und die Menschen kommen in Massen, um ihn zu hören. Unser Freund kommt zum Fest.

Während ich die Worte schrieb, kam ich mir vor wie ein Prophet. Wie ein Fieber durchlief es mich noch lange, nachdem ich die Nachricht zusammengefaltet und versiegelt hatte und sie einem Kaufmann mitgab, der vor uns in Jerusalem ankommen würde.

Das Himmelreich ist wie ein Sauerteig, hatte Jesus erst vor ein paar Tagen gesagt.

Und ich wollte, dass es so war. Und jetzt verstand ich, wie: Unmerklich breitete es sich aus, bis es den ganzen Teig durchsäuert hatte. Die Lehre des Meisters war selbst eine Botschaft, glaubte ich, ein eigener Code. Bis noch mehr Pharisäer an ihm Anstoß nehmen würden, würden wir vielleicht schon auf den Stufen des Tempels stehen, und das Reich Gottes würde anbrechen.

Ich zitterte trotz der Hitze.

Nachts erlaubte ich mir, davon zu träumen, dass ich den Weg ins Totenreich als jemand antreten würde, über den keine Römer mehr herrschten; als jemand, der von sich sagen konnte, dass er den Messias gekannt hatte und sogar sein Schüler gewesen war. Vielleicht sogar sein Ratgeber.

In mir stieg Zorn auf Simon hoch. Er war so kurzsichtig. Wenn das Reich Gottes anbrach, sagte ich mir, würde er seinen Platz am Tisch des Königs verspielt haben und alles, was ihm dann blieb, war die Genugtuung, dass er nicht mit einem Zolleinnehmer gegessen hatte – und dieser Zöllner trug inzwischen sein Kinn höher und strahlte mehr Frieden aus als jeder andere von uns.

Immer mehr Menschen folgten uns auf unserem Weg nach Jerusalem. Jedem Schritt, den wir machten, folgten so viele andere, dass wir in eine einzige Staubwolke eingehüllt schienen – Staub saß uns im Haar, in den Augen, in der Nase.

Am Jordan schlugen wir unser Lager auf und gingen zum Fluss, um uns zu waschen. Bevor wir unsere Kleider wieder anzogen, schüttelten wir den Staub aus. Später am Tag saß ich neben dem Meister am Ufer und genoss diesen seltenen Moment, in dem ich mit ihm allein war. Simon war nirgends zu sehen; er war weiter flussabwärts gezogen.

„Sag mir, was ich für deine Sache tun kann“, sagte ich zu Jesus. „Ich habe Freunde, die dich kennenlernen wollen. Bedeutende Leute im Tempel und viele, die die Thoraschulen besuchen oder in den Tempelhallen lehren.“

Ein verhaltenes Lächeln lag auf seinen Lippen. „Auf den Tempel freue ich mich schon. Der Ort, an dem ich zum ersten Mal die Stimme meines Vaters gehört habe ... Ich habe es fast nicht über mich gebracht, wieder fortzugehen.“ Er lachte leise; seine Augenwinkel verzogen sich zu Lachfältchen; eine feuchte Haarlocke ringelte sich um ein Ohr. „Meine Mutter war außer sich. Drei Tage hatte sie gebraucht, um mich zu finden ... und dann wollte ich nicht mit ihr gehen.“

Bei diesen Worten lag eine stille Traurigkeit in seiner Stimme.

In diesem Moment wurde mir klar, dass ich ihn gern besser kennen wollte. Mehr, als ich jemals im Leben jemanden hatte kennen wollen. Mehr als meine Freunde. Mehr als meinen Vater.

Selbst mehr als meinen Bruder Joschua.

Es gab noch so viele Fragen, die ich Jesus stellen wollte. Wie heilte er? Wie konnte er es sich herausnehmen, Sünden zu vergeben? Wie konnte er überhaupt noch seinen inneren Frieden bewahren, wo er doch die Pharisäer und Gesetzeslehrer ständig belehrte und in die Schranken wies? Wie machte man das alles?

„Meister“, sagte ich und wandte mich zu ihm um. Beinahe wäre ich auf die Knie gesunken, so gewichtig war die Frage, die ich jetzt stellte. „Bitte, sag mir: Wann kommt das Reich Gottes?“

Als ich die Frage aussprach, fühlte ich mich wie ein Kind, wie ein kleiner Junge.

„Woher willst du wissen, dass es nicht schon da ist, heute Abend, hier bei dir?", erwiderte er ruhig.

Ich spürte, wie sich meine Stirn in Falten legte. „Aber die Römer. Die Sadduzäer und der korrupte Hohepriester. Wann wird das Priesteramt erneuert und der Tempel gereinigt?"

„Eines Tages wird selbst Rom zu Israel aufblicken. Aber Judas ... diese Stunden jetzt, behalte sie gut im Gedächtnis. Koste sie aus. Es kommen Tage, da wird das Reich Gottes einen hohen Preis von uns verlangen. Mich wird es alles kosten. Und dich wird es um alles bringen, was dir am Herzen liegt."

Alles, was mir am Herzen lag? Hatte ich denn nicht schon alles verloren, bis auf mein eigenes Leben und meinen guten Namen?

„Aber das ist nicht deine eigentliche Frage, Judas, habe ich recht?", sagte er sehr ruhig. Plötzlich wurde mir klar, dass er geblieben war, um mit mir zu reden. Er saß nicht hier mit mir am Ufer, um sich über Petrus und die anderen zu amüsieren, die sich wie kleine Jungen im tiefen Wasser gegenseitig unterzutauchen versuchten. Er war nur deswegen hier geblieben, weil ich es mir wünschte.

Mein Herz pochte mir in den Schläfen. Plötzlich konnte ich die Direktheit seines Blicks kaum mehr ertragen. Furcht überfiel mich, ich könnte in der Klarheit dieser Augen mich selbst erkennen.

Du kennst mich nicht. Wenn du wüsstest, wie ich wirklich bin, würdest du meine Nähe meiden.

Unter meinen Kleidern rann mir der Schweiß den Rücken herab. Ich öffnete den Mund, um die Worte zu äußern. Ich wusste: Mit einer kleinen Anstrengung, mit diesen wenigen Worten könnte ich ihn für immer von mir fernhalten. Und damit würde ich auch den einzigen Frieden verbannen, den ich je gespürt hatte, seit wir damals aus Sepphoris fortgegangen waren.

Ich habe meinem Bruder vor die Füße gespuckt. Ich habe in einem Grab gelebt. Mein Vater starb und meine Mutter hat sich verkauft, um mich am Leben zu erhalten. Vielleicht halte ich das Gesetz, aber was zählt das schon, wenn man all die anderen Dinge weiß?

Ich bin es nicht wert, einen Freund zu haben.

Aber als ich ihn ansah, lag in seinen Augen eine große Zärtlichkeit, als läge mein Inneres und alles, was es barg, bereits offen vor ihm. Und doch wusste ich, dass es nicht so war.

Wenn er mich so ansah, wo ich doch nicht die ganze hässliche Wahrheit zur Sprache gebracht hatte – was würde er tun, wenn ich sie aussprach? Ich könnte es nicht ertragen, wenn er sich von mir abwandte. Und unter seinem Mitleid würde ich zerbrechen.

„Meine eigentliche Frage ist einfach ... wann wird das alles geschehen?"

Einen Moment lang lag sein Blick noch auf mir, dann wandte er ihn ab, und in mir breitete sich eine Enttäuschung aus, die ich nicht verstand.

„Bleib bei mir, Judas", sagte er schließlich, wieder sehr ruhig. „Eines Tages wirst du das alles verstehen."

In dieser Nacht fand ich keinen Schlaf.

Zwei Tage später erreichten wir Jerusalem inmitten der Pilgerscharen, die die Straßen der Stadt überfluteten, Psalmen sangen und Myrten- und Palmzweige schwangen. Um uns her wogte das Gefeilsche der Straßenverkäufer, der Dunst von Abfällen, der Duft aus den Tausenden Backöfen der Stadt.

Es war die Zeit für Außergewöhnliches und die Leute erwarteten geradezu, etwas zu erleben, was sie ergreifen oder in Staunen versetzen konnte. Die große Masse war bereits vor uns eingetroffen, und nun schienen sich aller Augen nach dem Meister umzusehen. Auch die, die nicht mit uns gereist waren, schienen zu begreifen: Das musste ein Mann von einiger Bedeutung sein, der mit einem solchen Gefolge in die Stadt kam. Viele schlossen sich uns an, stimmten in den Gesang ein und schlugen den Galiläern auf die Schultern, als seien sie alte Freunde.

Die Jungs aus Galiläa machten große Augen. Sie schienen gar nicht mehr aus dem Staunen herauszukommen angesichts all der Wunder meiner Heimatstadt. Und erst beim Anblick des Tempels: Strahlend weiß erhob er sich in der Morgensonne über der Stadt, die gezackte Goldfassade des Heiligtums glühte im Licht wie ein Feuerband. Aber noch glühender als selbst dieser glanzvolle Anblick war mein Stolz – Stolz auf das schönste Bauwerk dieser Erde.

Auch in Galiläa hatte ich viele Soldaten gesehen, besonders in Kapernaum, das ja Garnisonsstadt war. Aber hier in Jerusalem schienen sie allgegenwärtig: an den Stadttoren, an den Treppenfluchten, die zum Tempel hinaufführten, vor der Festung Antonia. Die Tempelwache selbst bestand zwar aus Leviten, aber als ich sie mit ihren Schwertern und kurzen Tuniken durch die königliche Säulenhalle marschieren sah, sahen sie genauso römisch aus wie die Römer selbst.

Wir zahlten unsere Gebühr für ein Tauchbad in einer der Mikwen in der Nähe zur südlichen Tempeltreppe und hielten gegenseitig unsere Bündel, während wir saubere Kleider anlegten. Es war das erste Mal seit etlichen Tagen, dass ich ein Bad nahm; zuletzt hatten wir am Jordan gebadet, um uns auf unsere Ankunft in der Heiligen Stadt vorzubereiten. Ich stand kaum im Wasser, als ich mich schon neu belebt fühlte. Ich spürte eine neue Verbundenheit mit den Männern, mit denen ich nun schon seit Wochen unterwegs war und die Mahlzeiten teilte. Ich freute mich auch darauf, meine Mutter und Nathan wiederzusehen und ihnen von meiner Reise und meinem neuen Rabbi zu erzählen. Aber zuerst würde ich in den Tempel gehen.

Wir kamen in frischen Kleidern aus der Mikwe und Petrus sah sich um. „Wo ist Jesus?"

„Ich dachte, bei dir?"

„Wir sind ja schöne Schüler", murmelte Jakobus.

Wir fanden ihn in den Säulengängen. Eine wachsende Menge Pilger hatte sich bereits wieder um ihn geschart, außerdem ein paar der gelegentlichen Thoraschüler, die in ihren Ferien in den Tempel kamen in der Hoffnung, es sei vielleicht gerade ein Rabbi aus Alexandria oder Antiochien oder sogar aus Rom zu Besuch, den sie hören konnten. Sicher waren sie nicht wegen eines Rabbis aus Galiläa gekommen, und doch hatte sich zu seinen Füßen bereits eine Gruppe niedergelassen. Selbst einige Kinder saßen bei ihm.

„Ihr habt gehört, was die Leute sagen: Liebt euren Nächsten, hasst eure Feinde", sagte er gerade. Seine Stimme war in der ganzen Halle mit ihren geschwungenen Deckenbögen gut zu hören. „Aber ich sage euch: Liebt eure Feinde. Wenn ihr die liebt, die euch auch lieben, welchen Lohn sollte es dafür geben? Wenn ihr nur die grüßt, die zu euch gehören, was tut ihr dann mehr als andere?"

Erst vor ein paar Monaten hatte ich von diesem Mann nichts gewusst, außer dass er der halb verhungerte Cousin von Johannes war. Über das, was ein Handwerker aus Nazareth zu sagen hatte, hätte ich nur die Nase gerümpft.

Wie viel hatte sich in nur ein paar Monaten verändert.

Ich sollte bald lernen, wie viel sich an einem einzigen Tag verändern konnte.

Mein Bruder begrüßte mich im Eingangsraum unseres Hauses mit der kalten Förmlichkeit eines Fremden. Aber seine Kinder liefen mir freudig entgegen. Ich konnte mich nicht erinnern, dass sie das schon jemals getan hätten, und bückte mich überrascht, um sie hochzuheben.

„Bruder“, sagte Nathan, der sich im Hintergrund hielt.

„Nun werft euren Onkel nicht um“, sagte Mutter, kaum hatte sie den Raum betreten. Zögernd entließ ich die Kinder aus meinen Armen.

Ich umarmte meine Mutter und sie ließ mich lange nicht los. Eine mädchenhafte Freude überzog ihr mit Falten durchzogenes Gesicht. Dann gab sie mich frei und rief: „Judas, wie dünn du bist!“

Als am Abend das Horn von der Tempelzinne geblasen wurde, das den Beginn des Sabbats verkündete, setzten wir uns zum Essen.

„Ihr hättet es sehen sollen“, sagte ich und streute Linsen auf mein Brot. „Sein Gesicht war völlig wiederhergestellt. Ich sage euch, vorher war es völlig zerfressen gewesen, und jetzt war es wieder heil – und er hatte wieder Finger an den Händen.“

Meine Nichte und mein Neffe starrten mich an wie verzaubert.

„Dann hast du also diese Wunder gesehen, von denen die ganze Welt spricht“, bemerkte Nathan. „Die Leute vergleichen ihn mit Hanina bar Dosa, dem großen Heiler. Bist du dem auch begegnet?“

„Nein, aber ich habe von ihm gehört. Er ist Pharisäer.“ Ich zögerte, sprach aber dann weiter. „Der Rabbi hat nicht immer den größten Respekt für Pharisäer.“

„Bruder, du warst zu lange auf dem Land“, sagte Nathan. „Einer, der gern Messias werden möchte und sich bei den Pharisäern keine Anerkennung verschafft, ist wohl kaum ein weiser Mann. Wenn dir wirklich so viel an dieser Sache liegt, solltest du vielleicht besser eine Weile zu Füßen von Hanina sitzen.“

„Nein“, sagte ich mit einer Heftigkeit, die mich selbst überraschte. „Verstehst du denn nicht? Das ist es ja gerade! Er fragt nicht danach, ob die Pharisäer ihn anerkennen. Oder die Priester. Als er den Gelähmten geheilt hat …"

„Er hat einen Gelähmten geheilt?", unterbrach Mutter mich.

Beinahe hätte ich zu viel gesagt. Aber es reichte auch so schon, dass sie die Augenbrauen hob und leicht die Stirn runzelte.

„Ja", sagte ich. Ich fügte allerdings nicht hinzu, dass er dem Mann auch seine Sünden vergeben hatte.

„Bist du auch sicher, dass der Mann vorher wirklich gelähmt war", fragte Nathan und kniff die Augen zusammen.

„Ja. Ganz sicher."

„Hmm", machte Nathan. „Schön. Das hätte ich gern gesehen."

Mutter warf Nathans Frau einen Blick zu. „Rebecca, haben wir noch etwas mehr Wein?"

Ich starrte sie an. Sie widmete sich wieder ihrem Teller und tupfte die letzten Linsen mit einem Stück Brot auf. Wie konnten sie einfach weiteressen? Ein Gelähmter war gesund geworden! Ein Aussätziger geheilt! Verstanden sie denn nicht? Wie sollte ich ihnen je erzählen, wie ich Jesus frühmorgens vor der Stadt begegnet war, oder wie er den Zöllner, den ich jetzt als Matthäus kannte, gerufen hatte, sich ihm anzuschließen? Oder von dem ungewöhnlichen Abendessen, das wir am selben Abend im Haus des Zollpächters erlebt hatten?

Dann begriff ich: Ich konnte es nicht.

In Nathans Blick lag eine mir unbekannte Härte. In Galiläa hatte er mir gefehlt. Ich hätte ihm das gern gesagt, aber jetzt spürte ich, welch eine Kluft zwischen uns bestand. Wie sollte er auch verstehen, wie sehr ich nach diesem Eigenartigen und Besonderen verlangte, das ich bei Jesus fand, nach der Reinheit, die ich in der Gemeinschaft der Sünder empfunden hatte und die so anders war als die Reinheit der Pharisäer? Selbst wenn er es verstanden hätte – als guter Israelit, der er war, hätte er es nie billigen können.

Da saß ich in meinem eigenen Haus mit meinem Bruder und

meiner Mutter am Tisch und fühlte mich allein. Ich sehnte mich nach dem Meister. Er war wieder zu Maria und Marta zurückgekehrt, Verwandten, bei denen wir die letzte Nacht verbracht hatten, bevor wir Jerusalem erreichten.

„Der Rabbi ist ein Mann, der die Bürde der Vorschriften hinter sich gelassen hat“, versuchte ich es noch einmal. „Mir ist noch nie jemand begegnet, der so furchtlos ist wie er. Er spricht aus, was er denkt, ohne sich darum zu scheren, was die Reichen oder die Gebildeten davon halten und was es für Folgen haben könnte.“

„Nun, sich nicht um die Folgen zu kümmern, ist allerdings kaum weise. Schließlich ist das hier Herodes’ Hoheitsgebiet. Hast du nicht erzählt, dass man seinen Cousin, diesen Täufer, verhaftet hat? Ist er wirklich so unklug?“

Ich musste gegen einen plötzlichen Anflug von Zorn kämpfen.

„Du kannst dir selbst ein Bild machen. Er ist in der Stadt. Vielleicht ...“

„Judas, du siehst aus, als hättest du seit Tagen nichts gegessen“, fiel Mutter mir ins Wort. „Iss jetzt. Wir haben noch genug Zeit, über all diese Dinge zu reden. Du bist gerade erst heimgekommen.“

Es war klar, was sie meinte. *Kein Gerede über irgendeinen Messias. Wir sind hier. Das genügt.*

Nathan blickte erst Mutter an, dann mich. Unzählige Male hatte ich das an ihm gesehen, seit er ein Säugling war. Und dann lachte er hart auf und wandte den Blick ab, als wisse er nicht, was er mit mir anfangen sollte.

„Morgen gehen wir in den Tempel“, sagte ich. „Er wird dort sein und lehren.“

„Wie du möchtest, Bruder“, sagte Nathan mit einem boshaften Zug um den Mund. Ich hätte ihn am liebsten geschlagen. Einmal, als er noch sehr klein war, hatte ich das tatsächlich getan. Damals hatte er zum ersten Mal mir zum Trotz das Kinn so erhoben.

In dieser Nacht saß ich beim Licht einer einsamen Lampe im Hof und gab vor zu beten. Aber in Wirklichkeit wollte ich einfach nur dem Haus entfliehen.

Meine Mutter kam mit einem Becher Wein.

„Er wird es nicht zugeben, aber er hat dich vermisst. Du bist sein größter Held, Judas", sagte sie und reichte mir den Becher.

Ich blickte auf den Becher in meiner Hand.

„Ich habe ihn im Stich gelassen."

„Aber jetzt bist du ja da."

„Ich meine, ich habe ihn schon vor Jahren im Stich gelassen. Und dich auch." Ich sah zu ihr hoch. Das Licht der Lampe flackerte über die Fältchen in ihrem Gesicht. Wann waren sie so zahlreich geworden? Aber immer noch konnte ich in ihr die Frau erkennen, die an jenem Tag mit meinem Vater und Joschua und mir aus Jerusalem geflohen war. Dieselbe Frau, die die Tage nach der Katastrophe von Sepphoris überlebt hatte, wenn auch nur um meinetwillen. Ich hätte sie gern angelächelt. Ihr gesagt, dass sie in meinen Augen schön war. Stattdessen wandte ich den Blick ab.

„Du hast uns nicht im Stich gelassen. Du bist nie fortgegangen."

„Das habe ich nicht gemeint."

„Meinst du, ich wüsste nicht, warum es dir schwerfällt, ihn zu lieben? Oder mir in die Augen zu sehen? Ich mache dir keinen Vorwurf, Judas, und Nathan tut es im Grunde seines Herzens auch nicht. Selbst wenn er es nicht sagt … er sehnt sich nach Anerkennung von dir."

Sie setzte sich neben mich. „Aber jetzt hör mir zu. Was auch immer du bei diesem Rabbi suchst – du kannst es hier finden. Dein Bruder braucht dich und ich möchte dich in meiner Nähe haben. Geh zu Nikodemus. Du kannst versuchen, in der Schule von Gamaliel oder Zadok angenommen zu werden. Bei einem Lehrer, den andere Lehrer achten. Nicht bei einem Handwerksburschen, der die Gesellschaft von Rebellen schätzt."

„Es sind keine Rebellen", sagte ich. Sofort musste ich ihn verteidigen, trotz der Tatsache, dass die Gesellschaft von Zöllnern als weit schlimmer galt als die von Straßenräubern und Rebellen. Rebellen waren schließlich nicht selten eine Art Volkshelden.

„Ich höre ebenso gut wie andere, was man sich über ihn erzählt."

„Dann weißt du auch, welche Zeichen er tut. Und merk dir, was ich dir jetzt sage: Eines Tages wird dieses Volk die Fesseln Roms abwerfen ..."

„Nein", zischte sie. „Sag so etwas nicht. Du weißt, wie gefährlich das Spiel ist, das du da spielst. Ich verbiete dir, jemals wieder so zu sprechen!"

Im flackernden Licht der Lampe saß sie zitternd neben mir. „Ich will meinen Sohn nicht unter diesen Männern sehen. Weißt du, wie es ist, wenn die Frauen mich fragen? Wenn ich sagen muss: Ja, mein Sohn zieht mit diesem seltsamen Prediger herum? Weißt du, wie sie mich ansehen?"

„Es gab Zeiten, in denen es dir egal war, wie andere dich ansahen."

„Das waren andere Zeiten. Ich tat, was ich tun musste. Aber ich habe es nicht getan, damit du dir dasselbe Schicksal auf den Hals holst wie dein Vater!" Das Glimmen der Lampe beschien ihr Kinn und ich sah, wie sie die Kiefer zusammenpresste, aber ihre Lippen begannen zu zittern wie die eines Kindes. „Ich würde nichts von dem, was ich getan habe, zurücknehmen. Ich würde es wieder tun! Denn auf diese Weise habe ich wenigstens einen meiner Söhne behalten und einen anderen gewonnen. Immer wieder würde ich tun, was ich getan habe, wenn du nur am Leben bleibst und in Sicherheit bist."

Ich nahm ihre Hand.

„Alles, was ich je gewollt habe, ist, meine Söhne bei mir zu haben."

„Vergib mir, Mutter", sagte ich, denn ich wusste, dass ich sie schon bald wieder verlassen würde.

Nebeneinander saßen wir im Hof und nur ihr leises Schluchzen unterbrach das Schweigen zwischen uns.

Die Gesänge der Leviten hallten mir noch in den Ohren, als Nathan und ich am nächsten Tag aus dem Israelvorhof in die Säulengänge gingen.

„Ich sehe niemanden, auf den deine Beschreibung dieses Jesus zutreffen könnte", bemerkte Nathan.

„Ich bin sicher, dass er hier ist."

Als wir in die Nähe des Doppeltores kamen, bemerkte ich eine Gruppe von Priestern, die genau darauf zueilte. Es schickte sich nicht, am Sabbat so schnell zu gehen, geschweige denn zu rennen, aber die Priester marschierten eilig und zielstrebig auf das Tor zu; die Gewänder bauschten sich um ihre Füße und sie hatten tiefe Furchen auf der Stirn.

Mit einem flauen Gefühl im Magen eilte ich ihnen nach.

Draußen vor dem Tor waren die Priester oben auf den Stufen stehen geblieben. Unter ihnen standen etliche Pharisäer, in denen ich einige erkannte, die die nahe gelegene Mikwe beaufsichtigten. Sie alle starrten auf etwas, dass sich weiter unten auf der breiten Treppe abspielte. Eine Stimme ertönte im klaren Licht des Herbstes.

„Mein Vater ist immer am Werk und ich bin es auch!"

Ich eilte die Stufen hinab, wobei ich den langen Gewändern der Priester auswich. Und dort, ein wenig weiter unten, umgeben von einer Menge Schaulustiger und von Petrus, Andreas,

Matthäus und noch ein paar anderen aus unserer Gemeinschaft, stand Jesus, die Arme weit ausgebreitet.

„Was ist los?“, fragte ich einen der Umstehenden. Dann erblickte ich noch etwas weiter unten Jakobus und Johannes, die ungewöhnlich schweigsam waren und unruhige Blicke tauschten.

„Es heißt, er war am Teich von Siloah“, sagte der Mann im Flüsterton und wies auf den Meister. „Und er habe einen Mann geheilt und ihm dann gesagt, er sollte seine Matte aufheben und nach Hause tragen. Und einer von den Pharisäern da oben hat das gesehen und dem Mann gesagt, das Gesetz verbiete ihm, am Sabbat etwas zu tragen. Aber der habe geantwortet, der, der ihn geheilt hätte, hätte ihm aufgetragen, seine Matte nach Hause zu tragen.“

„Du gibst also zu, einem Mann etwas befohlen zu haben, was am Sabbat gegen das Gesetz verstößt?“, sagte einer der Priester gerade. „Du gibst zu, du hast einem Menschen geboten, den Sabbat zu brechen?“

Meine Hände waren eiskalt. Dies hier war weit ernster als mit Zöllnern zu essen oder sich vor dem Essen nicht die Hände zu waschen.

„Er ist verrückt“, sagte der Mann neben mir. „Wer würde so etwas zugeben, noch dazu gegenüber diesen Männern? Er behauptet, er heile im Auftrag und mit der Macht Gottes.“

Würde er wirklich so weit gehen? Ich dachte an den Gelähmten, dem er die Sünden vergeben hatte.

Ich erhaschte einen Blick von Petrus. Sein Gesicht war wie erstarrt.

„Ich sage euch noch etwas“, sagte Jesus und drehte sich jetzt zu den Priestern um, die auf den Stufen über ihm standen. „Der Vater hat dem Sohn die Vollmacht gegeben, Gericht zu halten, damit alle den Sohn ehren, wie sie den Vater ehren.“

Die Priester stießen Rufe des Entsetzens aus; von den Pharisäern und einigen Zuschauern erklang Gezischel und Protestgeschrei. Die Menschen auf den Stufen starrten bloß stumm auf die Szene – Andreas und Jakobus eingeschlossen.

„Wer ist sein Vater?“, flüsterte jemand. „Ist er etwa Priester?“

Inzwischen hatte Nathan mich eingeholt, nachdem er die wachsende Menge, die durch das Doppeltor herausdrängte, und andere, die stehen geblieben waren, um das erstaunliche Spektakel von unten zu bestaunen, umschifft hatte.

„Wundert euch nicht über das, was ich euch sage!“, rief Jesus, und seine Stimme hallte über den Vorhof. „Es kommt eine Zeit, in der alle, die in den Gräbern liegen, seine Stimme hören und herauskommen werden – die, die Gutes getan haben, werden zum Leben auferstehen, und die, die Böses getan haben, werden auferstehen, um verdammt zu werden. Ich urteile nach dem, was ich höre, und mein Urteil ist gerecht!“

Wieder ein Aufschrei von den Priestern.

„Mein Urteil ist gerecht!“ Jesus schrie jetzt, um die Priester zu übertönen. „Denn mir geht es nicht darum, es mir selbst recht zu machen. Ich will es dem recht machen, der mich gesandt hat!“

„Gotteslästerung!“, ertönte es aus der Priestergruppe. Und dann noch einmal, lauter: „Gotteslästerung! Habt ihr ihn gehört?“

Ich schob mich durch die Pharisäer hindurch auf Jesus zu.

„Bitte, Rabbi“, sagte ich. Er warf mir einen Blick zu.

Einer der Pharisäer trat näher. Ich erkannte Narada bar Hakkesset, ein älterer Mann, vermögend, der auch zum Obersten Gericht, dem Großen Sanhedrin, gehörte. Und nun, da ich sie von vorn sehen konnte, erkannte ich auch unter den Priestern einige Mitglieder des Sanhedrin. Ihre reich verzierten Gewänder fielen unter der Masse einfacheren Stoffes auf. Wie Geier hockten sie dort oben zusammen.

Ich kümmerte mich nicht mehr um Nathan oder um die anderen, die immer noch hinter uns durch das Tor strömten. Jetzt war nur eins wichtig: Ich musste ihn zum Schweigen bringen. Es waren zu viele Zeugen hier, die ihm übelwollten.

„Meister, bitte!"

Inzwischen war die Menge noch größer geworden und weit unter mir sah ich, wie sich jemand zwischen den Pilgern hindurchdrängte, um die Szene zu beobachten: Simon. Er kam die Treppe herauf und blieb dann stehen. Sein Gesicht war weiß wie die Wand.

„Du wirst beschuldigt, einen Mann angestiftet zu haben, den Sabbat zu brechen", sagte jetzt einer der Sadduzäer. „Was antwortest du darauf?"

„Nach dem Gesetz kann ich nicht für mich selbst antworten. Denn was immer ich über mich selbst sage, wird als unwahr gelten. Aber der Vater, der mich gesandt hat, wird für mich aussagen!"

Die Priester schrien auf und die Pharisäer stimmten ein; einige Sadduzäer begannen dagegen, auf die Priester einzuschreien, weil einer von ihnen das mündliche Gesetz erwähnt hatte, das die Sadduzäer nicht anerkennen.

Schnell jetzt. Bloß schnell. Ich eilte zu Jesus, während Simon die Treppe heraufkam und Johannes und Jakobus hinter uns aufschlossen. Die Pharisäer schrien durcheinander und rangen die Hände; die alten Rivalitäten schlummerten immer nur dicht unter der Oberfläche.

Vor uns sah ich jetzt all die Bettler und Kranken und anderen Elendsgestalten, die vom Siloahteich zum Tempel gekommen waren. Sie drängten auf ihn zu, humpelnd die einen, andere führten Schwächere mit sich, und alle schrien nach ihm. Umringten ihn.

Während wir unseren Meister eilig wegzerrten, blickte ich zurück, um Nathan zu finden. Er war fort, aber was ich sah, ließ mir das Blut in den Adern gefrieren: Helkias bar Phiabi, der oberste Verwalter des Tempelschatzes, stand oben an der Treppe und beobachtete, wohin wir gingen.

Wenn ich es nicht schon vorher geahnt hatte, dann verstand ich es an diesem Tag: Jesus war nicht nur ein Geheimnis. Er war nicht nur unkonventionell, nicht nur ein Sonderling, an dem sich die Geister schieden.

Nein. Jesus war gefährlich – eine Gefahr für sich selbst und für uns, die wir ihm folgten.

15

Zutiefst erschüttert kam ich nach Hause.

Ich hatte den Blick des Obersten Tempelschatzverwalters auf mir gespürt. Ich kannte ihn – mit Namen und von Angesicht. Ich kannte seinen Ruf. Ich wusste alles von ihm. Phiabi. Das war eine der bedeutenden herrschenden Familien, auf einer Ebene mit Hanan, Boethus, Cantharus. Sie regierten den Tempel, die Hohepriester, die Hauptleute der Tempelwache.

Ich hatte mir gewünscht, mit meinem Rabbi in Jerusalem gesehen zu werden. Und nun hatte mich tatsächlich jemand mit ihm gesehen – ein Sadduzäer. Und er hatte gesehen, wie ich ihm einen Weg zur Flucht bahnte.

Panik erfasste mich.

Ich hatte keinen Zweifel, dass Jesus den Mann am Siloahteich geheilt hatte. Noch nie hatte ich gesehen, dass er sich von jemandem abgewandt hätte, der Hilfe suchend zu ihm kam, oder dass er etwa nicht auf die Männer oder Frauen zugegangen wäre, die ihm am Straßenrand auffielen, als hätten sie ihn in einer Sprache angerufen, die nur er hören konnte.

Selbst am Sabbat.

Ich rief mir ins Gedächtnis, dass die Makkabäer die Seleukiden an einem Sabbat angegriffen hatten – und Gott hatte dieses Tun gesegnet.

Aber im Moment fielen mir einfach zu viele Leute ein, die mit dem Tempel zu tun hatten und die Rechenschaft von mir verlangen würden. Und dann gab es da noch die Söhne – was sollte ich ihnen sagen?

Er konnte die Menschen um sich scharen, massenweise, dieser Jesus. Ein Mann von zweifelhafter Abstammung, der behauptete, der Ewige sei sein Vater … und dann im Widerspruch zum Gesetz des Höchsten am Sabbat heilte. Er war ein Mann der Widersprüche! Wusste er denn nicht, dass es Leute gab, die versuchen würden, ihm daraus einen Fallstrick zu drehen?

Kurz erwog ich, die Stadt zu verlassen und meine Familie wieder nach Kerioth zu bringen, weg von hier. Zum ersten Mal seit Jahren musste ich wieder an die Nacht denken, in der wir aus Jerusalem geflohen waren. Es schien unendlich lange her.

Aber Nathan würde nie nach Kerioth zurückgehen, und im Blick auf meine Mutter war ich mir auch nicht sicher.

Und ich würde meinen neuen Rabbi nicht verlassen.

Während mich noch die Furcht erfüllte, erschien ein Mann an der Haustür. Er reichte mir eine codierte Nachricht:

Es ist an der Zeit, dass wir uns persönlich begegnen.

Nathan starrte mich an, während ich las, und musste bemerkt haben, wie mir die Farbe aus dem Gesicht wich.

„Von wem kommt das? Was steht drin? Es ist wegen allem, was heute passiert ist, oder?“

Ich hörte ihn kaum. Und ich weiß nicht, was ich ihm antwortete; meine Gedanken kreisten um die Vorladung in meiner Hand. Nach allem, was ich wusste, war so etwas höchst ungewöhnlich. So etwas tat man nicht.

Eine Falle, dachte ich.

Aber ich wusste: Ich würde trotzdem gehen. Das Geheimnis dieser gesichtslosen Söhne verfolgte mich seit Monaten, und ich war bereit, dieses Geschwür aufzuschneiden – und ebenso die Furcht dieses Tages –, bevor es von selbst aufplatzte.

Meine Mutter legte mir die Hände auf die Schultern. „Du gehst zu ihm, nicht wahr? Tu es nicht. Ich bitte dich. Geh nicht."

„Nein. Ich geh nicht zu ihm. Bleib im Haus und lass niemanden herein, bevor ich nicht zurück bin."

Und dann ging ich. Ich ließ Nathans Zorn und Mutters Befürchtungen hinter mir und folgte dem Diener, der kein Wort sprach, ohne zu wissen, wohin er mich führte.

Ich ging rasch. Mir fiel auf, dass er Sandalen von sehr guter Qualität trug; der Umhang auf seinen Schultern war ebenfalls aus gutem Stoff. In ein paar Minuten hatten wir die Oberstadt erreicht und steuerten auf ein Haus zu, das ich als das Anwesen von Rabbi Zadok erkannte.

Der Mann, der höchstwahrscheinlich der Nachfolger des großen Schammai werden würde.

Ich erwartete, man würde mich wieder in Seitenstraßen führen oder enge Treppen hinauf, um meine gesichtslose Quelle in irgendeinem verborgenen Winkel zu treffen. Einen Diener des kämpferischen Lehrers vielleicht oder seinen Stellvertreter. Es wäre kein ungewöhnliches Vorgehen in Kreisen, die insgeheim ebenso mächtig waren wie ihre Herren, wenn auch nur gegenüber den Leuten, zu denen sie Zugang hatten. Aber wir gingen direkt in den Hof, wo uns ein weiterer Diener begrüßte.

„Der Lehrer bittet dich, mit ihm zu speisen", sagte der Diener. Und mit größtem Erstaunen begriff ich, dass mein Kontaktmann der Rabbi selbst sein musste. Der Diener führte mich in einen Nebenraum und brachte mir Wasser und ein sauberes Gewand, das ich zum Essen tragen konnte. Ich wusch mich, ohne den erlesenen Wandbehängen oder den Mosaikfliesen unter meinen Füßen Beachtung zu schenken. Erst als ich meine eigene Tunika ablegte, sah ich einigermaßen bestürzt auf die andere Tunika vor mir, die aus feinem gebleichten Leinen genäht war. Noch vor wenigen Monaten hätte ich diesen Willkommensgruß freudig angenommen, auch wenn ich das Gefühl hatte, ich würde das Kleidungsstück beschmutzen, wenn ich es anzog. Aber jetzt starrte ich es einfach an – eine saubere Tunika aus feinem Leinen, zweifellos in rituell reinem Wasser gewaschen. Ich schlug einen Ärmel zurück. Würde dieses Gewand alle anderen im Haus vor den Schrecken meiner Vergangenheit schützen?

Ich legte die Tunika an und ging dann zu dem Diener hinaus, der vor der Tür auf mich wartete. Er führte mich in ein geräumiges Zimmer, das großspurig von zahlreichen Wandlampen erhellt wurde. Ein großer Tisch war mit Speisen gedeckt und ein Stapel Kissen war daneben aufgehäuft.

Vor mir am Tisch saß Zadok, der bereits an einem Becher Wein nippte.

Ich wusste, dass er etliche Jahre jünger war als ich, obwohl sein Bart bereits mehr Grau aufwies als sein Kopf. Eine Gesichtshälfte hing leicht herunter, eine Braue war niedriger als die andere, was ihm einen dauernden skeptischen Gesichtsausdruck verlieh, selbst dann, wenn er lächelte.

„Judas", sagte er und erhob sich, um mich zu begrüßen.

„Sei gegrüßt, Lehrer!", erwiderte ich und küsste seine Hand. Ich war noch immer erschüttert.

„Judas aus Kerioth." Er schien sich meinen Namen auf der Zunge zergehen zu lassen, während er mir bedeutete, mich zu Tisch zu legen. Ich tat es, sorgfältig darauf bedacht, dass meine Fersen nicht in seine Richtung zeigten, während der Diener Wein für mich einschenkte. Mir fiel auf, dass Zadok sich nicht die Mühe machte, das Gebet über den Wein zu sprechen; er wartete einfach, bis der Diener eingeschenkt hatte und winkte ihm dann, den Raum zu verlassen.

„Nach dem, was heute passiert ist – blieb mir etwas anderes übrig, als dich hierher zu bitten?", begann er, als der Diener verschwunden war. „Obwohl das ein großes Risiko ist."

„Du kannst mir vertrauen“, sagte ich.

„Nicht du machst mir Sorgen. Wir haben Informanten genug. Aber es gibt auch die Leute, die es mit unseren Unterdrückern halten und jede Gelegenheit nutzen würden, um uns zu enttarnen. Aus diesem Grund treffen wir niemanden persönlich und halten keine Versammlungen ab. Und falls doch einer von uns gefasst wird, tun wir unser Bestes, ihn frei zu bekommen – allerdings nicht um den Preis, andere zu verraten oder uns selbst zu gefährden. Das beschwören wir mit einem Eid und ich darf dich erinnern, dass auch du diesen Eid geleistet hast: Selbst unter der Folter werden wir uns eher selbst töten als andere verraten.“

„Ja“, sagte ich und dachte an die Nacht, in der ich zu Levi gegangen war. Er hatte sich geweigert, mir irgendwelche Namen zu nennen, und betont, er würde mir auch nicht sagen, wie viele sie waren, selbst wenn er es wüsste. Und ich hatte denselben Eid abgelegt – vor Gott und vor Levi.

„Selbst ich weiß nicht genau, wie viele wir inzwischen sind – und ich will es auch nicht wissen. Aber ich kann dir sagen, wir haben unsere Leute in den Palästen und in den Bergen. Es gibt unter uns Pharisäer – aber auch Sklaven und Kaufleute, Straßenräuber und Rebellen. Und Judas bar Hesekijas eigene Söhne gehören auch zu uns. Wir sind also tatsächlich die wahren Söhne des Lehrers.“

Wann immer dieser Name fiel, zog sich mein Magen zusammen. Auch diesmal spürte ich es. Außerdem lief mir der Schweiß den Nacken hinunter.

„Ich kann sie ruhig erwähnen, denn sie werden bereits offiziell gesucht. Wie es scheint, haben sie das Zelotentum zu ihrer ganz persönlichen Familiensache gemacht. Aber ich vermute, auch andere Familien sind dafür anfällig“, sagte er und warf mir einen bedeutungsvollen Blick zu.

„Das habe ich auch gehört“, hörte ich mich sagen.

„Inzwischen ist dieser Wanderprediger vom Lande aufgetaucht, dem du dich angeschlossen hast, und er beflügelt die Fantasie der Massen mit seinen Geschichten und den Gerüchten um seine Wundertaten. Du siehst also, Judas, wir stehen an der Schwelle zu großen Dingen. So viele günstige Gelegenheiten treffen zusammen. Es ist eine besondere Zeit."

Inzwischen raste mein Herz. Ich hatte keinen Sinn mehr für den Wein und die Speisen vor mir auf dem Tisch! Die Söhne von Judas bar Hesekija! Was könnte man nicht alles erreichen, wenn sie gemeinsame Sache mit meinem Rabbi machten? Wir würden das Volk im ganzen Land wachrütteln und eine unaufhaltbare Bewegung lostreten. Vor meinem inneren Auge sah ich bereits, wie ganz Galiläa sich erhob und auf Jerusalem zurollte wie eine mächtige Flutwelle.

„Vielleicht verstehst du nun, warum dieser Jesus mir ein Rätsel ist", fuhr Zadok fort. „Was du über ihn und seinen Einfluss auf die Menschen erzählst, verwirrt mich. Ebenso sehr wie das, was ich von anderen erfahren habe, die heute auch im Tempel waren und sein Auftreten dort miterlebten. Eins muss ich wissen: Hat er sich selbst Messias genannt?"

Ich schluckte. Nun musste ich meine Worte sorgfältig wählen. Plötzlich wusste ich nicht mehr genau, was eigentlich meine Aufgabe war: Sollte ich die Söhne für Jesus und seine Sache gewinnen – oder Jesus für die Söhne?

Schließlich sagte ich mir: Es kommt auf dasselbe hinaus.

„Nein. Das hat er nicht."

„Wie ich höre, ist seine Herkunft umstritten. Und er kommt aus Nazareth."

„Er ist ein Mann des Volkes. Er spricht die Sprache der Armen aus Galiläa. Der Landlosen, die unter den römischen Steuern leiden – und die sind da oben weit zahlreicher als die Reichen."

„Stellt er ein Heer auf?"

Ich zögerte.

„Du kannst offen sprechen. Du bist hier sicher. Ich weiß, du folgst der Schule Schammais ..." – es fiel mir auf, dass Zadok dies bewusst hervorhob, obwohl wir beide wussten, dass ich nicht wirklich ein Schammai-Schüler gewesen war – „... und du bist hier unter Brüdern." Bildete ich es mir nur ein, oder stand eine Absicht dahinter, dass er meine Verbundenheit mit einer Schule ansprach, der er nun in besonderer Weise zugehören würde?

„Vielleicht", sagte ich. Und dann: „Ich weiß es nicht. Er hat nichts davon gesagt. Er spricht selbst zu uns in Rätseln und Geschichten."

„Ja, diese eigenartigen Geschichten. Enthalten sie eine Botschaft? Ist es irgendein Code für andere? Wer sind seine Verbündeten?"

„Sein Cousin, Johannes ..."

Zadok machte eine wegwerfende Handbewegung. „Johannes sitzt im Kerker und ist so gut wie tot. Herodes wird ihm nie verzeihen."

So deutlich hatte das bisher niemand vor meinen Ohren ausgesprochen. Ich griff nach dem Weinbecher und hoffte, Zadok würde nicht bemerken, wie sehr seine Worte mich erschütterten.

„Soweit ich weiß, sammelt Jesus viele von Johannes' Schülern um sich."

„Einige. Ja. Lehrer, was ich fragen wollte – weißt du etwas von Levi?"

Die Finger am Rand seines Weinbechers, sah er mich einen Moment lang prüfend an, bevor er antwortete: „Nein."

Warum war ich mir nicht sicher, ob ich ihm glauben konnte?

„Wer unterstützt ihn?"

Ich sah Maria aus Magdala vor mir und Johanna, die Frau von Herodes' Verwalter. Aber ich durfte sie nicht erwähnen, denn es würde meinen Meister in Misskredit bringen. „Die Leute aus dem Volk", sagte ich.

„Diese Aussätzigen. Heilt er denn wirklich? Mit welcher Methode? Wie macht er es?"

Wieder sah ich den Aussätzigen vor mir, wie er mit gesenktem Kopf vor Jesus stand und wie er dann die Hand ausstreckte, die auf einmal gesund war. Wie sollte man davon berichten?

„Er befahl dem Aussätzigen, rein zu sein, und dem Gelähmten aufzustehen und ... sie gehorchten", sagte ich.

Zadok kniff die Augen zusammen.

„Hast du diese Heilung am Teich Siloah selbst gesehen?"

„Nein", sagte ich. „Aber ist es denn etwas Alltägliches, wenn ein verkrüppelter Mensch geheilt wird? Es ist ein Werk des Höchsten, oder nicht?"

Zadok sah mich von der Seite an. In Anbetracht seiner ungleichmäßigen Gesichtszüge war das ein grotesker Winkel. „Wenn es im Auftrag des Herrn geschieht – der Herr hat geboten, den Sabbat zu halten. Gewiss würde er doch nicht befehlen, den Sabbat zu brechen."

„Mit allem Respekt, Lehrer ... aber hat der Höchste nicht auch Abraham geboten, seinen Sohn auf dem Berg Moria zu opfern, hier, unterhalb des Tempelbergs, und ihm dann befohlen, es nicht zu tun?"

Wieder sah er mich lange an und lächelte dann. „Es ist, wie du sagst."

Er hatte mir zugestimmt. Aber trotzdem hatte ich das Gefühl, ich hätte das nicht sagen sollen. Ein Gefühl, als hätte ich einen Stein ins Wasser geworfen und damit eine Welle ausgelöst, die als Flut zu mir zurückkehren würde.

„Er hat also keine Verbindungen zu den Pharisäern oder Sadduzäern und auch nicht zu den Essenern, wie manche behaupten? Dann ist der Mann gefährlich. Denn das bedeutet: Er kennt weder Loyalität noch Verantwortung."

„Seine Loyalität gilt dem Volk, Lehrer."

„Wir bewegen uns hier auf einem gefährlich schmalen Grat, Judas", sagte er und lehnte sich zurück. „Es ist eine Sache zu sagen: ‚Kein König außer dem Höchsten' oder vom Messias zu reden, aber bis zu dem Tag, an dem wir darauf vorbereitet sind, auch entsprechend zu handeln, erreichen wir mit einer solchen Parole gar nichts. Im Gegenteil, wir verlieren alles. Rom wird nicht zögern und uns zu Tausenden ans Kreuz schlagen. Aber ich habe Neuigkeiten für dich: Wie ich gehört habe, ist Sejanus, Pilatus' Gönner in Rom, beim Kaiser in Ungnade gefallen. Pilatus muss also gut aufpassen, was er hier tut, oder man wird ihn schmachvoll abberufen und versetzen. So etwas wie sein Griff in den Tempelschatz wird sich nicht wiederholen – das kann er nicht riskieren. Noch ein Grund, warum der richtige Zeitpunkt, wenn es ihn denn überhaupt gibt, vielleicht schon bald kommt."

Er lehnte sich vor und sah mich eindringlich an.

„Hör zu, was ich dir jetzt sage. Dein Meister muss die Stadt verlassen. Er ist hier nicht sicher. Nicht nach dem, was heute geschehen ist. Wenn er so weitermacht, wird er das Passahfest nicht erleben, und er wird nicht der Einzige sein, der zu Schaden kommt."

Mein Herzschlag dröhnte mir in den Ohren.

„Verstehst du, was ich dir sage, Judas? Wenn die Zeit reif ist, muss er wiederkommen, und zwar mit einem Heer – oder überhaupt nicht."

16

„Nimm du ihn besser", sagte Matthäus und warf mir den Geldbeutel zu. „Ich bin nicht blind – ich sehe doch, wie sie mich anschauen. Sie trauen mir alle nicht. Aber du, du bist ein angesehener Mann und kennst dich auch mit Geldgeschäften aus."

Ich hatte ihm auch misstraut – bis zu diesem Moment.

Ich befestigte den Beutel an meinem Gürtel. Er war viel zu leicht.

Zadoks Warnung klang mir noch in den Ohren und ich war bestrebt, Jerusalem so schnell wie möglich so weit hinter mir zu lassen wie möglich. Als wir wieder in Galiläa ankamen und der erstickende Fischgeruch mir in die Nase stieg, war mir, als könne ich zum ersten Mal seit Tagen wieder atmen.

Aber das war nicht der einzige Grund für mein Aufatmen. Simon hatte sich uns angeschlossen.

Am liebsten hätte ich ihm wie ein übermütiger Schuljunge lachend das Haar zerzaust. Aber der Simon, der vor dem Stadttor zu uns zurückkehrte, war nicht mehr der Mann, der er gewesen war. Innerhalb von nur ein paar Tagen war er abgemagert, als hätte er über die Festtage gefastet. Sein Gesicht war abgehärmt und eingefallen und er blieb für sich. Ich ließ ihn in Ruhe, aber ich vermisste ihn, selbst wenn ich nur zehn Schritte hinter ihm ging. Ich hatte es nicht für möglich gehalten, dass es noch Gründe geben könnte, die ihn dazu bringen würden, dem Meister weiter zu folgen. Ja, ich war mir sicher gewesen, dass das, was im Tempel geschehen war, ihn endgültig abgeschreckt hatte. Aber nun lief er vor mir her mit der Entschlossenheit eines Mannes, der mit jedem Schritt einen Teil seiner selbst hinter sich lässt, als schneide er ihn sich eigenhändig aus dem Leib.

Was seinen Sinneswandel herbeigeführt hatte, würde ich noch früh genug erfahren. Fürs Erste war ich zufrieden.

Als wir Heptapegon erreichten, hatten wir nur noch ein bisschen Kleingeld im Beutel. Das würde nicht einmal reichen, um Brot für den innersten Kreis um Jesus zu kaufen, geschweige denn uns durch die nächsten Tage zu bringen.

Am Sabbat begleiteten wir Jesus, der die Stadt verließ, um zu beten. Inzwischen war dies für mich der schönste Moment am Tag: der Anblick meiner Füße, wenn ich ihm am Morgen aus der Stadt folgte. Der Anblick seiner Handwerkerhände, die den Umhang über den Kopf legten und die Quasten zusammenzogen, während aus seiner Kehle die Worte des Schma aufstiegen.

Nie fühlte ich mich ihm so nah wie in diesen Momenten. Es war, als sei das Heil bereits unter uns angebrochen; und nicht die Makkabäer oder die Priester oder Pharisäer hatten es gebracht, sondern dieser Mann.

Höre, Israel …

Hier war etwas, das so schlicht war und zugleich so überirdisch und heilig, dass sogar die Luft, statt sich zu verströmen, selbst den Atem anzuhalten schien, als folge sie nicht dem Wink von Wolken und Sonne … sondern dem des Mannes, der hier neben mir betete.

Der Ewige ist unser Gott.

Nichts im Leben hatte ich mir sehnlicher gewünscht, als an einen Menschen glauben zu können, wie er einer war.

Als die Sonne auf dem Ostufer des Sees lag, verließen wir die Hügel und gingen durch die Felder zurück in die Stadt. An den Feldrändern hatte man ein paar Halme stehen gelassen – Getreide, das straflos geerntet werden durfte und Waisen oder Witwen als Nahrung diente.

Oder auch hungrigen Jesusschülern.

Ich war zwar ein Stadtmensch, aber auch ich hatte als Junge Weizenähren gepflückt und die Körner zerkaut. Matthäus allerdings musste es sich erst bei Petrus abgucken, wie man die Ähren zwischen den Händen zerreibt, bevor er zögernd selbst eine abpflückte. Ob er wohl schon je in seinem Leben so gespeist hatte, fragte ich mich. Er war schließlich reich gewesen.

Mein Blick ging voraus und da sah ich Simon, der die Ähren abriss und die Körner abpflückte, zerrieb und dann eins nach dem anderen in den Mund steckte und verbissen darauf herumkaute. In seinem Blick lag etwas Urtümliches und Verzweifeltes; seine Kiefer mahlten aufeinander, als hätten sie nur ein einziges, eigenes Ziel. Ich wusste nicht, was ihn ritt, aber ich fing nun auch an, Körner zu kauen. Die Sonne stieg höher und lag bald warm auf den dunklen Locken auf meinem Kopf. Mein Leben lang war der Sabbat vor allem eine heilige Pflicht gewesen; heute war er schön und hob sich aus den anderen Tagen heraus wie eine Königin aus dem Volk.

Aus der Stadt kamen uns jetzt einige Leute entgegen; Kinder hüpften vor ihren Eltern den Weg entlang. Ein paar junge Männer, landlose Habenichtse und nicht mehr daran gewöhnt, früh aufzustehen, folgten ihnen, den Schlaf noch in den Augen.

Und ich dachte: *Es ist gut. Alles ist gut.* Eines nicht mehr fernen Tages würden diese Scharen, die ihm jetzt folgten, über diese Hügel strömen, und ich würde auf den heutigen Tag mit sehnsüchtiger Erinnerung zurückschauen. Ich sollte den Tag genießen, das wusste ich selbst damals.

Aber als wir aus den Hügeln herauskamen und immer mehr Menschen uns entgegenkamen, sah ich unter ihnen zwei, die die Gebetsriemen der Pharisäer trugen. Sie standen am Feldrand, der Morgenwind bauschte ihre Gewänder und ich wusste, dass sie keinen Schritt weitergehen würden. Sie hatten gelobt, nicht mehr als die zweitausend Schritte zurückzulegen, die nach Ansicht vieler Thoralehrer am Sabbat höchstens erlaubt waren.

Ihr Anblick stimmte mich missmutig, obwohl mir klar war, dass ich mich besser gut mit ihnen stellen sollte. Schon wegen Zadok. Und im Interesse der Sache meines Meisters. Aber ich hatte mir gewünscht, dass dieser Moment – diese Stunde, dieser Tag – ohne Störung verlaufen würde, wie ein einziger, nie endender Tag.

Als wir an ihnen vorbeikamen, streckte einer von ihnen den Arm aus, als wolle er auf etwas Empörendes hinweisen.

„Deine Schüler tun, was am Sabbat gegen das Gesetz ist." Er war ein älterer Mann und als er sprach, zitterten seine Wangen vor Erregung.

Der Meister sah ihn an, als lasse er sich nur ungern aus seinen Gedanken reißen.

„Warum beschuldigst du uns?“, fragte er.

„Habt ihr etwa nicht am Sabbat geerntet, gemahlen, gesiebt?“, fragte der Pharisäer und wies auf unsere Hände.

Ich sah zu, wie Simon ein letztes Korn aus seiner Handfläche aufpickte und es sich zwischen die Lippen schob. In seinem Gesichtsausdruck lag kein Trotz; es war etwas anderes.

Es war Hunger.

„David ging in den Tempel und aß die geweihten Brote, die nur die Priester essen durften“, sagte Jesus.

„Du bist weder David noch ein Priester“, gab der Pharisäer zurück. „Du brichst den Sabbat und lehrst deine Schüler, ihn ebenso zu entweihen wie du.“

Der Friede, der mich noch vor wenigen Augenblicken erfüllt hatte, erhielt einen Riss. Warum musste Jesus sie so provozieren? Die ganze Nation hungerte nach einem Messias. Wusste er nicht, dass alle ihm folgen würden – allein wegen seiner Zeichen und Heilungen?

Die Ankläger verließen uns an jenem Tag. Ihre zornigen Blicke verhießen nichts Gutes.

Die Synagoge in Heptapegon war viel schlichter als die in Kapernaum, aber an jenem Tag war sie voll – Reiche und armes Landvolk gleichermaßen drängten sich auf den steinernen Bänken, lehnten sich an die Wände oder standen nahe am Eingang, bis die Wärme, die von so vielen Leibern ausging, den Raum erhitzte wie die Glut eines Feuers.

Jesus lehrte so, wie er es immer tat: ohne die Alten zu zitieren. Er las aus der Jesaja-Schriftrolle und schloss dann mit der Bemerkung, heute sei diese Schriftstelle erfüllt worden. Wenn er doch wenigstens Hillel zitiert hätte! Ich wünschte es mir verzweifelt. Aber es war wohl gleichgültig – die Leute waren gekommen, um ihn zu hören, und zwar in Scharen.

Jesus kam mit seiner Predigt schon zum Schluss, als mir etwas Merkwürdiges auffiel. Vorn, ganz in unserer Nähe, saß ein Mann, der sich in seiner Haut äußerst unwohl zu fühlen schien. Ich hatte das nicht weiter beachtet; schließlich hatte ich erlebt, wie Männer in der Gegenwart des Meisters zu zittern begannen und Frauen grundlos in Tränen ausbrachen, wenn sie ihn nur zu Gesicht bekamen.

Der Mann, dem man ansah, dass er ein Habenichts war, blickte immer wieder von Jesus zu den Pharisäern hinüber, die an der Seite saßen. Unter ihnen – auf dem Stuhl des Mose, dem Ehrenplatz – war auch der Pharisäer, der uns am Morgen in den Feldern begegnet war. Jesus hatte die Schriftrolle noch kaum geschlossen und zurückgestellt, als der Mann einen Arm unter seinem Umhang hervorstreckte und ich sah, dass er verdreht war wie ein vertrockneter Trieb am Weinstock. Die nach innen verkrümmten Finger glichen einer Blüte, die gleich vom Stängel fallen wird. Er streckte den Arm aus, als hätte er nicht fünf verdorrte Finger, sondern fünf gesunde, und als wolle er damit direkt auf Jesus weisen.

Jesus sah ihn lange an und das Gemurmel im Raum erstarb. Aber auf seinem Gesicht lag nicht der Ausdruck, den ich nun schon so gut an ihm kannte – der Ausdruck eines Menschen, der sich voll Kummer über etwas Wertvolles beugt, das skandalöserweise zerbrochen ist. Diesmal zogen sich seine Brauen zusammen und er blickte nicht mehr auf den Mann, der seine verkrüppelte Hand ausstreckte wie eine zitternde Waffe, sondern auf den Pharisäer, der selbstgefällig auf dem Ehrenplatz saß.

Aus den Augen des Meisters sprach Erschöpfung; sie umgab ihn wie ein Schatten.

„Steh auf“, sagte er zu dem Mann.

Mühsam kam der Mann auf die Beine; ein wilder Blick ging in Richtung der Pharisäer, die sich auf ihren Plätzen gerade so weit vorlehnten, dass es wahrzunehmen war. Und jetzt verstand ich: Man hatte dem Mann Geld geboten – nicht viel, vielleicht einen Dinar, gerade genug für das Brot für den Tag – und ihm aufgetragen, in die Synagoge zu kommen und sich möglichst weit vorn hinzusetzen. Hatte ihm erzählt, wenn er Glück hätte, würde der Rabbi, der heute käme, ihn womöglich bemerken und schließlich vielleicht sogar noch an diesem Tag heilen.

Jesus sah die Pharisäer offen an. Dann schüttelte er den Kopf und senkte das Kinn. Nur einen Moment später hob er es wieder und presste hervor: „Was sagt das Gesetz? Soll man am Sabbat Gutes tun oder Böses? Soll man Leben retten … oder Leben vernichten?“

Mir war klar: Die Pharisäer wussten genau, dass das Gesetz nicht verbot, am Sabbat ein Leben zu retten, wenn es in Gefahr war. Es nicht zu tun, hieße, jemanden zu töten. Aber dieser Mann da würde ganz sicher nicht an seiner verkrüppelten Hand sterben.

Die Pharisäer weigerten sich, auf die Frage zu antworten.

„Rabbi“, zischte ich. „Es ist eine Falle.“

Jesus seufzte, schüttelte noch einmal den Kopf und sagte dann für alle vernehmbar zu dem Mann: „Streck deine Hand aus!“

Der Mann sah aus wie vom Donner gerührt oder als könnte er gleich tot umfallen. Aber dann hob er langsam den Arm. Streckte die verkrümmten Finger, bis sie ganz gerade waren. Dann krümmte er sie wieder zu kleinen Bögen und man sah die Knochen unter der straffen Haut.

Die Menge hielt den Atem an. Schreie aus den vorderen Reihen; hinten sprangen die Menschen auf und schubsten sich gegenseitig aus dem Weg, um besser sehen zu können.

Wie eine Steinlawine, die bergab rollt, kamen sie aus den Bankreihen, griffen nach der Hand des Mannes, um selbst zu sehen, dass sie gesund war. Der Mann stand einfach da, das Gesicht wie erstarrt, die Augen weit aufgerissen und die Lippen in äußerstem Erstaunen breit verzogen. Sie kamen, um Jesus am Ärmel zu fassen, ihm zu sagen, dass eine Tante, ein Onkel, ein Cousin krank war, oder um ihn für den Abend in ihre Häuser einzuladen. Oder einfach nur, um ihn zu berühren, um das eine Wort zu flüstern, das mir so verhasst war, das aber jetzt aus der Menge aufstieg und fast klang wie „Hosianna“:

Messias.

Petrus und ich preschten vor zu unserem Meister, während die Menschen uns umschwärmten. Während ich die aggressivsten Drängler zurückschob, gelang es mir, einen Blick auf den Stuhl des Mose zu werfen.

Er war leer.

Ich brauchte weder viel Fantasie noch viel Intelligenz oder auch nur die leiseste Ahnung von sonst irgendetwas – die einfachsten Rechtsgrundsätze sagten mir, dass sie bekommen hatten, was sie wollten.

Sie waren gegangen, um zu beschließen, wie sie ihn festnehmen konnten.

Wir mussten schnellstens verschwinden.

Am selben Abend legten wir mit dem Boot nach Kapernaum ab. Ich wusste, dass die Gesetzeslehrer sich gegen den Meister verschworen hatten. Aber warum musste er sie auch so provozieren? Warum musste er unbedingt nach dem Köder schnappen? Wäre es denn so schlimm gewesen, zu dem Mann mit der verkrüppelten Hand zu sagen: „Komm, gesell dich zu uns. Ruh dich aus. Iss etwas. Und morgen wirst du geheilt“? Aber der Meister lebte nur für den Augenblick.

Als ich ihn das letzte Mal nach dem Gottesreich gefragt hatte, hatte er gesagt, es sei hier, es sei jetzt schon da. Ich hätte am liebsten herausgeschrien: „Aber wo denn? Im Tempel herrscht immer noch ein korrupter Hohepriester; die Römer sitzen noch in ihrer Festung und die Herodesse auf ihren Thronen. Wann endlich geht dieses Reich unter? Wann kommt endlich das neue?"

Aber der Meister hätte mir keine Antwort gegeben. Er sprach in Rätseln. Er war selbst ein Rätsel.

17

„Judas!"

Ich öffnete die Augen und blickte direkt ins Gesicht von Jesus.

„Komm mit mir."

Ich stand auf, zog die Sandalen an und legte den Umhang um. Petrus war bereits im Vorderzimmer; Andreas war bei ihm. Jakobus und Johannes warteten mit Matthäus und Simon draußen. Einen Moment später erschienen Judas, Nathanael und Philipp aus Bethsaida mit Thomas und dem jüngeren Jakobus. Der war vom Haus des Zebedäus herübergekommen, das an die Häuser von Jakobus und Johannes grenzte.

Bei den ersten Strahlen der Morgendämmerung begleiteten wir den Meister aus der Stadt, ein paar streunende Hunde hefteten sich an unsere Fersen. Wie fast jeden Morgen folgten sie uns bis kurz hinter die Stadtmauer; dort blieben sie zurück und schauten uns nach, als warteten sie bereits auf unsere Rückkehr. Die meisten Stadtbewohner schliefen noch; auch die Massen, die in Gasthäusern oder sonstwo untergekommen waren oder einfach in Ställen oder Marktständen übernachteten, in ihre Umhänge gehüllt und mit ein bisschen Stroh unter sich gegen die Kälte. In der anbrechenden Dämmerung konnte ich Schnee auf dem Hermon erkennen. Ich zog den Umhang enger um mich und sehnte mich nach einem warmen Lamm- und Linsengericht.

„Er war die ganze Nacht draußen, soviel ich weiß“, murmelte Petrus im Vorbeigehen.

In dieser Kälte? Um dann zurückzukommen, uns zu holen und wieder in die Kälte hinauszuziehen?

Auf einem Hügel, wo in einer kleinen Höhle am Hang eine Ölmühle lag, blieben wir stehen und gingen dann hinein, um dem kalten Wind zu entkommen.

Als das letzte Echo des Schma in den Tiefen der Höhle verhallt war, sagte Jesus. „Euch Zwölf habe ich um mich gesammelt. Meinetwegen werdet ihr viel Widerstand erleben. Meinetwegen werden die Menschen euch hassen. Familien werden sich spalten und man wird nicht verstehen, was ihr tut. Und ihr werdet alles aufgeben, um bei mir zu sein.“

Seine Stimme brach ab. Wir sahen einander an. Warteten. Jesus verbarg das Gesicht in den Händen.

„Rabbi“, sagte ich zögernd und mit dem Gefühl, dass ich für uns alle sprach. „Wann kommt das Reich Gottes? Und wie? Wie können wir dir helfen, es aufzubauen, wenn wir das nicht wissen? Inzwischen gibt es da draußen genug andere, die deinen Untergang planen, weil du sagst, was du sagst.“

„Versteht ihr denn nicht?“, sagte er und funkelte mich an, als hätte ich ihm einen Messerstich versetzt. „Es ist hier! Jetzt!“

Ich sah mich um. War ich der Einzige, der nicht nur die Schwierigkeiten, sondern auch die Chancen sah, die vor uns lagen? Was stimmte nicht mit ihm, dass er mehr daran interessiert schien, Kranke zu heilen und Geschichten zu erzählen?

Er packte mich an der Schulter. „Hör zu …“, sagte er, und dann begann er eine Geschichte von einem reichen Mann, der ein Gastmahl gab, und erzählte, wie alle Gäste Ausflüchte machten, warum sie nicht kommen könnten, sodass der Gastgeber schließlich die Diener schickte, damit sie die Armen von den Straßenecken einluden, und die Verkrüppelten und die Blinden noch dazu.

Wir sahen uns alle an. Jeder von uns hatte für diesen Mann seinen Ruf und seinen Lebensunterhalt aufgegeben. Blieb uns denn überhaupt etwas anderes übrig, als diese Sache durchzustehen?

Sah er denn nicht, welche Gefahr ihm drohte, wenn die Pharisäer sich gegen ihn verschworen? Die Söhne würden auch bald etwas Konkretes hören wollen. Inzwischen war mir klar, dass ich die Söhne für uns gewinnen musste, nicht umgekehrt. Ich wusste mittlerweile, dass Jesus sich nicht an ihre Regeln halten würde; er ließ sich nicht zähmen. Aber wie konnte ich sie dazu bringen, diesen Messias zu unterstützen, wo doch so viele Pharisäer zu ihnen gehörten wie Zadok selbst?

Es war ein tödliches Spiel!

In dieser Nacht kehrten die Dämonen zurück; Erinnerungen an meinen Vater und meinen Bruder stiegen aus ihren Gräbern; auch Erinnerungen an meine Frau und meine Sohn und legten sich auf mein Gewissen wie ein Schandfleck.

Schließlich rappelte ich mich von meiner Bettstatt hoch, nahm den Umhang, wickelte mich hinein und verließ das Haus. Unten am Hafendamm lagen kaum Boote vor Anker – die Fischer waren zum Fang ausgefahren. Ich blickte auf den See hinaus und versuchte, die Lichtflecken der Schiffslaternen auszumachen, um mich selbst zu zerstreuen. Ich wusste ja, dass sie da sein mussten; wenn ich nur gut genug hinschaute, würde ich sie in der mondhellen Luft dicht über dem Wasser erkennen.

Da! Dort war eine. Ich sog langsam die Luft ein. Meine Augen hatten sich inzwischen an die Dunkelheit gewöhnt und mir war, als könnte ich sogar, wenn auch nur in Umrissen, sehen, wie ein schweres Netz ausgeworfen wurde, könnte hören, wie es klatschend ins Wasser fiel, bevor die Steingewichte es in die Tiefe zogen.

„Judas."

Beim Klang meines Namens fuhr ich auf, aber die Stimme war vertraut. Jetzt sah ich ihn. Den Umhang eng um sich gezogen, saß er auf einer niedrigen Mauer am Hafenbecken.

Die ganze Zeit schon hatte er dort gesessen, direkt vor mir.

„Rabbi“, sagte ich, „verzeih …“

„Judas.“

„Ich konnte nicht schlafen“, sagte ich und spürte eine Gemütsbewegung in mir aufsteigen wie eine seltene Panik. „Ich kam her, um meinen Kopf klar zu bekommen. Ich konnte nicht aufhören …“

Ich spürte mehr, als dass ich es hörte, dass er aufstand und auf mich zukam. Dann seine Hände auf meinen Schultern, die Arme, die mich an sich zogen. Fühlte, wie mir das Schluchzen die Kehle emporstieg und sie zuzog, bevor ich es unterdrückte.

„Es ist nur …“

Ich war ein Junge, der seinen Bruder vermisste. Ich war ein Kind, das auf den misshandelten Körper seines Vaters starrte. Ich war ein junger Mann, der wusste, dass mein Bruder eine Folge der Schande meiner Mutter war und nur existierte, weil sie mich hatte ernähren wollen.

Die Arme dieses Handwerkers aus Galiläa hielten mich fest. Ich versank fast vor Scham. Meine Knie gaben nach und ich sackte in diesen Armen zusammen wie ein Sack Getreide.

Ich war unrein. Wie konnte er mich umarmen? Wie konnte er mich küssen und mich begrüßen, wie er es immer tat, oder meinen Gegengruß überhaupt nur ertragen?

Ich wollte ihm von meiner Angst erzählen. Von dieser großen Angst. Von meiner verzweifelten Sehnsucht nach etwas, das ich nicht benennen konnte, trotz all meiner Studien und meines Wissens nicht. Von meiner Angst, dass er vielleicht doch nicht zu tun vermochte, was er sagte; dass er nicht sein könnte, was er zu sein vorgab. Wollte ihm sagen, dass ich weder den Hunger in Simons Augen noch die Liebe in den Augen der Frau aus Magdala aufbrachte, und auch nicht – und das war das Schlimmste – sicher war, dass ich es je könnte. Dass ich Petrus um seine Schlichtheit beneidete. Und sogar Thomas um sein gedankenvolles Stirnrunzeln. Der schien sich wenigstens nur mit seinem Unglauben herumzuplagen. Und Unglaube war noch der geringste der Dämonen, die mich ritten wie die Sünden den Bock, der am Versöhnungstag zum Asasel in die Wüste hinausrannte.

Und was noch hinzukam: Ich hatte Sorge, dass meine Gedärme, deren eigenwilliges Verhalten mir inzwischen ja vertraut war, mich wieder im Stich lassen und mir weitere Schande bereiten könnten.

Aber vor allem wollte ich ihm sagen, dass ich bei ihm bleiben würde, weil ich sonst nirgends mehr hingehörte, weil es keine Sache und keinen Menschen in dieser Welt mehr gab, an die ich mich hängen konnte; weil es keine anderen Antworten gab als die, die er mir vielleicht geben konnte. Dass ich darum betete, er werde mir die Antworten geben, die ich suchte, denn wenn er es nicht konnte, dann wüsste ich nicht, ob sie in dieser Welt überhaupt zu finden waren.

Alles, was ich in mir aufgestaut hatte wie Unrat in einer Zisterne, brach aus mir heraus und lief förmlich über. Ich hatte gedacht, ich hätte mich verausgabt, gänzlich entleert, und nichts, was er sagen könnte, beschwichtigend oder verstehend, könne mich bewegen, noch mehr von dem Geschwür herauszuschneiden. Ich hatte mich geirrt.

„Judas“, sagte er. „Ich werde dich nicht im Stich lassen.“

Ich schlug die Hände vors Gesicht und weinte.

Schließlich kam es mir vor, als hätte ich Stunden dort gesessen. Irgendwann bemerkte ich, dass ich auf den steinigen Boden gesunken sein musste und nun dort an seiner Schulter lehnte; und mir schien, als sähe ich ein schwaches Licht auf dem See und dahinter, darüber, den leisesten Lichtschimmer am Himmel. Da erst sprach er wieder. „Komm mit mir, wo ich auch hingehe.“

„Ich ... ich werde bei dir bleiben.“ *Wenn du mich um dich haben kannst. Wenn du meine Schande ertragen kannst.* Die Worte waren zu klobig und blieben mir im Hals stecken.

„Du trägst so viel mit dir herum. Komm. Ich werde dir noch Größeres zeigen, als was du bisher gesehen hast."

Gemeinsam standen wir auf; ich stolperte auf bleischweren Beinen, die steif waren von der Kälte. Aber der innere Aufruhr, die Panik, die überwältigenden Fragen waren zumindest verstummt. Sie waren nicht beantwortet. Aber sie waren fort. Alle, bis auf eine.

„Was hast du hier gemacht, als ich dich gestört habe?", schniefte ich wie ein Kind und wischte mir die Nase.

Sein Lächeln war klar und offen. „Ich habe auf dich gewartet."

18

Sie kamen aus Tyros und aus der Dekapolis. Sie kamen als Pilger auf dem Weg nach Jerusalem. Immer waren da die Pilger. Und alle trugen nur ein Wort auf den Lippen:

Messias.

Wir wurden immer mehr. Ich war nervös, weil ich wusste: Herodes hatte seine Spione überall. Die Pharisäer hatten sich schon gegen uns verschworen; bald würde auch Herodes dem Meister nachstellen, so sicher, wie er es auch mit Johannes getan hatte.

Aber zugleich erfüllte mich eine freudige Erregung, denn das bedeutete, dass der Tag bald kommen würde. Jesus würde seinen Anspruch öffentlich machen müssen – bis zum Passahfest, da war ich mir sicher. Ich hatte gelernt, dieses Fest zu fürchten, später sogar zu hassen; bald würde ich wieder einen Grund haben, es zu lieben.

Und so waren mir die Tage besonders kostbar, weil ich wusste, dass sie gezählt waren. Noch hatte ich den Meister in seltenen ruhigen Momenten für mich allein. Bald würde ich ihn mit der ganzen Welt teilen müssen.

Mit dem Winter kam der Regen und die Hügel Galiläas, die im Sommer und Herbst golden und später versengt geleuchtet hatten, färbten sich grün. Auf den Hügeln leuchteten erste vereinzelte Anemonen wie Blutstropfen, und durch die Täler zog sich ein gelber Blütenteppich.

Johannes war noch immer Herodes' Gefangener und von Levi hatte ich nichts mehr gehört. Wann immer es Gelegenheit gab, hatte ich mich nach ihm erkundigt, hatte aber nichts erfahren, sodass ich allmählich überzeugt war, er sei bei Johannes' Gefangennahme umgekommen.

Wir wandten uns nach Westen, nach Kana. Mich beschlich schon die Angst, Jesus würde uns nach Sepphoris führen, aber er zeigte nie irgendein Interesse an dieser Stadt, obwohl sie nur etwa eine Stunde von seinem Heimatort Nazareth entfernt lag. Ich versuchte schon lange nicht mehr, irgendeine Logik darin zu erkennen, durch welche Orte wir zogen – oder welche wir links liegen ließen. Mich interessierte nur, dass sich mit jedem längeren Aufenthalt irgendwo die Berichte über ihn weiter verbreiteten und die Menge, die uns folgte, anwuchs.

Was anfangs nur geflüstert worden war, erscholl inzwischen lautstark im ganzen Land, und mehr und mehr Menschen kamen, um den Meister zu sehen – in einer Mischung aus Schrecken und Erstaunen.

Messias.

Eine Woche nach dem Chanukkafest waren wir wieder in Kapernaum. Und einen Tag später sah ich Levi.

Kurz vor der Dämmerung suchte er uns im Haus von Petrus auf, und dann widmete er sich fast eine ganze Stunde lang dem Essen – mit schmutzigen Fingern und schwarzen Rändern unter den Nägeln schaufelte er alles in sich hinein: Linsen, Brot, Oliven.

Ich erkannte ihn kaum wieder; er war beinahe zum Skelett abgemagert, fast so wie der Meister, als ich ihn zum ersten Mal gesehen hatte. Ein wildes Glühen lag in seinen Augen. In seinem lang gewachsenen Haar hingen Gras und Zweige. Immer wieder unterbrach er die Mahlzeit, um sich im Haar oder am Ohr zu kratzen und gleich darauf zusammenzuzucken, als stäche ihn ein unsichtbares Insekt oder selbst die Luft im Raum.

„Unser Versteck ist in der Nähe von Machaerus. Manchmal lassen sie einen von uns in die Festung zu Johannes, und wenn wir etwas zu essen auftreiben konnten oder jemand uns etwas gegeben hat, dürfen wir es ihm auch bringen." Das erzählte Gidon, Levis Begleiter. Mir fiel auf, wie unruhig ihre Blicke hierhin und dorthin schweiften, und ich wunderte mich, wie sie wohl die Wachen auf ihre Seite bekommen hatten.

Ich fragte nicht.

Levi seinerseits sah mich kaum an und grüßte nur Simon mit der Andeutung eines Kopfnickens. Dagegen blickte er häufig zu Jesus hinüber, mit einer Gemütsbewegung, die ich nicht zu deuten wusste. Ich wollte ihn beiseitenehmen und vertraulich mit ihm sprechen, aber es war, als hätte es die gemeinsame Geschichte zwischen uns nie gegeben.

„Was sagt Johannes?", fragte Jesus. „Wie geht es ihm?"

„Er ist am Leben, aber ich fürchte, er wird den Kerker nicht mehr verlassen", sagte Gidon und starrte dann auf seinen Teller wie auf eine Erscheinung aus einer anderen Welt.

„Bist du es?", fragte Levi jetzt plötzlich. Sein Blick war seltsam hart. „Er schickt uns zu dir, um dich das zu fragen. Du, sein Cousin. Bist du der, der kommen soll? Bist du es? Oder sollen wir auf einen anderen warten?"

„Johannes hat den Meister doch selbst getauft!", rief ich. Ich hatte Mühe, in Levi den Mann zu erkennen, den ich gekannt hatte. „Lamm Gottes hat er ihn genannt! Wie kann er jetzt fragen, ob er der ist, den er erwartet?" Wie konnten sie es wagen, das infrage zu stellen?

Während des ganzen Gesprächs hatten Menschen in der Tür gestanden oder durch die Fenster in den Raum gelugt. Jetzt kam eine Frau mit einem Stück Wollstoff und drückte es Petrus' Frau in die Hände.

„Bitte, das ist für den Meister. Verstehst du? Mein Kind ist gesund – seht nur, er kann wieder laufen. Keine Spur mehr von Hinken!", sagte sie und rief den kleinen Jungen herein. Er tat ein paar Schritte ins Zimmer, dann sprang er auf zwei gesunden Beinen zurück zu seiner Mutter.

Als die beiden den Raum verlassen hatten, sagte Jesus ruhig: „Berichtet Johannes, was ihr hört und seht. Die Blinden sehen, die Lahmen gehen, Menschen werden vom Aussatz rein und den Armen wird eine gute Nachricht verkündet."

Levi warf den Teller auf den Boden. „Warum kommst du ihm nicht zu Hilfe? Warum rettest du ihn nicht? Wenn du Wunder tun kannst, warum lässt du nicht die Tür zu seinem Kerker aufspringen und holst ihn da raus? Oder funktioniert deine Macht nicht so? Unsere eigenen Leute sterben für ihn da draußen in der Wüste!"

„Seit der Zeit des Johannes und bis heute wird dem Himmelreich Gewalt angetan. Und die Gewalttätigen wollen es an sich reißen", sagte Jesus. „Ich handle so, wie mein Vater es will. Es wird noch viel schwerere Prüfungen geben als diese."

Er sah nicht Levi an, als er das sagte, sondern mich. Levi stand abrupt auf und ging hinaus in den Hof.

Später am Abend nahm Levi mich beiseite.

„Verlass ihn", sagte er mit blitzenden Augen, die hinter einem Bart verschwanden, der so silbergrau geworden war, dass ich Levi in einer Menschenmenge nicht mehr erkannte hätte.

„Hast du nicht gehört, was wir dir erzählt haben?" Ich senkte meine Stimme zu einem leisen Flüstern. „Außerdem: Ich kann ihn nicht verlassen. Zadok hat mich selbst hergeschickt. Wusstest du das nicht?"

Er lachte grimmig auf. „Zadok antwortet nicht mehr auf meine Nachrichten. Er hat Johannes aufgegeben und gegen deinen Meister eingetauscht. Ich sage dir eins: Sei vorsichtig! Lass dich warnen. Diese Sache hier wird nicht gut enden."

„Zadok hat mir gesagt, er hätte nichts von dir gehört."

„Oh, das hat er bestimmt. Er ist machthungrig, musst du wissen. Er wird jedes Fünkchen Macht an sich reißen, das er kriegen kann. Vermutlich will er nur herausfinden, ob er deinen Meister für seine Sache einspannen kann, so wie er es mit meinem versucht hat. Aber Johannes wird sich für keinen Menschen zum Sklaven machen. Das tut er nur für Gott. Und dein Meister ... was ist er schon anderes als ein Schatten von Johannes, der die Gunst der Massen sucht?"

„Du hast nicht gesehen, was er tut. Aber ich – mit meinen eigenen Augen hab ich's gesehen."

„Dann frag dich mal, Judas: Durch welche Macht vollbringt er denn diese Wunderzeichen? Frag dich: Sind das die Taten eines Mannes, der das Gesetz liebt? Lässt du dich täuschen, Judas? Ausgerechnet du?"

Ich blinzelte. „Warum sagst du das? Was ist mit dir passiert?"

„Frag dich das", wiederholte er und saugte Speichel aus einem Mundwinkel, als sei selbst der kleinste Tropfen zu kostbar, um in der Winternacht zu verdunsten.

„Würde Zadok auch nur ein Fünkchen Interesse an meinem Meister haben, wenn es fraglich wäre, aus welcher Quelle seine Macht stammt?", hielt ich ihm entgegen. Vor meinem inneren Auge stand der Tag, an dem ich in Zadoks Haus gegangen war und mit ihm zu Tisch gelegen hatte.

„Warum wohl? In seinem eigenen Interesse! Aber merk dir eins: Sie werden niemanden in irgendwelchen Machtpositionen dulden als ihre eigenen Leute. Wenn das kommende Reich da ist – glaubst du, dass sie dann auch nur einen Gedanken auf galiläische Bauern verschwenden werden, die Reden gegen die Pharisäer schwingen? Ja, sie wollen die Sadduzäer von der Macht verdrängen. Aber glaubst du etwa, sie würden Leute dulden, die Stimmung machen gegen sie selbst? Sie haben eine Vision von dem kommenden Reich, Judas, und es ist nicht dieselbe wie die, die Johannes hat. Und ganz sicher nicht die, die dein Meister hat. Nimm dich vor ihm in Acht, Judas. Frag dich: Woher kommt das, was er den Leuten erzählt? Wie ich höre, zitiert er keinen der altbewährten Lehrer. Und seine Schüler? Befolgen sie – befolgst du – das Gesetz jetzt etwa besser als früher?"

Fast hätte ich gesagt: *Es ist nicht dasselbe. Ich folge dem Geist des Gesetzes.* Aber manches von dem, was er gesagt hatte, hatte sich in mir festgesetzt wie eine Faser, die zwischen den Zähnen hängt, und ich musste an die gebrochenen Sabbate denken und an die Mahlzeiten mit Zöllnern und Huren.

„Lass dich nicht verführen."

Dann verließ er mich, ohne Händedruck oder Kuss, und lief mit großen Schritten auf seinen bloßen Sohlen in die Dunkelheit hinaus.

Nach dieser Begegnung ergriff mich eine tiefe Unruhe. Wenn Levi, ein Mann, dessen Gelehrtheit und Geistesschärfe ich einmal bedingungslos vertraut hatte, so über meinen Meister sprechen konnte – ungeachtet der Tatsache, wie sehr er sich verändert oder verhärtet hatte – was bedeutete das?

Nein. Ich hatte gesehen, was ich gesehen hatte – nicht nur das Wunder an dem Aussätzigen, auch das Wunder an meinem eigenen Herzen in jener Nacht unten am See.

In dieser Nacht verfasste ich eine Nachricht an Zadok:

> *Die Blinden sehen und die Lahmen gehen. Die Menge wächst.*

Levi erwähnte ich nicht.

19

Gut, dass ich die Nachricht sofort abschickte und keinen Tag mehr zögerte. Ich bin mir nicht sicher, was ich zwei Tage später geschrieben hätte.

Das Erste, was geschah, war, dass die Magdalenerin zurückkehrte. Sie wartete bis zum Abend, bis Jesus so viele Menschen geheilt hatte, dass ich nur noch ein einziges Meer von Gesichtern vor mir sah. Dann kam sie zu uns.

Am Fuß des galiläischen Berglands lagerten inzwischen an die tausend Menschen. Alle wollten sie Jesus hören. Tausend Anhänger …

Aber das reichte noch nicht.

Dann sah ich durch die Menge hindurch, wie sie den Hügel hinaufkam, und der Ausdruck auf ihrem Gesicht nahm mich gefangen. Dass sie gut aussah, hatte ich schon früher bemerkt. Aber jetzt trug sie ihre Vorfreude wie einen Brautschleier, sie hielt den Saum ihres Gewands in einer Hand hoch und eilte uns entgegen wie ein junges Mädchen, und ich musste mich fragen, was es war, das es mir unmöglich machte, den Blick abzuwenden.

Dann verstand ich: Es war die Entschiedenheit in ihrem Blick, die Freude, die aus ihren Zügen leuchtete. Sie war überglücklich.

Als sie es endlich durch die Menge bis zu Jesus geschafft hatte, der unermüdlich Fragen beantwortete oder ein Kind in den Armen hielt oder jedes Baby, das irgendeine Tagelöhnerin ihm reichte, an sein Herz drückte, empfing er sie lachend und küsste sie, als sei sie seine Mutter oder seine Schwester.

Ich würde ihn nie verstehen! Warum musste er sich über jeden Anstand hinwegsetzen? Sah er nicht, wie sie die Hälse reckten? Hörte er nicht, wie die, die alles aus der Nähe mitbekamen, die Luft anhielten? Sah er nicht, wie schockiert die Leute guckten?

Levis Worte fielen mir ein: Nimm dich vor ihm in Acht.

Während mir dieser Gedanke durch den Kopf schoss, spürte ich auch schon einen Stich von Eifersucht, als sie seine Hände nahm und küsste, und ich war mir nicht sicher, wen ich mehr beneidete – sie oder ihn.

Später am Tag kam sie zu mir, um mir Geld für unsere gemeinsame Kasse zu geben. Es war seltsam, Geld von einer Frau anzunehmen – als sei ich ein Fischweib, dem sein Mann Geld zuteilt, damit es zum Markt gehen kann, und mir fielen ihre Hände auf, die sehr schlank waren, als sie mir den Geldbeutel reichte.

„Warum kommst du zurück?“, fragte ich sie. „Warum? Du weißt doch, dass sie dich eine Dirne nennen oder Schlimmeres, allein dafür, dass du ihm folgst? Du weißt doch, wie andere euch beide beobachten und beurteilen – nämlich alles andere als wohlwollend!“

„Ich habe mich selbst an ihn gebunden“, sagte sie. „Früher einmal wollte ich nur meine Freiheit. Jetzt nicht mehr. Ich will keine Freiheit mehr ohne ihn und ohne das, was er lehrt. Ach, jetzt verstehe ich. Du hast Sorge, dass ich zu ihm komme wie eine Frau zu einem Mann. Glaubst du wirklich, dass es sich so verhält? Du, Judas, der nichts vermisst?“

Ich spürte, wie mir die Hitze ins Gesicht stieg. Noch nie hatte eine Frau so unverblümt mit mir gesprochen. Mein ganzes Leben lang war ich nur an die stumme und passive Sprache der Frauen gewöhnt gewesen, die sie nur untereinander verstanden.

„Nein. Das glaube ich nicht.“ Ich kannte den Meister zu gut. „Aber der Augenschein …“

„Du liebst ihn. Willst du mir nicht dasselbe gönnen?“ Sie lachte kurz und bitter auf. „Oh ja, aber man erlaubt mir nicht dasselbe wie dir, hab ich recht? Die Lehrer erlauben es nicht, die Thoraschulen nicht, die Priester nicht.“

„Sie könnten dich für den Rest deines Lebens zur Hure stempeln. Du könntest es nie ungeschehen machen." Vielleicht konnte sie es bereits jetzt nicht mehr.

„Es kümmert mich nicht, was sie sagen. Was mich kümmert, ist, was er sagt. Ich möchte in seiner Nähe sein. Ich verlasse ihn jetzt nur noch, wenn es unbedingt sein muss, denn ich fürchte, über kurz oder lang werde ich für sehr lange von ihm getrennt sein. Aber ich weiß: Auch dazu werde ich irgendwie Ja sagen müssen, wenn es so weit ist, und sei es nur deshalb, weil er es auch tut."

Ich fühlte mich beschämt von der Schönheit, von der absoluten Reinheit – nicht ihrer Worte, denn dass sie einem Rabbi folgte und auch, dass sie sich allein mit mir unterhielt, war skandalös –, sondern von der tiefen inneren Bewegung und Liebe, die sie verströmte wie Parfüm. Würde ich je so viel Mut haben wie sie?

In dieser Nacht dankte ich Gott, dass ich nicht als Frau geboren war.

Am nächsten Abend sollten wir im Haus des Pharisäers Simon zu Abend essen. Ich hielt es für ein gutes Zeichen, eine Gelegenheit, etwas von der Bosheit der anderen, die wir uns zugezogen hatten, auszugleichen. Es war eine Einladung und eine Bestätigung, dass sie den Meister als ihresgleichen ansahen; eine Art Waffenstillstand vonseiten der Pharisäer. Maria und Johanna und eine Frau namens Susanna, die Johanna mitgebracht hatte, hatten beschlossen, nicht mitzukommen; wir gingen schließlich in das Haus eines Pharisäers. Ich selbst hatte die Magdalenerin früher am Tag draußen in den Hügeln beiseitegezogen, obwohl es sich nicht gehörte, noch einmal allein mit ihr zu sprechen, und sie gebeten, dasselbe zu tun.

„Wenn ich es mir recht überlege, hat uns, glaube ich, ein Cousin von mir heute Abend eingeladen; wir können also leider nicht kommen“, sagte sie. Beinahe wäre ich ihr zu Füßen gefallen, so dankbar war ich.

Der Pharisäer Simon war ein wohlhabender Mann, ein Getreidehändler mit sanftem Auftreten, der eine Kultiviertheit ausstrahlte, wie ich sie in Galiläa nicht erwartet hatte. Wie damals bei Zadok gab man uns saubere Gewänder für das Mahl. Allen dreizehn!

Simons Haus war ruhig und gediegen. Die Mosaiken auf den Fußböden zeigten keine ungehörigen Bilder, weder von Tieren noch von Menschen, sondern nur die geschwungenen Kreuzräder und geometrischen Muster, wie sie in Privathäusern und Synagogen angebracht waren. Simon selbst war schlank und ich vermutete, dass er mehr fastete, als das Gesetz vorsah – vielleicht sogar dreimal in der Woche. Wir legten uns zu Tisch und mein Blick fiel zufällig auf unseren Simon, den sie auch den Zeloten nannten. Er hatte oft mit Pharisäern gespeist und ich erwartete eigentlich, dass er sich hier ebenso zu Hause fühlen müsste wie Simon selbst. Aber an diesem Abend wirkte er merkwürdig fehl am Platz.

In Jerusalem war es üblich, so zu tun, als höre und sehe man nichts davon, was auf den Dächern der Nachbarn vor sich ging. Deshalb irritierte mich die Art, wie man in Galiläa speiste, immer wieder: In aller Öffentlichkeit saß die Tischgesellschaft zusammen und die Menschen kamen, um das Spektakel zu beobachten, um Gesprächen und Tratsch zu lauschen und zu sehen, was bei Leuten, die sich gutes Essen leisten konnten, auf den Tisch gebracht wurde.

Anders als damals bei dem großen Festmahl bei Matthäus, als die Pharisäer draußen im Hof gestanden hatten, begrüßte uns diesmal der Pharisäer im Haus und die ungewaschene Menge stand draußen. Dieses eine Mal würden wir das perfekte Bild abgeben: ein Rabbi, der im Ort zu Gast war, speiste am Tisch eines Pharisäers. Ich betete nur, dass sich die Gerüchte über diesen Abend ebenso rasch verbreiten würden wie jedes andere Gerücht über den Meister.

Und dann ging alles furchtbar schief.

Wir hatten kaum das Gebet über dem Wein gesprochen, als eine Frau aus dem Hof hereinhuschte. Sie kam nicht nur einfach ins Haus, sie steuerte direkt auf den Meister zu.

„Du!“, entfuhr es einem der Diener.

Ich blinzelte. Hatte ich diese Frau nicht schon irgendwo gesehen? Diese bemalten Augen kannte ich doch. Ja! Von dem Fest im Haus von Matthäus!

Und da war sie allgemein bekannt gewesen: eine Sünderin!

All das fiel mir nach und nach ein, während die Frau vor Jesus zu Boden sank.

Mit einem Zischen entwich die Luft aus dem Raum. Aus mir. Aus Petrus. Aus Simon, dem Pharisäer. Aber es war zu spät.

Sie berührte ihn – sie legte ihm die Hände um die Zehen, und wie sie dann mit ihren blassen Fingern seine Füße liebkoste, sollte mich noch Wochen und Monate im Traum verfolgen.

Sie wirkte angespannt, als sei sie in inniges Gebet versunken, aber sie hatte die Augen nicht geschlossen. Sie rang nach Luft und dann zuckte es um ihren Mund und sie begann zu weinen, die Hände immer noch um seine Füße gelegt, und als sie zu ihm aufsah …

Ich hielt den Atem an.

Welch unvergleichliche Hingabe! Welch schmerzhafte Liebe!

Ebenso, wie die Luft entwichen war, kam sie nun explosionsartig zurück, als die Frau ein Glasgefäß aus dem Ärmel zog und es öffnete. Der Duft von teurem Parfüm erfüllte den Raum – schwer und süß schwebte er über der Tafel.

Nardenöl. Ich kannte den Duft; einmal hatte ich ihn bei den seltenen Importwaren meines Bruders gerochen. Es war der

Weihrauch des Tempels, der Duft, der dem Ewigen dargebracht wurde.

Das Öl, das aus dem Fläschchen rann, hatte die Farbe von Rosen. Von Wein. Von Blut.

Es war unverdünnt, drang uns in die Nasen, ein Duft, fast so auserlesen wie der Ausdruck auf ihrem Gesicht.

Ich konnte den Blick nicht von ihr abwenden – von diesen Fingern, die jetzt von dem kostbaren Öl benetzt waren, von dem Anblick, wie sie vom Knöchel des Meisters zu seinen Zehen glitten. Ich sog kurz und hastig den Atem ein und schloss die Augen, aber der Geruch saß in meinem Kopf, und ihr Gesicht, das sie nach oben dem Meister zuwandte, stand mir vor Augen. Und dann war da der Duft, der sich ausbreitete wie Freude und berauschte wie Sex, wie Gebet, wie Schönheit.

Sie ließ den Schleier von ihrem Haar gleiten.

Haut. Haar. Tränen. Rückhaltlose Tränen. Ihre Hände zitterten; das Schluchzen erschütterte ihre Schultern und ihr Haar lag wie feine schwarze Wolle auf seinen Füßen und sie trocknete sie damit. Es war anstößig. Lasziv.

Und doch: In meinem ganzen Leben hatte ich nie etwas Erhabeneres gesehen.

Simon der Pharisäer hatte sich empört erhoben – ihre Gegenwart besudelte die ganze Gesellschaft. „Rabbi!“, sagte er.

Ein guter, ein anständiger Mann hätte die Frau abgeschüttelt. Hätte sie mit einem Fluch weggejagt. Aber Jesus tat nichts dergleichen.

Ich wusste, er musste sie verurteilen – hier, in aller Öffentlichkeit – musste eine Frau, eine Seele opfern für das Königreich Gottes.

Und ich wusste zugleich, dass er das nie tun würde.

Simon dem Pharisäer stand das Entsetzen ins Gesicht geschrieben – das Entsetzen eines Mannes, dem ein schweres Fehlurteil unterlaufen war.

„Simon", sagte Jesus und berührte den Kopf der Frau leicht mit seinen Fingern. „Ich möchte dir etwas erklären."

„Ja. Bitte. Erkläre." Die Stimme war versteinert, er sah Jesus nicht an.

„Zwei Männer schuldeten einem Geldverleiher Geld. Der eine zehnmal so viel wie der andere."

Vielleicht hatte Simon noch nie im Leben in der Schuld eines Geldverleihers gestanden, aber die Gesichter, die vor dem Tor standen, wussten, wie das ist – sie hatten bezahlt, mit Münzen und mit ihrem Stolz. Und ich wusste: Sie waren es, zu denen Jesus eigentlich redete.

„Keiner von beiden konnte das Geld zurückzahlen. Also erließ der Geldverleiher beiden die Schuld. Wer von beiden wird ihn wohl mehr lieben?"

Die Röte stieg dem Pharisäer ins Gesicht. Eine Dienerin, die ein Tablett mit Speisen auftragen wollte, wurde unwirsch hinausgewinkt.

„Ich bin in dein Haus gekommen", sagte Jesus. „Du hast mir kein Wasser für meine Füße gegeben. Aber sie hat meine Füße mit ihren Tränen gewaschen und mit ihrem Haar getrocknet."

Nein. Ich verbarg das Gesicht in den Händen. *Nein.*

Die Frau verließ den Raum und alle Köpfe drehten sich nach ihr um, als sei sie gar nicht die stadtbekannte Hure. In Tränen war sie hereingekommen. Hinaus ging sie im Frieden und der Duft des Parfüms, der Duft nach Gott, folgte ihr. Sie trug das Kinn erhoben, als sei sie, und nicht wir, diejenige, die die kostbare zeremonielle Tunika trug.

Sie mochte gerettet sein. Aber wir tanzten von jetzt an am Rande des Abgrunds.

20

Es war Sabbat und ich konnte nur hoffen, dass die Stunden möglichst wie im Flug vergehen und die Pharisäer und Priester und Thoralehrer mit sich fort nehmen würden, die es auf uns abgesehen hatten – manche waren sogar extra aus Jerusalem gekommen.

Die Menschenmenge und die Bekanntheit hatte ich herbeigesehnt – nur nicht auf diese Art und Weise. Sie kamen, machten viel Lärm, und manche zeigten mit Fingern auf die Frauen in unserer Gruppe. Ich versuchte mich zwischen den Mob und die Magdalenerin zu stellen, versuchte sogar, sie irgendwie von hier fortzubringen. Aber die wachsende Menge war uns früh am Morgen in die Synagoge gefolgt und hatte uns dort bis zum späten Nachmittag festgehalten wie Gefangene.

„Bist du der Messias?"

„Sie sagen, du seist Elia!"

„Bitte! Mein Bruder ist blind …"

Irgendwann schob jemand einen Mann durch das Gedränge an der Tür. Er war wie ein Tier in den Händen seines Führers. Blind und stumm, tierische Laute von sich gebend, griff er mit den Händen in die Luft.

Es war Sabbat.

Aber ich wusste, das würde keine Rolle spielen.

Der Meister ging zu dem Mann hinüber. Ich sah die Ringe um seine Augen: Wie müde Jesus war! Er legte dem Mann die Hände aufs Gesicht und flüsterte ihm etwas zu. Und wie ich es schon früher gesehen und beobachtet hatte, sah ich auch diesmal, wie die milchigen Augen klar wurden, und hörte den Klang von verständlichen Worten – anfangs stockend, aber dann wohlgeformt, als hätte der Stumme nicht gerade eben erst sprechen gelernt, sondern sein Leben lang nichts anderes getan. Es war eine Sache, dass ein Stummer hörte und begann, den Klang nachzuahmen; es war etwas völlig anderes, wenn er sein Hosianna in den Raum schrie, dass es vom Dach widerhallte.

Ich glaubte, an diesem Tag würde die Decke der Synagoge einstürzen.

„Er verwendet keine Kräuter! Aber vielleicht die Gesänge Salomos?"

„Also langsam. War der Mann zuvor wirklich blind und taub?"

„Beelzebul! Er treibt die Dämonen mit Beelzebul aus, dem obersten Dämon."

Meine Faust schnellte vor.

Und wurde von Simon abgefangen.

„Nicht, Judas."

Jesus rief nun laut über den Tumult in der Synagoge hinweg: „Jedes Königreich geht unter, das mit sich selbst im Streit liegt, und eine Familie wird keinen Bestand haben, wenn sie untereinander Streit führt!"

„Hörst du's?", sagte ich zu dem Kerl, der Jesus beschuldigt hatte, mit Beelzebul im Bunde zu stehen, und der Speichel flog mir von den Lippen. „Er redet von dir!" Aber die Pharisäer – etwa zwanzig waren gekommen, die jetzt eine Horde neugieriger, verzweifelter und klatschsüchtiger Zuschauer umdrängte – gestikulierten wild und schrien, um sich Gehör zu verschaffen.

Ein Mann drängte sich durch die Menge am Eingang, an Jakobus und Johannes vorbei, und als sei er soeben neu geboren worden, gelang ihm schließlich der Durchbruch, weil Johannes ihn am Arm packte und in den Raum zog.

Es war Jakobus, ein Bruder von Jesus.

„Bruder!", schrie er. Beim Klang seiner Stimme drehte Jesus den Kopf nach ihm um. „Komm. Wir warten draußen. Wir wollen dich nach Hause holen. Mutter ist auch da."

Die ganze Familie war gekommen, um ihren verrückten Sohn

nach Hause zu holen. Um den missratenen Sprössling mitzunehmen, bevor er sich selbst oder ihnen noch mehr Schande bereiten konnte.

„Lass es regnen", sagte jetzt einer der Priester. Er wandte sich an mich. „Honi, der Regenmacher, hat es regnen lassen."

„Er hat gerade einen Mann geheilt!", zischte ich ihn an.

„Niemand von uns war nah genug dabei, um zu bestätigen, dass er vorher nicht vielleicht doch sehen konnte! Sag deinem Meister, er soll es regnen lassen. Er soll uns ein Zeichen geben. Sag ihm, dass wir extra aus Jerusalem gekommen sind." Jetzt schwankten wir beide unter dem Druck von noch mehr Menschen, die sich in die bereits überfüllte Synagoge quetschten. Er packte mich hart an der Schulter und dirigierte mich zu Jesus. „Sag ihm ..."

Ich blieb stehen. Mit gesenktem Blick stand Jesus da und schüttelte den Kopf. Er stand da wie für sich; und immer wieder rempelte ihn jemand im Gedränge an. Sein Gesicht spiegelte eine wachsende Verzweiflung. Seine Brust hob und senkte sich, als atme er nicht Luft, sondern den klebrigen Teer einer unendlichen Traurigkeit.

Der Mann zog mich befehlend am Ärmel. So hatte ich es mir nicht vorgestellt, als ich davon geträumt hatte, dass Thoralehrer und gebildete Leute von mir Kenntnis nehmen würden. So hatte ich mir meine Auftritte in den Synagogen nicht vorgestellt.

„Lass das!", herrschte ich den Kerl an, wohl überzeugend, und stieß ihn von mir weg. Ungläubig riss er die Augen auf.

Ich sah, wie Petrus neben mir sich an die Hüfte griff, wo er sein Schwert trug. Aber Simon fing auch seine Hand ab.

„Bruder!" Das war wieder Jakobus.

„DIES IST MEIN HAUS!" Die Stimme des Meisters übertönte jetzt alle, ließ uns erschauern und brachte selbst den Türsturz über dem Eingang zum Klingen. Um mich her verstummten die Diskussionen.

„Wenn ich die Dämonen durch Beelzebul austreibe, durch wen

treiben eure Leute sie aus?“ Er wies mit dem Finger auf den Pharisäer, der am meisten Gift versprüht hatte. Von dessen Lippen troff Speichel, sein Gesicht war rot angelaufen. „Sie werden deshalb eure Richter sein!“

Auch wenn es ein kalter Tag war: Das Gedränge in der Synagoge war so erstickend, dass mir die Haut prickelte.

Der Mann neben mir wollte vortreten, aber Jesus donnerte: „Wer nicht für mich ist, der ist gegen mich! Und wer nicht mit mir sammelt, der zerstreut!“

„Ein Zeichen!“, rief der Mann neben mir. „Wir wollen ein Zeichen sehen! Wir sind extra aus Jerusalem gekommen und wir werden deine Worte dorthin mitnehmen. Aber beweise zuerst, was du sagst. Soviel wir wissen, hat der Lärm hier die Ohren dieses Mannes geöffnet. Befiehl, dass Regen vom Himmel fällt und dass er wieder aufhört! Wenn du all die anderen Dinge vollbringen kannst, warum dann nicht auch das?“

Jesus wandte sich ab; er hob die Hände zum Kopf und legte sie über die Augen.

„Lass es regnen! Oder bist du ein Scharlatan?“, forderte der Mann ärgerlich.

„Diese verdorbene Generation verlangt Zeichen!“, schrie Jesus. „Aber ich sage euch: Ihr werdet kein Zeichen bekommen.“

Jetzt hielt auch ich mir die Augen zu.

Warum? Warum? Es wäre ihm ein Leichtes, diese Auseinandersetzung zu beenden. Sie alle zum Schweigen zu bringen!

Aber natürlich tat er es nicht. Natürlich nicht.

In der Synagoge brach das Chaos erneut aus. Der Blindstumme hielt die Hände auf die Ohren gepresst; ohne Zweifel musste der Tumult ihm viel zu laut und misstönend erscheinen. Er tat mir leid und ich winkte ihn zu mir heran.

Jetzt schien der Raum vor Verbissenheit explodieren zu wollen. Ich sah um mich auf all die zornroten Gesichter, all die Menschen mit ihren eigenen Zielen, ihren eigenen Forderungen, wie sie ihm zornig befehlen wollten, dies oder das zu tun: Und dann noch zorniger wurden, dass er kein Zeichen für sie tat, dass er sich nicht auf die eine oder andere Seite schlug und auch nicht, wie es sich für einen guten Sohn und guten Israeliten gehört hätte, friedlich mit seiner Familie nach Hause ziehen wollte.

Über den Lärm draußen erhob sich jetzt eine Frauenstimme. „Mein Sohn!" Die zierliche Gestalt einer Frau duckte sich unter ausgestreckten Armen hindurch und packte dann Jakobus, den Bruder von Johannes, der an der Tür stand, an Oberarm und Schulter.

„Es ist seine Mutter! Seine Mutter! Lasst sie durch!", schrie ich und schob mich an den Pharisäern und Thoralehrern in ihren feinen Leinengewändern vorbei zur Tür. Sie ließen sich natürlich nicht dazu herab, einer einfachen Frau vom Land einen Weg durch die Menge zu bahnen.

„Rabbi!", rief ich. Jakobus und Johannes hielten den Eingang frei und ich legte den Arm um sie und zog sie mit mir. Es schickte sich nicht, aber das konnte ich nicht ändern. Ich nahm ihre Hand und dabei rutschte ihr der Schleier vom Kopf.

Ich fing ihn auf und wollte ihr behilflich sein, damit sie den Kopf wieder bedecken konnte.

Was ich sah, war weniger eine Mutter als vielmehr eine Frau, der im nächsten Moment das Herz brechen würde. Ihre gebrechlich wirkenden Finger umklammerten meinen Ärmel und dann den Saum ihres Schleiers, während ihre Augen – diese unergründlichen Augen – kämpferisch die Menge absuchten.

„Meister! Deine Mutter ist hier, hier bei deinem Bruder!", schrie ich.

Er sah mit einem seltsamen Gesichtsausdruck auf. „Wer?"

„Deine Mutter! Dein Bruder!" Zumindest könnten sie ihn hier herausholen.

„Wer ist meine Mutter und wer sind meine Brüder?", fragte Jesus.

Ich riss die Augen auf.

Er musste mich falsch verstanden haben. Aber dann zeigte er direkt auf mich. Und dann auf Simon. Und dann auf Petrus. „Das ist mein Bruder. Das …“ – er wies auf Andreas, dann auf Nathanael und schließlich auf Jakobus und Johannes am Eingang. „Und das“, jetzt zeigte der Finger auf die Magdalenerin, „ist meine Schwester.“

Jakobus starrte ihn an, den Arm um seine Mutter gelegt, die ihr Gesicht in den Händen verbarg. Ich hatte geglaubt, ich hätte schon jeden Schock erlebt, den der Meister mir zufügen konnte. Aber ich hatte mich geirrt.

Er verleugnet seine Familie. Er verleugnet sie – und stellt sich zu mir – zu mir, der ich meinen Bruder angespuckt und meinen Halbbruder im Stich gelassen habe.

Was war ein Mann ohne seine Familie? Hier in Galiläa, wo so viele starben, noch bevor sie entwöhnt waren, war ein Bruch mit der Familie gleichbedeutend mit Sterben.

„Wie kannst du diesem Mann folgen?“, bemerkte ein Mann neben mir. Sein Haar war bereits grau; er war einer der Stadtältesten. Und obwohl ich deutlich sah, dass die Worte von seinen Lippen kamen, hörte ich sie doch in der Stimme von Levi.

Nimm dich in Acht.

21

Die Massen wuchsen an, wie ein Sandsturm, der außer Kontrolle geraten ist. Jetzt waren es schon Tausende. Ob wir aßen, aufstanden oder uns zu Bett legten, ob wir beteten oder ein Tauchbad nahmen – alles geschah vor aller Augen, und jeder, der wollte, konnte uns zusehen. Kaum fanden wir noch ein unbeobachtetes Eckchen, um die Tunika zu heben und uns zu erleichtern, ohne dass jemand zusah, um sicher zu gehen, dass wir wirklich Juden waren.

Jesus heilte. Er predigte. Er sprach jetzt mehr und direkter vom Reich Gottes, vom Himmelreich. Für jeden jüdischen König und jedes römische Ohr mussten das aufrührerische Worte sein. Es war eine Sache, ein paar hungrigen Fischern in Kapernaum eine Geschichte über Sauerteig zu erzählen. Etwas anderes war es, sie vor Tausenden von Menschen zu wiederholen, die zum Tempelweihefest nach Jerusalem pilgerten.

Uns war allen bewusst, dass wir zunehmend in Gefahr schwebten. Herodes würde es nie übersehen, wenn sich eine solche Menge von Menschen um einen Mann scharte. Nein, das konnte es sich unter seinen römischen Herren nicht erlauben.

Es musste also bald sein.

Eines Abends, als wir aus dem Umland zurückkehrten, stützte Jesus sich schwer auf Jakobus. Ein junger Mann, dünn wie ein Schilfrohr, drängte sich durch die Menge zu ihm. Sei Überschwang sagte mir, dass er erst kürzlich angekommen sein musste, nur um zu sehen, dass der Meister sich zurückzog.

„Bitte, Rabbi, lass mich mit dir gehen. Ich folge dir, wo du auch hingehst!"

Jesus hatte den Kopf auf die Brust gesenkt und den Arm Jakobus um die Schulter gelegt. In den letzten Tagen hatte ihn immer wieder einmal die Erschöpfung übermannt. „Füchse haben Höhlen und Vögel ihre Nester", sagte er. „Aber der Menschensohn hat keinen Ort, um sein Haupt niederzulegen."

„Was ... was meinst du damit?", fragte der Mann und sah ratlos von Jesus zu uns herüber.

„Er meint: Geh nach Hause“, half ihm Jakobus auf die Sprünge.

In diesem Moment sahen wir eine weitere Gruppe aus der Stadt herannahen; sie kamen rasch über die Felder näher. Simon stöhnte.

„Nein, keine Leute mehr. Er ist schon nicht mehr ganz bei sich“, murmelte Petrus, dem die Erschöpfung ebenfalls ins Gesicht geschrieben stand.

„Rasch“, rief Jakobus, „zum Boot.“

Der Gedanke an das Wasser gefiel mir gar nicht. Ich war hundemüde und wünschte mir nichts sehnlicher, als bei Petrus zu Hause einfach auf den Fußboden sinken zu können.

„Im Boot kann er in Ruhe schlafen“, sagte Petrus. „Und uns wird die Nachtluft auf dem See auch guttun und ein bisschen Leben einhauchen.“

Ich wollte kein Leben eingehaucht bekommen. Ich wollte mich einfach nur hinlegen und das Gezeter nicht mehr hören, das mir nun schon seit drei Tagen in den Ohren gellte. Aber ich sagte nichts davon, als Petrus und Johannes vorgingen, um das Boot klarzumachen und ein bisschen Proviant von zu Hause zu holen.

Galiläische Fischer, das hatte ich inzwischen gelernt, waren abergläubisch, was den See und das Wetter anging. Bei zahlreichen Gelegenheiten hatte ich schon erlebt, wie sie zum Himmel aufblickten und ein Gebet sprachen, als sei es eine Beschwörung. Als die beiden, die vorgehen wollten, uns verlassen hatten, bemerkte ich, dass Jakobus etwas vor sich hinmurmelte und besorgte Blicke nach Osten warf.

„Was ist? Was ist los?“

Aber da hatte die Gruppe aus der Stadt uns erreicht. Ein paar von ihnen riefen etwas, andere sangen.

„Beeil dich“, sagte ich.

Bis wir zur Promenade am Ufer kamen, stolperte Jesus nur noch vor sich hin, aber wir dirigierten ihn ins Boot.

Einmal nur sah ich auch, wie Petrus beunruhigt zurückblickte auf Kapernaum, als fürchte er, die Stadt könne nicht mehr da sein, wenn wir zurückkamen. Dann nahmen wir Kurs auf den See hinaus.

Es war eine Wohltat, einfach da zu sein, ohne die ständige Belästigung durch all die Leute, die schubsten und stießen, um einen einzigen Blick auf Jesus zu werfen. Oder die seinen Segen, eine Heilung oder eine Antwort auf irgendeine Frage erbitten wollten. Plötzlich schien eine ungewohnte Leichtigkeit in der Luft zu liegen. Aber zugleich war die Nacht auch erfüllt von einer unheimlichen Stille.

Jakobus, Johannes, Matthäus und Thomas nahmen die Ruder und überließen Petrus und Andreas die Segel. Und ich bemerkte, wie schön die Dämmerung sich an diesem Abend über den See senkte.

Jesus war im Achterdeck sofort in Schlaf gesunken. Ein Ballastsack diente ihm als Kopfkissen. Solange das Schiff noch zwischen den Wellenbrechern im Hafen auf den eigentlichen See hinsteuerte, rührte er sich kaum. Hätte ich es nicht besser gewusst, dann hätte ich mir Sorgen gemacht, weil er so völlig bewegungslos dalag. Nur die Füße mit den leichten Sandalen schwangen mit jeder Welle, die das Boot hob und senkte, mit. Er lag da wie tot.

Ich wandte den Blick ab.

Ich lehnte mich gegen die Schiffswand. Das Geräusch der Ruder, die ins Wasser tauchten, machte mich schläfrig, und bald spürte ich, wie meine Augenlider schwer wurden, als zögen Steingewichte wie die in den Fischernetzen sie nach unten.

Kurz hatte ich das Gefühl, als triebe ich dahin …

Dann stieß ich mich so hart an den unebenen Planken des Bootes, dass ich nur mühsam wieder zu Atem kam.

Schreie um mich her. Ich stützte mich am Schiffsboden ab und fand meine Arme bis zum Ellbogen im Wasser. Regentropfen schlugen mir ins Gesicht wie eisige Dolche. Irgendjemand brüllte

Kommandos. Über mir rafften Petrus und Andreas vor einem tosenden Himmel die Segel.

„Jakobus!", sagte Johannes. Er hechtete quer durchs Boot, um Andreas am Ruder zu Hilfe zu kommen; sonst hätte ich ihn gar nicht gehört, weil der Sturm die Rufe der anderen verschlang wie ein unersättlicher Schlund. Ein Seil hatte sich gelöst und das Ende schlug Matthäus ins Gesicht, sodass er gegen die Bootswand taumelte und beinahe über Bord gegangen wäre. Mir gegenüber klammerte sich Nathanael mit beiden Händen an die Wand des Bootes, das schlingerte und krängte wie ein Ast im Sturm. Im Schein eines Blitzes sah ich das angsterfüllte Gesicht von Petrus, und der Ausdruck darin ließ mir das Blut in den Adern gefrieren.

„Rabbi!" Petrus schrie jetzt und versuchte gleichzeitig, das losgerissene Seil zu fassen zu kriegen. Vor uns stand das Wasser wie eine schwarze Wand und das Heck hob sich ihm entgegen, bis das Boot fast auf der Bugspitze stand. Jakobus warf sich auf Jesus, der noch immer schlief, einen Arm über den Ballastsack gelegt. „Rabbi!"

Ich kauerte mich so flach wie möglich auf den Boden und klammerte mich an den Bootsrand. Eine zweite Riesenwelle türmte sich aus dem See auf, ein Goliath aus Gischt und Schaum. Einen Moment lang spürte ich Panik, als würde ich ertrinken. Ich senkte den Kopf und rang nach Luft.

Heute Nacht werde ich sterben.

Ich hatte nur einen Gedanken: Ich war nicht in der Mikwe gewesen. In diesen letzten Tagen hatte ich mich überhaupt nicht gereinigt. Ich hatte am Abend nicht das Schma gesprochen. Nichts davon hatte ich getan. Ich hatte die Autorität der Priester missachtet und den Pharisäern galt mein Gesicht als das eines Abtrünnigen.

Ich würde sterben, Seite an Seite mit meinem Lehrer und Meister, mit meinem erhofften Messias. Die Menschenmassen an den Ufern würden sich nach und nach verlaufen, und Johannes würde während des Tempelweihefestes weiterhin in Herodes' Festung vor sich hin modern, direkt unter den Augen der römischen Soldaten. Vielleicht würden die wahren Söhne von Judas bar Hesekija aus den Bergen gegen Jerusalem ziehen, damit die Legionen Roms sie dort niedermachen konnten.

Ich rieb mir den Regen vom Gesicht, versuchte zu beten. Spürte, wie Nathanael die Hand nach mir ausstreckte und umklammerte sie mit zitternden Händen. Wir würden gemeinsam in ein nasses Totenreich gehen. Und ich konnte nur immer wieder denken: *Das hätte nicht passieren dürfen. So hätte das alles nicht enden dürfen.* Die vielen Menschen, die Zeichen, die unerklärlichen Momente, in denen alles so klar schien. Alles würde sich als null und nichtig erweisen.

Das Boot stürzte in ein Wellental, sodass das Heck hoch in die Luft gehoben wurde. Im Licht eines Blitzes sah ich die sandalenbewehrten Füße von Jesus über den Schiffsboden schleifen; sie schienen im Wasser zu treiben wie Glieder eines Toten. War er dort hinten im Heck etwa ertrunken? War er einfach stumm von uns gegangen, ohne ein einziges Wort des Abschieds? Bald würden wir uns alle glücklich schätzen, einfach so auf dem Wasser zu treiben.

Lass den Bootsrand los, sagte ich mir; hechte zu ihm hinüber, pack ihn an den Beinen. Da kippte das Boot zur Seite und warf uns alle zurück gegen die Bootswand. Einen entsetzlichen Moment lang glaubte ich, wir würden kentern.

Ich öffnete gerade den Mund, um ihm etwas zuzurufen, als eine Welle mich mit Wucht ins Gesicht traf und mir das Wasser um die Ohren schlug, dass mir der Schädel brummte.

Es war schließlich Johannes, der sich über mich warf und mich am Arm packte, als ich beinahe über Bord gegangen wäre. „Meister! Rette uns!"

Er war gespenstisch, dieser Schrei. Für den Rest meines Lebens würde er mir in den Ohren klingen.

Ich schlug die Hände vors Gesicht, um meine Augen zu schützen. Gegen das Dunkel sah ich, wie er aufstand; seine Tunika zeichnete sich blass gegen die schwarzen Wassermassen ab. Trotz meiner Taubheit hörte ich ihn, was gegen das Brüllen des Sturms eigentlich kaum möglich war:

Sei ruhig.

Er hatte die Worte nicht dem rasenden Sturm entgegengeschrien oder an den Himmel gerichtet; es war, als hätte er sie direkt zu meinem Herzen gesprochen.

Das Boot schaukelte jetzt nur noch wild, während die hoch aufgetürmten Wellenberge zu sanften Hügeln zusammenfielen. Haar und Bart klebten mir an Kopf und Gesicht, als plötzlich die Gewitterwolkenfront umschwenkte, als flögen die langen Haarlocken einer Frau im Wind, die sich auf dem Absatz umdreht. Dann zog sie nach Osten ab, woher sie gekommen war. Darunter schimmerten vom Ufer her die Lichter von Kapernaum und Heptapegon durch die Dämmerung.

Stille. Im Boot standen zwölf Männer und starrten einander an; noch krank vor Angst und bis auf die Knochen durchnässt. Von den Gesichtern, aus Haaren und Bärten fielen die Tropfen mit einer sanften Melodie ins Wasser, das unten im Boot stand.

Was wäre geschehen, wenn Johannes nicht endlich um Hilfe geschrien hätte? Wenn es ihm nicht gelungen wäre, ihn zu wecken?

Hinter dem entfernten Bergmassiv des Tabor färbten die letzten Strahlen der Sonne den Himmel rötlich.

Neben mir murmelte Thomas durch Lippen, die immer noch ein wenig blau waren: „Wie kann es sein, dass Wind und Wellen ihm gehorchen? Wer vermag so etwas? Welcher Mensch tut so etwas? Kein Mensch. Kein Mensch." Dann begann er, im Flüsterton das Schma zu sprechen, immer und immer wieder. Ich wischte mir das Gesicht ab; mein Arm schmerzte bei jeder Bewegung, so fest hatte ich mich an den Bootsrand geklammert. Ich senkte den Kopf; ich hatte immer noch Mühe, ruhig zu atmen und meine Glieder dazu zu bringen, dass sie aufhörten zu zittern.

Die Pharisäer hatten ein Zeichen verlangt. Aber er hatte es ihnen nicht gegeben. Er hatte es uns gegeben.

Am anderen Ufer angekommen, schöpften wir, nass und zitternd, das Wasser aus dem Boot, während Jakobus schon ein kleines Herdfeuer an Bord entzündete. Die Flammen flackerten kaum; kein Windhauch bewegte sie.

Ich schloss die Augen; ich war, wie ich meinte, zu erschöpft, um wach zu bleiben, aber auch nicht fähig, mich dem Schlaf zu überlassen. Wieder und wieder kehrte ich zu dem Augenblick zurück, als Jesus hinten im Boot gestanden und Worte gesprochen hatte, die ich nicht hätte hören können sollen und die einem Wind galten, der nicht hätte gehorchen sollen.

Schließlich musste ich doch eingeschlafen sein, denn nach einer Weile hörte ich Vogelgezwitscher und spürte, wie das Boot schwankte – Andreas beugte sich über das Feuer und fütterte es mit Ästen, Gras und Dung. Es war Morgen und meine Kleider waren noch nass; modrig und übel riechend klebten sie mir an der Haut und fühlten sich an wie der auch noch feuchte Dung, den Andreas ins Feuer warf.

Ich erinnerte mich schwach, dass wir das Boot ans Ufer gezogen hatten, das hier sandig war. Wir hatten den See überquert und am Landungssteg angelegt – am Landungssteg von …? Dann wurde es mir klar: Wir waren am Ostufer des Sees, im Gebiet der Gerasener, das zur Dekapolis gehörte.

Die meisten von uns waren bereits mit Jesus an Land gegangen. Nur Simon hatte sich noch geweigert, das Boot zu verlassen; jetzt stand er neben mir.

„Die Leute hier sind schlimmer als die Samaritaner. Was da auf dem Feuer brennt, ist kein Schafsdung. Es ist Schweinemist."

Warum waren sie an Land gegangen? Der einzige Vorteil, den dieser Ort hier bot, war, dass er außerhalb von Herodes' Herrschaftsgebiet lag. Aber ich war mir nicht sicher, was besser war – die Unreinheit eines heidnischen Landstrichs in Kauf zu nehmen oder uns ständig unter den Augen der Spione von Herodes aufzuhalten.

Aber der Meister war nun einmal hier. Er war schon unterwegs in die Berge. Würde er auch hier, im Heidenland, das Schma beten?

Westlich von uns stiegen die Hügel schroff empor und jetzt schien sich dort die Erde zu bewegen. Aber dann sah ich, dass es nicht die Erde war, die sich bewegte, sondern Tiere, die die Farbe von Steinen oder Erde hatten und nicht weit entfernt weideten.

Schweine. Hundert vielleicht oder noch mehr.

Als Junge hatte ich Schweine auf dem Markt in Skythopolis gesehen. Damals hatten sie mich fasziniert; aber jetzt verabscheute ich sie, und sei es nur wegen der Erinnerungen, die ich an diesen Ort hatte, der uns so viel Schande gebracht hatte.

Ich ging den anderen nach. Ich war hungrig und gereizt und ich wollte wissen, was der Meister vorhatte. Er wollte doch wohl hier nicht predigen? Der nächste Ort lag ein gutes Stück landeinwärts und wir hatten kaum noch Geld, das wir ausgeben konnten. Und was würden diese Heiden schon tun – uns einladen? Uns Brot geben? Uns an ihren Tischen willkommen heißen, damit wir ihr Schweinefleisch aßen und aus ihren unreinen Tongefäßen tranken?

Vor mir am nächsten Hügel konnte ich eine niedrige Felswand erkennen, die von Löchern zerklüftet war wie von Pockennarben. Etliche davon hatte man offensichtlich verschlossen. Zu sorgfältig mit Steinen verschlossen.

Gräber.

„Meister!", schrie ich. Und dann noch einmal: „Meister!" Diesmal stieg wie zur Antwort weiter oben ein Rauschen wie von einem Windstoß auf.

Petrus blieb stehen und sah sich nach mir um. Das Geräusch wiederholte sich, aber diesmal sah ich, dass es nicht der Wind war.

Es war ein Mann, der den Berg hinunterrannte oder geradezu hinunterstürzte. Er war dreckig und stieß wilde Schreie aus.

Ein Straßenräuber!, war mein erster Gedanke. Dann sah ich, dass der Läufer völlig nackt war.

Wieder ertönte ein Schrei; der aufgerissene Mund wirkte in seinem Gesicht wie eine klaffende Höhle.

Er rannte nicht einfach; er rannte, wie ich einmal ein Pferd hatte davonfliegen sehen. Sein zotteliges Haar wehte hinter ihm im Wind und er schwenkte die Arme zu beiden Seiten wie Flügel, die ihn aufrecht hielten, sodass es schien, als könne er gar nicht stolpern. Von seinem Handgelenk hing etwas wie eine Fessel herab. Er hielt den Blick starr auf die kleine Gruppe vor mir gerichtet, und der Ausdruck auf seinem Gesicht war mit nichts zu vergleichen, was ich je auf einem menschlichen Antlitz gesehen hatte.

Bosheit. Unerschütterlich und fanatisch saß sie hinter seinen Augenlidern. Immer wieder schoss seine Zunge über die Unterlippe des geöffneten Mundes heraus.

Es war der Blick eines Geistesgestörten. Der Blick eines Mörders.

Er flog geradezu auf die anderen zu; die kümmerlichen Muskeln seiner Schenkel spannten sich unter der Haut, als er jetzt ganz gezielt auf einen Mann zuging: auf Jesus.

Er wird ihn umbringen, dachte ich.

Ich hatte das Messer schon gezückt und rannte zu ihnen, aber ich war noch zwanzig Schritt entfernt. Zu weit entfernt.

„Petrus!“, schrie ich. „Dein Schwert!“

Er hatte die Faust schon um das Heft gelegt, aber Jesus hob verneinend die Hand und das Schwert verließ die Scheide nicht. Ich schrie noch einmal, als der Verrückte ihnen immer näher kam, nur noch eine Bootslänge entfernt war, nur noch wenige Schritte ...

Da stürzte er heftig zu Boden, als hätte eine unsichtbare Hand ihn niedergestreckt.

Petrus und Johannes sprangen zurück wie ein Mann und hätten mich beinahe umgeworfen, während Jakobus sich mit ausgebreiteten Armen schützend vor den Meister stellte. Aber Jesus schob ihn einfach beiseite. Ich hatte vorher nicht gewusst, dass man einen Mann von der Statur des Jakobus so einfach beiseiteschieben konnte.

„Was willst du von mir, Sohn des höchsten Gottes?“, sagte der Mann.

Seine Stimme klang, als mahlten Steine aufeinander. Aus den Mundwinkeln lief ihm klebriger Schaum. Nackt und blutig zog er sich wie mit Klauen vorwärts und fiel dann wieder zu Boden. Sein Rücken wölbte sich hoch, als er noch einmal sagte: „Sohn des höchsten Gottes!“

Sohn des höchsten Gottes?

Der Mann war verrückt.

„Meister“, wollte ich rufen, aber ich brachte nur ein Flüstern zustande. In den Augen dieses Mannes lag ein dunkles Licht, wie ich es noch nie in den Augen eines Menschen gesehen hatte.

Als sei er nur ein weiterer aus der Menschenschar, die auch jetzt noch rund um Kapernaum lagerte, um den Meister zu sehen, sagte Jesus zu dem Mann: „Wie heißt du?“

„Wir heißen Legion“, antwortete er mit einem schrecklichen Lächeln. Er stand auf, landete aber sogleich wieder auf dem Boden, nicht, als hätte er sich niedergeworfen, sondern als hätte ihn jemand zu Boden geschleudert. Auf seinem Gesicht, auf den Lippen, aus dem Mund floss frisches Blut.

„Warte. Verbanne uns nicht in die Unterwelt."

Uns?

Ein Schauder lief mir über den Rücken.

Dieser Mann war nicht verrückt.

In einem nahen Ginsterstrauch begannen plötzlich Bienen zu summen. Der Mann geriet außer sich und schlug wie wild um sich, nach unsichtbaren Insekten. Es dauerte einen Moment, bevor ich begriff, dass es zu dieser Jahreszeit keine Bienen gab und dass das Summen irgendwie von ihm selbst ausgegangen war.

Er knickte jetzt den Kopf in einem unnatürlichen Winkel ab, als lausche er – lausche auf jemanden, auf *etwas*, das wir nicht sehen konnten. Jesus ging einen Schritt auf ihn zu, und der Mann reckte einen Arm in Richtung des Berges und schrie: „Quäl uns nicht! Lass uns in die Schweine fahren. Schick uns dorthin!"

Der Berghang über uns war übersät mit Schweinen, die dort die Erde ebenso aufwühlten, wie es gestern Abend das Wasser auf dem See gewesen war. In einiger Entfernung neben der Herde sah man die reglose Gestalt eines Mannes; er schien herüberzustarren und wies dann mit der Hand zu uns her. Jetzt sah ich, dass ein zweiter Mann bei ihm war.

Jesus ging vor dem besessenen Mann in die Hocke.

„Meister!" Endlich hatte ich meine Stimme wiedergefunden. Der Besessene würde sich auf ihn stürzen; würde ihn erdrosseln oder ihm die Augen auskratzen.

Jakobus versuchte, Jesus wegzuziehen, aber der schob die Hand seines kräftigeren Schülers einfach weg. Er beugte sich vor und schaute dem Mann in die Augen, wie man durch ein Fenster schaut.

„Geht."

Wie sanft er das sagte.

Zuerst hörte ich gar nicht, dass hinter uns Wind aufkam. Und dann blies er schon kräftig, zerzauste mir das Haar, schlug mir den Umhang hoch und blies Jakobus den seinen völlig von den Schultern. Der Mann war auf den Rücken gefallen und lag da wie jemand, den ein Wagen überrollt hat, wie am Boden festgenagelt. Die Luft war viel zu kühl für einen so sonnigen Morgen und durchzogen von zu vielen unnatürlichen Schatten. Der Mann wand sich rückwärts durchs Gras und schrie.

Über uns am Berg wälzten sich die Schweine. Dann war da ein Schrei – vom Wind, von dem Mann ... von den Schweinen. Ganz weit oben wogte die Herde jetzt wie ein Meer. Dann Schreie von dem Schweinehirten, der kaum noch aus dem Weg springen konnte, als die Tiere in Angriffslaune direkt auf ihn zustürmten. Nein, nicht auf ihn, sondern auf die Klippe zum Steilhang. Und schon rollte die Herde an ihm vorbei, eine Flut grotesker, aufgequollener Tierleiber, die den Berg hinabdonnerte, dass die Erde bis herüber zu uns erzitterte.

Abwärts, abwärts. Wie eine Sintflut aus lebenden Körpern, die über eine Klippe hinabstürzt. Der Berg fiel nicht allmählich und sanft zum See hin ab wie dort, wo wir mit dem Boot gelandet waren, sondern endete am Seeufer in einem Steilhang. Eins nach dem anderen rasten die Schweine über die Kante und verschwanden aus dem Blickfeld. Schneller und schneller kamen sie jetzt, als rutsche der Berghang selbst in den See. Unter der Klippe brodelte das Wasser.

Innerhalb von wenigen Minuten waren sie alle über die Klippe gesprungen. Noch ein paar Augenblicke, und auch das Wasser war wieder still.

Über dem Hügel vor uns lag eine unheimliche Stille; der Wind trug den Geruch frisch aufgewühlter Erde zu uns herüber und ließ ihn in breiten Schwaden zurück. Unten warf der See Wellen ans Ufer und das heftig schaukelnde Boot kam langsam wieder zu Ruhe.

Nicht ein einziges Schwein war mehr zu sehen.

Die Hirten, die sich vor einem strahlenden Morgenhimmel

deutlich abhoben, standen da und hielten sich die Köpfe. Und ich verstand: Der ganze Wohlstand des Ortes – der Lebensunterhalt für eine ganze Stadt – war soeben komplett von der Bildfläche verschwunden.

Ich fiel auf die Knie.

Jesus hatte den nackten Mann vom Boden aufgehoben, hatte seinen eigenen Umhang abgelegt und ihn dem Mann übergeworfen ... und ihm schließlich gesagt, er solle zu seiner Familie zurückkehren. Inzwischen hörten wir Rufe von den Schweinehirten und sahen sie in Richtung Stadt eilen, zweifellos, um Verstärkung zu holen und uns umzubringen. Da hob ich etwas vom Boden auf: die Fessel, die dem Mann während seiner Tortur vom Handgelenk gefallen war.

Sie war aufgesprungen und so verdreht, wie es nur ein Schmied mit Schmiedefeuer und Eisenhammer zuwege bringen konnte. Aber da lag sie, aufgesprungen, als hätte sie es nicht vermocht, ja, nicht gewagt, geschlossen zu bleiben.

Der Vorfall brachte die Stimme Levis in mir zum Schweigen. Mit neuer Ehrfurcht blickte ich auf diesen Mann, den Lehrer, dem ich mich auf Gedeih und Verderb verpflichtet hatte – mochte er auch noch so aus dem Rahmen fallen. Was dieses Zeichen bedeutete, verstand ich nur zu gut.

Was waren die Römer denn anderes als Heiden und Schweine und Dämonen im Land Israels? Trug die berüchtigte Zehnte Legion etwa nicht als Standarte das Bild – was an sich schon gegen das Gesetz des Höchsten verstieß – eines wilden Ebers mit sich?

Deutlicher hätte er es mit Worten nicht aussprechen können. Selbst wenn er es hinausgeschrien hätte.

Diese eine einzige Tat machte mich ganz sicher: Dieser Mann würde die Dämonenschweine Roms aus den Bergen dieses Landes verjagen und Israel würde endlich frei sein.

Im Frühling würden wir nach Jerusalem vorrücken. Und in

ein paar Jahren vielleicht schon auf Rom. In diesem Moment erschien mir nichts unmöglich.

Und ich beschloss, diese letzten Tage und Wochen zu genießen, wie man die letzten Stunden vor dem Passahfest genießt, nachdem alles vorbereitet ist, die Verwandten im Haus sind und für das Lamm, die Festgewürze und Speisen gesorgt ist und man sich endlich hinsetzen und über den Sinn des Festes selbst nachdenken kann.

Mein Herz schlug himmelhoch. *Messias.* Der Gesandte des Höchsten. Ich hatte gewartet, gelitten, gehofft und verloren. Es war nicht umsonst gewesen.

22

Sie hatten den Sabbat gebrochen und waren gekommen, um uns die Nachricht zu bringen. Aber sie hätten gar nichts sagen müssen; ihre verstörten Gesichter sagten alles.

Johannes war tot.

Einer seiner Schüler, ein Mann mit Namen Dael, fiel vor Jesus nieder und brach in Tränen aus. „Herodes hat ihm den Kopf abschlagen lassen. Wir haben ihn bestattet und sind dann sofort hergekommen."

Ausnahmsweise einmal hatte Jesus keine tröstenden Worte für einen anderen zur Hand, sondern wandte sich schwankend ab. Dann schlug er die Hände vors Gesicht. In der anderen Zimmerecke schrie Andreas auf. Er war auch einmal ein Johannesschüler gewesen.

Ich konnte es nicht fassen. Der charismatische, wilde Mann vom Jordan sollte zum Schweigen gebracht worden sein – und dann auch noch auf diese Weise? Aber natürlich. Es musste so sein. Herodes würde ihn nicht am Leben lassen; er konnte es sich gar nicht leisten. Johannes hatte Herodes ins Gesicht gespuckt und Herodes hatte ihn folgerichtig einen Kopf kürzer gemacht.

Ich erinnerte mich an die Nacht, als ich Zadok getroffen hatte und daran, wie er abgewinkt hatte, als die Rede auf Johannes kam, als sei er bereits tot.

Plötzlich schnürte Angst mir die Kehle zu.

Jesus war Johannes' Cousin und die beiden waren sich einmal so ähnlich gewesen, dass sie anfangs fast wörtlich dasselbe verkündet hatten. Man hatte beide auch oft verwechselt, bis Jesus schließlich weitaus mehr Zulauf gefunden hatte als sein wilder Cousin und man diesen festgesetzt hatte.

Wenn Johannes ein toter Mann war, dann war es nur eine Frage der Zeit, bis mein Meister es ebenfalls wäre.

Aber Jesus schienen solche Gedanken nicht zu beschäftigen. Er raufte sich die Haare und schleppte sich nach draußen. Einen Moment später erklang aus dem Hof ein Aufschrei. Abgrundtiefe Trostlosigkeit lag darin.

Dael, der immer noch am Boden lag, sah auf. Tränen liefen ihm über das mit Erde beschmutzte Gesicht. „Ich habe ein paar Männer mitgebracht – fast zwanzig. Und noch einige, die den Sabbat nicht brechen wollten, kommen auch bald."

„Zwanzig? Aber ihr wart doch so viele!"

Er schüttelte den Kopf. „Die anderen sind geflohen. In den letzten Tagen haben viele begriffen, dass sie einem Mann ohne Zukunft folgten, und wir wurden immer weniger." Er wischte sich über die Nase und fiel dann wieder zu Boden.

„Wo ist Levi?", wollte ich wissen.

„Er ist auch gegangen. Wohin, weiß ich nicht. Er hat uns nachts verlassen."

„Komm. Ihr werdet jetzt unserem Meister folgen", sagte ich. „Es ist Sabbat. Kommt, esst etwas, ruht euch aus."

Ich merkte selbst, dass in meiner Stimme keine Spur von Zuversicht lag.

In dieser Nacht dachte ich über jedes Wort nach, das ich je über das kommende Königreich von mir gegeben hatte. Ich erinnerte mich an Aussagen von Johannes oder Jesus, die ich wiederholt hatte, und fragte mich, was davon als Aufruhr gegen Herodes oder gegen Rom gelten konnte.

Was wohl Zadok und die Söhne über manches, was ich gesagt hatte, denken mochten? Sie selbst hätten die Dinge nie so klar beim Namen genannt. Sie zogen es vor abzuwarten, bis jemand anders den Hals vorstreckte und das für sie erledigte. Sie würden sich erst im allerletzten Moment einem Aufstand anschließen.

Feiglinge. Sie waren alle Feiglinge.

Und ich war es auch. Ein Feigling. Denn je mehr ich mir einzureden versuchte, dass ich nichts Aufrührerisches gesagt hatte, umso sicherer wusste ich: Es war eine Lüge. Eine Lüge, die mich von meiner Schuld reinwaschen sollte. Ich war durch Städte und Dörfer gezogen und hatte von einem Königreich geredet und damit nicht Rom gemeint. Ich hatte gejubelt, als Hunderte, Tausende sich uns anschlossen, und von einer Armee geträumt. Egal wie sehr ich mich bemühte, mir die Dinge anders zurechtzulegen, ich kannte die Wahrheit: Indem ich meinem Meister folgte, hatte ich mich klar aus dem Schutz des Gesetzes hinausbegeben. Jeder x-Beliebige aus den Scharen, die uns folgten, könnte bezeugen, dass ich dieselbe Botschaft verkündet hatte wie mein Meister und in seinem Namen gehandelt hatte.

Mein Schicksal war unausweichlich an ihn gebunden.

Ich wollte nicht als Gesetzloser in den Bergen sterben, auch nicht an einem Kreuz wie mein Vater. Ich hatte bereits zu viel für die Sache der Freiheit gegeben – und verloren.

Aber der Meister war eben kein zweiter Judas bar Hesekija und auch kein zweiter Johannes der Täufer.

Er war der Messias. Und wenn er es nicht war, dann niemand. Also mussten wir jetzt handeln. Und zwar rasch.

Aber so geschah es nicht.

Jesus schien an Ausstrahlung zu verlieren. Er wurde mager, wirkte abgehärmt. In der Abenddämmerung ging er in die Berge und kam manchmal nicht vor dem Morgen zurück. Ein Hauch von Tod lag über ihm, als trüge er und nicht Johannes in seinem Grab das Leichentuch.

Im Dunkel der Nacht stahlen sich etliche aus der Menge, die uns folgte, davon. In der nächsten Nacht verschwanden wieder einige und so ging es weiter.

Ich begann, mich mit der Tatsache anzufreunden, dass wir zum Passahfest nicht in die Heilige Stadt ziehen würden.

Ich tröstete mich, indem ich mir sagte: Jesus ist wie David. Und wie David musste er sich verstecken, bevor er sein Königtum in Anspruch nahm. Er stammte aus dem Haus Davids. Diese Geschichte hatte sich schon einmal abgespielt, das sagte ich mir immer wieder.

Bis in einer Ecke meines Bewusstseins das Geflüster begann.

Du könntest gehen. Ich könnte sofort fortgehen, nach Hause. Ich könnte mit meiner Mutter und meiner Familie in den Süden ziehen. Vielleicht nach Kerioth. Oder nach Alexandria. Ich könnte bei so bedeutenden Gelehrten studieren wie Philo und anderen berühmten Lehrern. Die Söhne des Lehrers wussten inzwischen alles, was sie wissen mussten. Sie würden mich bestimmt nicht mehr brauchen.

Du wolltest einmal ein großer Gelehrter werden.

Aber welcher Gelehrte konnte tun, was Jesus tat? Ich hatte ja gesehen, wie mein Rabbi Dinge zustande brachte, wie es nur die größten Propheten vermochten.

Keiner von ihnen war Jesus.

Und so war es klar: Ich konnte ebenso wenig fortgehen, wie ich die vielen Monate ungeschehen machen konnte, die ich ihm nun schon folgte.

Wenn er es zuließ, begleitete ich ihn morgens und abends. Ich hielt ihn umarmt, wenn ich ihn weinen hörte. Ich fürchtete um ihn. Ich betete.

„Judas, liebst du mich?“, fragte Jesus einmal, am frühen Morgen. Wir waren die ganze Nacht in den Bergen gewesen, um zu beten.

„Von ganzem Herzen“, sagte ich. Ich war müde und abgekämpft, und ich sehnte mich verzweifelt danach, dass er zu uns zurückkam. Dass er wieder ins Leben zurückfand.

Dass er zu mir zurückkam.

23

Ein Händler brachte mir den verschlüsselten Brief.

> *Kürzlich hat man mich zu einer Beratung über diesen Jesus hinzugezogen. Ich habe gesagt, seine Herkunft sei zweifelhaft und er sei ein Mann ohne Bedeutung. Aber bei denen, die Einfluss haben, gilt er immer mehr als Aufrührer und als Gotteslästerer. Man kann nicht der Messias sein wollen und Gotteslästerung begehen. Es gibt schon Stimmen, die seinen Tod fordern.*
>
> *Lass mich wissen: Ist unser Bruder Simon, der Zelot, noch bei euch?*

In dieser Nacht schlich ich mich zu Simon, als ich sicher war, dass ich ihn allein antreffen würde, und stieß ihn zu Boden.

Er sah er zu mir hoch – und die Überraschung in seinem Blick fachte das Feuer in meinem umso mehr an.

„Was soll das?", rief er.

Ich warf ihm den Brief hin, hob ihn wieder auf und beugte mich dann zu ihm hinunter und hielt ihm das Papier vor die Nase. „Kannst du das lesen? Du ... ich habe dich für einen Bruder gehalten! Warum hast du mir nie gesagt, dass du zu den Söhnen gehörst?"

Er starrte auf den Brief, ohne ihn anzufassen. Seine Augen glitten über die verschlüsselte Botschaft, erfassten den Sinn, lasen noch einmal, bis er schließlich zum letzten Satz kam.

„Nach dem Laubhüttenfest habe ich ihnen nicht mehr geantwortet", sagte er stockend.

Das Laubhüttenfest. Da war er zu uns gestoßen, als wir die Stadt verließen. Zu meiner großen Überraschung.

Ich hob die Hände an den Kopf, den Brief noch immer zwischen den Fingern. „Die ganze Zeit schon hätten wir gemeinsame Sache machen können! Die ganze Zeit hätte ich einen Verbündeten haben können, statt ganz allein in dieser Sache zu stecken!"

„Nein. Sie wollten deine Berichte als Bestätigung für die, die ich ihnen schrieb. Sie hätten uns gegeneinander ausgespielt – verstehst du nicht? Sie tun es ja gerade wieder. Ich hätte dich nie ins Spiel bringen sollen!"

Ich wurde sehr still. „Was meinst du mit ‚ins Spiel bringen'?"

„Was glaubst du wohl, wer Levi gesagt hat, er solle dich ansprechen? Wer, glaubst du, hat dich Zadok empfohlen?"

Ich starrte ihn an.

„Ich habe gesehen, wie sehnlich du auf das kommende Reich wartest", sagte er. „Du hast es gut zu verbergen gewusst, aber ich habe gesehen, welche Leidenschaft jahrelang in dir geschlummert hat – und nach Susannas Tod flammte sie dann auf."

Ich wich einen Schritt zurück.

„Und deshalb habe ich deinen Namen ins Spiel gebracht. Ich

hatte nicht vor, bei dir zu bleiben oder nach dem Laubhüttenfest mit dir die Stadt zu verlassen. Mit ihm. Aber als wir erst einmal wieder in Jerusalem waren … da war ich dem Mann, den ich jetzt Meister nenne, bereits verfallen. Ich kann nicht nach Jerusalem und in mein Leben dort zurückkehren. Nie mehr. Für mich gibt es nur noch ihn. Er hat mir eine neue Freiheit geschenkt, innere Freiheit. Und das ist das Einzige, was zählt, mehr noch als die Freiheit für Israel. Du magst mich dafür hassen, aber das ist die Wahrheit. Und als ich das erkannte, wusste ich, dass ich nicht länger zu den Söhnen des Lehrers gehören konnte. Dieses Lehrers. Welches Schicksal du auch mit ihnen für unseren Meister ausheckst, ich werde es teilen. Aber ich werde mich nicht daran beteiligen, es nicht herbeiführen."

„Mit seinem Schicksal habe ich nichts zu tun!", sagte ich.

„Nein? Was, glaubst du, machen sie wohl mit dem, was du ihnen berichtest? Sie spinnen ihre Fäden überall – im Tempel, am Hof von Pilatus oder Herodes. Genauso, wie sie die jungen Studenten aufstacheln, diese Eiferer, die bereit sind, für das Gesetz zu sterben – oder zu töten. Und die nicht erkennen, dass sie niemals so frei sein werden, wie du und ich es sind."

„Nie frei sein werden? Was soll das heißen? Wofür sind wir hier, wenn nicht für die Freiheit? Und frei sind wir noch nicht!"

„Hörst du eigentlich nicht zu? Verstehen deine Ohren gar nichts? Glaubst du, wenn die Römer verschwunden sind, ist auch die Sehnsucht und Unruhe in unserem Herzen gestillt?"

„Ja!" Ich brüllte es fast.

Simon schüttelte den Kopf. „Ich will nichts mehr mit ihnen zu tun haben." Er stand auf. „Erzähl ihnen, was du willst. Meine Familie wird vielleicht darunter zu leiden haben. Sie haben nicht davor zurückgescheut, meinem Bruder zu drohen, als …"

„Zadok ließ mich in sein Haus rufen."

„Natürlich. Das sind Leute mit Einfluss und sie wollten, dass du das weißt. Reiche, mächtige Männer, noch dazu Pharisäer."

„Pharisäer!“ So weit ich zurückdenken konnte, hatte der Meister nichts anderes getan, als sich mit den Pharisäern anzulegen.

„Was denkst du – wer wünscht sich wohl vor allem, einen Messias in Jerusalem zu sehen? Ich kann es dir sagen. Die Schammai-Anhänger. Die militanten Schammai-Schüler. Schüler meines Lehrers, wie ich es auch einmal war – und in Jerusalem sind viele von ihnen Pharisäer.“

Ich starrte ihn an.

„Ja. Aber was geschieht, wenn der Meister etwas anderes vorhat als sie? Wenn Jesus ihnen zu friedlich ist? Was glaubst du, was werden sie tun? Siehst du nicht, in welches tödliche Spiel du hineingeraten bist, Judas aus Kerioth? Die Schammai-Anhänger werden ihn am Ende hassen. Ich sehe es bereits. Er wird nicht tun, was sie verlangen. Sein Weg ist ein anderer. Hast du neulich nicht zugehört? Dass man nach einem Schlag ins Gesicht die andere Wange hinhalten soll, einen weiteren Schlag in Kauf nehmen? Dass man seinen Umhang jedem überlassen soll, der ihn haben will?“

„Ich dachte – ich habe ihm meinen Umhang gegeben, nachdem er seinen dem Besessenen überlassen hatte ...“

„Judas, Judas.“ Er lachte, aber es klang nicht heiter. „Wer verlangt denn wohl unsere Mäntel von uns? Sind es Besessene? Oder sind es die Römer, die von uns fordern können, was sie wollen?“

Mir wurde übel.

„Du meinst ...“

„Ich meine, du solltest klug sein. Sieh dich um. Wartest du etwa auf ein Reich des Friedens? Es wird keinen Frieden geben. Träumst du davon, dem Meister einen Sitz im Tempel zu verschaffen? Die Pharisäer werden es nicht dulden. Den Schammai-Jüngern wird er langsam lästig, weil sie ihn nicht einordnen können. Und weil er keiner von ihnen ist, werden sie ihn verurteilen. Und die Sadduzäer – die würden ihn am liebsten bereits tot sehen, bevor sich die Gerüchte um ihn noch weiter verbreiten. Und bevor Rom eingreift und selbst kurzen Prozess mit ihm macht. Sie haben Angst, dass sie dann ihre paar Privilegien verlieren."

Ich hing noch an etwas, das er früher gesagt hatte.

„Du sagst, sie haben deinem Bruder gedroht ...?"

„Wer weiß", sagte er und stützte den Kopf in die Hände. „Ich habe meinen Bruder gebeten, wegzuziehen. Beim Laubhüttenfest habe ich ihn die ganze Zeit angefleht, Jerusalem zu verlassen, und versucht, ihn zu überzeugen, dass er mit seiner Familie wieder nach Galiläa gehen sollte, nach Gamala. Aber wie könnte er das? Nein, natürlich ist es lächerlich. Da ist ja das Geschäft. Meine Familie ist zu reich, um wegzuziehen. Und ihr Vermögen lastet auf ihnen wie ein Mühlstein. Ich habe Angst um ihn. Um seine Frau, um seine Kinder. Du weißt ja, er hat es uns vorhergesagt. Der Meister, meine ich. Dass ein Bruder sich gegen den anderen wenden wird."

„*Warum?* Warum hast du Angst um sie?"

„Weil ich weiß, dass ich hierher gehöre. Ich gehöre ... zu ihm." Er schluckte. „Und weil er mich bei sich haben will, trotz all der Dinge, die ich ihm erzählt habe. Ich habe ihm alles über mich gesagt, alles, was ich noch nie einem Menschen erzählt habe. Auch dir nicht, Judas. Ich würde es nicht wagen, dir diese Dinge zu erzählen, weil du so furchtbar gut bist, Judas – und weil du schon jetzt so sehr daran leidest, dass du so gut bist – wie könnte ich dich damit belasten? Dich, den Perfekten? Du liebst das Gesetz, wie nicht einmal ich es vermag."

„Das ist nicht wahr. Wenn du nur wüsstest ... Dich, Simon, haben sie schon immer den Eiferer genannt."

„Ja. Das bin ich auch", sagte er und klang auf einmal sehr müde. „Und dafür lieben mich auch alle. Aber sie kennen mich nicht. Er ..." Er wies in Richtung der Berge, wo sich, wie ich wusste, Jesus wieder aufhielt. Seit Johannes' Tod tat er das jetzt fast die ganze Zeit. „Er kennt mich und er liebt mich, obwohl er weiß, wer ich bin. Nein – weil er weiß, wer ich bin. Ich bin es nicht wert, und trotzdem liebt er mich."

„Simon? Was sollen das für Geheimnisse sein? Was kannst du schon Schreckliches getan haben, wofür man dich hassen müsste? Du hast doch ebenso sehr für dieses Königreich des Himmels gelebt wie ich!"

„Du weißt nicht, was ich getan habe – in Gamala, bevor ich nach Jerusalem kam. Da hatte ich mich den Söhnen angeschlossen – und ich habe für sie getötet, Judas. Ich habe Blut vergossen, und noch so viel Eifer für das Gesetz kann das nicht wiedergutmachen. Nur er kann es – und er hat es getan."

Simon – ein Mörder? Gamala war eine Brutstätte des Nationalismus. Sicher war es ein Römer gewesen, den er getötet hatte.

„Wann ... was ...?"

„Stell mir keine Fragen", sagte er und sah mich an. Seine Miene signalisierte Gefahr. „Es sei denn, du willst es wirklich wissen."

„Wissen die Söhne davon?"

„Schon seit Jahren, und sie haben mein Geheimnis bewahrt. Aber jetzt, wo ich sie verlassen habe, könnten sie es jederzeit gegen mich verwenden."

„Schreib ihnen. Sag ihnen, dass du zurückkommst. Wir werden einen Weg finden, deine Familie zu schützen, und eines nicht mehr fernen Tages wird es nicht mehr nötig sein ..."

Noch während ich es sagte, dachte ich: *Dieser Mann hat selbst gesagt, dass er den Tod verdient.*

Simon schüttelte mit einem leisen Lachen den Kopf. „Du bist immer noch der große Idealist, Judas. Nein. Ich nicht mehr. Meine Zukunft liegt hier. Ich bin mit allem, was ich mitbringe, hergekommen, und der Meister hat mich angenommen. Ich kann nicht mehr zurück."

„Aber deine Familie ..."

„Dies ist meine Familie. Er ist meine Familie. Du, Judas, gehörst zu meiner Familie. Und ich bitte dich um Verzeihung, wo immer ich dich getäuscht oder enttäuscht habe. Und auch für das Blut jenes Mannes, dessen Namen ich nicht einmal kenne, den ich nicht wissen wollte. Auch dafür: Verzeih mir. Jetzt kennst du meine Geheimnisse. Ich kenne deine nicht, auch wenn ich schon viel über deine Vergangenheit gerätselt habe. Aber das ist nicht wichtig. Du bist mein Bruder."

Ich wollte keinen Mörder zum Bruder. Unerklärlicherweise fühlte ich mich, als klebe auch an meinen Händen Blut, nur dadurch, dass ich darum wusste.

„Ich weiß, du wirst heute Abend ins Tauchbad gehen, nun, da du das weißt."

Ich sah ihn nicht an.

„Das Gesetz sagt ..."

„Was das Gesetz sagt, ist mir nicht mehr wichtig", bemerkte er ruhig und ich glaubte meinen Ohren nicht zu trauen.

„Hier ist ein höheres Gesetz am Werk, eine höhere Erlösung. Ich habe die vorgeschriebenen Opfer gebracht. Ich habe alles getan, um die Blutschuld zu sühnen, nur nicht mein eigenes Blut vergossen. Aber nichts davon konnte die Last von mir nehmen. Nichts hat das vermocht. Bis ich zu ihm kam. Und dafür, Judas, möchte ich dir danken. Ich bin dir wirklich zutiefst dankbar. Und vielleicht verstehst du ja jetzt, warum ich Abstand zu dir gehalten habe. Ich wusste ja, dass *ich dich* mitgebracht hatte, nicht umgekehrt. Es tut mir leid, dass ich dich getäuscht habe. Aber jetzt gibt es zwischen uns keine Geheimnisse mehr."

Ich wandte mich ab. Simon war zum Meister gekommen und hatte etwas gefunden – aber was? Befreiung von seiner Schuld? Wie konnte das sein? Auch wenn ich von ganzem Herzen an Jesus glaubte – aber er war kein Priester. Er redete von der Vergebung der Sünden, er verkündete sie. Aber was hieß das für einen Mörder?

Ich trug den Brief noch einen Tag mit mir herum, bevor ich schließlich antwortete:

Sie nennen ihn einen Aufrührer, weil sie ihn und seine künftige Herrschaft fürchten. Seid bereit. Die Sadduzäer und andere werden darin keinen Platz haben. Aber wer ihn unterstützt, wird Größe erlangen. Er hat selbst gesagt: Die Ersten werden die Letzten sein und die Letzten Erste.

Von Simon schrieb ich nichts.

24

Sie kamen aus Bethsaida, aus der Dekapolis, wo sie von der Begebenheit mit den Schweinen gehört hatten – manche voller Zorn, um ihn in die Schranken zu weisen. Aus Tyros und Sidon, selbst aus Syrien kamen sie.

Sie kamen aus Neugier oder aus Verzweiflung. Aber was sie nicht wussten – nicht wissen konnten – war: Die Verzweifelten waren wir.

Wir hielten uns jetzt nördlich von Bethsaida auf, im Gebiet von Herodes' Bruder Philippus. Dort waren wir weniger in Gefahr. Ich hatte nicht mehr mit Simon geredet. Ich vermied es, ihn anzusehen, wenn er in meine Nähe kam, und er blieb ebenfalls auf Distanz.

Ich hatte angenommen, wenn wir nach Norden gingen, würden wir noch weitere Anhänger verlieren. Aber nach drei Tagen hatte sich die größte Menge versammelt, die ich bisher erlebt hatte. Am frühen Nachmittag des dritten Tages zählte ich fast fünftausend Menschen, die die Berghänge und Hügel bevölkerten. Wir verteilten uns in der Menge, wiederholten die inzwischen vertrauten Geschichten, segneten die Menschen und zogen sogar die zuverlässigsten Leute aus der Menge zur Unterstützung heran.

Es war mitten am Nachmittag und die Sonne brannte heiß auf uns herab. Uns allen knurrte der Magen.

„Rabbi", sagte Andreas. „Wir müssen sie wegschicken, damit sie ein Nachtquartier finden und etwas zu essen besorgen können. Manche werden bis nach Kapernaum oder Heptapegon gehen müssen. In Bethsaida allein gibt es nicht genug zu essen für eine solche Menge."

Wie fast immer seit dem Tod von Johannes schien Jesus ganz in seine eigenen Gedanken versunken. Aber jetzt blickte er zu Andreas hoch. „Warum gebt nicht ihr ihnen zu essen?"

Andreas riss die Augen auf. „Rabbi ... so vielen Menschen?"

Jesus blickte sich um. „Haben wir noch irgendetwas zu essen?"

Ich starrte erst ihn und dann Andreas an, als wollte ich sagen: *Ist er überhaupt noch bei uns?*

„Etwas haben wir", sagte Thomas. Thomas musste immer alles ganz wörtlich nehmen. Er hatte den Korb mit unseren Vorräten getragen, die allerdings arg zusammengeschrumpft waren.

„Da ist kaum genug drin, um auch nur Jakobus satt zu kriegen, Meister!", verkündete Andreas.

„Sagt den Leuten, sie sollen sich setzen."

„Wozu?" Andreas war sichtlich entrüstet.

Jesus sah ihn an und sein Gesicht wirkte müde. „Sie sollen Gruppen von fünfzig bilden. Und dann gebt ihnen zu essen."

„Ich sage doch, wir haben kaum genug für ...", setzte Andreas an.

Jesus winkte ungeduldig, man solle ihm den Korb bringen – so, als wären wir diejenigen, die nicht verstanden. Andreas wandte sich kopfschüttelnd ab.

Jesus nahm die paar Fische und Brotlaibe aus dem Korb, hielt sie hoch und sprach das Gebet zum Brotbrechen. Sein Gesicht wirkte ausgezehrt. Mit einem Anflug von Schrecken dachte ich: *Er weiß nicht mehr, was er tut.*

Der Meister legte die Nahrung wieder zurück in den Korb und reichte ihn dann Jakobus, als sei das verabredet.

Ich schloss die Augen in sprachloser Enttäuschung und versuchte, die Verzweiflung, die in mir hochstieg, zu ersticken. Wir hatten doch Pläne. Für den Frühling. Für die Menge. Für unseren Vormarsch auf Jerusalem. Pläne und Hoffnungen! Wie lange wollte er denn noch so trübselig herumhocken?

Als er mich damals in der Frühe gefragt hatte: *Liebst du mich, Judas?*, war ich zutiefst beglückt gewesen. Inzwischen fragte er das ständig und immer wieder hatte ich voll Freude geantwortet: „Ja! Ja, ich liebe dich!" Wieder und wieder. Und ich hatte es von Herzen ehrlich gemeint. Es hatte mir Freude gemacht und Bedeutung verliehen, dass dieser Mann, dieser Rabbi ... dieser Freund ... der Aussätzige heilte und sogar den Wind zum Schweigen brachte, mich so eindringlich fragte: *Liebst du mich?*

Ich hatte es ausgekostet, dass ich einen Einfluss auf das Herz eines Mannes wie Jesus hatte. So viele sahen zu ihm auf ... und er schaute auf mich. Als ob alles andere unwichtig wäre, wenn ich ihn nicht liebte.

Und damals, als er die ganze Nacht in Tränen verbracht hatte, war mir ganz leicht ums Herz gewesen, weil ich wusste: Er kannte mich – und er wies mich nicht ab. Auf irgendeine Weise brauchte er mich, dieser rätselhafte und vollmächtige Mann.

Dieser gebrochene Mann ...

Wenn ich auch nicht verstand, warum.

Ich sah zu Jakobus hinüber, der immer noch mit dem Korb in der Hand dastand. Der Ausdruck auf seinem Gesicht war ungewohnt.

„Was ist?", fragte ich. War vielleicht ein Insekt oder ein Skorpion in dem Korb?

„Hol noch einen Korb“, sagte er in merkwürdigem Ton.

Andreas, der etwas weiter entfernt stand, schüttelte den Kopf und stieß hörbar die Luft aus.

Matthäus brachte den Korb und Jakobus begann, Brote und Fische in den leeren Korb zu füllen, den Matthäus trug.

Brote.

Fische.

So viele Brote. So viele Fische.

„Noch einen!“

Man hörte Matthäus hell auflachen und jemand brachte einen weiteren Korb. Matthäus stellte den bereits gefüllten eilig ab und griff sich den leeren, während Jakobus weiter austeilte.

Brote. Fische. Noch ein Korb.

So ging es weiter, bis zehn volle Körbe dastanden. Als wir uns die schließlich alle gegriffen und den Inhalt unter der Menge verteilt hatten und uns selbst zum Essen niederließen, hatten wir die Hitze des Tages vergessen; wir lachten und die Spannung, unter der wir standen, löste sich auf wie Eis unter der Frühlingssonne.

Elia hatte auch Brot verteilt – einmal, aber nur für hundert Leute. Wenn Elia eine Witwe gespeist hatte – wie viel bedeutsamer musste der Mann sein, der fünftausend Menschen satt machte?

Hoffnung. Das war es, wonach die Menschen auf dem Land hungerten.

Brot. Das vor allem brauchte eine Armee. Und aus diesem Grund hatte Rom auch seine Finger nach den Weizenfeldern Ägyptens ausgestreckt. Aber wir würden unbesiegbarer sein als selbst die Römer. Denn wer von den Tausenden, die das gerade erlebt hatten, würde sich nicht einem Mann anschließen, der ihm Brot ohne Ende geben konnte? Der ihn heilen konnte, wenn er krank würde?

In dieser Nacht zog sich der Meister wieder allein zurück. Ich wollte mit ihm reden. Ich war deprimiert, Zweifel quälten mich.

Aber er entwischte uns, bevor irgendjemand sich anschließen konnte.

Ich sagte mir, es sei nicht wichtig und er könne an Unpässlichkeiten haben, was er wolle – ich würde es ihm nicht übel nehmen. Das munterte mich wieder auf, ich fühlte mich kräftiger, und aus diesem Kraftvorrat würde ich Geduld mit ihm aufbringen.

Aber auch am nächsten Abend bat er mich nicht, ihn zum Gebet zu begleiten. Und auch am übernächsten nicht. Die Menge, die sich um uns sammelte, wurde immer größer. Aber der Meister entfernte sich immer mehr von uns.

Eine Woche später erschien Jesus im Hafen von Kapernaum, um uns zu verabschieden. Zu Hunderten warten die Menschen auf ihn; etliche waren fast hundert Meilen weit gereist, um ihn zu sehen. Wir waren für ein paar Tage in den Ort gekommen, wagten es aber nicht, länger zu bleiben – aber die Menge hatte noch lange nicht genug von ihm.

„Fahrt los. Ich komme später nach“, sagte er und löste selbst das Tau, das das Boot am Pier hielt.

„Bitte, Rabbi. Komm mit uns, weg von hier“, sagte ich. Es war bereits Abend und ich war nicht allzu erpicht darauf, ohne ihn auf den See hinauszufahren, nach allem, was bei unserer letzten Überfahrt passiert war. Aber er lächelte nur und stieß das Boot ab. Früher am Tag hatte ich ihm angeboten und ihn dann direkt gebeten, bei ihm bleiben zu dürfen. Aber er hatte mich mit den anderen weggeschickt.

Noch nicht einmal mir selbst hatte ich eingestanden, wie sehr mich das gekränkt hatte.

Ich beobachtete ihn. Er sah uns nach und wandte sich dann um. Sein Gang war gebeugt, als er in Richtung des Hügellandes davonging; schließlich verblasste die Gestalt in der Dämmerung zur Unkenntlichkeit, sodass ich mich fragte, ob er sich einfach aufgelöst hatte. Einen Moment lang zweifelte ich sogar, ob ich ihn je wiedersehen würde oder ob er sich mit diesem seltsamen, ruhigen Entschwinden für immer aus meinem Leben verabschiedet hatte.

Der Gedanke brachte mich aus der Fassung und mein Puls raste.

Ich schloss die Augen und befahl meinem Herzen, sich zu beruhigen. Schon seit meinem Gespräch mit Simon hatte eine wachsende Anspannung an mir genagt. Und auch Angst. Angst um meine Mutter und meinen Bruder, bis ich ihnen schließlich mit der römischen Post eine Nachricht geschickt hatte, dass ich sie vermisste und gern wüsste, ob sie wohlauf waren. Mehr wagte ich nicht zu schreiben.

Während der Überfahrt vertrieben wir uns die Zeit damit, Wetten abzuschließen, wann wir nach Judäa marschieren und wann Jesus in den Tempel einziehen und endlich seinen Thron beanspruchen würde.

„Zum Laubhüttenfest", sagte Petrus.

„Im Frühling", setzte Andreas dagegen.

„Nein, früher." Das war Thomas.

„Ja. Früher wäre besser."

Matthäus und ein paar von den anderen schwiegen.

„Und wenn wir es gar nicht mehr erleben?", sagte Matthäus schließlich.

„Aber natürlich erleben wir es", protestierte Jakobus. „Er hat uns allen einen Platz in seinem Reich versprochen. Die einzige Frage ist: Wer bekommt den höchsten Platz?"

„Der, der am längsten bei ihm ist", meinte Andreas.

Der, der ihn am meisten liebt, dachte ich im Stillen.

Schwer und unheimlich legte sich jetzt der Abend über den See. Auf dem Wasser barg die Dunkelheit für mich immer eine gewisse Furcht, und ich behielt Jakobus und Petrus scharf im Blick. Aber nicht ein einziges Mal sah ich sie zum Himmel schielen. Der Wind frischte auf, aber nur so viel, dass wir das Tempo drosseln mussten – Petrus fluchte leise und Andreas reffte das Segel, weil der Wind es darauf anzulegen schien, uns direkt nach Heptapegon zurückzublasen.

Die Nacht verging ohne Sturm, aber auch ohne den Wind, der uns nach Bethsaida bringen konnte. Wir schliefen abwechselnd, wenn wir nicht gerade mit Rudern dran waren.

Ein rasches Gebet und das scharfe Zischen hastig eingezogenen Atems weckte mich kurz vor Tagesanbruch. Ich hatte nicht tief geschlafen und war sofort hellwach.

Aber da war kein Sturm, kein böiger Wind und auch kein Regen. Es schien, als hätten wir uns nicht von der Stelle bewegt, seit Andreas das Segel eingeholt hatte.

„Da“, flüsterte Nathanael.

Worauf zeigte er da? Nur ein dünner Wolkenschleier hing am Himmel; der Vollmond beleuchtete die Wasseroberfläche, auf der leichte Wellen sich kräuselten.

„Ich sehe es auch!“, murmelte Matthäus und ließ sich etwas tiefer in den Schiffsrumpf sinken. Die anderen starrten mit glühenden Blicken ins Dunkel wie Wölfe – allerdings kaum so unerschrocken. Es waren die Fischer, die anfingen zu beten. Furcht stand ihnen ins Gesicht geschrieben.

Ich hatte sie manchmal von seltsamen Erscheinungen tuscheln hören, die es auf dem See gäbe. Aber ich hielt dieses Gerede für ein Produkt eines ungebildeten Verstands und galiläischen Aberglaubens und wollte schon wieder die Augen schließen.

Aber da sah ich es auch.

Wie eine Säule stieg da etwas im Mondlicht aus dem Wasser und wurde mit jedem Augenblick größer, als wachse es direkt aus dem See heraus.

„Ein Gespenst!“ Das kam von Jakobus.

Ich hatte in den wenigen Monaten im ländlichen Galiläa mehr von Gespenstern reden hören als jemals seit meiner Kinderzeit. Da hatte man uns von den Geistern erzählt, die die Hexe von Endor heraufbeschworen hatte. Aber ich hatte das alles nie ganz verstanden und deshalb auch nicht wirklich an derartige Erscheinungen geglaubt.

Bis jetzt.

Neben mir schrie Jakobus auf und seine Stimme hätte ebenso gut einer Frau gehören können. Ich hätte ihn gern ausgelacht, aber da war diese Erscheinung, die über das Wasser ging, ja geradezu eilte. Vom Boot aus konnte ich die Tunika sehen, die sich um die Beine des Wesens schlang, den Umhang, der so über den Kopf gezogen war, wie es der Meister oft zu tun pflegte …

„Habt keine Angst!“, rief die Gestalt jetzt.

Seine Stimme.

Mein Herz machte einen Satz. Aber bevor ich noch etwas sagen konnte, war Petrus schon aufgesprungen.

Wer anders als Petrus würde mitten auf dem See ein vollkommen intaktes Boot verlassen und seitlings hinausklettern, sodass wir anderen uns alle für unsere Angst verwünschten? Wer außer Petrus, den aber im nächsten Moment der Mut verließ und der zu sinken begann, sodass wir froh waren, dass wir nichts gesagt hatten?

Und wer von uns hätte ihn nicht am Schluss um die rettende Umarmung beneidet?

Bis sie beide zusammen zurück im Boot waren, hatte der Wind aufgefrischt, sodass wir die Ruder einziehen und Segel setzen konnten. Und erst da, im ersten Schimmer der Morgendämmerung, sah ich die Tränen auf Petrus’ Wangen, bevor er den Kopf in den Umhang hüllte und weinte.

Als wir am Morgen in Bethsaida ankamen, erwartete die Menge am Ufer ihn schon heißhungrig.

„Wir sind bereit, alles zu tun, was der Herr verlangt", sagte einer, der sich zum Sprecher für viele gemacht hatte, in der Synagoge, in die wir gegangen waren. Diese Dinge draußen im Freien auszusprechen, war zu gefährlich.

Jeder Einzelne, der so wie dieser Mann zu Jesus kam, ließ mein Herz höher schlagen: Er kam wie ein Kriegsherr, der seine Leute und seine Gefolgschaft anbot.

„Aber tu zuerst ein Zeichen, damit wir wissen, ob wahr ist, was man von dir hört. Wenn wir es mit eigenen Augen sehen, werden wir dir folgen."

Ich stöhnte innerlich auf. Das letzte Mal, als jemand ein Zeichen verlangt hatte, waren wir beinahe auf dem See ertrunken.

„Wir haben von dem Brot gehört!", rief jemand. „Zeig uns, dass du Brot vermehren kannst!"

Das Gesicht des Meisters erstarrte in offensichtlicher Enttäuschung.

„Ja! Zeig uns das!"

„Euch soll es nicht um das Brot gehen, das verdirbt!", rief Jesus plötzlich. „Sondern um das Brot, das ich euch gebe! *Ich* bin das Brot des Lebens. Wer zu mir kommt, wird nie mehr Hunger leiden!"

Schweigen in der Synagoge. War jetzt der Moment gekommen? Ich wagte kaum zu atmen. Die, die auf den Bänken saßen, lehnten sich vor. Warteten. Aber als er nichts weiter tat, begannen sie, sich irritiert umzusehen.

„Und wo ist das Brot?", fragte jemand.

Heute war nicht der Tag. Denn in diesem Moment verzog der Meister das Gesicht und wandte sich ab. Er sah aus, als wolle er unerklärlicherweise gleich in Tränen ausbrechen.

Nein. Nein.

Er war viel zu erschöpft. Wann hatte er eigentlich zum letzten Mal geschlafen? Oder gegessen?

Sie durften ihn so nicht sehen. Wir brauchten diese Männer. Diese Massen. Aber das hier war nicht der charismatische Anführer und Revolutionär, den sie hatten sehen wollen.

„Meister, komm, weg von hier", flüsterte ich und streckte den Arm nach ihm aus.

Er stieß meinen Arm weg.

„Das Brot ist mein Fleisch!", sagte er und kam jetzt zurück. „Jeder, der es isst, wird für immer leben. Ich sage euch die Wahrheit: Wenn ihr mein Fleisch nicht esst und mein Blut nicht trinkt, habt ihr das Leben nicht in euch."

Mir wurde kalt und sofort wieder heiß, die Hitze stieg mir in die Wangen und umkreiste meinen Kopf. Simon neben mir war kreidebleich geworden.

Nein. Nein. Nein!

Er tobte. Er war verrückt. Das war die einzige Erklärung. Er könnte sonst unmöglich etwas derart Skandalöses gesagt haben.

In den Gesichtern derjenigen, die am nächsten bei ihm waren, stand der Schock. In den Steinbänken herrschte blanke Empörung. Männer waren aufgesprungen. Selbst die ungebildeten Bauern rissen entsetzt die Augen auf. Mir gegenüber verbarg Petrus das Gesicht in den Händen.

„Halt!", schrie ich und versuchte wieder, den Meister zu erreichen, aber er ignorierte mich und fing wieder an, in die Menge zu rufen: „Wer mein Fleisch isst und mein Blut trinkt, der hat ewiges Leben! Und ich werde ihn am letzten Tag auferwecken!"

Ich schloss die Augen. Als ich sie wieder öffnete, strebten die Männer bereits dem Ausgang zu.

Man sagte so etwas nicht: das Fleisch eines Menschen essen. Man redete nicht davon, Blut zu trinken.

Das Blut der Geburt und das Blut der Beschneidung banden einen Mann an den Ewigen. Aber Blut gehörte allein ihm, dem

Höchsten. Aus diesem Grund mieden Frauen ja auch die Gemeinschaft, wenn sie bluteten. Aus diesem Grund floss das Blut aus dem Tempel heraus in die Erde. Man durfte nicht leichtfertig oder ohne Anlass Blut vergießen, sonst schrie es zum Höchsten, so eng war die Verbindung zum Göttlichen, die im Blut lag. Und das waren nicht unsere eigenen Gesetze. Der Ewige selbst hatte es so bestimmt.

Jesus würde nicht nur unsere Vision zerstören – die Vision eines Heeres, die Vision eines Israel, das sich gegen die Römer erhob –, er würde uns zerstören. Mit solchen Worten würde er uns umbringen.

Simon rief hastig: „So hat schon der Prophet Jesaja gesagt: Kommt alle her, die ihr durstig seid und kein Geld habt – kommt, kauft umsonst und esst!“ Aber es war zu spät; der Tumult ließ sich nicht mehr bändigen. Ich wandte mich ab.

Ich sah ihnen nach, wie sie die Synagoge verließen, und mein Frieden und meine hochfliegenden Hoffnungen mit sich nahmen.

„Daran nehmt ihr Anstoß?“, sagte Jesus jetzt und seine Stimme wurde wieder laut. Er folgte einer Gruppe, die auf den Ausgang zueilte. „Was werdet ihr denn sagen, wenn ihr seht, wie der Menschensohn auffährt an den Ort, an dem er zuvor war? Die Worte, die ich rede, sind voller Leben und erfüllt vom Geist!“

Er stand da und sah zu, wie sie fortgingen, und er tat nichts, um sie zurückzuhalten. Und wir standen daneben, machtlos, sie aufzuhalten, und sahen sie davongehen.

„Und ihr? Ihr wollt doch nicht auch gehen, oder?“ fragte er uns, als wir so dastanden. Er hatte den Kopf gesenkt, als hätte er sich übergeben oder sich auf den Fußboden entleert. Die Synagoge war jetzt fast leer.

„Wohin sollten wir gehen?“, fragte Petrus, der total verwirrt aussah.

Allerdings, wohin?

Jesus ließ den Kopf noch mehr sinken. Einen Moment glaubte

ich, er würde in Tränen ausbrechen. Vor unser aller Augen stand er dort wie jemand, der vollkommen allein in der Welt ist. Aber es gab nichts, womit ich ihn hätte trösten können.

„Ich habe mich nicht kaufen lassen durch Brot, durch Macht. Ich habe mich nicht durch Reichtümer von meinem Weg abbringen lassen. Kann ich da zulassen, dass sie es tun?"

Mit wem redete er überhaupt? Mit uns?

Er schlug die Hände vors Gesicht, und seine hängenden Schultern, die Falten auf seiner Stirn, über die er mit den Fingern strich, zeigten nur zu deutlich, wie diese Tage und Wochen und langen Nächte an ihm zehrten. Im nächsten Moment gaben seine Knie nach. Jakobus trat rasch vor und fing ihn auf. Er schloss ihn in seine Arme – den Mann, der harte Handarbeit gewohnt war, den aber in diesen letzten Tagen seine Kräfte zu verlassen schienen.

„Meister!" Jakobus richtete ihn auf. Ich stützte seinen Kopf, der in Jakobus' Armen herabhing.

„Euch zwölf habe ich ausgewählt", sagte er so leise, dass ich ihn in der jetzt leeren Synagoge kaum verstehen konnte. Und dann sagte er noch etwas, das ich nur erahnte.

„Was sagst du, Rabbi?", fragte ich müde.

„Einer von euch …"

„Ja?"

„Ist ein Teufel."

„Warum sagst du so etwas?", verlangte ich zu wissen.

Er antwortete: „Weil es die Wahrheit ist."

„Er ist nicht mehr er selbst", sagte Petrus am selben Abend. „Seit Johannes' Tod ist er nicht mehr ganz richtig im Kopf."

Simon saß mir gegenüber auf der anderen Seite unseres kleinen Feuers; im Dunkeln wirkte sein Gesicht blass und versteinert.

Ich musste ihn nicht erst fragen, um zu wissen, was er dachte: Er fragte sich, was er getan hatte, als er alles zurückließ und sich diesem Mann anschloss. Ich kannte seine Gedanken, denn es waren die gleichen, die mich auch beschäftigten.

In der Nacht träumte ich, dass ich von Galiläa nach Jerusalem zurückging. Aber als ich mich der Stadt näherte, gab es da keine strahlende Tempelfassade, kein Gold, keinen Marmor. Alles war niedergebrannt. Als ich noch näher kam, bemerkte ich etwas, das ich für Zaunpfähle an der Straße hielt. Und wieder ein wenig näher daran erkannte ich, dass es keine Zaunpfosten waren, sondern Kreuze, deren Querbalken gerade so breit waren wie die ausgestreckten Arme eines Menschen.

Männer und Frauen hingen an den Kreuzen. Hunderte. Und die Stadt selbst, die ich durch dieses grausige Spalier hindurch betrat, war menschenleer.

„Mutter!", rief ich. „Nathan!" Ich rief die Namen meiner Schwägerin, meiner Nichte und meines Neffen. Aber in der Stadt gab es keinen Menschen mehr. Alles, was ich fand, als ich schließlich in mein Haus gelangte, war die verschlüsselte Botschaft auf der Wand: *Das ist dein Werk.*

Viele schlichen sich im Dunkel der Nacht davon und noch mehr in aller Offenheit am Morgen. Ich stand vor dem Haus, in dem wir wohnten – es gehörte einem Verwandten von Zebedäus – und sah zu, wie sie abzogen – nach Nordwesten, nach Sidon, oder westwärts, ins Hügelland von Galiläa. Ich erkannte einige Gesichter, die uns schon seit Monaten gefolgt waren, und fragte mich, ob sie in die Berge zogen, um sich dort den Banden der Straßenräuber oder Rebellen anzuschließen. Vielleicht würden auch die wahren Söhne von Judas bar Hesekija höchstpersönlich sie willkommen heißen.

Während der Nacht hatte ich unzählige Male selbst den Gedanken gehabt, fortzugehen. Simon zu fragen, ob er mit mir nach Jerusalem zurückkehren würde. Was konnte ich hier noch ausrichten? Meine Berichte an die Söhne würde ich nicht für immer manipulieren können. Sie hatten ihre eigenen Spione auf uns angesetzt, das wusste ich ja jetzt. Sie konnten also leicht alles, was ich ihnen mitteilte, überprüfen, und würden merken, dass ich versuchte, sie zu beeinflussen. Und zu verschweigen, dass der Meister langsam, aber sicher unter dem Druck zusammenbrach.

Oder unter seinem Wahnsinn.

Aber als ich mein dürftiges Bündel hätte packen und mir auf den Rücken werfen können, tat ich es nicht. Ich tat es nicht – und zwar nicht, weil ich mehr Mut aufgebracht hätte als die anderen oder es noch so vieles gegeben hätte, wohin ich zurückkehren konnte ... oder auch nur, weil ich hätte wissen wollen, was er als Nächstes tun würde und ob hinter diesem ganzen Wahnsinn vielleicht doch eine Strategie steckte, irgendetwas Geniales, das ich nicht erkannt oder vorhergesehen hatte.

Ich ging nicht fort, weil ich mich noch niemals so erschreckend lebendig gefühlt hatte wie bei ihm. Und weil ich ihm glaubte.

Ich würde also warten. Wenn es sein musste, würde ich ihn eigenhändig aufpäppeln und umsorgen, bis er wieder bei Kräften war.

Letztendlich gab es nur einen Grund, warum ich nicht fortging: weil ich ihn liebte.

25

Als wir schließlich Cäsarea Philippi erreichten, kamen wir nicht als Eroberer, sondern als Flüchtlinge. Die Menschenmengen hatten sich verlaufen und der Traum vom kommenden Passahfest verblasste mit jeder Meile, die wir zurücklegten, mehr.

Jerusalem schien mir Welten entfernt.

Wir näherten uns dem Bergmassiv des Hermon und ich fragte mich, warum er uns ausgerechnet hierher führte, an eine Stelle, wo einer der Quellflüsse des Jordans aus der Felswand tritt. Es war ein heidnischer Ort, an dem die Anwohner den griechischen Gott Pan verehrten und unser käuflicher König einen Tempel für Augustus gebaut hatte.

Beim Aufstieg konnte ich die Pan-Grotte erkennen und auch die in den Fels gehauenen Nischen für die heidnischen Opfergaben. Kein aufrechter Israelit sollte je seinen Fuß hierher setzen. War es mit dem Meister jetzt so weit gekommen, dass er nicht nur gotteslästerlich redete, sondern nun auch noch solche Orte aufsuchte, an denen der Kult fremder Götter blühte?

Ich hätte schreien können. Oder in ein irres Lachen ausbrechen. Warum eigentlich nicht? Warum nicht gleich vom heidnischen Opferfleisch essen?

Aber je näher wir kamen, umso frischer wurde die Luft. Es roch nach Wasser. Nicht nach Regen, ein Geruch, der immer willkommenen Segen für das Land bedeutet. Nein, es roch nach lebendigem Wasser.

Nach Lauterkeit. Nach Reinheit.

Es hätte nach Tod und Verderben riechen sollen.

Über uns auf dem Hermon leuchteten rein und unberührt die Schneefelder, aus denen sich die zahlreichen Wasserquellen speisten. Wie konnte dieser Ort – verseucht durch die heidnische Kultstätte und den Tempel des Verräters Herodes, der jedem römischen Kaiser einen Tempel baute, der ihm zu Macht und Ruhm verhalf – an frisches, lebendiges Wasser erinnern?

Wie konnte dieses Wasser so klar und rein aus jener Grotte strömen, von der die Heiden glaubten, sie sei das Tor zur Unterwelt? Sogar eine Stadt hatten sie an der Pforte des Hades erbaut. Man erzählte sich, sie würden dort widerwärtige, ausschweifende Rituale mit Frauen und Ziegenböcken abhalten, um die Götter aus der Höhle herauszulocken.

Ein leichter Wind kam auf und zerzauste mein Haar. Die Brise trug den Duft von Zypressen und Mandelbäumen mit sich, den Geruch der Obstgären der heimischen Siedler, den Duft von bemoostem Fels und dem Wasser der Schneeschmelze.

„Was sagen die Leute – wer bin ich?“, fragte Jesus, als wir direkt vor der Felswand standen. Wir hatten Brot und Oliven bei uns, aber niemand wagte ans Essen zu denken. Und vor uns lag das Wasser – eine der Quellen, aus denen der Jordan sich speiste.

Petrus und ich blickten uns an.

„Johannes“, sagte Matthäus. „Viele glauben, du seist Johannes. Selbst Herodes denkt das – jedenfalls sagt das sein Verwalter Chuza.“

Ein trauriges Lächeln lag auf den Lippen des Meisters.

„Elia, glauben viele“, sagte Thomas. „Oder Jeremia.“

„Ja, sie halten dich für einen Propheten“, stimmte Petrus ein.

„Und ihr?“, fragte Jesus und sah uns der Reihe nach an. „Was sagt ihr – wer bin ich?“

In diesem Moment spürte ich ganz deutlich: Was ich jetzt sagte, das würde er für immer für mich sein. Sagte ich: Mein Freund – dann würde er für alle Zeiten mein Freund sein. Sagte ich: Der Sohn eines Zimmermanns … dann würde er genau das sein. Ich weiß nicht, woher dieser Gedanke kam. Ich weiß nur noch, dass sein Gesicht mir vorkam wie eine leere Wachstafel, ganz frei von der Qual oder dem Wahnsinn, die es in letzter Zeit zeichneten, bereit, ganz neu beschrieben zu werden.

Mein Freund.

Das flüsterte mein Herz.

Messias.

Danach schrie mein ganzes Leben, mein Schmerz, meine Vergangenheit.

Wir alle versanken in Schweigen und ich wusste, dass jeder von uns im Stillen genau das in Worte fasste, was er sich in seinem Herzen am sehnlichsten wünschte.

Neuerdings wussten wir nicht mehr so recht, wie wir mit Jesus reden sollten. Wir passten auf, was wir sagten, wählten unsere Worte mit Bedacht. Wir hatten unsere Unbefangenheit verloren.

Ein Jahr zuvor waren wir Kinder gewesen, vertrauensselig und arglos. Jetzt hüteten wir unsere Zunge, legten jedes Wort auf die Goldwaage, wussten schon vorher, wann unsere Worte vergeblich waren oder ungehört bleiben würden. Er war in letzter Zeit so widersprüchlich geworden, so unberechenbar, dass die meiste Zeit keiner von uns wusste, was man überhaupt noch sagen sollte.

Das Schweigen dauerte an, nur das Gurgeln des Wassers war zu hören. Der Augenblick dehnte sich wie ein Spinnenfaden, zum Zerreißen gespannt vor Erwartung. Ich konnte die Blicke der anderen, die zwischen uns hin und her schossen, fast hören.

Und dann wurde mir bewusst: Ich hatte Angst. Mein Herz trommelte wie ein Schlagstock in meinen Ohren. Ich hatte Angst – Angst, er könne, wie immer ich auch seine Frage beantwortete, die Antwort nicht gelten lassen.

Könnte sagen, dass er nicht der Messias war.

Dass er mich nicht liebte.

Schlimmer noch: Ich hatte vor allem Angst, ich würde ihm glauben.

Angst und Hoffnung. Schon so lange trugen wir beides als Doppelabzeichen auf unserem Herzen.

Das angespannte Schweigen dauerte an, bis es unerträglich wurde. Ich schielte zu Simon hinüber, der vor sich auf den Boden starrte und dabei die Augen bewegte, als lese er dort etwas ab. Dann sah ich Petrus an, den impulsiven Petrus, der ohne nachzudenken aus dem Boot gesprungen war.

Sag es. Es war nur ein Gedanke. *Rede. Sprich es aus, dann wird es Wirklichkeit.*

Sprich es aus, denn anders halte ich es nicht mehr aus. Soll es doch endlich ausgespuckt sein, vielleicht nur, um wie eine Tonscherbe zertreten zu werden. Aber dann brauchen wir uns nicht länger etwas vorzumachen. Als würde es, wenn es einmal ausgesprochen war, gültig – und zwar auf Erden und im Himmel.

Sprich es aus.

„Du bist der Messias."

Mein Puls hämmerte mir an die Schläfen.

„Der Sohn des lebendigen Gottes."

Nun war es heraus.

Aber die Worte hatte nicht ich gesprochen.

Keiner von uns rührte sich. Nur Petrus schien ein wenig größer zu werden. Er glühte geradezu vor Hoffnung wie von einem Fieber. Er strahlte.

Jesus senkte den Kopf. Fast blieb mir das Herz stehen.

„Glückselig bist du, Simon bar Jonah. Aber ich nenne dich Petrus. Und auf diesen Felsen will ich meine Kirche bauen", sagte er dann und sah uns an.

Der Augustustempel hinter mir schien in der Versenkung zu verschwinden. Die Felsnischen und Götzengaben existierten nicht mehr. Es gab nur noch eins: die schlichte Verkündung von Petrus und diesen Boden, auf dem wir standen – heiliger Boden.

„Und die Pforten der Unterwelt werden sie nicht überwältigen", ergänzte Jesus zum Gurgeln des Wassers, das hinter ihm aus der Unterwelt hervorsprudelte.

Endlich, dachte ich und sank auf die Knie.

Endlich.

Als wir den Ort verließen, schwankten meine Gefühle zwischen Hoffnung und Euphorie. Voller Hoffnung war ich, denn bisher hatte Jesus sich noch nie selbst Messias genannt oder zugestimmt, wenn man ihm den Titel antrug. Ich verstand, dass es in Galiläa von jetzt an Auseinandersetzungen um uns geben würde, wenn wir unsere Arbeit taten – wir würden mitten im Konflikt stehen. Die Wahrzeichen der Heiden und der Macht des Herodes, die uns in diesem Moment hier umgeben hatten, standen wie Symbole dafür.

Und ich war euphorisch, denn als wir zurückgingen, sagte Jesus tatsächlich, wir würden nach Jerusalem ziehen. Es war das, worauf wir alle schon so lange hofften.

Aber was er dann auf dem Weg zurück nach Cäsarea Philippi sagte, verwirrte mich zuerst und ließ mich schließlich bitter enttäuscht zurück.

Er werde viel zu erleiden haben, von den Priestern und den Thoralehrern, bemerkte er.

Das war ja auch jetzt schon der Fall. Und wenn ich ehrlich war, musste ich sagen: Er hatte es meistens selbst herausgefordert.

Warum musste er jetzt darauf herumreiten?

Ein paar Tage später griff er das Thema wieder auf und diesmal stockte mir beinahe das Blut in den Adern.

„Man wird mich töten, aber am dritten Tag werde ich wieder zum Leben erweckt werden."

Ich überlegte noch, was ich ihm in einer stillen Minute dazu sagen wollte; aber Petrus konnte sich nicht mehr zurückhalten.

„Niemals! Das werden wir nicht zulassen!"

Jesus blieb abrupt stehen und schrie ihn an: „Hinter mich, Satan!"

Petrus erstarrte.

„Ja, du! Du bist mir ein Stolperstein! Hinter mich, auf der Stelle!"

Wir waren wie vor den Kopf geschlagen. Jeder von uns hätte dasselbe gesagt; Petrus hatte nur ausgesprochen, was wir alle zutiefst empfanden. Wofür sonst hatten wir denn all diese Monate und manche sogar Jahre geopfert?

Oder sogar, wie noch jemand unter uns, das ganze Leben?

In dieser Nacht verließ uns Jesus wie üblich. Diesmal wagte niemand, ihm zu folgen.

Eine Stunde später kam Petrus zu mir.

„Ich verlasse euch."

Ich sprang auf.

„Nein. Das kannst du nicht machen."

„Kann ich nicht?" Er warf die Arme in die Luft. „Was kann ich denn sonst tun? Ich versuche doch nur, es richtig zu machen – und ich mache alles falsch. Er scheint die Welt auf den Kopf zu stellen. Ich sage: ‚Du musst am Leben bleiben' – und er nennt mich einen Verkläger, einen Satan."

Wie gründlich irritiert er war, war in seinen Augen zu lesen. „Wie macht man es denn einem solchen Meister recht?"

Es ergab keinen Sinn. Er ergab keinen Sinn.

„Ich folge einem Lehrer, dem ich es nicht recht machen kann, und bringe dadurch noch meine Familie in Gefahr. In Kapernaum weiß ich wenigstens, was ich da tue. Im Fischen kenne ich mich aus. Da gerate ich nie aus dem Tritt. Da muss ich nicht jeden Tag neu herumrätseln, was gerade gilt!" Er stützte den Kopf in eine Hand. „Judas, du stehst ihm näher als wir anderen. Und du verstehst besser, was in einem Lehrer vorgeht. Erklär's mir!"

Einen Moment, nur einen entlarvenden Moment lang, dachte ich: *Ja. Geh.* Je weniger wir waren, umso mehr Einfluss könnte ich auf den Meister ausüben. Vielleicht könnte ich ihm sogar das Leben retten. Denn darauf würde es hinauslaufen, und zwar sehr bald. Der Meister hatte recht: Wenn er so weitermachte, würde er sterben. Herodes wollte ihn jetzt schon tot sehen. Die Pharisäer ebenfalls. Und die Sadduzäer auch. Nur die Armen und

Kranken standen auf unserer Seite. Und was würde passieren, wenn er ihnen zum ersten Mal Brot und Wunderzeichen verweigerte? Sogar die Römer mussten sich überall, wo sie hinkamen, die Gunst des Volkes erkaufen: mit Brot und Circusspielen, mit niedrigeren Steuern oder dem Bau von Straßen oder sonstigen Privilegien. Ich hatte mir das kommende Königreich anders vorgestellt – aber vielleicht galt auch dafür, was für jedes irdische Reich gilt: entweder herrscht Gott oder der Mensch.

Aber Petrus liebte den Meister und der erwiderte diese Liebe. Das wusste ich. Es würde ihn vernichten, wenn Petrus uns verließe. Und so sagte ich schließlich, mehr im Interesse des Meisters und unserer Bewegung, als dass mir an Petrus etwas gelegen hätte: „Nein. Du darfst nicht gehen." Und ich bat ihn zu bleiben.

Wenn Jesus so weitermachte, würde ich mit ihm reden müssen. Zum richtigen Zeitpunkt. Ich würde deutliche Worte finden. Ihn zurechtstauchen, wenn es sein musste. Die Trauer fraß ihn auf und machte ihn unvernünftig. Und unvernünftig zu sein, konnten wir uns nicht leisten. Denn jetzt stand unser Leben auf dem Spiel.

Der Frühling wich dem Sommer. In den Bergen zeigten sich die Schakale. Irgendwie klang ihr Geheul näher als je zuvor.

Ich vergaß die Klänge von Jerusalem oder Kapernaum. Ich bemerkte nur noch den Rhythmus des Kommens und Gehens und die Gebete des Meisters. Er predigte allen, die kamen, um ihn zu hören, und überall, wo wir tagsüber durchzogen. Aber abends ließ er uns allein und suchte seinen Trost nicht bei uns, sondern beim Höchsten selbst.

Ich hatte ein paar Bögen Pergament bei mir. Jetzt begann ich zu schreiben – einen gehetzten Bericht über alles, was sich zugetragen hatte. Ich hielt alle Worte von Jesus fest, an die ich mich erinnerte. Damit sie einer möglichen Nachwelt erhalten blieben. Und um mich von dem neuen, nagenden Gefühl abzulenken, das mir im Magen lag. Jedes Mal, wenn ich glaubte, er habe seinen krankhaften Todeswahn hinter sich gelassen und wir könnten endlich über die Zukunft reden, sprach er wieder davon, dass er sterben würde. In jüngster Zeit sagte er uns sogar immer wieder, dass jeder von uns, wenn er ihm folgen wolle, sein eigenes Kreuz tragen müsse.

Das hatte er vor den Menschenmassen nicht gesagt – es gab inzwischen auch keine Massen mehr, die ihm folgten, nur noch uns. Merkte er nicht, dass er solche Sachen nicht einmal denken durfte?

Jeden Abend legte ich mich schweißgebadet schlafen und jede Nacht träumte ich von meinem Vater.

An einem Tag im Spätsommer brach Jesus zum Hermon auf, um dort zu beten. Er war jetzt fast ständig im Gebet. Diesmal nahm er Petrus und die Brüder Jakobus und Johannes mit. Mir fehlten die Gemeinschaft mit dem Meister und die Nächte, in denen wir bis zum Anbruch des Tages gemeinsam gebetet hatten. Aber ich entschied mich, Petrus, den Jesus so verletzt hatte, diese Zeit mit ihm nicht zu missgönnen.

Ich versuchte also, es zu genießen, dass ich Zeit für mich selbst hatte. Ich schlief tagsüber, wenn ich keine Träume befürchten musste, und nachts am Feuer schrieb ich meinen Bericht weiter. Es freute mich, dass Jesus in seinem einsamen Gebet nicht allein war, auch wenn er mehr und mehr den Eindruck machte, dass er die Gesellschaft der drei, die er mitgenommen hatte, uns anderen vorzog.

Als sie zurückkamen, erzählten sie seltsame Geschichten: Moses und Elia seien erschienen und hätten mit dem Meister geredet. Zuerst glaubte ich nichts davon, aber schließlich interessierte es mich doch, was das wohl bedeuten könnte, und ich ließ mir die Geschichte immer wieder erzählen. Und dann faszinierte sie mich und ich wollte unbedingt den Meister danach fragen – bis Petrus mir etwas verlegen sagte, sie sollten niemandem erzählen, was sich dort ereignet hatte – nicht einmal den anderen in unserer Gruppe.

Nicht einmal mir.

Ich, der ständig das Verhalten des Meisters entschuldigte, der erklärte, was er meinte, der alles tat, um seine Ecken und Kanten abzumildern und seine zu weichen Seiten abzuhärten ... ich sollte es nicht wissen.

Ich fühlte mich wie ein Kind oder wie ein schmollendes Fischweib, und ich hasste mich für meine Schwäche. Irgendetwas hatte die Nähe zwischen uns zerstört und jetzt schien der Meister mich zu meiden, und wenn ich wissen wollte, was er sagte, musste ich die anderen fragen.

Nach den Tagen auf dem Berg waren die drei, die mit gewesen waren, verändert. Sie schwiegen meist. Sie schwiegen zu viel.

„Was ist es?“, fragte ich Petrus schließlich. „Was treibt dir die Angst ins Gesicht?“

Inzwischen war der Herbst gekommen und mit ihm der erste Regen. Ich freute mich darauf, die Hügel und Berge wieder grün zu sehen, und hoffte, irgendwie würde der Regen uns ebenso beleben wie die Landschaft um uns herum.

Petrus' Blick war leer, als er mich ansah. „Er spricht jetzt immer wieder davon, dass er sterben wird ... sterben und dann aus dem Tod auferweckt wird. Warum sagt er das, Judas? Was soll es bedeuten?“

Ich schüttelte nur den Kopf.

Monatelang waren wir im Exil, bis Zebedäus eines Tages eine Nachricht schickte, dass die Aufregung um den Meister abgeklungen war. Die Massen hatten es größtenteils aufgegeben, auf ihn zu warten, und waren ihrer Wege gezogen.

Im Herbst kehrten wir endlich nach Kapernaum zurück.

Wir kamen als Leute, die sich in aller Öffentlichkeit versteckten. Ich bemerkte, wie man uns ansah – die einfachen Leute ebenso wie die Pharisäer. Wie manche uns aus dem Weg gingen, als fürchteten sie um ihren guten Ruf, wenn sie im Gespräch mit uns gesehen wurden.

Zum ersten Mal vermisste ich unser einträchtiges Wanderleben. Mochte es auch die Pharisäer verärgert haben – wenigstens waren wir damals nicht herumgeschlichen wie Leute, die Angst hatten, bei irgendetwas Ungesetzlichem ertappt zu werden. Sogar das Gedränge der Massen fehlte mir jetzt.

Wer folgte uns denn jetzt noch ernsthaft, abgesehen von ein paar streunenden Hunden? Die verfolgten uns tatsächlich bis vor die Haustür, und wenn ich morgens hinausging, um mich an der Abfallgrube zu erleichtern, gab es am Straßenrand immer irgendeinen mageren räudigen Köter, der hinunterschlang, was immer er im Staub gefunden hatte. Und ich war mir nicht sicher, wer mehr heruntergekommen war – die Hunde oder wir.

Aber so sehr ich unser früheres Leben vermisste, so sehr genoss ich diese Zeit mit dem Meister. Wenn er nicht gerade wieder davon redete, dass er sterben würde – von diesem Gedanken war er geradezu besessen –, verbrachte er seine Zeit wieder nur mit uns. Früher, als ihm noch die Massen nachliefen, war das so nicht möglich gewesen. Und jetzt erzählte er uns Geschichten – von verlorenen Söhnen, von Vergebung und Schuld, von verlorenen Schafen und verlorenen Münzen.

Betet so. Vergib uns, wie auch wir anderen vergeben.

Siebzigmal siebenmal.

Was er uns jetzt sagte, war mir nicht neu – es waren dieselben Dinge, die die Alten auch lehrten, über die man in den Tempelschulen und Synagogen diskutierte. Was neu war, waren seine Geschichten.

Abends saßen wir im Schein einer Lampe zusammen wie Männer, die sich vor einem Sturm in eine Höhle verkrochen haben und wissen, dass sie vielleicht verhungern, und sich Geschichten erzählen.

Wir taten so, als gäbe es keine Soldaten, die nur darauf warteten, ihn zu verhaften. Als gäbe es auch jetzt noch keine Leute, die nur zu gern bezeugen würden, dass er ein Gotteslästerer war. Als sei der Meister nicht gefangen in seinem Gram und seiner Todesverliebtheit. Als würde er uns alle nicht mit ins Grab reißen.

In jenen Tagen und Wochen gelang es mir tatsächlich zu glauben, dass wir allein gegen einen unsichtbaren Ankläger kämpften und dass wir zwölf die Armee bildeten, die schließlich genügen würde.

Bis ich mitten in der Nacht schweißgebadet aufwachte, weil ich wieder geträumt hatte – von der niedergebrannten Stadt und der verschlüsselten Botschaft an der Wand.

Und dieses letzte Mal hatte nur ein Wort dort gestanden: *Unrein.*

26

Ich stand auf der Straße nach Jerusalem und sah hinauf zur Heiligen Stadt. Das Herz schlug mir bis zum Hals. Aber nicht vor Freude.

Es war Laubhüttenfest, Erntezeit. Und ich konnte dem Traum, der mich nun schon viele Nächte lang verfolgte, nicht entkommen. Den Kreuzen. Den brennenden Häusern.

Dem zerstörten Tempel.

Ich sagte Jesus nichts davon; ich wollte ihn in keiner Hinsicht mit meinen makabren Träumen belasten – er dachte in diesen Tagen ja ohnehin schon nur noch an den Tod.

Wir hatten Thomas, Judas, Philippus, Nathanael und den jüngeren Jakobus zurückgelassen und uns kurz vor der Stadt einer Pilgergruppe angeschlossen. Aber zuvor hatten wir Jesus gebeten, nicht nach Jerusalem zu gehen.

„Ich muss tun, was ich tun muss. Aber seid ohne Sorge." Er schenkte uns ein kurzes Lächeln. „Die Zeit ist noch nicht reif."

Die Zeit wofür?

Ich wusste, dass ich auf diese Frage keine Antwort erhalten würde. Wenigstens folgten uns diesmal keine Scharen von Menschen mehr. Wir unterschieden uns in nichts von den anderen Pilgern auf dem Weg.

Letztes Jahr hatte ich mir vorgestellt, dass wir um diese Zeit jetzt bereits in unserem neuen Hauptquartier in Jerusalem leben würden. Vielleicht sogar im Palast. Aber stattdessen schlichen wir hier herum. Wir hatten uns sogar dazu herabgelassen, dass wir in Samaria übernachten wollten – nur um uns die denkbar schlimmste Beleidigung einzuhandeln: Man hatte uns die Gastfreundschaft verweigert.

Ich wäre nie auf den Gedanken gekommen, auch nur einen Fuß in das Gebiet von Samaria zu setzen, ganz zu schweigen davon, dort auch noch eine Nacht im Freien zu verbringen. Petrus hatte zwar fast die ganze Nacht mit gezücktem Schwert Wache gehalten, aber ich hatte in jener Nacht kaum ein Auge zugetan.

Am Abend, bevor das Fest begann, waren wir bei Maria und Marta eingetroffen, als es bereits dunkel war, und von ihrem Bruder Lazarus mit einer herzlichen Umarmung begrüßt worden.

Selbst jetzt, wo ich so nah vor den Toren der Stadt stand und meine Familie in nächster Nähe war, hatte die Stadt nichts Verlockendes für mich. Eine unbestimmte Angst lag mir im Magen, und immer wieder musste ich mich davonschleichen und mich erleichtern. Meine Innereien wollten einfach keine Nahrung bei sich behalten.

Am vierten Tag des Festes brach Jesus auf in die Heilige Stadt und ich stahl mich davon.

Schon am Tag unserer Ankunft in Bethanien hatte ich eine Nachricht vorausgeschickt. Als ich jetzt ins Haus von Zadok kam, ließ man mich ohne weitere Förmlichkeiten eintreten.

Diesmal gab man mir keine Leinentunika, sondern nur Wasser zum Händewaschen, und führte mich in einen kleinen Warteraum. Wenig später trat Zadok ein.

„Ich grüße dich, Lehrer", sagte ich und küsste ihn. Dabei kam ich mir wie ein Heuchler vor, als sei es ein Verrat an meinem eigenen Meister, Zadok so zu begrüßen.

Er schien gealtert zu sein, seit ich ihn das letzte Mal gesehen hatte. Und dann schoss es mir durch den Kopf: *Er wird uns alle überleben.* Bei dem Gedanken überlief mich ein Frösteln.

„Dein Meister kommt also doch wieder in die Stadt. Obwohl ich dich davor gewarnt habe."

„Bitte. Helft mir, ihn zu schützen." Ich war bereit zu betteln. Ich würde ihm alles versprechen. Der Meister war so kurz davor, sich von dieser Stimmung der letzten Monate zu erholen. Bald, glaubte ich, sehr bald würde er seine frühere Ausstrahlung wiedergewinnen.

„Ich fürchte, du überschätzt meinen Einfluss", sagte Zadok, griff nach einem steinernen Becher und schenkte etwas Wein ein. Er bot mir den Becher an und ich nahm ihn, aber ich brachte es nicht über mich, daraus zu trinken. „Ich habe es dir doch gesagt: Er sollte nicht wiederkommen, es sei denn, er wäre bereit, in die Stadt einzumarschieren."

„Seit Johannes getötet wurde, haben wir viele Anhänger verloren. Aber heute wird er in den Tempel gehen und bald wird die ganze Stadt wissen, dass er hier ist." Das einfach nur auszusprechen versetzte mich fast in Panik. „Die Pharisäer können doch ihren Einfluss geltend machen. Ihr könnt ihn schützen."

Zadok seufzte. „Judas, dein Meister hat selbst entschieden,

wen er zum Freund haben will. Wie ich höre, hat er regelmäßig die Lebensweise der Pharisäer beleidigt. Und wozu? Der Mann ist kein Dummkopf. Im Gegenteil, er ist ein brillanter Lehrer, das steht fest, auch wenn er abweichende Meinungen vertritt und die Massen verführt."

Ich fragte mich, wer ihm das berichtet hatte. „Nein", sagte ich rasch. „Er verführt niemanden. Abweichende Meinungen vertritt er, ja. Er ist ein Widerspruch in sich. Wenn du ihm nur einmal persönlich begegnen könntest! Bitte, Zadok, willst du nicht doch in den Tempel gehen? Man muss hinter seine provozierenden Worte schauen. Es gibt noch mehr …"

Ich riss mich zusammen. Beinahe hätte ich gesagt: „… als das Gesetz." Stattdessen fuhr ich fort: „… als das, was du gehört hast, und die Gerüchte über ihn. Er ist ein Weiser, Zadok. Was er lehrt, hätte Hillel ein Lächeln entlockt und Schammai ein Nicken."

Zadok stellte seinen Becher ab. „Judas. Ein Bote von Hannas hat sich bereits bei mir erkundigt, ob ich weiß, wann euer Meister auftaucht. Die Wache soll ihn verhaften. Man ist schon darauf vorbereitet, ihn festzunehmen, sobald er den Tempel betritt."

Jetzt fiel ich ihm zu Füßen.

„Bitte, Rabbi."

„Warum musste er bei seinem letzten Besuch hier so viel Ärger verursachen?", sagte Zadok kopfschüttelnd. In seinem Gesicht las ich echte Enttäuschung. Enttäuschung, aber auch Zorn. Doch anstatt mich davon warnen zu lassen, stieg nun auch in mir der Zorn hoch – Zorn über diesen Mann, der sich aus allem heraushielt und sich nun dazu verstieg, enttäuscht zu sein. Was wusste er schließlich schon von all den Widersprüchen, Härten und Ängsten, die wir ausgestanden hatten? Und dann auch Zorn auf Jesus, weil er diesen Groll in uns allen heraufbeschworen hatte.

„Ist der Mann denn so in sich gefangen, dass er nicht fortbleiben kann? Dass er keinen geeigneten Zeitpunkt wählen kann? Muss er in die Säulenhalle gehen, wie ein Hund zu seinem eigenen Erbrochenen zurückkehrt?“

Ich spürte, wie mir die Röte ins Gesicht stieg. „Du beleidigst meinen Meister.“ Hätte ich seine Hilfe nicht so dringend gebraucht, ich hätte auf dem Absatz kehrtgemacht und das Haus verlassen. Unter anderen Umständen stünde ich jetzt an seiner Stelle, wäre ein vielleicht noch bedeutenderer Thoralehrer und er wäre in meiner Lage. Aber die Not zwang mich zu bleiben, sogar auf meinen Knien.

Zadok hob die Hand. „Vergib mir. Ich will doch nur sagen: Warum kann er seine Leidenschaft nicht mit ein wenig Klugheit ausgleichen? Wenn es so ist, wie du sagst, wenn er der Messias ist, warum handelt er nicht taktisch klüger? Du sagst, er hat den Zulauf der Massen verloren – aber wie verliert man denn so einfach eine ganze Armee?“ Wieder schüttelte er den Kopf.

„Es war eine bewusste Entscheidung“, log ich nun kühn. „Und wenn du dabei gewesen wärest, würdest du erkennen, dass es ein kluger Schachzug war. Du darfst nicht meinen, er könne sie nicht alle mit einem Wort zurückgewinnen. In ganz Galiläa kennt man seinen Namen. Sogar bis nach Phönizien und Syrien hinauf und im Gebiet von Herodes Antipas’ Bruder Philippus. Die Menschen lieben ihn, oder wie, glaubst du, wäre er sonst Antipas’ Soldaten entkommen? Aber jetzt ist er hier …“

„Ja, und warum?“, verlangte Zadok zu wissen. „Habe ich nicht gesagt, er solle erst kommen, wenn alles vorbereitet ist und wir ihm zu Hilfe kommen können? Außerdem …“ – er seufzte tief – „ist er aus Galiläa. Das lässt sich leider nicht leugnen. Und welcher Prophet kommt schon aus Galiläa?“

„Nahum“, sagte ich rasch.

„Nahum“, wiederholte er und lachte kurz und unfroh auf, bevor er sich wieder in den Sitz sinken ließ. „Lass uns nicht streiten, Judas. Zwischen dir und mir ändert das nichts. Dein Meister ist nicht der erste Messias, der scheitert. Das ist keine Schande. Aber es ist an der Zeit, die Seiten zu wechseln."

Ich sollte Jesus verlassen? Niemals. Unmöglich. Panik stieg in mir auf, als ich an meine Mutter und meinen Bruder dachte. Was könnte ihnen passieren, wenn ich eine Anordnung dieses Mannes missachtete? Simon hatte immer noch Angst um seine Familie.

Eines wusste ich ohne die Spur eines Zweifels: Ich würde Jesus nie verlassen.

„Er wird nicht scheitern. Denk doch an die Zeichen. An die Heilungen."

„Ja, die Zeichen und die Heilungen. Welcher Messias hat nicht geheilt oder Wunder getan?"

Auf einmal wurde es mir klar.

Zadok würde der neue Schammai werden. Man erwartete von ihm, dass er Freiheit für Israel anstrebte, und der Weg, um diesen großen Tag herbeizuführen, war die vollkommene Einhaltung der Thora. In diesem Moment verstand ich: Zadok würde es nur auf seine Weise wollen – oder überhaupt nicht.

„Bitte", sagte ich noch einmal. „Geh in den Tempel. Du kannst immer noch unter jedem denkbaren Vorwand hingehen. Bitte, hör ihn an. Bilde dir selbst ein Urteil."

„Vielleicht, Judas", seufzte er. „Und für dich ist es vielleicht Zeit, dich mit einem neuen Gedanken anzufreunden: Dieser Mann ist nicht der Messias."

27

Am hinteren Ende der königlichen Säulenhalle hatte sich eine Menge zusammengefunden. Man hörte laute Rufe.

Das konnte nur er sein.

Ich verlangsamte meine Schritte. Ganz sicher konnte jeder, der mir nahekam, mein Herz schlagen hören. Es schlug vor Angst.

Etwas seitlich von mir stand ein Mann und ich hörte ihn sagen: „Ist das nicht der, von dem sie gesprochen haben? Den sie am liebsten töten würden?“ Er blickte sich um. „Aber niemand hat ihn aufgehalten. Vielleicht glauben sie ja doch, dass er wirklich der Messias ist.“

„Das ist unmöglich“, sagte ein anderer. „Sie wissen doch, dass er aus Nazareth stammt. Er ist ein Galiläer. Ein Nazarener. Welcher Messias kommt wohl aus Nazareth?“

Durch die Menge hindurch erblickte ich Simon und erhaschte einen Blick von ihm. Aber ich versuchte erst gar nicht, zu ihm durchzukommen.

Den ganzen Nachmittag über blieben wir so auf unserem Posten. Nicht eine Minute ließ unsere Wachsamkeit nach. Einmal, als ich den Blick über den Vorhof schweifen ließ, glaubte ich, Zadok zu erkennen. Er blieb stehen und blickte in meine Richtung, aber falls er mich durch die Scharen von Festpilgern hindurch sehen konnte, ließ er es sich nicht anmerken.

An diesem Tag verließen wir den Tempel als freie Männer. Ich wusste nicht, wem ich dafür danken sollte: dem Höchsten oder Zadok.

Am nächsten Tag verursachte der Meister unter den Pilgern und Pharisäern im Tempel einen Tumult wie in einem aufgestachelten Hornissennest. Aber immer, wenn die einen versuchten, seiner habhaft zu werden, gab es andere, die das zu verhindern wussten.

Die Pharisäer kamen nun jeden Tag mit herausfordernden Fragen zu ihm – viele Gesichter unter ihnen waren mir vertraut. So kannte ich sie ja von früher: mordgierig wie Geier, nur darauf aus, einen Lehrer aus dem Tempel zu werfen, ihn in eine Ecke zu drängen, aus der er nicht mehr entkommen konnte, und ihn dazu zu bringen, dass er sich selbst um Kopf und Kragen redete. Sie hatten genug gegen ihn in der Hand, um seinen Tod zu fordern. Trotzdem kamen sie jeden Tag wieder und brachten immer neue Parteigänger mit.

Wieder musste ich den Meister bitten, den Tempel zu verlassen.

Am letzten Tag des Festes stand ich in der Menge, die sich eingefunden hatte und jeden Tag größer wurde. Wachsam sah ich mich um – gerade rechtzeitig. Ein paar Männer von der Tempelwache näherten sich uns.

So viele Monate hatte ich nun schon darum gebetet, dass endlich der Tag käme, an dem wir so im Tempel stehen würden, wie wir es gerade taten. An dem Jesus sich selbst als Sohn Davids offenbaren würde – als der, der kommen soll. Aber jetzt betete ich um das genaue Gegenteil. Wenn er kein Wunder tat – sich von der höchsten Tempelzinne stürzte und unverletzt unten ankam oder die Sonne zum Stillstand brachte wie die Propheten in alten Zeiten – würden sie ihm nicht glauben. Und ich wusste: Er würde kein Wunder tun.

Deshalb machte ich mich beim Anblick der Tempelwache auf das Schlimmste gefasst.

Aber sie kamen nur heran, blieben stehen und hörten ihm zu. Während mir der Schweiß den Rücken hinunterlief, standen sie einfach da wie alle anderen und tuschelten nur gelegentlich miteinander. Schließlich konnte ich es nicht mehr aushalten und setzte an, zu ihnen hinüberzugehen, aber Simon streckte die Hand aus und hielt mich zurück. Als Jesus seine Rede beendet hatte, gingen sie wieder.

Jetzt hatte ich alle Zeichen gesehen, die es zu sehen gab.

Jeder Tag, der so verging, umschloss die längsten Momente, die längsten Stunden meines Lebens. Ich blieb ununterbrochen bei ihm. Am Ende des dritten Tages begleitete ich Jesus sicher bis zu einer Grotte in Gethsemane, wohin er gern zum Beten ging, bevor er abends zu Maria und Marta zurückkehrte. Erst dann ging ich endlich in mein eigenes Haus.

Dünn und hohlwangig, wie ich ihn noch nie gesehen hatte, erschien mein Bruder im Eingangsraum.

„Was ist passiert?“, fragte ich. Meine Mutter verhüllte ihr Gesicht mit dem Schleier. Schimpfend kam mein Bruder auf mich zu.

„Ich habe gehört, dass du in der Stadt bist! Aber du hast es dir ja nicht einfallen lassen, direkt zu uns zu kommen! Nein, du musstest ja bei deinem kostbaren Rabbi bleiben, diesem Gotteslästerer! Hast du dich eigentlich in der ganzen Zeit, in der du deinen Messias verteidigen musstest, einmal gefragt, was hier passiert? Nein! Natürlich nicht!“

Ich blickte ratlos von einem zum anderen. Mein erster Gedanke waren die Kinder. Aber dann sah ich das Kindergesicht der kleinen Hanna durch die Tür zum Nebenzimmer lugen.

„Wo ist Joses?“, fragte ich plötzlich.

Meine Mutter brach auf ihrem Stuhl in Tränen aus.

„Er ist hier“, sagte Nathan und in jedem Wort spürte ich unverhohlenen Zorn. „Draußen im Hof. Und da bleibt er den ganzen Tag und er kommt auch nicht herein, wenn man ihn nicht zwingt. Er redet auch kein Wort …“ Er legte sich die Hand auf die Stirn und einen Augenblick lang fürchtete ich, auch er werde in Tränen ausbrechen.

Erst dann fiel mir auf, wer noch fehlte: Rebecca.

„Nathan, wo ist deine Frau?“

„Wir hätten dich gebraucht, Judas – und wo hast du gesteckt?“

„Bruder!“

Nathan barg sein Gesicht in den Händen. Ich packte ihn an

den Schultern und schüttelte ihn, aber es dauerte noch einige Augenblicke, bevor er schließlich den schmerzverzerrten Mund aufmachte. „Sie war Wasser holen gegangen, später als sonst. Hanna war krank gewesen und Mutter war es noch, und sie hatte es nicht eher einrichten können. Als sie zum Brunnen ging, war es schon recht spät. In den Straßen standen schon die Verkaufsstände für das bevorstehende Fest …"

Er atmete scharf ein.

„Und?" Aber ich wusste bereits, dass ich am liebsten nicht hören wollte, was er mir berichten würde.

„Wegen des Festes waren Soldaten von Herodes in der Stadt. Ein paar Männer einer Patrouille sahen sie …"

Das Schluchzen meiner Mutter war jetzt zu einem leisen anhaltenden Klagelaut geworden.

„Sie kam so spät nach Hause. Ihr Gesicht …"

Sein Blick ging ins Leere.

„Sie haben sie doch nicht getötet?"

„Oh nein. Nicht direkt." Er bleckte die Zähne wie ein wildes Tier.

Wut. Eine Bestürzung, wie ich sie noch nie empfunden hatte. In mir brodelte es.

„Sie klammerte sich an mich, als ich den Kerlen nach wollte, um sie umzubringen. Ich war außer mir. Aber sie bat mich zu bleiben. Sie war so zerschunden, blutig … Ich war drauf und dran, zu Nikodemus zu gehen. Sie bat mich, es nicht zu tun. Sie hat mich darum gebeten. Verstehst du? Damit sie ihre Ehre nicht verlor."

Inzwischen zitterte ich am ganzen Leib.

„Wo – warst – du?" Sein Gesicht wirkte wie in tausend Stücke zerborsten. Und genauso fühlte sich auch mein Herz an.

Jetzt liefen ihm Tränen über die Wangen, über die Lippen. In diesem Moment war er nicht der erwachsene Mann und Vater, sondern der Junge, den ich dem Spott der Gassenjungen in Kerioth ausgeliefert hatte, bevor ich mich schuldbewusst zurückgeschlichen hatte, um ihn in Schutz zu nehmen.

Wo warst du?

Damals war ich einem Messias nachgelaufen. Genau wie heute.

Ich wollte ihm sagen, dass ich nie mehr fortgehen würde – nein, dass ich ihn mit mir nehmen würde. Dass er nie mehr ohne meinen Schutz auskommen müsste und dass das alles irgendwie auch meine Schuld war.

„Wir haben sie in der Mikwe gefunden“, sagte er in einem Ton, aus dem der ganze Zorn und jede Gemütsbewegung gewichen waren, wie das Fleisch von einem Totenschädel weicht.

Ich schlug die Hände vors Gesicht und taumelte rückwärts, um mich an die Wand zu lehnen.

Entsetzen überwältigte mich – für Rebecca, die ich ja auch geliebt hatte. Aber vor allem für Nathan. Denn ich hatte den Aufschrei in seiner Stimme gehört, diesen Schmerz darüber, dass auch er selbst nicht Grund genug für sie gewesen war, am Leben zu bleiben.

In dieser Nacht kehrte ich nicht nach Bethanien zurück zum Meister und zu den gastfreundlichen Schwestern Maria und Marta. Ich wollte lieber ein wachsames Auge auf meine Familie haben.

Unterwegs hatte ich oft an unsere Mikwe gedacht und wünschte mir nichts mehr, als wieder ein Bad in unserem eigenen Haus zu nehmen. Aber nun brachte ich es nicht über mich, hineinzusteigen. Immer sah ich Rebecca vor mir, wie sie im Wasser trieb, das dunkle Haar auf dem lebendigen Wasser um sie gebreitet wie ein tintenschwarzer Schleier.

28

Auf dem Markt war ein Sklave ermordet worden. Er gehörte Ananias bar Nebedeus, einem Sadduzäer. Man hatte ihn im Gedränge erstochen und niemand wusste, wer der Täter war.

Außer Simon und mir. Der Blick, den er mir zuwarf, sagte alles: *Die Söhne.* Nur sie konnten dahinterstecken.

Jede Minute, die der Meister in Jerusalem verbrachte, fürchteten wir um ihn. Und nun mussten wir auch noch die Sorge haben, dass der Tod dieses Sklaven irgendwie ihm zur Last gelegt werden würde. Mein Vorrat an Einfluss und Beziehungen war mittlerweile so zusammengeschrumpft, dass ich ihn nicht mehr schützen konnte. Ich machte mich darauf gefasst, dass man ihn jeden Tag verhaften würde. Jeden Tag baten wir ihn, die Stadt zu verlassen. Aber er wollte nichts davon hören.

Unterdessen wurden seine Reden immer provozierender, immer explosiver.

„Ich gehe fort, und ihr werdet mich suchen und in euren Sünden sterben“, sagte er eines Tages in der Säulenhalle.

Simon und ich wandten uns ab. Wie weit würde er es noch treiben? Wie lange würden seine Gegner das noch mit ansehen?

Würden wir es noch mit ansehen?

Ich hatte geglaubt, die Tempelautoritäten hatten einen Aufruhr während des Festes vermeiden wollen, wo so viele Pilger in der Stadt waren, die es mitbekommen würden – wie auch Pilatus und Herodes. Aber das Fest war vorbei und Jesus hatte bereits wieder so viel Zulauf, dass sie es nun auch nicht mehr wagten. Schon gar nicht wollten sie einen Aufstand im Tempel heraufbeschwören.

Die Menschen strömten wieder in Scharen zu Jesus.

Aber diesmal versammelte er keine staunende, ehrfürchtige

Menge um sich, wie früher. Jetzt wurde die Menge zwar täglich größer, aber sie wurde auch feindseliger. Sie nahmen die Worte des Meisters nicht beeindruckt hin; die Reaktionen wurden heftiger, bitterer. Und Jesus goss jeden Tag mehr Öl in die Flammen.

Sie nannten ihn einen Samaritaner. Er sei von Dämonen besessen.

Und schließlich ging er entschieden zu weit.

Die Adern auf seiner Stirn traten hervor, als er aufstand und rief: „Ich bin, bevor Abraham war."

Ich bin. Der Name des Ewigen selbst.

Mir lief ein Schauder über den Rücken, über die Arme. Etliche aus der Schar der Zuhörer bewegten sich in Richtung eines Steinhaufens in einem der Höfe – die große Säulenhalle war eine ewige Baustelle wie der Tempel selbst.

Auch ich hätte ihn steinigen müssen. So gebot es das Gesetz.

Aber die Liebe gebot etwas anderes.

„Meister!", sagte ich flehend.

„Bitte!", stimmte Petrus ein.

So unwahrscheinlich es war – aber wir kamen mit dem Leben davon.

Am Abend verkündete er, dass wir am nächsten Tag nach Galiläa zurückkehren würden. Eigentlich hätte ich vor Erleichterung zu Boden sinken müssen. Ich wusste nur nicht mehr genau, ob das noch irgendetwas ändern würde.

Sicher war es jetzt nirgends mehr.

Ich ging in mein Haus und als Mutter meinen Gesichtsausdruck sah, schrie sie auf.

„Du gehst wieder fort?"

Ich schwieg.

„Du bist der älteste Sohn!"

Das war ich nicht immer gewesen. Und ich sollte es nicht sein.

Nathan betrat den Raum. Er hielt ein zerknittertes Pergament in den Händen. Ein Text aus den heiligen Schriften, nahm ich an. Vielleicht tröstete er sich damit über seine Trauer hinweg.

„Du willst also wirklich wieder mit ihm in die Berge ziehen?", fragte er. „Du verschwindest mit diesem Möchte-gern-Messias, diesem Gotteslästerer, dem niemand mehr folgt? Nur du musst ihm folgen – in seine zweifelhafte Existenz?"

„Du kennst ihn nicht ..."

„Oh, ich habe genug gehört über deinen großartigen Lehrer – er hat den höchsten Namen für sich selbst beansprucht und sich mit dem Ewigen auf eine Stufe gestellt! Er verdient den Tod! Und er wird dich mit ins Verderben reißen. Meinst du, es kümmert ihn, ob du ihm in den Scheol folgst? Bestimmt nicht. Er ist nämlich kein Messias. Er ist ein Verrückter. Ein Teufel."

„So redest du nicht über meinen Meister!", brauste ich auf und ballte die Fäuste. Ich zitterte vor Zorn.

Mutter rief warnend dazwischen: „Judas! Nathan!"

„Dir geht es doch gar nicht um einen Messias – darum ging es dir ja noch nie. Du läufst ihm nach, weil er dich glauben macht, dass er dich liebt."

In einem Satz war ich bei ihm, packte ihn an der Kehle und schleuderte ihn gegen die Wand.

Er lachte mir ins Gesicht.

„Natürlich. Es war ja klar, dass du ihn verteidigen musst. Was hätte ich wohl sonst erwarten sollen? Du solltest dieses abgeschmackte Spiel endlich aufgeben, Bruder ..." Er schob mich von sich, und ich spürte die Kraft des Jüngeren und mein eigenes Alter wie noch nie zuvor.

Ich stolperte zurück. Mutter schimpfte vor sich hin, befahl mir, zu bleiben und meine Pflicht zu tun, aber ich nahm es kaum wahr. Ihr Gejammer beeindruckte mich schon lange nicht mehr und Nathan ebenso wenig.

Vor mir auf dem Fußboden lag etwas. Das Pergament, das Nathan in der Hand gehabt hatte. Ich starrte es an.

Es war kein Text aus den Schriften.

Es war eine verschlüsselte Nachricht. Ich starrte auf das Blatt, bis Nathan es mir entriss. Zum ersten Mal sah ich Furcht in seinem Blick.

Er hatte sich den Söhnen angeschlossen?

Tausend Fragen wirbelten mir durch den Kopf. Hatten sie ihn angeworben, um mich zu verhöhnen? Oder weil ich nicht mehr in Erscheinung trat?

„Nathan ... bitte, sag mir, dass du nicht zu ihnen gehörst."

„Du hast mir gar nichts zu sagen!"

„Du weißt nicht, worauf du dich da eingelassen hast", sagte ich. „Du hast keine Vorstellung, was in dieser Sache alles auf dem Spiel steht."

„Was sollte mir dein Rat wohl bedeuten? Wer bist du schon für mich? Ich bin nicht einmal dein richtiger Bruder." Jetzt hatte er Tränen in den Augen, die zornig funkelten. „Ich weiß, warum du dich immer für mich geschämt hast. Ich habe es schon immer gewusst. Habe immer gewusst, warum du mich verachtest. Schön, ich entlasse dich aus deiner Pflicht! Verschwinde – und lass mich in Ruhe."

„Nein. Du bist mein Bruder. Der Fehler liegt bei mir. Und so war es schon immer."

„Nein, das stimmt nicht. Und ich kann es dir nicht einmal verdenken, dass du mich hasst." Er wischte sich die Zorntränen von den Wangen. Mutter schluchzte in der Zimmerecke und sie tat mir von Herzen leid.

„Ich hasse dich nicht", sagte ich. „Und ich gebe einzig und allein mir selbst die Schuld."

Jetzt sah er auf und presste die Zähne zusammen. „Weißt du, wem du die Schuld geben solltest? Den Römern solltest du sie zuschreiben. Sie haben uns das angetan. Ohne sie wäre Joschua noch dein Bruder und nicht so ein Bastard-Ersatz wie ich. Oder so ein Möchte-gern-Messias. Du hättest noch einen Vater. Denn in Wirklichkeit ist er es doch, den du geliebt und all die Jahre bitter vermisst hast. Das habe ich schon immer gewusst."

„Nathan! Judas!", rief Mutter noch einmal, ebenso ärgerlich wie ängstlich. „Er wird nicht für dich die Römer besiegen. Verlass ihn, Judas! Du hast dich täuschen lassen. Er wird dich nur mit sich in den Tod reißen."

„Du kennst ihn nicht, sonst würdest du das nicht sagen", sagte ich. Aber mein Zorn war verraucht und meine Worte klangen hohl.

„Ich muss ihn nicht kennen, um zu wissen, was er anrichtet."

Ich wandte mich an meinen Bruder. „Nathan! Denk an Mutter – denk an deine Kinder. Gib auf dich Acht. Um ihretwillen. Lass sie nicht ohne Vater aufwachsen!"

„Wann verlässt du uns?", fragte er kühl und wieder ganz gefasst.

Ich warf noch einen Blick auf die Nachricht in seiner Hand. Ich hätte sie zu gern entschlüsselt. „Bald. Jetzt."

Er verließ den Raum, ohne mir Lebewohl zu sagen. Mutter rief ihm nach, die Hand aufs Herz gepresst, als habe sich gerade vor ihr die Erde aufgetan.

„Judas, bitte. Braucht dieser Rabbi dich ebenso sehr wie wir?"

Ich hätte sie gern getröstet, aber es gab nichts mehr zu sagen. Ich hatte meine Wahl getroffen: Der Meister war mir wichtiger als sie. Welches Schicksal ihn erwartete, was immer er war – ein Verrückter oder ein Messias –, ich würde mit ihm leben und sterben.

Es war dieser Gedanke, der mich noch in der Nacht aus dem Haus trieb. Ich lief durch die Straßen und der Klang meiner Schritte hallte von den abgewetzten Steinen wider, die schon Kriege und endloses Blutvergießen überstanden hatten. Seine Herkunft war umstritten. Vor dem Gesetz galt er als Gotteslästеrer. Er brach den Sabbat. Viele seiner rätselhaften Worte verstand ich nicht. Warum er selbst dann, wenn er von Freiheit redete, auch immer vom Tod sprach.

Aber all das war nicht wichtig.

In mir schrie etwas, ich dürfe nicht übersehen, dass die Priester und die Pharisäer ihn aus dem Weg schaffen wollten. Aber ich wusste: Selbst für das Gesetz würde ich ihn nicht aufgeben.

Selbst für Israel nicht.

Ich liebte ihn. Ich liebte ihn.

Ich schlich durch die Stadt und hinaus durch das Tor, zur Grotte, wo ich die anderen finden würde.

Jesus erhob sich, als er mich sah, und ich schloss ihn in die Arme – diesen Meister, der so schwer an seiner eigenen Trauer trug und für den ich mich so bemüht hatte, an seiner Stelle stark zu sein.

„Ich grüße dich, Rabbi“, sagte ich mit erstickter Stimme. Dann gaben meine Knie nach und ich sank weinend in seine Arme.

Nein, er brauchte mich nicht. Aber ich brauchte ihn. Unbedingt.

29

Das Jerusalem, das wir hinter uns ließen, war nicht mehr die Stadt, die ich gekannt hatte – das strahlende Zion. Immer hatte es dort den unberechenbaren Mob ebenso gegeben wie die Römer, eifrige Thoraschüler und den grenzenlosen Reichtum des Tempels. Immer hatten hier Pharisäer das Gesetz des Höchsten messerscharf ausgelegt und bis ins Kleinste befolgt. So hatte ich die Stadt immer gekannt; aber bisher hatte ich nicht gewusst, was es hieß, der Gegenstand eines solchen Hasses zu sein, der sich auf das Gesetz berief. In den Straßen Jerusalems lag jetzt Mord in der Luft, und wenn ich vom Tempel träumte, dann nicht von seinen goldenen Zinnen, sondern vom Opferblut, das durch die Abflussrinnen hinaus ins Tal strömte.

An unserem letzten Abend in Bethanien saß ich im Haus von Maria und Marta und hörte dem Meister zu. Neben mir kauerte Maria, so selbstverständlich, als wären wir zwei Männer in der Synagoge oder Studenten in den Tempelhöfen. Es verwunderte mich nicht mehr. Ich redete mir ein, wir wären nicht länger eine Gruppe von Schülern, die ihrem unberechenbaren Rabbi folgten. Wir waren alles, was in dieser Welt noch existierte. Wie Lot und seine Töchter, die glaubten, nur sie hätten das brennende Gomorra lebend verlassen, und an einen Ort flohen, wo die frühere Ordnung nicht mehr galt.

Und wie für Lot das brennende Gomorra, so war auch für mich nichts so, wie ich es einmal erhofft hatte. Jerusalem war in meinen Augen nur noch Futter für das Feuer. Und was hatte ich daraus gerettet?

Wir waren noch nicht sehr weit nach Norden gekommen, als uns einige Pharisäer in ihren eleganten Leinengewändern einholten. Ich wappnete mich mit dem letzten Rest an Selbstbeherrschung, der mir noch verblieben war. Aber die Männer kamen nicht aus Jerusalem, sondern aus Peräa, östlich des Jordan.

„Wir kommen, um dich zu warnen. Verlass diese Gegend, zieh woanders hin. Herodes will dich töten."

In Jerusalem wollte man ihn töten. In Peräa oder Galiläa wollte man ihn töten. Wo sollten wir noch hingehen?

An diesem Abend lagerten wir in der Nähe von Bethanien, am Jordan, wo alles angefangen hatte.

„Bitte, Meister", sagte ich ein paar Tage später zu ihm. „Lass uns von hier weggehen, irgendwohin, wo du in Sicherheit bist."

„Judas", sagte er und in seinem Blick lag eine Verletztheit, die ich mir nicht erklären konnte. „Glaubst du nicht, dass es hier für mich eine Aufgabe gibt, die ich erledigen muss?“

Vor ein paar Monaten hätte ich vielleicht erwidert: *Aber du tust es ja nicht!*

An diesem Abend sagte ich nur: „Kannst du nicht ins Gebiet von Herodes Philippus ziehen? Warum müssen wir ausgerechnet hier bleiben, wo dir Gefahr droht, wo man dich umbringen will? Weißt du nicht, dass ich dich liebe? Dass ich den Gedanken nicht ertrage, dir könne etwas zustoßen? Bitte, lass uns woanders hingehen.“

„Judas ...“

„Bitte.“ Ich spürte, wie mir Tränen den Blick verschleierten. „Es ist mir egal, was du tust. Aber bitte, begib dich nicht unnötig in Gefahr und bleib am Leben.“

Er senkte den Kopf und ich wusste: Ich hatte ihn enttäuscht. Und verletzt. Eine unbestimmte Verzweiflung stieg in mir auf und ich wischte mir die Augen. Mochte es doch weichlich aussehen, es war mir egal.

„Judas, niemand zündet ein Licht an und stülpt dann eine Schale darüber. Man stellt es auf einen Leuchter, damit alle, die vorbeikommen, das Licht sehen.“

„Ja, aber es gibt Menschen, die nur ein Ziel haben: das Licht zu löschen.“

Er sah mich eindringlich an. „Meinst du immer noch, dass ich gekommen bin, um Frieden zu bringen?“

Ich verbarg mein Gesicht in den Händen. Hatte es Sinn, mit einem Verrückten zu reden?

„Judas, wir sind beinahe am Ziel unseres Weges. Nur noch ein kleines Stück. Vertrau mir. Vertrau dem, was ich sage und tue.“

„Ich habe dir vertraut. Ich hab's getan. Ich tue es noch“, sagte ich. Ich fühlte mich bis in die Knochen erschöpft.

„Er weiß nicht mehr, was er tut", sagte ich später am Abend, als wir uns ungestört unterhalten konnten, zu Simon. Der Bruder des Meisters hatte so etwas ja schon vor langer Zeit angedeutet, aber damals hatten wir ihn verteidigt. Inzwischen fragte ich mich, ob wir nicht besser auf ihn gehört hätten.

Simon schwieg.

„Alles in Ordnung?", fragte ich.

„Wir könnten weggehen", sagte er. „Nach Gamala. Wenn es dir ernst ist mit dieser Sache, gibt es da Leute, die einmal zu Judas bar Hesekija gehört haben und jetzt seinem Sohn folgen."

„Vielleicht könnten wir sie ja heimlich treffen", schlug ich vor. „Und gemeinsame Sache machen ..."

Simon schüttelte bereits den Kopf. „Wach auf, Judas! Glaubst du, die Söhne des Lehrers warten auf jemanden wie den Meister? Alles, was sie von ihm sehen, ist, dass er die Massen nicht mobilisiert, die er hinter sich haben könnte. Dass er den Weg der Gewalt ablehnt, den sie verfolgen. Dass er niemanden dazu aufruft, Römer umzubringen oder die Steuern zu verweigern."

„Wir können ihn nicht im Stich lassen", sagte ich.

Simon sah zu Boden. „Ich habe alles aufgegeben, um ihm zu folgen. Aber er legt es geradezu darauf an, dass sie ihn umbringen. Und uns wird dasselbe Schicksal treffen. Das hat er gemeint, als er sagte, jeder müsse bereit sein, sein Kreuz zu tragen." Simon sah mich an und runzelte die Stirn. „Sind wir dazu bereit?"

Aus Galiläa kamen immer wieder Leute, die sich uns anschlossen. Darunter auch ein paar Gesetzlose aus den Bergen. Man hätte sie für Männer ohne eigenes Land oder für Taglöhner halten können, hätte ich nicht diesen wilden Blick in ihren Augen gesehen – und gelegentlich das Blinken eines Schwertes.

Jesus heilte alle, die man zu ihm brachte. Wenn er sprach, dann mit einer neuen Dringlichkeit, als habe er nur noch wenig Zeit, um alles zu sagen, was er zu sagen hatte. Und was er sagte, wurde immer merkwürdiger.

„Ich sage euch, fürchtet euch nicht vor denen, die den Leib töten. Fürchtet euch vielmehr vor dem, der euch in die Feuer des Hinnom werfen kann, wenn ihr tot seid. Ihn solltet ihr fürchten."

Petrus, der neben mir saß, wandte den Kopf und flüsterte: „Wovon redet er?"

Ich schüttelte den Kopf, ich verstand ihn auch nicht. Aber es spielte keine Rolle. Seine Zuhörerschaft wuchs. Innerhalb einer Woche hatte sich die Menge verdoppelt.

Die Menschen kamen zurück.

30

Wir schlugen unser Lager auf und gingen nach Jericho hinein. Es waren noch zwei Monate bis zum Passahfest. In der Stadt trafen wir auf eine Frau mit einem gekrümmten Rücken. Jesus heilte sie natürlich – obwohl es Sabbat war.

Aber diesmal war es anders. Als die leitenden Männer in der Synagoge ihn anfuhren, gab Jesus zurück: „Ihr Heuchler! Bindet nicht jeder von euch auch am Sabbat seinen Ochsen los und führt ihn ans Wasser? Und diese Tochter Abrahams, die der Verkläger schon so lange gebunden hat, sollte am Sabbat nicht befreit werden?"

Die Leute applaudierten. Ich traute meinen Ohren nicht.

„Ich bin gekommen, um auf Erden ein Feuer anzuzünden", sagte er. „Und wie sehr wünschte ich mir, es würde schon brennen."

Mir fiel auf, mit welch glänzenden Augen unsere Rebellen diese Worte aufnahmen, und mir war klar, was sie dachten: Ganz offenbar sprach er vom Krieg.

Es war noch zu früh. Wir waren gerade erst aus Jerusalem geflohen. Ich wagte es nicht, meine Hoffnung wieder aufleben zu lassen. Aber an jenem Tag wurde in mir etwas wieder lebendig, das ich schon sehr lange nicht mehr gespürt hatte. Liebe zum Meister empfand ich schon lange. Angst und Verwirrung hatte ich auch oft genug gespürt. Und ebenso, wie sehr ich ihn brauchte.

Aber an jenem Tag war ich stolz auf ihn.

In Cypros erzählte der Meister wieder Geschichten. Von einem Festmahl, das nicht für die Reichen, sondern für die Armen gegeben wurde. Die unter uns, die ich als Gesetzlose erkannte, nickten zustimmend. Das taten sie auch, als Jesus wenige Tage später sagte: „Angenommen, ein König will gegen einen anderen König in den Krieg ziehen. Wird er sich nicht zuerst hinsetzen und überlegen, ob er mit zehntausend Mann einen Gegner besiegen kann, der mit zwanzigtausend gegen ihn zu Felde zieht?"

Wenn er nicht zu den Leuten sprach, schien er sich in Schweigen zu hüllen. Er wirkte wie jemand, der vor einem Sturm Vorräte anlegt oder Kraft tankt, als wappne er sich für irgendetwas. Er betete jetzt oft die ganze Nacht hindurch und das sah man ihm am Tag an. Er war hager und ausgezehrt. Andreas, Petrus, Jakobus und ich begleiteten ihn oft, zu seinem Schutz. Nicht selten schliefen wir zum Murmeln seiner Gebete ein; oft genug wachten wir auf und stellten fest, dass er ohne uns weitergegangen war.

An dem Tag, als Talmon, der Diener von Maria und Marta, im Lager eintraf, sprach Jesus wieder einmal vom Himmelreich – diesmal war es aber kein Sauerteig und keine Perle. Er sprach davon, dass die Menschen essen und trinken würden wie in den Tagen vor der Sintflut, bevor sie sie alle vernichtete.

„Rabbi!" Talmon brach beinahe in den Armen des Meisters zusammen; er musste den größten Teil des Weges gerannt sein. „Bitte! Lazarus, der Freund, den du liebst, ist krank. Komm rasch – sie fürchten, er wird sterben."

Jesus, der den Mann stützte, stieß einen Klageruf aus. Ich kannte diesen Blick in seinen Augen und fürchtete schon, er werde auf der Stelle mit Talmon aufbrechen. Aber dann kam Petrus mit seiner Warnung dazwischen.

„Bitte, Rabbi“, drängte er. „Du kannst dich nicht in die Nähe von Jerusalem wagen. Das letzte Mal bist du nur knapp mit dem Leben davongekommen.“

„Bitte!“, flehte andererseits Talmon. „Er stirbt. Lange wird er nicht mehr durchhalten.“

Ich blickte von dem verzweifelten Sklaven zu meinem Meister. Wir alle kannten Lazarus und wir liebten ihn. Aber unseren Meister liebten wir noch mehr.

„Es geschieht, damit Gottes Herrlichkeit sichtbar wird“, sagte Jesus, der jetzt den Diener langsam losließ. „Damit der Sohn Gottes verherrlicht wird.“ Ich glaubte damals, er sagte es, um sich selbst zu trösten. Er wusste ja schließlich, dass er nicht in Jerusalem erscheinen und mit dem Leben davonkommen konnte, und dass er daher nicht nach Betanien gehen konnte – er konnte es nicht wagen. Jetzt trat er einen Schritt zurück und wiederholte: „Es geschieht, damit die Herrlichkeit Gottes sichtbar wird.“ Die Worte klangen zuversichtlich, aber sein Gesichtsausdruck war zutiefst beunruhigt.

„Bitte, Rabbi, die Zeit drängt“, mahnte Talmon.

Aber Jesus beachtete Talmon kaum und bat stattdessen Andreas, ihm etwas zu essen zu holen. Und dann ging er fort, den Kopf in sein Wolltuch gehüllt. Den ganzen Tag und bis weit in den Abend hinein blieb er verschwunden – bis Talmon sich schließlich die Haare zu raufen begann und Petrus und Andreas bat, den Meister zu suchen und zurückzubringen.

„Hab keine Sorge“, sagte Petrus. „Der Meister hat schon oft auch aus der Ferne geheilt. Vielleicht ist Lazarus jetzt schon wieder ganz wohlauf.“

Aber ich hatte den Ausdruck im Gesicht des Meisters gesehen.

Es hatte ein Schmerz darin gelegen, als stünde er bereits am Bett des Sterbenden.

Würde er Lazarus wirklich nicht heilen und den Sklaven seiner Angst und Sorge überlassen? Wie leicht hätte er sagen können: „Er ist geheilt – geh heim." Er heilte doch sonst jeden, der zu ihm kam, selbst am Sabbat. Und für seinen Freund wollte er das nicht tun? Ich verstand ihn einfach nicht.

Spät am Abend lief ich durch die Hügel, wo er meistens betete. Als ich ihn fand, hob er den Kopf. Sein Gesicht zeigte noch Tränenspuren; er hatte geweint.

„Schalom, Meister", sagte ich und setzte mich neben ihn. Dann legte ich meinen Umhang uns beiden um die Schultern. Ich fragte ihn nicht wegen Lazarus oder Talmon. Ich saß einfach die Nacht über bei ihm.

Am nächsten Morgen brach Talmon nach Betanien auf: allein und in Tränen aufgelöst.

Und einen Tag später sagte Jesus: „Heute gehen wir nach Betanien."

Allen anderen stand dieselbe Sorge ins Gesicht geschrieben, die auch ich empfand.

„Rabbi, wir können nicht dorthin gehen. Sie werden dich töten."

Einer der Rebellen – er hieß auch Jesus – warf ein: „Wir gehen mit dir."

Aber wie sollten wir ihn schützen? Selbst wenn die Rebellen uns halfen? Vielleicht wartete die Tempelwache ja schon in Betanien auf ihn. Jeder Spitzel konnte wissen, dass Jesus dort Freunde hatte – er war oft genug von Jerusalem aus bei ihnen gewesen. Was, wenn man ihm dort bereits auflauerte?

„Lazarus schläft", sagte Jesus. „Ich gehe hin, um ihn aufzuwecken."

„Dann wird er gesund!", bemerkte Jakobus. Angst und Enttäuschung waren ihm deutlich anzusehen. Er war an dem Tag bei uns gewesen, als sie im Tempel schon die Steine in die Hand genommen hatten, um den Meister zu töten.

Der wandte sich jetzt von der Gruppe der Rebellen ab und sagte sehr leise, sodass nur wir es hören konnten: „Lazarus ist gestorben."

„Aber du hast gesagt ..."

„Jetzt gehen wir zu ihm."

Petrus warf die Arme hoch und entfernte sich. Ich folgte dem Meister und Jakobus schloss zu mir auf. Neben ihm tauchte das todernste Gesicht von Johannes auf.

„Gehen wir", sagte Jakobus. „Er ist unser Rabbi. Wir werden mit ihm sterben." Und ich musste an Simons Worte denken.

Aber ich wollte nicht sterben. Ich betrachtete die Gestalt meines Rabbi, der sich anschickte aufzubrechen, und seine Worte blieben mir ein Rätsel. Jetzt, wo die Menschen sich wieder um ihn sammelten, wollte er arglos in seinen Tod gehen?

Aber ich ging doch mit. Ich ging mit, weil ich inzwischen verstanden hatte: Er war der Urheber des Unwahrscheinlichen. Ich ging mit. Denn ich konnte nicht zurückbleiben und weiterleben, wenn er starb.

Marta kam uns vor dem Haus entgegen. Ihre Augen waren verquollen, sodass ich sie kaum wiedererkannte.

„Wenn du eher gekommen wärest, wäre er nicht gestorben!", rief sie und trommelte mit ihren Fäusten auf die Brust des Meisters. Aber nach den ersten paar Schlägen sanken ihr die Arme herab, als hingen Gewichte daran, und sie schien keine Kraft mehr zu haben, sie zu heben. Der Meister wehrte sie nicht ab, sondern wandte nur den Kopf, wie ich es von meiner Schwägerin kannte, wenn eines der Kinder mit dem Arm ihrem Gesicht zu nahe kam.

„Dein Bruder wird auferstehen", sagte Jesus mit belegter Stimme, während ihm Tränen über die Wangen liefen.

„Ja, ich weiß … ich weiß!" Ihr Gesicht war schmerzverzerrt. Sie schüttelte den Kopf bei diesen Worten, als habe sie die ganze Nacht hindurch mit dieser Frage gerungen. „Er wird auferstehen – bei der Auferstehung am letzten Tag. Ich weiß!" Aber jetzt bedeutete dieses Wissen für sie keinen Trost.

So wie es mich auch nicht getröstet hatte, als Susanna starb.

Und dann hörte ich, wie er ihr ins Ohr flüsterte: „*Ich* bin die Auferstehung … das Leben. Glaubst du das?"

Marta wandte ihm ihr Gesicht zu, ein Gesicht, das zwar verschwollen, gerötet und schmutzbefleckt war, aber zugleich auch verklärt – selig, wie durchstrahlt mit dem schieren Verlangen nach etwas, das bedeutsamer war als ihr toter Bruder. Dann verschwand dieser Ausdruck und sie rief: „Ich glaube, dass du der Messias bist, der Sohn Gottes."

Ich kniff die Augen zusammen. Solche Worte von einer Frau! *Sohn Gottes.* Die Worte, um die wir so lange einen Bogen gemacht hatten! Und dafür, dass sie sie aussprach, mochte sie durchaus des Aufruhrs bezichtigt werden. Ich zuckte zusammen. Hatte sie das unbedingt so laut ausrufen müssen?

Der Meister flüsterte jetzt wieder mit ihr, sodass ich seine Worte nicht verstand. Sie nickte und senkte den Kopf, als er ihr half, ihren Schleier zu richten, der verrutscht war. Dann strich sie ihre Tunika glatt, drehte sich um und ging ins Haus.

Maria erschien und eilte auf den Meister zu. Sie warf sich vor Jesus nieder und vergoss Tränen über seinen Füßen, die dunkle Flecken in den Staub malten, der sie bedeckte.

Jesus zog sie wie eine Stoffpuppe in seine Arme.

„Komm und sieh, Herr …" Mehr brachte sie nicht heraus; die Trauer verschloss ihr die Lippen. „Komm, ich zeige es dir."

Sie führte uns zu einem nahe gelegenen Begräbnisplatz, wo man Gräber in einen Berghang gegraben hatte. Vor einem davon blieb sie stehen, unfähig, den Kopf zu heben, als sie davor stand. Nebeneinander standen sie vor dem Grab, Lazarus' Schwester weinend, das Gesicht mit den Händen bedeckend, als wolle sie ihre Augen vor diesem Anblick abschirmen … und der Rabbi mit zuckenden Schultern, ein Mann, dem das Herz brach und aus dem schon seit Tagen alle Kraft gewichen war. Da stand er, derselbe Mann, der die ganze Nacht hindurch gebetet hatte und an dem eine große Bürde zehrte, die nur er allein sah oder kannte. Schließlich beugte er sich vor, stützte die Hände auf die Knie, und tiefe Schluchzer schüttelten ihn.

Hinter mir standen die Rebellen. Schweigend. Ich spürte ihnen den übermäßigen Respekt vor dem Tod ab, den nur Menschen empfinden, denen er allzu vertraut ist. Schließlich wandten sich ein paar von ihnen ab und ließen den Blick über die Berge schweifen, von wo wir gekommen waren.

Endlich richtete der Meister sich auf. „Nehmt den Stein fort!“, sagte er.

Als sich niemand rührte, schrie er noch einmal: „Nehmt ihn fort!“

Maria packte ihn am Arm. „Weißt du, was du da sagst? Er liegt schon vier Tage im Grab. Der Geruch …“

„Nehmt ihn fort!“, wiederholte der Rabbi.

Plötzlich traten Jesus, der Gesetzlose, und Jakobus und Johannes vor und stemmten sich gegen den Stein, die Gesichter abgewandt, um sich gegen den Gestank aus dem Grab zu wappnen. Ich meinte, das Grab selbst atmen zu hören, als es sich öffnete, als wolle es die frische Luft einsaugen, und hielt mir instinktiv die Nase zu. Neben Jesus stand Maria, die zitternden Hände auf den Mund gepresst.

Jesus sprach ruhig mit irgendjemandem – mit ihr, dachte ich zuerst. Aber dann begriff ich: Er betete. Als er das Gebet beendet hatte, hob er den Kopf und sah auf das Grab.

„Lazarus!“ Seine Stimme überschlug sich.

Schweigen. Ich stellte mir vor, wie die Stimme des Meisters von den Wänden der Grabhöhle zurückgeworfen wurde wie ein Echo aus dem Totenreich.

Ich schlug die Hände vors Gesicht. Diesmal war er wirklich zu weit gegangen.

„Lazarus! Komm heraus!"

Ich wollte ihn an den Schultern packen, ihm sagen, er solle schweigen und keine grausamen Spielchen mit den Trauernden treiben.

Aber dann schnappte jemand nach Luft. Jakobus neben mir entfuhr ein Aufschrei.

Das Herz hämmerte mir in der Brust, als ich den Blick hob. Noch bevor ich es sah, wusste ich es: Ich würde sehen, was zu sehen ich am meisten fürchtete.

Um mich her ertönten laute Rufe und ich taumelte zurück.

Vor mir sank Petrus mitten im Dreck auf die Knie.

31

Sie kamen in hellen Scharen, um den Rabbi zu sehen, der einen Toten erweckt hatte. Sie wollten ihn berühren, ihn bestaunen; sie wollten geheilt werden.

Ich war begeistert und trunken vor Erwartung, wie ich es nicht mehr gewesen war, seit ich Susanna zum ersten Mal gesehen hatte und wusste, dass sie mir gehören würde. Seit dem Abend unserer Hochzeit, als ich wusste, dass ich sie bald in den Armen halten würde. Nachts schrieb ich eifrig beim Schein einer einzelnen Lampe. Frühere Tragödien hatten meine Hoffnungen sterben lassen, aber nun hatte sich alles gewendet und war etwas Größerem gewichen. Nichts konnte mir mein Glück mehr rauben.

Drei Tage später erhielt ich eine verschlüsselte Nachricht.

Verlass ihn. Geh fort, weit fort von Judäa und dem Gebiet des Herodes. Dein Meister hat ein Zeichen zu viel vollbracht. Kaiphas ist nur darauf aus, das Hohepriesteramt zu behalten, und er weiß: Wenn er nur einmal falsch niest, wird Pilatus ihn davon entbinden. Meinst du, er hat vergessen, dass seine Vorgänger alle nicht länger als ein Jahr im Amt geblieben sind? Er hat die Tempelwachen verstärkt, mit römischen Söldnern – mit Samaritanern. Und vor allem: Er hat „geweissagt", dass dein Meister sterben wird, damit Rom Israel nicht die religiösen Privilegien entzieht, die es unter der römischen Herrschaft „genießt". Und damit die Sadduzäer nicht an Macht verlieren, die sie aufgrund dieser Privilegien innehaben. Er hat bekannt machen lassen, dass jeder, der Informationen über deinen Rabbi bringen kann, sich an ihn wenden soll. Er wird ihn also zum Sündenbock für uns alle machen. Dein Rabbi wird sterben – er ist bereits so gut wie tot.

Nimm diese Warnung als Beweis für meine Liebe zu dir. Und beweise du mir die deine, indem ich dich nie mehr wiedersehe.

Nathan

Sehr, sehr lange starrte ich auf diese Nachricht. Ich fühlte mich leer und innerlich krank.

Bisher waren wir den Informanten von Kaiphas entgangen; aber nun war jeder, der Jesus zu Gesicht bekam, durch das Gesetz des Mose verpflichtet, ihn anzuzeigen. Wer von uns hätte denn nicht von Jugend auf gehört:

Wenn jemand sündigt, indem er den öffentlichen Aufruf zur Zeugenaussage hört und keine Aussage macht, obwohl er die Tat gesehen oder davon gehört hat, dann lädt er Schuld auf sich.

Ich zeigte Simon die Nachricht. Er las sie und biss die Zähne zusammen, als sei sein Kiefer aus Stein gemeißelt.

„Diese ‚Weissagung‘ von Kaiphas ist ebenso wenig eine echte Prophezeiung wie Kaiphas der rechte Hohepriester ist“, sagte ich. „Allerdings verfügt er über genug Macht, um sie wahr zu machen.“

Simon sah mich fragend an. „Wie können wir denn unserem Meister treu bleiben, der gesagt hat, er sei nicht gekommen, um das Gesetz abzuschaffen, sondern um es zu erfüllen ... und gleichzeitig dem Gesetz, das von uns verlangt, dass wir ihn anzeigen?“

Ich schüttelte ratlos den Kopf. Die Situation war unlösbar.

„Auch die Alten haben öfter gesagt, es sei besser, ein Leben zu opfern, als alle mit Sicherheit dem Verderben preiszugeben.“

An diesem Abend erfand ich einen Vorwand, um in die Stadt zu gehen. Dort fragte ich nach der nächsten Mikwe. Es kostete mich einige Pruta, sie zu benutzen, und ich nahm das Geld aus der gemeinsamen Kasse. Ich sagte mir, es sei wichtiger, dass ich rein sei, als dass wir Geld in der Kasse hatten.

Ich tauchte dreimal ganz unter.

Am nächsten Tag zogen wir uns ins Hügelland von Ephraim zurück.

In fünf Wochen würden wir das Passahfest feiern.

Passion

32

Am Tag nach dem Purimfest sprach Jesus endlich die Worte, die mich mit Hoffnung und Furcht zugleich erfüllten. Und mit beidem in einem Ausmaß, das giftig war.

„Wir gehen in die Heilige Stadt. Die Zeit ist nahe."

Vor einem Monat hätten wir unsere Angst herausgeschrien.

Aber jetzt … In Ephraim hatten sich Pilger aus so entfernten Städten wie Tyrus und Damaskus oder aus Syrien der wachsenden Menge um den Meister angeschlossen. In den Augen des Rabbi glühte jetzt wieder das alte Feuer und nur die unter uns, die ihm am nächsten standen, hörten das Schluchzen, das seine nächtlichen Gebete unterbrach.

Die Pharisäer hatten ihn verurteilt. Der Hohepriester Kaiphas hatte ihn verurteilt. Herodes Antipas wollte ihn töten. Jetzt, wo sich die Menschen wieder um uns scharten, konnten wir uns nicht länger verstecken.

Und so waren uns nur noch zwei Optionen verblieben: nach Jerusalem zu ziehen oder zu sterben.

Es gab nichts anderes.

Wir wussten es alle und wir waren beinahe daran erstickt, dass wir es die langen letzten Wochen hindurch nicht aussprechen konnten.

Jetzt, als Jesus endlich die lang ersehnten Worte sprach, beobachtete ich Petrus. Er saß regungslos da, als hätte er nichts gehört. Nur seine Augen sprangen unruhig hin und her und verrieten ihn. Jakobus und Johannes sahen einander an. Johannes war in den letzten drei Jahren erwachsener geworden – die schelmischen Züge seines Gesichts, die ihn auch für einen galiläischen Fischer mit gebräunter Haut jung aussehen ließen, waren dem Ausdruck eines Mannes gewichen, der stets auf der Hut war. Jakobus, der immer der ungestümere der beiden Brüder gewesen war, war in den letzten Wochen und Monaten immer stiller geworden. Jetzt hob er den Kopf und sah den Meister an, als wolle er etwas sagen; aber schließlich nickte er nur.

Wir waren alle nicht mehr die, die wir früher gewesen waren.

Spät an jenem Abend suchte ich den Rebellen auf, der auch Jesus hieß.

„Wir gehen zum Passahfest nach Jerusalem. Die Zeit ist bald da."

Er nahm die Nachricht mit ernstem Blick auf. „Wie will er es machen – wie will er so bekannt werden, dass sie ihm glauben? Wie will er Kaiphas zwingen, ihn zum König auszurufen?"

„Ich weiß es nicht", sagte ich.

In meinen Träumen hatte ich Judas Makkabäus mit einer Armee in Jerusalem einziehen gesehen. Ich hatte gesehen, wie er sich den Weg in den Tempel freikämpfte. Aber ich wusste: Jesus würde es nicht so machen. Er tat die Dinge nie so, wie ich erwartet hatte.

Der Gesetzlose legte die Stirn in Falten und ich redete hastig weiter, bevor er weitere Bedenken anmelden konnte.

„Er wird es auf seine Weise tun. Wenn es jemanden gibt, dem es gelingen kann, dann ist er es. Er hat einen Mann auferweckt, der vier Tage im Grab gelegen hatte. Meinst du, das hat er nur gemacht, um einen Freund ins Leben zurückzurufen? Du hast gehört, was er gesagt hat: ‚Damit auch andere glauben.' Der Prophet hat vorhergesagt, dass die bleichen Knochen der Menschen wieder zusammenfinden und mit Fleisch umkleidet werden. Was für ein Zeichen brauchst du noch?"

Während ich das sagte, erfüllte mich ein tiefer Friede. Er ergriff mich, während ich sprach, und wenn ich vielleicht zu Anfang noch nicht genau gewusst hatte, was ich sagen würde, so war ich doch, als ich endete, vollständig gewiss, dass das, was ich da sagte, die Wahrheit war.

„Was sollen wir tun?"

„Sorge dafür, dass dem Meister nichts geschieht. Schick deine Männer voraus in die Stadt. Wir werden sehen, was sie in Erfahrung bringen."

Sie kamen alle. Alle zogen sie das Jordantal hinunter. Die Familie von Jakobus und Johannes, selbst ihr alter Vater Zebedäus. Jakobus und Salome und die kleine Maria, die Geschwister von Jesus. Und seine Mutter Maria mit den unergründlichen Augen. Susanna, der jedes Mal die Tränen kamen, wenn sie die Magdalenerin begrüßte oder sich von ihr verabschiedete. Chuza, Johannas Mann, der Verwalter von Herodes – er füllte unsere Kasse auf und bestätigte uns, dass Herodes vorhatte, Jesus gleich nach dem Fest verhaften zu lassen.

Es lag Spannung in der Luft, eine unausgesprochene Erwartung, die mit jedem Pilger und jedem Familienmitglied, das sich uns anschloss, noch anschwoll. Aus Galiläa stießen Männer zu uns – keine Pilger, sondern Männer aus den Bergen. Immer wieder Rebellen, Freiheitskämpfer, die ihre Schwerter verbargen.

Zwei Wochen vor dem Passahfest brachen wir auf. Wir liefen wie in Trance, wie Erstaunte, gefangen zwischen erschrockener Wachsamkeit und Hoffnung. Einmal warf Simon mir unterwegs einen Blick zu, ohne etwas zu sagen, aber ich konnte die Frage in seinen Augen lesen:

Kann es wahr sein?

Ich hatte mir noch immer nicht erlaubt, wieder zu hoffen. Aber an diesem Tag schrie mein Herz: *Ja! Es muss wahr sein! Es muss!*

Seit drei Jahren hatten wir bei jeder Gelegenheit versagt – hatten im Sturm angstvoll um Hilfe geschrien oder gejammert, dass wir nicht genug Brot für die Menge hatten. Und jedes Mal hatte er uns getadelt: Habt ihr immer noch keinen Glauben? Konnte es denn diesmal anders sein?

Dieses Mal reisten wir nicht als unauffällige Pilger in der Menge. Wir füllten ganze Ortschaften bis unter alle Dächer mit den Scharen der Anhänger. Wir predigten am Straßenrand und riefen das kommende Königreich aus. Ich fühlte mich unbesiegbar und meine Kräfte schienen mir unerschöpflich – tagsüber.

Aber nachts flüsterte der Verkläger mir ins Ohr.

Ein Funke genügt.

Sie werden ihn umbringen.

Wir zogen weiter, von Ort zu Ort, und immer mehr Menschen schlossen sich uns an wie eine Schlammlawine, die im Sturm ganze Berge mit zu Tal reißt.

Ich versuchte, den Ausdruck im Gesicht von Jakobus zu deuten, dem Bruder des Meisters. Immer wieder warf er wachsame Blicke auf Jesus, so wie man etwas Wildes im Auge behält, von dem man nicht weiß, ob es sich friedlich verhalten wird oder im nächsten Moment jeden, der ihm zu nahe kommt, angreift.

Und wenn wir uns irren? Wenn wir in unseren Tod laufen?

Ich konnte es nicht mehr aushalten. Und die anderen auch nicht. Das Königreich oder der Tod. Entweder – oder. Es war an der Zeit.

„Meister, du musst mehr schlafen und mehr essen, sonst bist du nicht stark genug, um deine Herrschaft anzutreten", sagte ich, als wir spätabends zusammensaßen, der Meister und wir zwölf. Er war blasser und ausgezehrter, als ich ihn in Wochen gesehen hatte, aber das war nicht der Grund für meine Worte.

Ich wollte eine Reaktion provozieren. Ich dürstete nach einem einzigen Wort, das ich als Bestätigung für meine Hoffnung deuten konnte.

„Hört zu, was ich euch sage“, erwiderte er, als habe er meine Ermahnung gar nicht gehört. Ich hätte meine Worte beinahe noch einmal wiederholt, nur damit er zu erkennen gab, dass er mich gehört hatte. Diese Kleinigkeit ärgerte mich in einem Ausmaß, als hinge das Schicksal der ganzen Welt an einem einzigen Wort.

„Wir hören zu“, sagte Johannes. Neben ihm tauschten Simon, Petrus und Jakobus Blicke wie Männer, die sich gleich von einer Klippe stürzen wollen und sich nun Mut zusprechen und sich gleichzeitig fragen, ob sie den Sprung überleben werden.

„Der Menschensohn wird den Hohepriestern und den Gesetzeslehrern ausgeliefert werden.“ Er blickte mich an und dann über mich hinweg. Seine nächsten Worte erreichten mich wie aus großer Entfernung. „Sie werden ihn zum Tod verurteilen und den Heiden übergeben. Die werden ihn verspotten, anspucken, auspeitschen und töten.“

Ich starrte ihn an. Über dem hoffnungslosen Trommeln meines Herzens hörte ich kaum, was er sagte.

Nein. Nicht wieder das. Nicht jetzt!

Petrus runzelte die Stirn, aber er sagte nichts. Niemand sagte etwas.

„Und nach drei Tagen wird er auferstehen.“

Als er uns verlassen hatte, um zu beten, blickte Jakobus sich unter uns um. „Dieses Bild habe ich noch nie verstanden“, sagte er.

„Vielleicht …“ Matthäus leckte sich über die ausgetrockneten, spröden Lippen. „Vielleicht ist es kein Bild.“

„Am dritten Tag … er meint, am dritten Tag wird etwas passieren“, rätselte Jakobus. „Das Passahfest dauert sieben Tage. Irgendetwas wird mitten am Fest geschehen.“

„Die Priester werden ihn zur Rede stellen“, sagte ich. „Aber es ist eine Prüfung, eine Prüfung wie der Sturm. Wir haben alle gedacht, wir ertrinken, aber in der letzten Minute ist der Meister aufgestanden und hat Wellen und Wind beruhigt. Ist es nicht viel leichter, den Mund eines Kaiphas zum Schweigen zu bringen?“

Unbehagliches Gelächter.

„Vielleicht meint er das“, sagte Petrus.

„Das letzte Mal, als wir hier waren, hätten sie ihn fast gesteinigt“, erinnerte sich Jakobus.

„Und hättest du geglaubt, dass wir so lange hierbleiben und dann doch lebend davonkommen würden?“

„Nein. Ich sah uns schon als tote Leute.“

Schweigen. Kopfnicken.

Ich war überzeugt, dass in meinen Worten Wahrheit lag. Und von noch etwas war ich überzeugt: Ich konnte mir zwar nichts Größeres vorstellen, als dass jemand einen Toten aus dem Grab zurückholte, aber ich hatte sicher noch nicht das größte Zeichen gesehen, das er tun würde.

„Selbst wenn er es uns jetzt sagen würde – wir würden ihm nicht glauben, was er am Passahfest tun will. Da bin ich mir ganz sicher.“

Wir würden so viele Menschen um uns scharen wie noch nie zuvor in der ganzen Zeit, in der wir ihm folgten. Bald würde er keine Wahl mehr haben.

Er musste sein Königtum ausrufen. Und zwar mit Erfolg …

Oder er würde sterben.

33

An diesem Abend verfasste ich die Nachricht, die meine letzte dieser Art sein sollte:

Du hast gesagt, er solle wiederkommen, wenn er bereit ist. Die Zeit ist da. Haltet euch am Passahfest bereit.

Noch am selben Abend angelte ich nach einer der letzten verbliebenen Münzen in unserem Geldbeutel und sandte die Nachricht vorab in die Stadt.

Nun gut. Das war erledigt.

34

Direkt vor uns, vor dem Stadttor von Jericho, entstand ein Tumult. Man hörte die lauten Rufe eines Mannes, der versuchte, die Vorübergehenden, die ihm zu nahe kamen, am Arm zu packen.

„Jesus, Sohn Davids, hab Erbarmen!"

Jesus blieb stehen. „Wer ruft nach mir?"

Er nennt ihn Sohn Davids und der Meister fragt: „Wer ruft nach mir?"

Selbst ein Blinder sieht es also.

Ich stand daneben, als der Meister sich über ihn beugte. Ich wusste, er wäre nicht stehen geblieben, wenn er ihn nicht heilen wollte; wusste, dass er nicht anders konnte, als ihn zu heilen.

Wir zogen im Triumph in die Stadt wie einst Joschua. Selbst die Pharisäer und die Synagogenältesten hielten sich zurück –

offensichtlich bass erstaunt von dem Schauspiel, das die Menge bot: Singend zogen die Menschen durch die Straßen und erzählten von dem Mann, der blind gewesen war – demselben, der jetzt vor uns hertanzte wie einst David vor der Bundeslade und seine Jubelrufe zum Himmel aufsteigen ließ.

„Ist das nicht Bartimäus, der blinde Bettler?", hörte ich eine Stimme in der Menge.

Ich lachte. Ich warf den Kopf zurück und lachte aus vollem Herzen. Ich hatte schon fast vergessen, wie das klingt, wie es sich anfühlt, wenn einem das Lachen in der Kehle aufsteigt wie ein Honig eigener Art.

Neben mir hörte ich Simon laut singen. Petrus hatte ihn an den Schultern gepackt und in den Gesang eingestimmt, und auch Jakobus und Johannes schmetterten aus voller Kehle.

Damals, in der Zeit, die wir im Norden im Gebiet des Philippus verbracht hatten, hatte ich sie um ihre besondere Nähe zum Meister beneidet. Aber jetzt vergaß ich meinen Groll. Jetzt hätte ich ihnen alles vergeben. Selbst auf den Sitz zur Rechten oder Linken des Meisters hätte ich verzichtet, wenn ich jemals einen Anspruch darauf gehabt hätte – alles hätte ich aufgegeben, um ihn und die anderen um mich zu haben, so vertraut und nah. Dankbarkeit erfüllte mein Herz.

Auch den schon bekannten Stich spürte ich: Ich vermisste die Zeiten, die ich allein mit Jesus verbracht hatte, damals, am Anfang. Aber sehr bald würden wir wieder Gelegenheit haben, gemeinsam den Abendhimmel zu betrachten. Sehr bald würde ich wieder meine Bemerkungen darüber machen, wie seltsam vertraut mir sein Gesicht war, wenn er in den sternenübersäten Nachthimmel aufsah – wie jemand, der ein Traumbild betrachtet, an das er sich noch fern erinnert.

Aber fürs Erste gab es jetzt und hier nur die Menge, die singend und mit „Hosianna, Hosianna!"-Rufen durch die Straßen zog. In mir wallte etwas auf und drohte überzufließen. Immer wieder musste ich den Kopf senken – zu hell strahlte mir die Sonne in die Augen. Zu erfüllt war dieser Augenblick, zu herrlich die Verheißungen, die ich ersehnt und mir erträumt und dann im Moment tiefster Verzweiflung preisgegeben hatte.

Stürzt ein, Mauern von Jericho.

Die Menge folgte uns auf dem ganzen Weg von Jericho bis nach Betanien. Die Gesänge, die Jubelrufe, das Lachen und die Spiele der Kinder, die überall zwischen den Pilgern herumflitzten – all das enthob uns fast der Wirklichkeit. Unsere Füße schienen kaum den Boden zu berühren, spürten weder Steine noch Staub. Gerade erst hatte uns die Woge der Pilger emporgehoben ... und im nächsten Moment sahen wir uns um und stellten fest, dass Jericho bereits weit hinter uns und die ersten Häuser von Betanien direkt vor uns lagen, als seien sie auf uns zugekommen und nicht wir auf sie.

Unter Gelächter und mit den üblichen Begrüßungsküssen betraten wir das Haus von Maria, Marta und Lazarus. Mit uns zog auch der Sabbat ein. Ich ertappte mich dabei, dass ich Lazarus anstarrte – er war so sonnengebräunt und robust wie eh und je, als sei er im Leben noch nicht krank, geschweige denn vier Tage im Grab gewesen. Er schloss Jesus in die Arme und seine Tränen fielen dem Meister in den Nacken, als der seine Umarmung erwiderte.

„Ah, Lazarus“, sagte Jesus. In seiner Miene lag weniger Aufmunterung als Dankbarkeit, als sei nicht er es gewesen, der Lazarus aus dem Grab geholt hatte. Er wirkte eher ebenso glücklich darüber, dass er ihn aus dem Grab zurückerhalten hatte, wie Marta und Maria.

Maria küsste der Mutter des Meisters die Hände und Marta bat uns nach oben aufs Dach, da das kleine Haus uns alle kaum fassen konnte. Unter einem Laubdach von Myrten und Palmen hielten wir am Abend das Sabbatmahl, zusammen mit Maria, der Mutter von Jesus, seinen Geschwistern und deren Familien, mit Zebedäus, der Magdalenerin, Susanna, Johanna und ihrem Mann. Hungrig verzehrten wir das einfache Mahl aus Linsen, Feigen und Brot, und all das schmeckte uns viel köstlicher als die Delikatessen, die man uns am Abend zuvor im Haus eines Zollpächters in Jericho vorgesetzt hatte.

Es sollte das letzte Mal sein, dass ich mit mir und der Welt im Reinen war.

35

Kaum traten wir am nächsten Morgen aus dem Haus, als sich auch schon ein Aufschrei aus der Menge erhob.

Hosianna!

Leiber drängten sich an uns und rissen uns mit. Der Lärm der Menge wogte über die Pilger hinweg, die am Straßenrand stehen blieben und die Hälse reckten, um zu sehen, um wen sich die Leute da so knäuelten.

Hosianna!

„Kommt mit!“, rief ich einer Gruppe von Zuschauern am Straßenrand zu – ärmliche Leute vom Land, von wer weiß woher. „Schließt euch an. Hier ist der Sohn Davids!“

„Ist er es?“, fragte jemand. „Ist er der, der Lazarus, Marias Bruder, vom Tod erweckt hat?“

„Seht ihn euch gut an!“, gab ich zurück.

Andere standen einfach in ehrfürchtigem Staunen hinten in der Menge und ließen die Blicke von einem zum anderen schweifen, während die Menge an ihnen vorbeizog. Als ich wenig später zurückschaute, hatte die Menge sie verschluckt.

Wir brauchten die große Menge. Zadok hatte recht. Ohne Scharen von Anhängern würde man uns aus dem Weg räumen wie räudige Hunde. Aber wenn wir viele waren ... Pilatus konnte sich keinen Aufstand dieses Ausmaßes mehr leisten. Nicht seit Archelaus im Exil war und es fraglich war, welchen Einfluss sein Gönner in Rom noch hatte. Er konnte es nicht wagen, Unruhen zu riskieren; und vor allem konnte er nicht riskieren, dass es ein Massaker gab.

Und so umgaben wir uns mit den Scharen der Pilger wie mit einem Umhang, von dem Gefahr ausging. Wie mit einem Gewand, das mit zahllosen Zähnen bewährt ist. Jetzt folgten uns keine Pilgerscharen mehr, jetzt folgte uns ein Mob. Eine Armee.

Der Grundton der Gesänge begann sich zu verändern, als jemand vor uns anstimmte:

Ich stelle ein Licht auf für meinen Gesalbten.
Ich bedecke seine Feinde mit Schande;
doch auf ihm erglänzt seine Krone.

Sofort fiel die Menge ein.

Als wir den Ölberg erklommen, war die Luft bereits warm; Befreiung lag in der Luft. Vor uns ertönten laute Rufe – eine Menschenmenge kam uns entgegen und ich begriff, dass sie am Weg auf uns gewartet hatten. Aber bevor wir sie einladen konnten, sich unserem Zug anzuschließen, blieben wir verblüfft stehen und rissen die Augen auf – Tausende von Pilgerzelten bedeckten die Hügel um die Stadt, durch die Stadttore drängten sich Menschen mit Palmwedeln und Myrtenzweigen; die Straße quoll über vor Menschen, die in die Stadt zogen.

Israels Kinder kehrten zurück nach Zion. Neben mir schlug eine mir unbekannte Frau die Hände vors Gesicht und weinte.

Jetzt hatte die Menge, die uns entgegenkam, uns erreicht: Sie schwenkten ihre Palmzweige und riefen:

Hosianna, Sohn Davids!

Hosianna. Erlöse uns.

Etwas weiter vorn gab es einen Außenposten, der mit einigen Soldaten besetzt war, die die Straße im Blick haben sollten. Im Vorbeiziehen sah ich ihre Gesichter. Was konnten sie schon gegen uns ausrichten? Sie standen regungslos in ihrem Unterstand und wagten sich nicht heraus.

Ich sang jetzt lauter. *Hosianna!*

Wir drängten uns enger um den Meister in dem Versuch, ihn vom Ansturm der Menge abzuschirmen – von allen Seiten drohten ihm Zweige in die Augen zu stechen oder Hände, die sich nach ihm ausstreckten, die Kleider zu zerreißen. Er kam nur in ganz kleinen Schritten voran, ergriff hier eine Hand aus der Menge, dort eine andere; legte einem Säugling, den man ihm entgegenstreckte, oder einem Kind in der Menge die Hände auf. Und dann sah ich Jakobus und Andreas, die sich durch das Gedränge schoben.

Ich hatte nicht mitbekommen, dass sie vorausgegangen waren. Und was hatten sie da bei sich? Einen Esel. Ihre Umhänge hatten sie über den Rücken des Tieres gelegt.

Ich warf den meinen ebenfalls darüber und half Jesus aufzusteigen. Vor uns breiteten die Menschen ihre Mäntel und Palmzweige auf den Weg. Ich trat von dem Tier zurück, als hinter mir eine Frau ausrief:

„Juble, Tochter Zion!"

Es verschlug mir fast den Atem. Ich kannte die Worte des Propheten. Wie Hammerschläge hallten sie durch meinen Kopf:

Juble laut, Tochter Zion, jauchze, Tochter Jerusalem!
Siehe, dein König kommt zu dir:
Gerecht und siegreich ist er,
demütig und auf einem Esel reitend …

Ich spürte, wie mir die Knie weich wurden, und sank zu Boden, mitten in der Menge. Einen Moment später packten starke Hände mich unter den Achseln.

Jesus, der Rebell. „Das ist jetzt nicht die Zeit, um auf die Knie zu fallen. Unsere Brüder erwarten uns." Er grinste.

Ich wusste nicht, von welchen Brüdern er sprach.

Zum Stadttor. Niemand konnte uns jetzt aufhalten. Inzwischen mussten Tausende uns folgen. Als wir die Straßen Jerusalems erreichten, fanden wir sie gesäumt von singenden Pilgern, die ihre Palmen schwenkten. Der allgemeine Taumel riss alle mit.

Hinter den jubelnden Menschen, auf der Stadtmauer, sah ich die Wachtposten und über ihnen paradierten die Tempelwachen vor der großen Säulenhalle. Ihre Tuniken, die sie als Leviten auswiesen, waren von denen der Römer kaum zu unterscheiden.

In diesem Moment verdunkelte eine Wolke die Sonne und für einen Augenblick schien es mir, als sähe ich Schatten – Riesen, die zu beiden Seiten des Weges lauerten. Umrisse von Bäumen, grotesk verdreht, an denen Menschen hingen wie makabre Siegeszeichen.

Kreuze …

Ich blinzelte und stolperte, als jemand in mich hineinlief.

„Ist er es? Ist es der Mann aus Nazareth?", rief jemand.

„Er hat meinen Cousin geheilt! Dieser Mann hat ihn geheilt!", erscholl die Antwort.

In meinen Ohren summte es. Vor meinen Augen flackerten schwarze Flecken. Jesus ritt direkt vor mir, und als er den Kopf wandte, schien es mir, als sähe ich ihn weinen.

Die Menge spülte uns durch das Tor und wir zogen in die Stadt ein; die bedauernswerten Wachen wichen zurück und gaben uns den Weg frei.

Jemand packte mich heftig am Arm; Fingernägel bohrten sich durch meinen Ärmel hindurch. Ich wandte mich um. Es war die Magdalenerin. Sie umklammerte mich wie jemand, der Zeuge eines Ereignisses wird, das er nie zu erleben geglaubt hatte, mit einer Mischung aus ungläubigem Staunen und Furcht. Sie hatte die Lippen leicht geöffnet und ihr Gesicht war gerötet. Ich legte meine Hand auf die ihre und wir zogen weiter.

Wenig später sah ich, wie Jesus, der Rebell, sich davonstahl und auf ein paar Männer zuging, die hinter dem Stadttor an der Straße warteten. Vielleicht wollten sie jetzt noch vor uns in den Tempel gelangen.

Und dann glaubte ich, mitten in der Menge das Gesicht meines Bruders zu erkennen.

War das möglich?

„Nathan!“, rief ich. „Nathan!“ Wenn er mich hörte, ließ er es sich jedenfalls nicht anmerken, und im nächsten Moment war er in der Menge verschwunden, die jetzt durch die Straßen drängte wie ein Fluss, der über die Ufer tritt.

Vor mir saß Jesus mit gesenktem Kopf auf seinem Esel. Die Menge mochte es für eine Geste der Demut halten; ich sah, dass er tatsächlich weinte.

Ich riss mich von der Magdalenerin los und zwängte mich zwischen den Menschen durch. Ich wollte zu ihm, ihn an den Schultern packen und ihm sagen, dass dies jetzt seine Zeit war. Was hatten wir nicht alles ertragen, wofür hatten wir gearbeitet, warum uns um jede kranke oder verhungerte Seele gekümmert – wenn nicht für diesen Moment? Wie konnte er es *wagen*, jetzt zu weinen? Sah er denn die Menschen nicht – die Menschen, die ihren Messias empfingen?

Aber jetzt geriet die Menge aus dem Tritt, weil eine weitere Gruppe hinzustieß und versuchte, an Jesus heranzukommen, sodass ich zurückgedrängt wurde. Sie trugen eine Art Bahre mit sich, und die Träger stießen Warnrufe aus und versuchten zu verhindern, dass die Gestalt, die darauf lag, im Gedränge niedergetrampelt wurde.

Ich blieb zurück und starrte ihm nach.

Von irgendwo jenseits des Lärms, des Geschreis und des vollständigen Chaos’, aus der Richtung der judäischen Berge, klang ein leises Grollen herüber. Ein fernes Gewitter, wie ein dunkles Lachen.

Wir erreichten die Stufen an der Südseite des Tempels und brachten den Esel zum Stehen. Als Jesus sich gerade anschickte abzusteigen, tauchte am Rand der Menge eine Gruppe von Pharisäern auf.

„Bring sie zum Schweigen – schick' die Leute fort!", verlangte einer von ihnen. „Du verursachst einen Aufstand – weißt du nicht, was passieren kann?"

Ich sah die Angst in ihren Augen, die verzweifelte Panik.

Sollen sie ernten, was sie gesät haben.

Aber schon hatte die Menge sie aus dem Weg gedrängt und sie gingen eilig ihrer Wege.

Ich warf einen Blick in die Richtung, wo die Mikwe lag. Ich sehnte mich nach dem Geruch frischen Wassers, nach dem Bad, das man in den Felsen gehauen hatte. Der Anlass schien es mir wert, mir den Staub der Straße und den Schweiß der zahllosen Hände, die nach uns gegriffen hatten, abzuwaschen. Aber der Meister stieg bereits die Stufen zum Tempel hinauf.

Wir beeilten uns, ihn einzuholen. Unsere Hosiannarufe hallten durch die Torbögen und das hohe Gewölbe der Vorhalle und die Säulen selbst warfen sie zurück, als wir zum äußeren Vorhof emporstiegen …

Zu dem Marktplatz, wo es nach Tieren, Heu und nach Mist stank.

Ich blieb wie angewurzelt stehen und riss die Augen auf. Noch nie hatte ich es hier so voll erlebt. Es war, als habe sich der gesamte Markt, der früher auf dem Ölberg stattfand, nach hier, in den Vorhof des Tempels verlagert – alle, von den diversen Viehhändlern bis zu den Geldwechslern mit ihren Tischen, auf denen sich Münzen und Gewichte häuften.

Es hätte noch gut gehen können. Wir hätten die Situation noch in den Griff bekommen können, wäre da nicht jemand so unbesonnen, so dreist, so verrückt gewesen, unsere ganze Mission an den Nagel zu hängen – nur weil er die Geschmacklosigkeit nicht ertrug, die sich uns im Vorhof darbot.

Wir hätten unseren Weg zur Befreiung unseres Volkes fortsetzen können, hätte nicht jemand sich von seinem Zorn hinreißen lassen und einen Taubenkäfig umgeworfen und die Tiere in eine blinde Flucht gestürzt.

Aber genau das tat jemand.

Und dieser Jemand war Jesus.

Entsetzt verfolgte ich, wie er zum nächsten Verkaufstisch eilte, die Hand an die Kante legte und ihn umstieß. Die Münzen rollten auf dem gepflasterten Hof in alle Richtungen.

Die Wangen über seinem Bart waren gerötet. „Steht nicht geschrieben: Mein Haus soll ein Haus des Gebets sein?“, schrie er.

Ein Geldwechsler – einer, den ich aus dem Holzmagazin kannte – machte einen Satz rückwärts, als der Meister mit einem einzigen Hieb Münzen und Gewichte und Rechenbrett von seinem Tisch fegte.

„Und ihr habt es zu einer Räuberhöhle gemacht!“, schrie Jesus.

Etliche Pilger knieten sich hin und fischten nach den Münzen. Ein anderer Händler schob rasch einen Stapel Münzen von seinem Tisch in die Schürze. Jemand rief um Hilfe, andere riefen nach der Tempelwache.

Jesus machte sich jetzt über ein paar Käfige her. Er riss sie auf und scheuchte noch mehr Vögel in den Hof, die den Menschen ins Gesicht flatterten, bevor sie zum Himmel aufflogen.

Mitglieder der Tempelwache rannten jetzt durch die Vorhalle. Andere kamen aus den Säulenhallen und von den Toren, aber es war zu spät – immer mehr Menschen drängten sich durch die Doppeltore in den Vorhof, versuchten, die Vögel zu fassen zu kriegen, die ihnen zwischen den Beinen umherflatterten, plünderten die Tische der Geldwechsler, griffen nach den besten Lämmern.

Es krachte wieder – jemand hatte noch einen Tisch umgeworfen. Ein paar Ziegen liefen über den Hof, wurden aber gleich von Leuten eingefangen, die sich nicht die Zeit genommen hatten, die Hände zu waschen, sondern direkt in den Hof gestürmt waren.

Hinter ihnen ertönte Gebrüll – unmenschliches Gebrüll. Der Meister. Ein Seil vom Zaumzeug schlenkerte durch die Luft und ging mit einem Knall nieder. Bei dem Anblick, der sich mir dann bot, stolperte ich: Der Meister trieb ein paar Händler wie Vieh vor sich her in die Säulengänge. Die Ärmsten hielten sich schützend die Hände über den Kopf.

Wolken waren aufgezogen, die jetzt die Sonne verbargen und Schatten über die ganze Szene warfen. Wachen mit gezückten Schwertern mischten sich in den Tumult. Pilger versuchten, durch die Tore zu entkommen, wurden aber von der Menge, die immer noch die Stufen hinauf und in den Vorhof stürmte, zurückgedrängt. Ihre Tiere oder die Hände ihrer Kinder umklammernd, steuerten sie auf den Frauenhof zu, um dem Chaos zu entkommen.

Da! Jesus, der Rebell. Mit einer blitzartigen Bewegung zog er sein Schwert. Die Männer, die ihn hinter dem Stadttor erwartet hatten, waren bei ihm.

Ich versuchte, mein Messer zu ziehen, aber meine Hände zitterten so heftig, dass es zu Boden fiel. In dem Getöse, das mich umgab, hörte man es nicht auf den Steinboden fallen. Ein Stück vor mir sank ein Mann in die Knie; seine Nase färbte sich rot. Jemand stand über ihm, allerdings nicht lange – zu rasch hatte er siegreich die Arme hochgerissen. Eine der Wachen hieb ihm ins Bein und er ging zu Boden. Und dann verstellte mir etwas plötzlich die Sicht: Mit irrem Blick raste ein Rind durch den Aufruhr auf mich zu.

Von den Rebellen her erklang Beifall. In ihrer Mitte war jemand auf die Knie gegangen. Von allen Seiten kamen jetzt Wachen, die

Schwerter gezückt, aber nur zur Selbstverteidigung. Gegen die Menge waren sie viel zu wenig.

Über mir pfiff und knallte das Peitschenseil. Jesus fegte Münzen von einem weiteren Tisch auf den Boden. Er schrie: „Steht nicht geschrieben: An jenem Tag wird kein Händler mehr im Haus des Herrn Handel treiben?“

Ein Kriegsruf.

Der Ruf eines Mannes, der sich den Tod wünschte.

Wir waren gekommen, um einen König zu salben. Aber nun hatten wir Chaos, Aufruhr und ein unverzeihliches Vergehen gebracht. Kein Vergehen gegen die Römer oder gegen Pilatus oder irgendeinen anderen Heiden – ein Vergehen gegen unseren eigenen Tempel.

Dann hatte ich einen plötzlichen Moment der Klarheit. Und was ich sah, war kein Messias, sondern ein Mann, der dabei war, sich selbst zu vernichten, einer, der versuchte, all das umzustürzen, was der Gott Abrahams selbst eingesetzt hatte.

Ich sah den Zorn, der ihm ins Gesicht geschrieben stand, und endlich begriff ich, was die Pharisäer, die Priester, die Gesetzeslehrer – und ja, auch die Söhne des Lehrers – schon längst begriffen hatten.

Nathan hatte recht. Ich hatte mich getäuscht.

Ich drängte mich zum Südtor, aus dem immer noch schubweise Menschen in den Hof strömten wie Blut aus einer offenen Schlagader.

Draußen ertönten Rufe. Über die Westmauer marschierten Soldaten aus der Festung Antonia zum oberen Tor.

Hosianna.

Erlöse uns.

Ich rannte jetzt. Hinunter, auf die verstopfte Straße, in die Menge hinein. Von dort, wo ich herkam, vernahm ich Rufe, einen seltsamen Beifall, wie von fern.

Ich hatte ihm geglaubt. Ich hatte ihn in Schutz genommen, war in seinem Namen gegen die Pharisäer und Priester angetreten, hatte ihn Sohn Gottes genannt.

Ich bog in eine enge Gasse ab und schoss eine Seitenstraße hinunter. Ich rannte, bis meine Lungen brannten, bis ich so weit vom Tempel entfernt war wie nur irgend möglich. Ich rannte nach Norden, in die Neustadt. Aber nach Hause traute ich mich nicht.

Hinter einer Häuserzeile sank ich gegen eine niedrige Mauer und schlug mir die noch immer zitternden Hände vors Gesicht. Irgendwo auf den Stufen hatte ich die anderen verloren, aber ich wusste, wo sie sich treffen würden. Wenn ich nicht wieder zu ihnen stieß, würden sie glauben, ich sei in dem Tumult untergegangen, vielleicht sogar zu Tode gekommen.

Aber ich blieb. Ich blieb da und ertrug die Krampfanfälle, die meine Beine befielen, und die Fragen, die mir die Luft zum Atmen nahmen.

Was hatten wir getan?

Und was würden die Römer jetzt tun? Alles war weitaus schlimmer als vorher schon.

Und war Jesus denn besser als Judas bar Hesekija? Was er angerichtet hatte, war verheerend und es würde uns vernichten.

Ich war einmal ein Mann des Gesetzes gewesen und hatte mich erneut dem Gesetz verschrieben, nachdem ein falscher Messias mein Leben ruiniert hatte. Ich hatte geglaubt, dieser Messias sei anders. Ich hatte mich verführen lassen – von den Zeichen, die er tat, davon, dass er mich von der Schuld meiner Kindheit befreit hatte.

Von seiner Liebe.

Wegen dieser Liebe hatte ich es in der Gesellschaft von Sündern ausgehalten. Hatte gegen jeden Anstand allein mit einer Frau gesprochen. Hatte den Sabbat gebrochen …

Ich hatte es für eine Art von Freiheit gehalten. Für die Gesetzlosigkeit des kommenden Reiches, in dem alle Menschen frei wären von jeder Unterdrückung.

Aber ich hatte das Gesetz aus mir heraussickern lassen – wie eine schlecht abgedichtete Mikwe, aus der das lebendige Wasser, das sie enthält, langsam entweicht.

Als ich mich endlich erhob, war es fast dunkel. Ich wollte nicht zu den anderen. Innerlich krank und völlig verloren lief ich in Richtung Oberstadt.

Wie hatte ich mich nur so schrecklich irren können?

36

Diesmal bot man mir weder Wasser zum Waschen noch Wein zum Trinken an, obwohl meine Kehle so brannte, dass ich kaum schlucken konnte. Ich hatte fast zwei Stunden am Hintereingang gewartet. Endlich erschien der Hausdiener wieder und führte mich nach oben in den kleinen Raum.

„Ich grüße dich, Lehrer“, sagte ich und eilte auf ihn zu.

Zadok begrüßte mich nicht, sondern seufzte nur, als ich seine Hände ergriff.

Er saß auf einer Bank und trug anstelle der Kleidung eines Pharisäers eine einfache Tunika. Die Gebetsriemen auf Stirn und Armen waren gelockert, als habe er sie gerade abnehmen wollen. In diesem Moment sah er nicht aus wie ein bedeutender Lehrer, eher wie ein alter Mann. Die Furchen um seinen Mund zeichneten sich deutlicher ab als beim letzten Mal, als ich ihn gesehen hatte.

„Gegen deinen Meister wird man sehr schwere Vorwürfe erheben.“

„Bitte, ich brauche deinen Rat.“

„Judas, ich weiß, dass du ihn liebst. Aber was man ihm zur Last legt, ist ernst. Du wusstest doch, dass der Hohepriester dazu aufgerufen hat, ihn anzuzeigen, und dass sie ihm Gotteslästerung vorwerfen. Aber jetzt, nach dem, was heute passiert ist … Ich weiß nicht, ob das überhaupt noch nötig ist. Er verurteilt sich selbst." Zadok seufzte. „Und das, nachdem du so lange zu ihm gestanden hast."

„Niemand kann sich selbst verurteilen. Nicht vor Gericht", sagte ich. „Ich kenne das Gesetz nämlich auch." Jerusalem unterstand nicht der Gerichtsbarkeit des Herodes – der König konnte ihn nicht einfach töten lassen wie Johannes, seinen Cousin. Und um ihn in irgendeiner Sache zu verurteilen, würde man eine Mehrheit brauchen – falls man es nicht so einrichtete, dass der Mob ihn vorher in die Finger bekam …

„Judas. Ist er ein so meisterhafter Blender, dass du es nie auch nur geahnt hast?"

„Es waren die Zeichen! Sogar ich habe als sein Schüler solche Zeichen …"

„Selbst die Zauberer des Pharao haben das gekonnt. Brauchst du denn unbedingt ein Wunder, um Hoffnung zu haben? Reicht das Gesetz dir nicht?"

Ich verbarg das Gesicht in den Händen.

„Aber das ist noch nicht alles", sagte er müde. „Ich habe erfahren, dass heute ein Mann von den römischen Hilfstruppen umgekommen ist, der im Tempel Dienst tat. Ein Samaritaner."

Ich grub die Fersen in den Boden. Dieser seltsame Ruf, der Beifall – das musste es gewesen sein.

„Und jetzt werden wir es alle ausbaden." Zadok schüttelte den Kopf.

„Aber wenn es nur ein Samaritaner war …"

Schon als ich es sagte, klang mir eine der Geschichten des Meisters in den Ohren. Eine Geschichte von einem Samaritaner, einem Vertreter dieses verhassten Volkes, der einem Mann half, den Räuber halb tot geschlagen und den ein Priester und ein Pharisäer einfach liegen gelassen hatten.

„Glaubst du, das interessiert Pilatus? Er trug eine römische Uniform! Das kann er nicht ungestraft lassen. Jeder, den man mit deinem Meister in Verbindung bringt, wird es zu spüren bekommen. Auch deine Familie, Judas."

„Bitte, hilf mir, sie zu retten!"

„Wie kann ich dir helfen? Du folgst einem Betrüger."

„Bitte. Du hast einflussreiche Freunde", sagte ich und näherte mich ihm auf den Knien.

Er schwieg einen Moment und starrte auf einen Fleck irgendwo zwischen uns. Schließlich sagte er: „Judas, deine Stunde wird kommen. Schon bald, denke ich. Schon bald wirst du entscheiden müssen, ob es besser ist, dass ein Mensch geopfert wird – einer, der immer wieder bewiesen hat, dass Israel vergeblich auf ihn hofft –, damit ein ganzes Volk verschont bleibt."

Der Boden schwankte unter meinen Füßen.

„Du stellst dich hinter Kaiphas und seine falsche Prophezeiung?", fragte ich. „Er ist Sadduzäer und nicht einmal der rechtmäßige Hohepriester!"

Zadok sah mich an und mir schien es, als sei jede einzelne Falte in seinem Gesicht hineingemeißelt. Er war erschöpft und müde, aber er war auch stolz. Was mochte einem Mann wie Zadok am Reich Gottes verlockend erscheinen – falls es denn je käme? Die Leute erwarteten von ihm, dass er in die Fußstapfen seines Lehrers trat, des streitbaren Schammai. Aber wenn es denn schließlich doch einmal käme, dieses Gottesreich – wozu würde man dann Leute wie Zadok brauchen?

Er war ein Mensch, der seine ganze Identität unwiderruflich mit dem Kampf gegen Rom verknüpft hatte. Ein Mann, der Rom *brauchte* – um seines Ansehens willen. Ein Mann, der sich nicht bereitwillig oder leicht von einem Visionär auf einen bloßen Wächter des Gesetzes reduzieren lassen würde. Und in jenem Moment wusste ich plötzlich, dass er niemals sein Leben für diese Sache lassen würde. Er würde immer einen Weg finden zu überleben.

Ich atmete heftig aus, als mir das klar wurde. Es klang wie ein abruptes, kurzes Lachen.

Er braucht Rom. Er fürchtet Rom.

„Judas, wir sind nicht bereit für eine Rebellion. Noch nicht. Dein Meister hat uns alle schwer in Bedrängnis gebracht."

„*Rom* hat uns in Bedrängnis gebracht. *Wir* haben uns in Bedrängnis gebracht. Es ist *unsere* Sünde, die uns zu diesem Exil im eigenen Land verurteilt hat! Predigst du das nicht immer? Wieso sollte mein Meister daran mehr Schuld tragen als du oder ich?"

Zadoks Augen zogen sich warnend zusammen. Seine Lippen wurden schmal. „Merk dir meine Worte! Dein Meister wird sterben. Und das sage ich dir als ein Vater zu seinem rebellischen Sohn. Ich habe schließlich mitverfolgt, wie du immer mehr herunterkommst."

Ein rebellischer Sohn? Und das von einem Mann, der jünger war als ich! Der Meister hatte einmal eine Geschichte von einem aufsässigen Sohn erzählt, der reumütig zu seinem Vater zurückkam. Würde Zadok zur Begrüßung für mich das gemästete Kalb schlachten und ein Fest geben? Nein. Er war der Bruder, der danebensteht und darauf beharrt, dass er immer getan hat, was der Vater von ihm wollte.

„Wegen deines Meisters wird Rom dem Tempel einen Denkzettel verpassen und dafür sorgen, dass Kaiphas ein für alle Mal sein Amtskleid ablegt. Und dann wird es auch mit unserer religiösen Freiheit vorbei sein."

„Nun, vielleicht ist das genau das, was geschehen sollte."

Jetzt wurde sein Gesicht hart. „Sieh dich vor, Judas, dass nicht auch du zum Gotteslästerer wirst! Sie werden die Tore des Tempels verschließen! Sie werden sich aus den Schatzkammern bedienen und diesmal werden sie das Geld nicht für ein Aquädukt verwenden. Weißt du etwa nicht, dass er die Zerstörung des Tempels heraufbeschworen hat?"

„Er spricht in Bildern“, erwiderte ich. Wie sollte ich es ihm erklären?

„Er sagt, der Tempel muss zerstört werden – damit er ihn wieder errichten kann. Das ist Wahnsinn! Beinahe fünfzig Jahre hat es gedauert, diesen Tempel zu bauen. Es ist der Ort, an dem der Höchste wohnt – und ausgerechnet dort hat dein Meister sich gegen sein eigenes Volk gewandt. Und wer sich gegen uns wendet, wendet sich gegen den Herrn selbst.“

Geh. Nur raus hier.

„Glaubst du etwa, Pilatus kennt da Nachsicht?“, wollte er wissen. „Glaubst du, Herodes lauert nicht schon seit dem Tag, an dem er Johannes gefangen gesetzt hat, darauf, Jesus ebenfalls umzubringen? Dein Meister ist ein toter Mann. Und du musst dich jetzt entscheiden, wie viele andere du mit ihm zusammen zum Tod verdammen willst.“

„Es gibt Leute, die ihn in Sicherheit bringen werden, wenn du es nicht tust“, sagte ich. „Nikodemus. Er war ein Gönner meines Vaters. Er hat einflussreiche Freunde. Und er selbst ist ein Schüler Gamaliels, der im Sanhedrin den Vorsitz hat.“

„Nikodemus kann nichts für deinen Meister tun. Bist du wirklich so naiv? Was meinst du, wer kontrolliert den Sanhedrin? Gamaliel jedenfalls nicht. Schon eher die Sadduzäer!“

„Selbst die Pharisäer aus Schammais Schule haben seit den Tagen von Judas bar Hesekija auf einen Messias gewartet, wie mein Meister es ist.“

„Auf einen Messias, allerdings! Aber auf einen, der die Pharisäer bloßstellt und seinem eigenen Volk in den Rücken fällt?“, fragte Zadok. „Auf einen, der die Überlieferungen der Väter missachtet? Würde ein Messias das tun?“

„Er ist ein guter Mensch.“

„Und wir hätten ihn vielleicht akzeptiert. Wir hätten alle unsere Leute für seine Sache eingesetzt. Erkennst du es immer noch nicht, Judas? Du, Judas, du vor allen anderen. Dir ist viel größeres Unrecht geschehen als irgendeinem von uns. Du hast deine Würde verloren hat, du hast den Weg der Thora verlassen und ihn verteidigt. Und deswegen müssen wir ihn einen Gotteslästerer nennen. Deswegen können wir keine Liebe für ihn aufbringen."

Aber er liebt mich.

Und ich liebe ihn.

Es ist der Sturm. Dies ist der Sturm. Nur der Sturm. Bald wird er aufstehen und den Wind beruhigen.

Wenn aber nicht?

„Es kommen mit jedem Tag mehr Pilger in die Stadt. Wenn wir uns alle gemeinsam erheben …"

„Ja! Mit jedem Tag kommen mehr Pilger. Glaubst du etwa, Kaiphas wird zulassen, dass dein Meister sich das zunutze macht? Dass er auf dem Höhepunkt des Festes die ganze Stadt in Aufruhr versetzt? Das würde er nicht wagen. Pilatus ist in der Stadt!"

„Dann spielt Kaiphas also Rom in die Hände!"

„Nein", erwiderte Zadok und erhob sich. „Dein Meister spielt Rom in die Hände. Jede Revolte macht Rom nur stärker. Bei jedem kleinsten Hinweis auf einen Aufstand erhöhen sie die Steuern und zwingen uns, ihrem Kaiser zu huldigen. Meinst du, sie suchen nicht schon längst nach einem Vorwand, um uns unsere religiöse Freiheit zu nehmen? Meinst du, sie haben noch keinen Blick auf unsere Tempelschätze geworfen, auf das Gold, das dem Herrn gehört? Jeder Vorwand wäre ihnen recht, damit sie damit Arenen für ihre Zirkusspiele in Rom bauen können. Dieser Aufstand deines Meisters hier wird ihre Macht nur stärken!"

Er ging ein paar Schritte und wandte sich dann um. „Hast du schon bedacht, dass Gott dir die einmalige Gelegenheit geben könnte, diese Situation wieder in richtige Bahnen zu lenken, indem du tust, was das Gesetz verlangt?"

Ich bekam keine Luft mehr. Ich stand auf und griff nach meinem Umhang. In mir kämpfte meine Einsicht mit meiner Liebe. Einer Liebe, die verlangte, dass der Meister am Leben blieb, ob er uns nun beide getäuscht hatte oder nicht.

Hinter mir hörte ich Zadoks Stimme, entschieden und ruhig: „Denk daran, was ich gesagt habe."

Ich war schon an der Tür, bevor der Diener sie öffnen konnte. Ich stieß sie weit auf, zog mir den Umhang über den Kopf und eilte hinaus in den Regen.

In dieser Nacht kehrte ich nicht zum Meister zurück. Und auch nicht nach Hause. In einer der Synagogen bat ich um einen Schlafplatz und legte mich, in meinen Umhang gehüllt, auf eine Bank. Dann starrte ich bis spät in die Nacht auf den Stuhl des Mose, den eine einsame Lampe beleuchtete.

37

Früh am Morgen stand ich vor den Toren des Tempels und bemerkte, dass ich weinte. Weinte, weil der Anblick des Tempels mein Herz kalt ließ. Weil der Ort mir fremd geworden war und mir heute pompös erschien und weil Menschenhände ihn nach und nach dazu gemacht hatten. Weil ich nicht wusste, ob ich je wieder so inbrünstig beten würde wie damals in den grünen Hügeln Galiläas.

Für mich war der Tempel zerstört. Der Tempel und das heilige Gesetz. Das Israel meiner Träume gab es nicht mehr. An seine Stelle waren Aussätzige getreten, die Heilung brauchten, Kranke und Hungernde. Die Frauen, die von ihren Männern verstoßen wurden, und dann dabei ertappt wurden, wie sie versuchten zu überleben, und vor die Gerichte gezerrt wurden. Die Jungen, die man durch den Schmutz zog, weil ihre Herkunft zweifelhaft war. Die Kluft zwischen Brüdern, geboren aus Enttäuschung und Bitterkeit. Wir hatten die Römer gar nicht gebraucht, um all das zustande zu bringen. Wir hatten es allein geschafft, durch Grausamkeit und durch einen Kodex, an dem wir unser Versagen messen konnten.

Und all das hatte Jesus mir angetan. Mit seinen Zeichen, mit seinen Wundern. Mit seiner Liebe. Alle Hoffnung, die ich je auf die Thora gesetzt hatte, verblasste neben der Währung einer Liebe, die mich unmittelbarer betraf als selbst mein Volk, Israel. Und nun stand ich hier vor dem Tempel und empfand nichts als das schreckliche Verlangen danach, dass mein rätselhafter Lehrer mir den Arm um die Schultern legte, nichts als die grimmige Sehnsucht, ihn mit einem Kuss zu begrüßen.

Auf ihn einzuschlagen.

Ihm zu Füßen zu fallen.

Ein Jugendlicher kam mit seinen Eltern durch den Regen heran. Sein Anblick ließ mich auffahren. Er ging mit gemessenen Schritten, wie ein Erwachsener, und seine Haltung war die eines jugendlichen Weisen; selbst aus der geringen Entfernung erinnerte er mich an Joschua. An Joschua und an seine große Frage, ob der Ewige noch mit uns war.

Und das war wohl die größte Angst. Der Grund dafür, warum wir uns an unser Gesetz klammerten, an unsere Traditionen, an unseren Tempel. Die Angst, ohne das alles würde Gott uns verlassen. Und wer wären wir dann? Wir wären nichts anderes als ungewaschene Heiden und keinen Deut besser.

38

„So, so … dein Meister ist wieder da, um uns alle ins Verderben zu stürzen.“ Nathan lehnte in der Tür und ich wickelte ein zweites Tuch um ein bisschen Proviant. Aus dem Vorzimmer drangen Kinderstimmen zu uns. Und von oben, durchs Dach, die Stimmen von Erwachsenen.

„Hier, nimm das“, sagte ich, löste den Geldbeutel von meinem Gürtel und warf ihn Nathan zu.

„Was? Warum?“, fragte er und fing ihn auf.

„Er gehört dir.“

„Wann gehst du fort?“

„Du wirst fortgehen. Ich war bei Nikodemus. Er hat versprochen, dir eine gute Stellung zu besorgen.“

„Was soll das heißen? Wo?“

„In Galiläa. Du wirst vermögend sein und Mutter wird Sklaven haben. Geh morgen zu ihm und brich auf, sobald du ihn gesprochen hast. Verlass die Stadt und brich jede Verbindung zu den Söhnen ab.“

Er lachte. „Du bist nicht mehr bei Trost! Ich verlasse die Söhne nicht …“

Ich drehte mich um, packte ihn an der Schulter und schüttelte ihn.

„Nathan! Wenn du mich liebst, tu, was ich dir sage. Hier in der Stadt seid ihr nicht sicher.“

„Willst du sagen, dass dein Meister …“

„Es ist schon jahrelang nicht mehr sicher hier. Und nun wirst du mir etwas versprechen. Du wirst Mutter mitnehmen und du wirst nicht zulassen, dass sie bei ihrem Tod den Anblick von Kreuzen vor Augen hat, die die Straßen in die Stadt säumen.“

„Was für Kreuze? Judas …“

„Nein, hör mir zu. Ich habe dich immer wieder im Stich gelassen. Ich habe dich nicht verteidigt, als sie dich Bastard nannten, und ich bitte dich um Verzeihung. Aber jetzt wirst du etwas für mich tun – nein, nicht für mich, sondern für unsere Mutter. Du wirst sie nach Galiläa bringen. Und dort bist du frei zu tun, was dein Gewissen und der Ewige dir sagen. Ich weiß: Du hast keinen Anlass, mir zu vertrauen. Aber dies wirst du für sie tun. Bitte, Nathan. Bruder!“ Die Stimme versagte mir.

Er blinzelte angesichts meiner Heftigkeit und ich zog ihn kraftvoll an meine Brust. „Es gibt Dinge, die wir tun müssen, du und ich. Ich werde meinen Teil erledigen und du den deinen. Und deine Aufgabe ist es fortzugehen. Die Söhne lassen dich ziehen. Sag ihnen, du ziehst um nach Gamala, und dass Nikodemus dich schickt. Geh, triff deine Vorbereitungen. Du wirst die Stadt mit den Pilgern verlassen, die nach dem Fest nach Hause zurückkehren. Nur dass du nicht zurückkommen wirst.“

Jetzt erst bemerkte ich, dass hinter uns jemand stand. Ich entließ Nathan aus meinen Armen und wir drehten uns um.

Mutter.

„Du gehst wieder fort“, weinte sie. „Du bist gerade erst wieder da und gehst schon wieder?“

Ich öffnete den Mund, um etwas zu sagen.

„Nein, Mutter“, sagte Nathan und ging zu ihr.

Ich wappnete mich. Schüttelte den Kopf.

„Gute Neuigkeiten“, sagte Nathan sanft und sah mich an. „Ich habe eine Stelle angenommen. Aber wir werden von hier fortmüssen.“

„Was?“

„Sehr gute Neuigkeiten“, bestätigte ich. „Und …“ Irgendwie fand ich den Mut zu dieser Lüge. „Ich komme bald nach. Wir werden alle diese Stadt verlassen.“

Sie öffnete den Mund, um etwas zu erwidern, aber Nathan schnitt ihr das Wort ab.

„Es ist beschlossen, Mutter. So ist es doch, Bruder?"

Ich sah ihn an. Dankbarkeit erfüllte mich. Und Sorge. Und Stolz.

„So ist es. Und jetzt gebe ich dir einen Abschiedskuss", sagte ich, ging zu ihr und umarmte sie.

Wie zierlich meine Mutter war, die mir hier in den Armen lag. Wie winzig, wie zerbrechlich. Und zum ersten Mal seit Jahren dachte ich: *wie gut und wie rein.* Sie war nicht unrein. Sie war eine Mutter mit allem Mut, den die Liebe ihr gab.

„Ich liebe dich, Mutter", sagte ich.

Ich ließ zu, dass sie mich auch umarmte, kurz, aus Angst, ich könnte in Tränen ausbrechen.

Und dann nahm ich mein Proviantbündel und ging hinaus und schloss die Tür hinter mir für immer.

39

Zweimal musste ich am Straßenrand stehen bleiben, weil sich mir der Magen umdrehte. Ich konnte nicht denken. Ich konnte nicht aufhören zu denken.

Er war in Gefahr.

Sie würden ihn umbringen.

Er war *selbst* eine Gefahr. Er würde uns alle in Gefahr bringen.

Ich würde zu ihm gehen und ihn anflehen, die Stadt zu verlassen, mit uns nach Galiläa zu fliehen oder nach Syrien. Vielleicht auch nach Alexandria.

Aber ich wusste: Er würde dem nie zustimmen. Was immer er vorhatte, sollte hier geschehen. So hatte er es beschlossen.

Ihr werdet noch größere Dinge sehen, hatte er gesagt.

Immer wieder hatte er uns gerettet. Die Menschen waren in Scharen wiedergekommen. Den Sturm, der aufkam, hatte er gestillt.

Aber ich war inzwischen mitten auf dem See und ich konnte nicht mehr umkehren. Aus dem Sturm war ein ausgewachsener Orkan geworden – und diesmal war er so heftig, dass selbst der Meister sich nicht daraus würde herauswinden können.

40

Die Kammer am östlichen Ende der großen Säulenhalle endete in einem Halbkreis, über das sich eine reich vergoldete Gewölbedecke spannte. Darunter fanden sich steinerne Sitze, die siebzig Männern Platz boten.

Einundsiebzig, um genau zu sein.

Einst hatte ich davon geträumt, einmal selbst hier zu sitzen, als Mitglied des Sanhedrins. Nie allerdings hätte ich gewünscht, einmal so hier zu stehen, wie ich es jetzt tat.

An diesem Ende der großen Säulenhalle fanden die öffentlichen Verhandlungen des Hohen Rats statt, und die Pilger kamen, um die Mitglieder des höchsten religiösen Gerichts in Aktion zu sehen und die reich verzierten Mosaikböden und das geschwungene Marmorgeländer der Galerie zu bestaunen, von der aus man auf die Bänke vor den Steinsitzen hinabsehen konnte, auf denen Menschen warteten.

Aber heute war ich es, der angestarrt wurde. Nicht von den Pilgern, sondern von den Sadduzäern aus dem Hause Phiabi und Hanan, Qathros und Boethus. Kaiphas war nicht anwesend, aber dafür war sein Schwager Jonathan, der Zweite in der Tempelhierarchie, noch spät hereingekommen, sobald die Tempeltore am Abend geschlossen worden waren. Links von ihm saß sein jüngerer Bruder, Theophilus. Dann war da Joeser, ein Gesetzeslehrer, und Jonathan bar Gudgeda, ein Levit, Thoragelehrter und oberster Türhüter des Tempels.

Malchus, der Diener von Kaiphas, bot mir Wein an. Ich musste mich zwingen, einen Schluck zu nehmen.

Neben mir stand jetzt der alte Elias, der so viele Jahre mein Vorgesetzter gewesen war und den ich gebeten hatte, er möge mir Zutritt zu seinem Lehrer verschaffen, damit ich vor dem Sanhedrin erscheinen könnte.

„Du verbürgst dich für diesen Mann?“, fragte Jonathan, der Bruder des Kaiphas.

„Das tue ich. Er hat dem Tempel immer treu gedient“, sagte der alte Elias mit seiner schleppenden Stimme. „Und jetzt ist er zu uns zurückgekehrt, nach Jahren, in denen er dem Galiläer gefolgt ist, diesem Jesus aus Nazareth.“

Jonathan beugte sich vor. „Kommst du, um gegen deinen Meister auszusagen, wie es das Gesetz verlangt?“

Ich schluckte und der Wein in meinem Mund schmeckte wie Essig. „Ich bin gekommen, um euch ein Angebot zu machen. Ich kann deinen Bruder zu ihm führen, damit er ihn kennenlernt. Und damit er versteht, worum es ihm geht. Damit der Friede gewahrt wird.“

„Du bist ein einsichtiger Mann. Und mein Bruder ist außerordentlich daran interessiert, mehr über deinen Meister zu erfahren. Aber Kaiphas spaziert nicht herum, um sich mit abtrünnigen Wanderpredigern zu unterhalten“, bemerkte er und hob die beringten Hände. „Du bist dir sicher darüber im Klaren, welches Risiko das bedeutet – besonders jetzt, wo die Stadt vor Fremden und Pilgern nur so wimmelt.“

„Ich werde es zu einem Zeitpunkt tun, an dem kein Aufsehen entsteht. Das wäre euer Vorteil.“

„Nein. Er muss hierher kommen. Senden wir ihm eine Eskorte – zu seiner eigenen Sicherheit. Am besten in der Nacht, wo es kein Aufsehen oder sonstige Unruhe erregt." Er lehnte sich zurück, spürbar erleichtert, wie ich zu erkennen meinte. „Er wird der Gast meines Bruders sein. Und der hat viele Fragen an ihn. Und wir müssen uns in der Zwischenzeit keine weiteren Sorgen machen, dass er die Stadt noch weiter aufwiegelt oder wie Pilatus reagiert, wenn es einen weiteren Zwischenfall gibt." *Zwischenfall.* Wie hart seine Stimme bei diesem Wort klang.

„Du sagst, er wird der Gast deines Bruders sein – als hätte dein Bruder ihn nie einen Gotteslästerer genannt."

„Wenn er kein Gotteslästerer ist, hat er nichts zu befürchten, oder?"

„Jedes Mal, wenn er hier war, habt ihr versucht, ihn in die Finger zu kriegen", erwiderte ich.

„Selbstverständlich. Wir machen uns Sorgen. Weißt du, dass er angekündigt hat, er wolle den Tempel niederreißen?"

„Ihr habt sicher viele verstörende Dinge über ihn gehört. Aber ihr solltet ihn selbst hören. Dann werdet ihr begreifen, dass er in Bildern und Gleichnissen redet. Dann werdet ihr verstehen, dass er nicht so gefährlich ist, wie ihr meint."

„Das bezweifle ich nicht. Wie wir hören, nennt man ihn sogar ‚Messias'. Sag uns, Judas bar Simon ... du nennst ihn deinen ‚Meister' – nennst auch du ihn ‚Messias'?"

Mein Herz schlug wild. In diesem einen Wort – Messias – lagen alle meine Zweifel, meine Hoffnungen und meine Ängste beschlossen. Ich sah die Hände, die den Aussätzigen heilten, den Blinden, den Gelähmten. Hände, die einen Zollpächter und eine Hure von ihrer Schande freisprachen und einen Toten aus dem Grab zurückholten.

Und ich sah den Mann, der die Pharisäer und den Sabbat beleidigte und gotteslästerlich redete. Der für die Unterdrückten eintrat, aber die Unterdrücker nicht verdammte ... Den Mann, der sich im Zorn gegen seine eigenen Landsleute gewandt hatte, und das im Tempel des Höchsten. Wie konnte er da ein Messias sein, wo das, was er tat, doch nach jedem Maßstab des Gesetzes nicht einmal gerecht war?

„Nun?“, fragte Jonathan und hob die Brauen.

„Nein“, sagte ich leise und das Wort drang mir wie ein Speer in die Seite.

„Seht ihr?“, bemerkte Jonathan mit einem Blick auf die anderen Ratsmitglieder. „Nicht einmal seine eigenen Anhänger glauben es.“

Was hatte ich getan?

Ich hatte getan, was ich tun musste.

Ich hatte das Gesetz studiert und ich wusste: Ohne Zeugenaussagen und ohne eine Mehrheit und während der Festtage konnten sie kein Urteil sprechen. Nichts, was er gesagt hatte, konnten sie gegen ihn verwenden.

Er würde ihre Pläne vereiteln. Sie würden nicht wissen, was sie mit ihm machen sollten. Wie damals, in den gefährlichen Tagen in den Säulengängen, würde er überleben.

Er musste leben.

Und so schloss ich einen Pakt mit Garantie.

„Ich werde es tun, aber ich verlange eine Gegenleistung.“

„Natürlich wirst du bezahlt.“

„Das meine ich nicht.“ Unter der Tunika lief mir der Schweiß den Rücken hinab. „Wenn ich ihn euch ausliefere, müsst ihr garantieren, dass man ihn nicht wegen Gotteslästerung anklagt.“

Selbst wenn sie wollten, konnten sie ihn dafür nicht töten. Diese Vollmacht hatten sie unter den Römern nicht. Nur der Prokurator – Pilatus selbst – hatte die Macht, ein Todesurteil zu fällen.

Aber ich wollte eine Garantie. Eine Garantie, die ihn retten würde.

Ein paar aus dem Rat warfen die Arme in die Luft und einer

sagte: „Und wer bist du, dass du vom Sanhedrin Garantien verlangst?“

„Nach allem, was wir hier lehren, lassen sich so viele verführen …“ murmelte Joeser, den Kopf in die Hand gestützt, und strich sich mit dem Daumen über die Stirn. Aber Jonathan warf ihm mit einem fast unmerklichen Kopfschütteln einen Blick zu, als wolle er sagen: *Nein, sprich jetzt nicht davon.* Der Lehrer senkte den Kopf, auf seiner Stirn zeichnete sich der Abdruck seines Daumens ab.

Wie ein Kainsmal, dachte ich.

Jonathan sagte jetzt milde: „Das macht die Sache für uns schwierig. Du verlangst da recht viel, wenn man bedenkt, was dein Meister alles gesagt und getan hat, das uns vermuten lässt, dass er in der Tat gotteslästerlich redet. Es klingt beinahe wie ein Eingeständnis, dass du ihn auslieferst, um ihn am Leben zu halten.“

„Ja“, flüsterte ich.

„Das beweist große Ergebenheit. Und eine solche Ergebenheit sollte belohnt werden“, bemerkte er mit einem Seitenblick auf Hannas. „Mein Bruder ist ein vernünftiger Mann und wie du richtig sagst, würde er gern mit deinem Meister sprechen. Ich glaube daher, dass er deinem Wunsch entsprechen wird.“

„Ich möchte eine schriftliche Zusicherung, dass er meinen Meister nicht wegen Gotteslästerung anklagen wird.“

„Du sollst sie bekommen.“

Jonathan setzte sich wieder.

„Also gut, Judas bar Simon. Um ihn in Gewahrsam zu nehmen, brauchen wir eine formelle Anklage. Erhebst du eine formelle Anklage?“

Mir wurde übel.

„Ja.“ Meine Stimme brach, ich musste mich räuspern. „Ja. Ich erhebe eine formelle Anklage. Er hat getan, was die Leute von ihm erzählen.“

„Gut. Ich denke, damit haben wir, was wir brauchen“, bemerkte Jonathan mit vielsagenden Blicken auf Joeser und ein paar andere.

Dann nickte er einem Bediensteten zu, der zu ihm kam und die Anklage niederschrieb, wie Jonathan sie diktierte. Als er fertig war, brachte er mir das Dokument und ich unterschrieb.

„Was gebt ihr mir, um den Handel zu bestätigen?"

Ohne Bezahlung wäre unsere Abmachung nicht verbindlich.

Jonathan winkte dem Diener erneut und kurz darauf brachte er einen kleinen Geldbeutel. „Hier sind dreißig Schekel."

Es waren die Münzen, mit denen die Tempelsteuer gezahlt wurde – Silbermünzen aus Tyros. Dreißig Silberlinge, der Preis für einen Sklaven. Der Preis, der als Entschädigung gezahlt werden musste, wenn ein Zugtier auf dem Land eines Nachbarn in ein Loch stürzte.

Dreißig Silberlinge. Für einen Mann, der Tausende gespeist hatte. Der Tote zum Leben erweckt und Dämonen ausgetrieben hatte.

Ich sah zu, wie eine Hand, die ich nicht als die meine erkannte, sich ausstreckte, um das Geld in Empfang zu nehmen.

„Judas aus Kerioth, du hast deinem Volk einen großen Dienst erwiesen."

Ich hatte einen Dienst erwiesen. Mir war vergeben.

Warum zitterten meine Hände dann so?

Mit diesen Worten im Ohr verließ ich die Halle. Malchus, Kaiphas' Diener, begleitete mich hinaus und ich sah nur einmal kurz zurück. Aber sie schauten mir nicht nach. Sie waren bereits in erhitzte Debatten vertieft.

Im Hof spielten zwei Soldaten ein Würfelspiel. Hier, im Tempel, vor den Augen des Sanhedrin, spielten sie ein Glücksspiel.

Auch ich hatte meinen Zug gemacht.

Ich hatte etwas getan, wofür das Gesetz mich freisprach. Aber mein Herz verdammte mich.

Selbst jetzt noch hielt ich die Hoffnung aufrecht, dass er alle unsere Intrigen vereiteln würde. Dass er in einer direkten Konfrontation mit Kaiphas noch einmal ein mächtiges Zeichen wirken würde.

In jedem Fall galt: Er würde leben.

Und in jedem Fall galt auch: Ich hatte ihn für immer verloren.

41

Als wir uns an diesem Abend zum Mahl setzten, tat ich das in dem Gefühl, ich sei nicht mehr ich selbst. Die Datteln und das Brot auf dem Tisch schienen wirklich und unwirklich zugleich, als würden Traumwelt und Realität ineinanderfließen. Die Gesichter der anderen waren vertraut und doch waren es die Gesichter von Fremden. Aber als Simon neben mir Platz nahm, tat er es mit der für ihn typischen spontanen Vertrautheit.

Sah es denn niemand? Bemerkte es denn keiner?

Simon war schweigsam. Er brütete vor sich hin. Gegenüber am Tisch schien Jakobus in seine eigenen Gedanken versunken; nur ab und zu warf er unter gesenkten Augenbrauen einen verstohlenen Blick auf die anderen.

Und dann war es wieder da: dieses Empfinden, dass ich nicht mehr dazugehörte, nicht mehr so wie früher. Dass ich auch in ihrer Mitte ein Fremder war, so fremd wie kürzlich vor den glänzend weißen Tempelmauern. Ich hatte die Vertrautheit der Heiligen Stadt gegen das ferne Galiläa eingetauscht, den Tempel gegen die Wildnis, die Welt der Gelehrsamkeit gegen die der Armen und Leidenden, die Tempelhöfe der Sadduzäer gegen dieses Obergemach hier … ich irrte zwischen den Welten umher wie ein Geist in der Ödnis.

Was blieb mir jetzt noch übrig?

Aber nicht nur mir ging es so. Alle waren stiller als gewöhnlich. Sogar Petrus war in sich gekehrt, und ich begann mich in der Runde umzusehen und fragte mich, wie lange ich dieses Schweigen noch aushalten würde.

Jesus hatte den Segen über dem Brot noch nicht gesprochen und wir warteten darauf, dass er das Dankgebet sprechen würde, als er plötzlich vom Tisch aufstand. Mein Herz setzte kurz aus. Mein Puls hämmerte schwindelerregend in meinen Schläfen.

Ich sollte ihm sagen, was ich getan hatte. Was er zu erwarten hatte. Vielleicht wäre er sogar froh über die Konfrontation – wer weiß. Jedenfalls konnte ich die Last meines Geheimnisses nicht länger ertragen. Jeder Augenblick war eine Qual.

Ich musste gehen, musste hier fort.

„Meister“, sagte ich, und glaubte, an meinen Worten zu ersticken. Ich weiß nicht, was genau ich in jenem Moment sagte – irgendetwas in der Art, ich wolle noch einige besondere Zutaten für das Passahmahl bei einem Händler besorgen, den mein Bruder empfohlen hatte. Und dass ich gehen müsse, bevor es zu spät sei.

Jesus trat vom Tisch zurück und zog seine Tunika aus. Er legte sie beiseite, schlang sich ein Tuch um die Taille und goss Wasser in eine Schale. Ich war wie vor den Kopf geschlagen. Wie viele Mahlzeiten hatten wir gehalten, ohne uns auch nur die Hände zu waschen – und heute sollte es plötzlich wichtig sein?

Er trug die Wasserschüssel zum Tisch, an den Platz, wo Petrus saß. Dann stellte er die Schale zu Boden und langte nach Petrus' Fuß. Der zuckte zurück.

Was tat er da? Es war die Geste eines Dieners, der sich anschickt, seinem Herrn oder dessen Gast die Füße zu waschen! Selbst Abraham hatte sich nicht dazu herabgelassen, seinen Engelsbesuchern, die er doch „mein Herr“ genannt hatte, selbst die Füße zu waschen, da kein Sklave verfügbar war. Sogar der Hohepriester wusch sich am Großen Versöhnungstag eigenhändig die Füße. Und kein Lehrer würde jemals einem Schüler die Füße waschen. Es musste umgekehrt sein.

Jesus griff erneut nach Petrus' Fuß. Diesmal sprang Petrus auf und entfernte sich stolpernd ein paar Schritte.

„Was tust du da – willst du mir etwa die Füße waschen?"

„Du verstehst nicht, was ich jetzt tue, aber du wirst es später verstehen", sagte Jesus, die Hand über der Schale. Petrus sah sich ratlos zu uns um.

Niemand bewegte sich. Niemand wusste, was er sagen sollte.

„Meister, nein", sagte Petrus sanft, so wie man zu einem Verwirrten spricht. „Niemals sollst du mir die Füße waschen. Erlaube mir aber, dass ich es für dich tue." Langsam griff er nach dem Tuch, das Jesus auf dem Schoß lag.

„Wenn ich dir nicht die Füße wasche, wirst du nicht zu mir gehören", entgegnete Jesus.

Die Stimmung im Raum war kurz vor dem Siedepunkt. So aufgeladen, so bis aufs Äußerste angespannt, dass ein Atemzug zur Entladung führen konnte.

Petrus ließ sich langsam wieder auf seinen Stuhl sinken. Er warf Jakobus neben ihm einen raschen Seitenblick zu und stellte dann in einer Art widerstrebender Unterwerfung zuerst einen, dann den zweiten Fuß in die Schüssel – widerwillig und so vorsichtig, als hätte er Angst, sich an dem Wasser zu verbrühen.

Die Ersten werden Letzte sein und die Letzten werden Erste sein.

Petrus streckte die Hände aus. „Dann ... nicht nur die Füße, auch noch die Hände und den Kopf", sagte er.

Die anderen am Tisch atmeten hörbar auf. Hälse reckten sich, um fassungslos das Unglaubliche zu bestaunen.

Und dann lächelte Jesus und goss Petrus Wasser über die Füße.

„Wer ein Bad genommen hat, der braucht sich nur noch die Füße zu waschen, denn sein ganzer Leib ist rein. Und ihr seid rein."

Die Worte verschlugen mir den Atem.

Wie lange hatte ich darauf gewartet, Worte wie diese zu hören?

Mein ganzes Leben lang.

Seine Hände waren nicht länger die rauen Hände eines Tagelöhners; es waren Hände, die heilten. Hände, die Kinder segneten. Betende Hände. Das Gemurmel rund um den Tisch übertönte seine nächsten Worte und nur die, die ihm am nächsten saßen, hörten, wie er fortfuhr: „Ihr seid rein. Aber nicht alle."

Ich verstand ihn nicht mehr. Warum musste er wieder alles auf den Kopf stellen? Auch Jakobus neben mir sah sich verständnislos um, bevor er mit ungelenken Bewegungen als Nächster seine Füße in die Waschschüssel steckte.

Als Jesus zu mir kam, war das Wasser in der Schale schon schmutzig. Er hatte es zwar öfters gewechselt, aber es war bereits wieder trüb. Ich starrte in dieses Wasser und fühlte mich genauso beschmutzt. Dann steckte ich die Füße hinein.

Aber er hatte noch kaum begonnen, sie mir zu waschen, als ich nicht mehr das trübe Wasser in der Schüssel vor mir sah. Jetzt war es das schlammige Jordanwasser, aus dem ich nach jenem schwerelosen und erhabenen Augenblick auftauchte. Jesus hob meinen Fuß in seinen Schoß, um ihn abzutrocknen, und ich schloss die Augen. Alles in mir schrie: *Noch nicht. Er sollte noch nicht mit mir fertig sein.*

Ich war völlig außer mir. Was war mir da gerade geschehen? Fieberhaft überlegte ich: Konnte ich meine Aussage vor dem Sanhedrin zurücknehmen? Ich könnte doch diese Gemeinschaft mit ihm weiterführen, so lange sie eben währte, selbst wenn es eine Farce war. Wir hatten noch Stunden. Einen Tag. Zwei. Darauf kam es nicht an – aber das war das, was ich wollte. Genau wie Petrus, der Jesus nachgegeben und seine Füße ins Wasser gesteckt hatte, so wie man einem Verrückten einen Gefallen tut, weil man ihn liebt.

Und wenn ich ihn zur Flucht drängte? War es bereits zu spät? Panik ergriff mich bei dem Gedanken daran, welches Räderwerk ich da in Bewegung gesetzt hatte. Selbst jetzt noch hätte ich Jesus am liebsten gebeten, fortzugehen, gemeinsam fortzugehen. Ich würde ohne Mikwe leben, ohne das Gesetz, ohne den Tempel und auch ohne meine Familie, wenn ich nur bei ihm bleiben konnte.

Jetzt hatte er dem Letzten von uns die Füße gewaschen und schüttete das Wasser aus. Er zog die Tunika wieder an und sprach den Segen über dem Brot, und ich senkte den Kopf, um die Tränen zu verbergen, die mir über die Wangen liefen.

„Heute erfüllt sich das Wort der Schrift: ‚Einer, der mein Brot aß, hat mich hintergangen.'"

Etwas spät sah ich auf; ich war in Gedanken verloren gewesen. Seine Stimme hatte gezittert und jetzt verbarg er das Gesicht.

Wir warfen uns schweigende Blicke zu.

Was noch? Was würde als Nächstes kommen?

Jeder Satz, den er sagte, ergab immer noch weniger Sinn als der vorherige.

„Ich sage euch", sagte er mit erstickter Stimme, „einer von euch wird mich verraten."

Da war es wieder. Er weinte, wie er neulich auf dem Esel geweint hatte, als wir in die Stadt einzogen. Als er von einer unsichtbaren Last niedergedrückt schien. Eine Last, was immer es auch war, die er auch jetzt trug. Sie war ihm deutlich anzusehen; er atmete schwer und rang um Luft. Immer noch verbarg er sein Gesicht in den Händen.

Ich sah die anderen am Tisch an. Hatte er von mir gesprochen? Das konnte nicht sein! Gab es denn hier jemanden, der ihn mehr geliebt hatte als ich? Der selbst seinen Traum von einem Messias opfern würde, wenn der Meister nur am Leben blieb?

Hatte vielleicht einer der anderen den Rebellen verraten, wo wir waren? War es vielleicht tatsächlich bereits zu spät und sein Leben ernsthaft in Gefahr? Ich sah Simon scharf an und er wandte den Blick ab. Konnte es sein, dass er nach so langer Zeit doch wieder Kontakt zu den Söhnen aufgenommen hatte? Oder hatte Petrus einmal zu viel den Mund zu weit aufgerissen – und vor den falschen Ohren?

Oder war es so, dass die Seele des Meisters sich nie wirklich von der Trauer über den Tod des Täufers erholt hatte und ihn nun jede Stunde, die verstrich, nur schwermütiger machte – und seinen Wahn verstärkte?

Das alles spielte keine Rolle mehr. Bald würde die Wache ihn holen. Dann wäre er sicher – sicher vor dem Tod, sicher vor den Gesetzesbestimmungen, die verlangten, dass wir ihn ausliefern. Aber vor allem: Er wäre endlich gezwungen, sich dem Sturm entgegenzustellen und ihn zu stillen, ein für alle Mal – wenn er es konnte.

Er konnte es. Er musste es können.

Unseretwegen. Seinetwegen.

„Du meinst doch nicht mich?", brach es aus Jakobus heraus. Im Licht der Lampe wirkte sein Gesicht, das im letzten Jahr so gealtert war, fast kindlich.

„Oder mich?", schloss sich Nathanael an.

Unten am Tisch sah man nur weit die aufgerissenen Augen von Thomas, der sich in Schweigen hüllte. Er starrte Simon an, der wiederum seine Blicke in die Runde schweifen ließ, ohne etwas zu sagen.

Wer von uns hatte wohl nicht schon einmal daran gedacht, ihn zu verlassen, ihn zu verurteilen, ihn auf die eine oder andere Weise zu verraten?

„Es ist der, der das Brot mit mir in die Schüssel taucht", sagte Jesus. Der Schmerz, der ihm ins Gesicht geschrieben stand, war so groß, dass ich fürchtete, er werde darunter zusammenbrechen.

Ich schaute weg. Meine Fäuste waren geballt.

Wir hatten alles aufgegeben, jeden anderen Menschen verlassen – für ihn. Warum beschuldigte er uns? *Uns?* Sah er denn nicht, dass wir selbst jetzt noch, wo er in seiner Verrücktheit wirklich zu weit ging, zu ihm hielten? Dass wir sein Spiel mitspielten, in dem er uns die Füße wusch und gleichzeitig Verrat vorwarf?

Jetzt sprach er den Segen über dem Brot. Ich war erleichtert, ich wollte das Mahl hinter mich bringen. Mir war sowieso nicht nach Essen zumute.

Wir aßen in angespanntem Schweigen. Wir waren Brüder, verbunden durch ein banges Gefühl von Bestürzung, Angst, und, ja, auch Zorn. All das lag fast greifbar zwischen uns auf dem Tisch.

„Hört mir zu“, sagte er. „Nehmt. Dies ist mein Leib.“

Er gab mir das Brot. Sein Leib. Schon wieder.

„Und dies …“, sagte er und hob einen Becher mit Wein hoch, sprach den Segen darüber und fuhr dann fort: „… dies ist mein Blut, das Blut des Bundes zur Vergebung der Sünden.“

Wieder das Blut. Blut, das wir tranken.

Er musste damit aufhören. Aber dies war nicht der richtige Moment für einen Streit.

Ich sah den Meister an und brachte mit Mühe einen winzigen Happen und ein Schlückchen Wein hinunter, bevor ich beides an Simon weiterreichte, der neben mir saß. Schon dieses wenige versetzte meinen Magen in Aufruhr.

Das hier war etwas anderes, als das Gesetz nicht ganz ernst zu nehmen. Das Blut eines anderen zu trinken, und sei es nur symbolisch, war nichts anderes als Frevel. Ein Gräuel. Kein echter Messias, kein Gesandter des Höchsten, würde etwas so Verabscheuungswürdiges verlangen.

Meine Nerven waren zum Zerreißen gespannt.

Du folgst einem Gotteslästerer. Spielt es da eine Rolle, ob er dir die Füße gewaschen hat oder nicht?

Unrein. Unrein. Die Worte hallten in meinem Kopf wider.

Schweiß brach mir aus und lief mir den Rücken hinunter. Ich musste hier fort. Ich konnte nicht bleiben. Mir war übel; der Druck in meinen Gedärmen war unerträglich. Jeden Moment würde ich mich entleeren müssen. Ich war krank und brauchte unbedingt eine Latrine. Jetzt war mir wirklich heiß.

Und schwindelig. Langsam erhob ich mich vom Tisch. Jesus

lehnte sich zu mir herüber und bei seiner Berührung zuckte ich zusammen. „Was du tun willst, tu rasch."

Ich wartete nicht lange genug, um zu sehen, wie er mich anschaute. Ich sprang auf und rannte die Außentreppe hinab. Mein Atem ging stoßweise.

Ich weiß nicht, wie lange ich durch die Straßen rannte, bevor ich endlich stehen blieb und nach Atem rang. Mein Magen war ein einziger Klumpen.

Dachte er jetzt, ich sei gegangen, um meine Einkäufe für das Passahfest zu machen? Oder war es möglich, dass er wusste, was ich getan hatte – so wie er auch damals im Boot gewusst hatte, dass wir ihn wecken würden? Und wozu – damit er uns später dafür zurechtweisen konnte, dass wir keinen Glauben bewiesen hatten?

Gut. Sollte er mich eben wieder tadeln. Besser, ich tat dies jetzt, bevor der, der ihn verraten würde – wer immer das war –, sein Vorhaben ausführte.

Meine Gedärme beruhigten sich. Ich spürte nur noch den Knoten im Magen.

Malchus, der Mann des Hohepriesters, wartete auf mich.

42

An jedem anderen Passahfest hätte ich wohl den Gesängen gelauscht, die überall in der Stadt von den Dächern erklangen. Hätte eingestimmt, wenn Fetzen von Gebeten an mein Ohr drangen, die wie Weihrauch vom Wind zum Himmel emporgetragen wurden. Hätte den Duft der Speisen genossen, der aus offenen Fenstern strömte.

In dieser Nacht gab es nur das Geräusch marschierender Schritte, die die Straße herabkamen. Köpfe wandten sich um und jeder beeilte sich, der Tempelwache aus dem Weg zu gehen, die hinter mir die Straße entlangkam.

„So viele?“, hatte ich erschrocken bemerkt, als wir uns vor der Festung Antonia getroffen hatten. Ich überschlug rasch die Männer – an die zweihundert Wachsoldaten, ohne die Gruppe von Pharisäern und Thoralehrern, die ebenfalls mitkam, um den Meister zu identifizieren – zweifellos für den Fall, dass ich es mir anders überlegte und mich aus dem Staub machte.

„Es ist kurz vor dem Passahfest“, hatte Malchus erwidert. „Du hast selbst gesagt, die Menschen folgen ihm in Massen, egal wo er hingeht. Wenn wir zu wenig Leute mitnehmen, könnte das manchen verlocken, sich uns entgegenzustellen, und dann hätten wir genau den Aufruhr, den mein Herr unbedingt vermeiden wollte.“

Vielleicht braucht es genau das. Vielleicht haben wir uns alle geirrt, indem wir all die Jahre versuchten, genau das zu verhindern.

Vor uns hatten sich ein paar Männer untergehakt und liefen singend durch die Straße. Es hätten Simon und ich sein können oder Petrus und Andreas, soeben aus Galiläa hier angekommen. Aber ihr Gesang verebbte, als wir näherkamen, und ich fing den Blick auf, mit dem sie mich bedachten, als wir sie überholten. Ich ging neben Malchus.

Es ist anders, als ihr denkt, wollte ich ihnen sagen. *Ich bin Jude wie ihr. Ich bin Patriot.*

Die Wachen am Stadttor ließen uns passieren. Auch ihre Blicke, die unstet umherschweiften, fielen mir auf. Und wie die Pilger, die im Kidrontal kampierten, von ihren Lagerfeuern aufsahen, ihre Gespräche unterbrachen. Wie sie sich hastig entfernten und Zelte und Reisegepäck zurückließen.

Für einen kurzen Moment genoss ich den Rausch der Macht,

die die Begleitung der Soldaten mir vorgaukelte; genoss ihren festen Schritt auf dem Pflaster, das Klirren von Schwertern und Brustpanzern, das Glänzen der Helme im Dunkeln.

Im nächsten Moment war ich entsetzt über mich selbst. War ich so leicht verführbar? So einfach zu kaufen?

Hatte ich mich etwa von meinem Meister ebenso leicht verführen lassen?

Es war jetzt fünf Stunden her. Die anderen würden inzwischen den Raum, in dem sie das Mahl gehalten hatten, verlassen haben. Malchus' Verwalter hatte mir einen guten Wein vorgesetzt, als ich ihn aufsuchte, aber die Wirkung war inzwischen verflogen. Malchus selbst hatte kaum mit mir gesprochen. Er war ein guter Diener. So wie ich. Ich war sogar ein besserer Diener als er. Malchus brauchte nur die Prunksucht und Aufgeblasenheit von Kaiphas zu befriedigen. Ich dagegen musste mich anstrengen, um meinen Meister zu retten. Sehr bald würde er in Sicherheit sein.

Aber vorher gab es noch schmerzliche Dinge zu tun.

Wir durchquerten ein Gehölz am Fuß des Gethsemanehügels. Der Vollmond hüllte die Gegend in eine Art Dämmerlicht. Ich wusste, dass wir sie hier finden würden – hierhin waren sie immer gegangen.

Wir hatten den Garten Gethsemane schon fast erreicht, als ich die Pilgerzelte bemerkte, die hier weniger dicht standen. Kinder und Halbwüchsige verbargen sich hinter den Bäumen und beobachteten unseren Zug von Soldaten. In der Dunkelheit leuchteten ihre Tuniken wie gespenstische Schneefelder.

Einen entsetzlichen Moment lang plagte mich der Gedanke, ich hätte Jesus und die anderen davon überzeugen sollen, näher an der Stadt zu bleiben, irgendwo, wo mehr Menschen waren. In nur wenigen Minuten konnte sich hier ein großes Zeichen ereignen. Hier – oder auch innerhalb der Stadttore.

Es musste einfach geschehen. Oder ich würde mich schon bald für immer von ihm trennen.

Meine Hände zitterten jetzt wieder.

Wir betraten den Hain, ließen die Baumgruppen hinter uns.

Dann kam die Höhle in Sicht, wo die Ölmühle stand.

„Lasst mich vorgehen“, sagte ich und wandte mich zu den anderen um. Die Dunkelheit wurde schwärzer.

„Du hast die Anklage vorgebracht. Du musst ihn identifizieren“, sagte Malchus.

„Der, den ich mit einem Kuss begrüße. Der ist es. Also, bleibt jetzt hier und wartet.“

Der Trupp hinter ihm kam zum Stehen.

Ich erreichte die Höhle in dem Moment, als die anderen herauskamen. Die meisten wirkten unsicher, verwirrt und übernächtigt. Nur Jesus nicht. Er sah höchst konzentriert aus. Zweifellos hatte er die Zeit bis jetzt im Gebet verbracht. Simon und Petrus nickten mir zu; es war nichts Ungewöhnliches, dass ich immer wieder einmal verschwand und später zu ihnen stieß, wo die Stadt und mein Zuhause so nahe lagen. Aber jetzt wagte ich nicht, ihren Gruß zu erwidern, sondern steuerte geradewegs auf Jesus zu.

Früher hatte er mich immer mit offenen Armen empfangen. Jetzt war es anders.

Diesmal wartete er, bis ich direkt vor ihm stand.

„Ich grüße dich, Rabbi“, sagte ich.

Plötzlich war mir zum Heulen zumute. Als ich ihm die Hände um den Kopf legte und die Stirn neigte, spürte ich, wie meine Fassade zu bröckeln begann.

Warum? Warum musste es so sein? Warum musste ich dies tun? Ich konnte seine Wärme riechen, diesen Geruch, der zu ihm gehörte – ein Geruch nach Schweiß und Wein und Salz und Blut. Blut? Etwas schnürte mir die Luft ab; der Atem blieb mir in der Kehle stecken. Meine Hände fielen auf seine Schultern herab und einen Moment lang glaubte ich, die Knie würden unter mir nachgeben und ich müsste mich an ihn klammern wie ein Ertrinkender.

Seine Stimme war warm, als er mir zuflüsterte: „Tu, wozu du gekommen bist, mein Freund."

Unerklärliche Tränen – heiße Tränen – strömten mir über die Wangen.

„Ich grüße dich", flüsterte ich und küsste ihn mit zitternden Lippen.

Es war Gruß und Abschied in einem.

Als ich den Kopf hob, sah ich, dass er mir in die Augen blickte. Und in seinen Augen lag etwas, das ich dort noch nie gesehen hatte.

Angst.

Eilige Schritte kamen näher, Leiber drängten sich um uns, Waffen klirrten.

Sie rissen ihn von mir fort – wer es war, konnte ich nicht sehen. Ich spürte nur, dass ich – viel zu früh! – zurückgestoßen wurde und noch versuchte, mich an ihm festzuklammern, sodass seine Tunika aufriss und der Umhang ihm von den Schultern glitt und sie entblößte.

Vor mir tauchte Malchus mit ein paar anderen auf und drängte mich weg. Dann zog Petrus plötzlich sein Schwert und ich hörte Malchus, der versucht hatte, ihm auszuweichen, schreien.

„Steck das Schwert fort!"

Jesus.

Jetzt kamen die Soldaten – viel zu schnell! Sie würden ihn töten, einfach niederstrecken. Ich schrie und gestikulierte und versuchte, zwischen sie und den Meister zu gelangen.

Der Meister hob die Arme. „Meinst du nicht, ich könnte meinen Vater bitten und er würde mir zwölf Legionen Engel zu Hilfe schicken?"

Ich hatte nicht gewusst, was geschehen würde, aber dies hier nahm keine gute Richtung. Malchus schrie seine Leute an, die Schwerter wegzustecken, und presste die Hand an die Stelle, wo zuvor sein Ohr gewesen war.

Das rechte Ohr. Das Ohr, auf das Öl und Blut gestrichen wurden, wenn jemand ein Schuldopfer darbrachte. Ohne sein rechtes Ohr konnte man nie mehr wirkliche Vergebung erlangen.

Der Meister trat jetzt zu Malchus, der in einem Kreis von Soldaten stand und zog ihm wortlos die zitternde Hand vom Kopf.

Das Ohr war ganz und unversehrt – nur das frische Blut an Hals und Gewand bezeugten, dass das bis eben noch nicht der Fall gewesen war.

Im nächsten Moment hatten die Soldaten uns erreicht, der ganze Trupp.

Sie ergriffen Jesus, der regungslos dastand und nur ein bisschen hin und her stolperte, als man ihn von allen Seiten zu packen versuchte.

„Meister!“, rief ich.

Ich sah noch, wie hinter ihm die Soldaten einen der jungen Männer, die mit uns zogen, an seiner Tunika zu fassen bekamen. Aber der Junge wirbelte herum und riss sich los; sein Gewand blieb in den Händen der Soldaten zurück.

„Lasst sie gehen!“, sagte Jesus.

Im blassen Licht stoben sie auseinander. Petrus drehte sich noch einmal um, seine Lippen bewegten sich und ich begriff, dass er mir zurief, ich solle um mein Leben rennen.

Ich stand wie angewurzelt da, starr vor Schreck – und lange genug, um mit anzusehen, wie sie dem Meister die Hände fesselten.

Dann drehte auch ich mich auf dem Absatz um und floh.

43

Ich presste mich neben Petrus ans Tor des alten Hasmonäerpalastes. Jedem, der durch den Hof lief, riefen wir zu, er solle uns einlassen oder Malchus holen. Alles war fehlgeschlagen. Ich musste Malchus sprechen. Musste eine Erklärung verlangen.

Endlich ließ uns eine Sklavin herein. Malchus selbst war nirgends zu entdecken.

Vor den Feuerkesseln im Hof sah man Wachen hin und her gehen – Männer der Tempelwache, die vor uns hierher gelangt waren. Am Himmel waren jetzt Wolken aufgezogen und verbargen den Mond. Wir hüllten uns enger in unsere Umhänge und warteten.

Keiner von uns sprach. Aber ich schielte immer wieder zu Petrus hinüber und dachte: *Er weiß es. Er weiß es und er hat mich schon abgeschrieben.*

Die Zeit verstrich. Einmal, als ich zu Boden sah, fiel mein Blick auf meine schmutzigen Füße – die Füße, die der Meister gewaschen hatte und an denen nun wieder der Schmutz der Straße klebte.

Kurz danach kam die Sklavin zurück. Petrus verschmolz fast mit den Schatten. Sie beachtete ihn ebenso wenig wie die lüsternen Blicke, die ihr die Soldaten zuwarfen, und rief mich zu sich.

„Was passiert gerade?"

„Malchus lässt dich holen. Sie verhören ihn."

Bevor ich ihr ins Haus folgte, schaute ich mich nach Petrus um. Sein Gesicht war so bleich, dass seine Augen darin wirkten wie zwei schwarze Krater.

Mein Leben lang hatte ich mir gewünscht, das Bauwerk, durch das mich das Mädchen jetzt führte, einmal von innen zu sehen.

Aber nun, wo ich hier war, hatte ich keinen Blick mehr für die exquisiten Fackelhalter oder Mosaiken oder für das beeindruckende Ausmaß der Eingangshalle, die vor mir lag. Wir gingen durch die Korridore und die Sklavin brachte mich schließlich in einen kleinen Seitenflur, in dem eine Wache Dienst tat. Von hier aus konnte ich einen Teil des größeren Raumes einsehen, der dahinterlag.

„Du sollst hier warten."

Das Herz schlug mir bis zum Hals und ich nickte nur. Ich brachte kein Wort heraus. Durch die Tür vor mir konnte ich in einen größeren Raum sehen, der hell erleuchtet war, ich sah ein Deckengewölbe ... und die aufgebrachten Gesichter etlicher Pharisäer und Sadduzäer, die ich kannte. Helkias bar Phiabi und einige Mitglieder des Hauses Boethus saßen dort und diskutierten erregt. Hannas war da, der Vorgänger von Kaiphas als Hohepriester, und dann ... Kaiphas selbst. Seine engsten Anhänger hatte er um sich versammelt; wie eine Schar Geier hockten sie dort. Dreiundzwanzig Männer, jeder einzelne von ihnen bekannt als intrigant und machtbesessen und korrupt.

Und da war auch der Meister. Er stand ihnen gegenüber, mit dem Rücken zur Tür.

Sein Umhang fehlte und seine Tunika wies merkwürdige Flecken auf, als habe er geblutet – nein, als habe er förmlich mit jeder Pore seines Körpers Blut geschwitzt.

Und erst in diesem Moment verstand ich die ganze Wahrheit: Man hatte ihn nicht hergebracht, um ihm ein paar eindringliche Fragen zu stellen.

Dies war ein Tribunal.

Nein. Ich musste mich irren. Aber da saßen sie vor mir: dreiundzwanzig Ratsmitglieder. Genau so viele Männer, wie mindestens nötig waren, um einen Menschen zu verhören oder zu verurteilen.

Aber ein Prozess durfte nicht in der Nacht geführt werden und auch nicht am Vorabend eines hohen Feiertags. Und sie wussten es!

Meister!

Durch die geöffnete Tür sah ich, wie er den Kopf wandte.

Hatte er mich gesehen? Hatte er den Schrei meines Herzens gehört? Hatte er mich aus dem Augenwinkel wahrgenommen – mich, dieses Insekt, diese Termite, die hier an der Wand hockte?

Was war das da in seinem Gesicht?

Striemen.

Hatten sie ihn geschlagen?

Ich stürzte zur Tür und rief seinen Namen. Aber drinnen schlugen die Wogen gerade hoch und das Stimmengewirr war so laut, dass niemand mich hörte. Der Wachposten in der Tür warf mir einen warnenden Blick zu.

Ich setzte mich wieder, nagte an den Innenseiten meiner Wangen herum und versuchte mir einzureden, dass Jesus schließlich einen Sturm gestillt hatte und dass er sicher auch diesen Intriganten entkommen würde.

Drinnen ging es jetzt wieder geordnet zu. Ein Mann wurde hereingeführt. Ich überlegte, ob ich ihn vielleicht kannte. Konnte es einer von den Männern sein, die am Laubhüttenfest schon Steine in der Hand gehabt hatten? Aber woher sollte ich es wissen? Wie sollte ich mich erinnern? Und selbst wenn es mir gelänge – was würde es nützen?

„Was hat dieser Mann über den Tempel gesagt? Woran erinnerst du dich?“, fragte Kaiphas jetzt.

„Er hat gesagt, er würde diesen Tempel, den menschliche Hände erbaut haben, zerstören. Und in drei Tagen würde er einen anderen Tempel errichten, der nicht von Menschenhänden gemacht sei.“

Aber so war es nicht! Er hatte in Bildern gesprochen.

„Was hast du dazu zu sagen?“, verlangte Kaiphas zu wissen und schaute Jesus erwartungsvoll an.

Jesus stürzte zu Boden und ich begriff, dass ihn jemand, den ich zuvor nicht hatte sehen können, von hinten gestoßen hatte. Er fiel der Länge nach hin und jetzt sah ich, dass seine Hände gefesselt waren.

„Du antwortest nicht?" Es war keine Frage.

Mir wurde die Luft knapp. Wo war Nikodemus? Oder seine Freunde – die Schüler Gamaliels? Keinen davon konnte ich ausfindig machen.

Und dann stand plötzlich eine Gestalt neben Hannas, die ich nur zu gut kannte.

Zadok.

Ein eisiger Pfeil fuhr mir zwischen die Rippen.

Sein Haar glänzte von Öl und die Gebetsriemen auf Armen und Stirn schienen mit diesem Glanz wetteifern zu wollen. Er hatte sie so fest geschnürt, dass die Kapseln mit den Thoraversen abstanden wie kantige, abgesägte Hörner.

Jetzt fragte Kaiphas den Meister: „Bist du der Messias? Der Sohn des Allerhöchsten?"

Wie lange hatte ich mir gewünscht, der Meister würde diese Worte sagen. Wie sehr hatte ich mich danach gesehnt, sie aus seinem eigenen Mund zu hören. Aber jetzt, zum ersten Mal, schrie alles in mir: *Nein.*

Sag Nein.

Sag Nein und lebe.

Der Meister stand wieder auf. Ein Soldat trat in mein Blickfeld, ein großer und breitschultriger Vertreter der Tempelwache, aber Kaiphas gebot ihm mit einer Handbewegung Einhalt.

„Ich bin es." Die Stimme des Meisters klang rau.

Die Ratsversammlung brach in einen Sturm der Entrüstung aus. Ich taumelte zurück und lehnte mich an die Wand.

Sie erhoben sich von den Sitzen. Der Hohepriester zerriss seine Kleider.

Gotteslästerung.

Tod.

Sie können ihn nicht verurteilen. Sie haben es geschworen und schriftlich zugesagt. Warum machen sie dann dieser Farce kein Ende?

Der Prozess zog sich noch stundenlang hin.

Es war eine Posse. Es widersprach dem Gesetz. Dies war das Haus des Hohepriesters, nicht der Gerichtssaal des Sanhedrin. Es war der Vorabend eines hohen Festes. Wo waren die Entlastungszeugen? Man konnte sich nicht selbst verurteilen. Und wenn doch, selbst wenn jemand schuldig war, dann durfte das Urteil nicht am selben Tag gesprochen werden. So verlangte es das Gesetz.

All das ging mir durch den Kopf. Aber diese fieberhaften Gedanken verblassten, als der Meister wieder stürzte. Ich hielt mir die Ohren zu, als die Soldaten herantraten, um ihn hochzuziehen.

Diesmal drehten sie ihn mit dem Rücken zu den Ratsvertretern. Diesmal blickte er durch die offene Tür des Saales.

Diesmal sah er mir direkt in die Augen.

Dunkle Prellungen entstellten sein Gesicht. Die Lippen waren aufgesprungen und blutig. Aber trotz des Blutes und der verschwollenen Wangen war der Ausdruck seiner Augen unmissverständlich.

Liebe. Was für eine Liebe.

Und Erbarmen.

Ich spürte, wie ich die Fassung verlor.

Sie rissen ihn wieder hoch.

„Meister!“, schrie ich. Als sie ihn abführten, stürzte ich durch den Flur und warf mich gegen den Wachposten.

Ich weiß nicht mehr, was ich danach noch sagte oder herausschrie. Ich wusste nur eins: Mit ihm verlor ich einen Teil von mir. Kaiphas’ Helfershelfer mit ihren brutalen Händen rissen mir förmlich ein Stück meiner Seele aus dem Leib.

Hinter den breiten Schultern der Wachen, die mir die Sicht versperrten, hob Zadok den Kopf und sah mich direkt an, während die Sadduzäer miteinander zischten und tuschelten, dass es klang wie ein Schwarm Fliegen.

„Du hast gelogen!“, schrie ich. „Du hast einen Eid geschworen!“

Durch den Tumult hindurch drang ein einziges Wort an mein Ohr. Ein Wort, bei dem mir das Blut in den Adern stockte.

Mesith.

Verführer Israels.

Ich taumelte.

Diese Anklage wog weit schwerer als die der Gotteslästerung. Eine tödliche Anklage, gegen die es keine Verteidigung gab. Ein Vergehen, bei dem Prozess und Urteil am selben Tag erfolgen konnten. Bei dem man sich auch durch die eigenen Worte sein Urteil sprechen konnte. Bei dem der Prozess in jeder Einzelheit so ablaufen durfte, wie es geschehen war – nachts, mit einer Mindestanzahl von Ratsmitgliedern, sogar am Vorabend eines Festes und mit nur einer Stimme Mehrheit.

Mesith. Verführer Israels.

Es war ein Todesurteil.

Ich hatte dem Meister das Leben retten wollen, indem ich den Vorwurf der Gotteslästerung von ihm abwandte. Ich hatte geglaubt, ich hätte für seine Sicherheit gesorgt. Hätte ihm das Leben gerettet. Aber jetzt wusste ich: Sie hatten von vornherein vorgehabt, diese Anklage zu erheben: Mesith.

Jemand stieß mich in den Hof hinaus. Ich stolperte auf das Feuer zu und raufte mir die Haare.

Was hatte ich getan?

Das Gesicht meines Bruders Joschua tauchte vor mir auf. Joschua an dem Tag, an dem ich ihn bespuckt hatte. Dem Tag, als er den Römern in die Hände fiel. Joschua, den ich mehr geliebt hatte als irgendjemand sonst in der Welt, sogar mehr als Vater.

Ich sah Susanna tot vor mir auf dem Boden liegen. Tot, weil

ich zuerst zum Tempel gehen musste, statt dafür zu sorgen, dass sie in Sicherheit war.

Vater, der an einem Kreuz hing, weil ich darum gebetet hatte, dass ich in Sepphoris bleiben konnte.

Jemand zupfte mich am Ärmel und ich drehte mich um, ohne wirklich etwas zu sehen. Es war Petrus. Er zog mich mit sich fort. Seine Augen waren verquollen. Hatte man ihn auch geschlagen? Aber nein. Er musste geweint haben.

Ich öffnete den Mund, aber ich brachte kein Wort heraus.

Mesith.

Ich hatte meinen Meister dem sicheren Tod ausgeliefert.

44

Früh am Morgen überstellten sie ihn gefesselt und zerschlagen an Pilatus. Ich folgte der bewaffneten Eskorte in der Hoffnung, ihn noch einmal zu Gesicht zu bekommen. Als mir das gelang, erschrak ich: Sein Gesicht war fast nicht mehr zu erkennen.

Ich übergab mich am Straßenrand.

Wer war jetzt der Hund?

Ich lungerte auf dem Hof herum, wo sich immer mehr Menschen einfanden: Pharisäer, Pilger und Schaulustige strömten herbei. Schließlich erkannte ich in der Menge ein paar Gesichter: Männer, die ich zusammen mit Jesus, dem Aufständischen, gesehen katte. Was wollten die hier?

Petrus war wie vom Erdboden verschluckt. Ich hatte ihm meine Aufzeichnungen in die zitternden Hände gedrückt und mit dem Hahnenschrei war er verschwunden. Hierher war ich allein gekommen.

Ich stand wartend im Hof vor dem Sitz des Statthalters und hoffte, Jesus noch einmal zu sehen oder die Wachen beschwatzen zu können, mich einzulassen und zu ihm zu bringen.

„Was tut ihr hier?“, fragte ich jetzt einen der Männer aus der Rebellengruppe. „Wartet ihr auch auf meinen Meister?“

Einer der Aufständischen erkannte mich; ich sah es in seinem Blick. „Wir sind in eigener Sache hier“, ließ er mich wissen. „In dem Tumult, den dein Meister verursacht hat, haben sie auch unseren Anführer verhaftet.“

Irgendwo rief jemand: „Gib uns den Gefangenen zum Passahfest frei!“ Schon länger mussten immer wieder ähnliche Rufe erklungen sein. Ich brauchte einen Moment, um mich entfernt zu erinnern: Um sich großzügig zu zeigen, hatte Pilatus eine Tradition des Archelaos übernommen und schenkte zu jedem Passahfest einem Gefangenen die Freiheit.

Ich starrte den Mann an. „Euren Anführer – du meinst Jesus, den Aufrührer aus den Hügeln Galiläas?“

„Genau den! Er war es, der neulich im Tempel den Samaritaner getötet hat!“ Die Augen des Mannes sprühten Funken.

„Er hat den Samaritaner getötet?“ Ich sah in die Runde. „Aber er hatte doch gar nicht viele Anhänger. Warum fordert jetzt eine solche Menge hier seine Freilassung?“ Noch immer strömten die Menschen in den Hof und es waren nicht nur die Priester, die ich aus dem Tempel kannte, sondern auch gemeines Volk, darunter offensichtlich viel Landvolk aus Galiläa.

„Er ist doch die ganze Zeit mit euch herumgezogen – und du weißt nicht, wer er ist? Oder wer sein Vater war?“, fragte der Mann. „Er ist der jüngste Sohn von Judas bar Hesekija.“

Jesus, der Rebell. Ein leiblicher Sohn des Lehrers. Jesus bar Abbas.

Bis die Eskorte mit Jesus beim Palast des Statthalters eintraf, war die Menge auf das Vierfache angewachsen. Auf einmal traf mich ein Blick aus dem Gedränge. Simon starrte mich an. Ich öffnete den Mund, um ihm etwas zuzurufen, da hatte er sich schon abgewandt und war im nächsten Moment in der Menge verschwunden.

Von meinem Platz im Hof aus sah ich Jesus nur einmal noch kurz. Man hatte ihn übel geschlagen.

„Meister! Meister!“, schrie ich, aber die Menge skandierte ihr „Bar Abbas! Bar Abbas!“ so laut, sodass ich meine eigene Stimme nicht hörte.

Ich unterbrach meinen Weg nicht, um die Mikwe aufzusuchen. Was sollte das jetzt noch nützen? Stattdessen hastete ich durch das Doppeltor und bahnte mir einen Weg zum Vorhof. Weiter innen, im Hof der Israeliten, sangen die Leviten die Morgenpsalmen.

Ich stürmte zwischen den Säulen hindurch durch die Gänge, wo die Thoralehrer bereits ihre Plätze eingenommen hatten. Würden sie es weiter mit den Pharisäern halten und sich auch heute wieder um Reinheit und Unreinheit streiten? Oder würden sie ihnen im Flüsterton den Kampf ansagen und die ungeheuerliche Botschaft aufnehmen: dass der Geist hinter dem Gesetz wichtiger war als der Buchstabe? Würden sie von Dingen reden, die niemand auszusprechen wagte, oder sich in ihren endlosen spitzfindigen Debatten behaglich einrichten, in denen sie doch nur auf der Stelle traten?

All diese Thoraschüler mit ihren glänzenden Gesichtern, diese Knaben mit ihren hochfliegenden Erwartungen, selbst einmal zu den Pharisäern und berühmten Lehrern zu gehören – würden sie sich mit vordergründigen Antworten begnügen und darüber das entscheidende *Hosianna* in ihrem Herzen vergessen?

Und wenn sie dann in die Dunkelheit ihrer Häuser zurückkehrten – vernahmen sie dann das Wispern des Ewigen, über dessen Gesetz sie so viele Stunden gebrütet hatten? Sahen sie dann, dass auch ihre Hände entstellt, die eigene Seele verwundet und das eigene Herz zum Verrat fähig war?

Unrein. Unrein.

Wir sind alle übertünchte Gräber.

Mit jedem Schritt wog der klirrende Beutel an meinem Gürtel schwerer. Es war das Geläut der Hölle. Dreißig Silbermünzen.

Ich würde kein Geld mehr brauchen.

Im Vorübergehen hörte ich jemanden sagen: „Er wird ihnen den Aufrührer freigeben. Das Volk liebt ihn; er hat neulich im Tempel einen Samaritaner getötet. Nun, das hieße nur einen Messiasanwärter gegen einen anderen auszutauschen."

Jetzt sah ich die Dinge so klar vor mir, als hätte sich alles bereits abgespielt: Für ihn würden sie die Freiheit fordern, für den Sohn von Judas bar Hesekija. Zum Besten für das Volk, für Israel.

Und sie würden den König – meinen König – dem Tod überliefern, um ihre römischen Herren zu besänftigen.

Wir haben keinen König außer dem Kaiser.

Also weiter, durch die Säulenhalle, bis zum Versammlungsort des Sanhedrin. Nur vor wenigen Tagen hatte ich schweißgebadet darauf gewartet, hier sprechen zu dürfen. Jetzt stürmte ich direkt auf die kleine Empore, mitten unter die versammelten Ratsvertreter. Alle waren sie da – Jonathan, Joeser, Helkias und ein müde wirkender Hannas. Und schließlich als Letzter ... Zadok.

„Ihr klagt ihn als Mesith an!", schrie ich so laut, dass die Wände meine Worte zurückwarfen. „Als Verführer Israels!"

Jonathan erwiderte nichts, sondern warf Zadok nur einen alarmierten Blick zu. Der lehnte sich zurück. „Ach. Judas." Irgendwo am Rand der Versammlung rief jemand nach der Tempelwache.

„Du hast deine Rolle gespielt. Und zwar ausgezeichnet", fuhr Zadok fort.

„Ihr habt geschworen. Ihr habt euer Wort gegeben."

„Dass wir ihn nicht wegen Gotteslästerung anklagen. Und wir haben unser Wort gehalten", mischte sich jetzt Hannas ein.

„Nicht wegen Gotteslästerung – oder einem schlimmeren Vergehen!“

„Es tut mir leid. Davon hast du nichts gesagt.“

Der Buchstabe des Gesetzes. Sie nahmen alles wortwörtlich.

„Was kann ich tun, um ihn auszulösen? Was kann ich euch geben? Bitte!“ Ich fiel auf die Knie. „Jeden Preis. Nennt jeden Preis. Gebt ihn mir zurück.“

„Steh auf. Das steht dir nicht gut an“, grollte Zadok.

„Ich ... ich gebe euch Informationen über die Söhne von Judas bar Hesekija“, sagte ich heftig und sah ihm direkt in die Augen. „Über die Rebellen, die sich Söhne des Lehrers nennen und sein Vermächtnis übernommen haben. Ich kann euch alles über sie sagen!“

Zadoks Augen verengten sich zu schmalen Schlitzen.

„Alle Informationen, die wir über sie brauchen, haben wir bereits“, bemerkte Joeser beiläufig.

„Und unser guter Zadok hier kann dir darüber hinaus alles sagen, was du sonst noch wissen willst.“

Zadok saß ungerührt da. Viel zu ungerührt.

Wie sie alle.

Da begriff ich: Sie hatten mich als Marionette benutzt, und zwar meisterhaft. Ich hatte ihnen direkt in die Hände gespielt.

„Judas, sei doch froh. Verstehst du nicht? Du bekommst deinen Messias“, wandte Zadok sich jetzt an mich. „Er wird sterben – für das Volk. Um die römischen Hunde zu besänftigen. Jedenfalls fürs Erste. Er rettet uns. Verstehst du? Du kannst also zufrieden sein. Hosianna.“

Der Vorhof draußen füllte sich jetzt mit Pilgern und ab und zu drangen Melodiefetzen ihrer Gesänge herein.

„Zufrieden? Ich habe keinen Frieden“, brüllte ich und stürmte auf sie zu, ohne mich um die Wachen am Ende des Raums zu kümmern. „Ich habe unschuldiges Blut verraten!“

Ich riss den Geldbeutel vom Gürtel und schleuderte ihn Hannas vor die Füße. Der Stoff zerriss und die Münzen rollten in alle Himmelsrichtungen über den Boden.

Willst du deinen Meister für dreißig Silberlinge zurückkaufen?

„Ihr müsst mich davon lossprechen! Ich gebe das Geld zurück. Ich habe mit Tempelgeldern zu tun gehabt und ich kenne das Gesetz. Wenn ihr es nicht nehmt, dann soll es dem Tempel gehören. Ich habe mich eines Besseren besonnen. Ich will mit dieser Sache nichts zu tun haben. Ich widerrufe alles! Hier ist euer Geld – und unsere Abmachung ist null und nichtig!"

„Judas ..."

„Ich habe gesündigt! Ich habe einen Unschuldigen verraten! Erklärt die Abmachung für ungültig!"

Niemand rührte sich. Eilige Schritte näherten sich – die Tempelwache.

„Er ist unschuldig! Es gab keine Zeugen für seine Unschuld, also werde ich dieser Zeuge sein. Er ist unschuldig! Wenn es widersprüchliche Zeugenaussagen gibt, könnt ihr ihn nicht verurteilen. Und das Urteil, das ihr über ihn gesprochen habt, fällt auf euren meineidigen Zeugen zurück. Und es fällt auf euch zurück. Ich, Judas, Sohn des Simon, lege euer eigenes Urteil auf euch. Widerruft unsere Abmachung!"

Noch immer rührte sich niemand. Die Verzweiflung schnürte mir die Kehle zu und nahm mir die Luft. Ich ertrank darin. Ertrank in Blutschuld.

„Ich habe einen Juden an die Heiden verraten!" Es war ein Aufschrei.

Hannas maß mich mit einem eiskalten Blick. „Das musst du selbst verantworten!"

„Darauf steht der Tod. Wer so etwas tut, zieht den Fluch des Höchsten auf sich – er hat kein Recht mehr, im Land unserer Väter zu wohnen. Wenn ihr das Gesetz so buchstäblich befolgt – dann müsst ihr mich töten!"

Hannas nickte jetzt einer Wache zu. Der Mann setzte sich in

Bewegung. „Wir haben dir nichts vorzuwerfen", sagte er seelenruhig. Die Wache trat an mich heran und ich empfing den Mann mit einem Fausthieb.

„Ihr!", schrie ich gellend und bohrte Hannas meinen Finger in die Brust. „Ihr habt ihn ebenso den Heiden ausgeliefert wie ich. Euch trifft derselbe Fluch wie mich!"

„Uns? Uns geht das nichts an." Hannas kniff die Augen zusammen. „Wir sind Kinder Abrahams. Was dich betrifft ... nun, du hast unterschrieben. Du hast die Anklage erhoben. Du kannst versuchen, uns die Schuld zuzuschieben. Aber es war allein deine Entscheidung."

Dann traf mich die Faust des Wachpostens im Gesicht und der Boden kam mir entgegen. Das Knirschen, als ich mit den Zähnen auf dem Marmorboden aufschlug, klang mir hohl in den Ohren. Ich versuchte, nach dem Mann zu treten, aber inzwischen war ein zweiter Wachposten bei uns. Die beiden packten mich bei den Schultern, schleiften mich durch den Tempel zum südlichen Tor und stießen mich die Stufen hinunter.

Es tat weh zu atmen. Es tat weh zu leben.

Sie hatten ihn an die Römer ausgeliefert, weil sie selbst kein Todesurteil vollstrecken durften.

Sie würden es so aussehen lassen, als sei es ein bedeutsames Ansinnen, ein ausgeklügelter Akt der Unterwerfung von ihrer Seite. Wie ein reicher Gönner, der eine Geliebte mit Geschenken zu besänftigen sucht, warfen sie ihnen den Meister hin, damit die Römer ihn für sie verurteilten.

Er hatte mich seinen „Freund" genannt. Aber ich war sein Ankläger geworden. Ein Satan.

Ich musste Wiedergutmachung leisten. Ich würde jedes denkbare Opfer bringen.

Aber wie konnte ich gerade den Priestern meine Opfergabe bringen, die sich gegen meinen Meister verschworen hatten? Wie konnte ich je wieder ein Opfertier in den Tempel bringen? Wie konnte ich Passah feiern, wenn man im Tempel die Passahlämmer schlachtete, während man meinen Meister aus der Stadt schleifte?

Wo war er jetzt, der Ewige?

Jedenfalls nicht bei den Priestern.

Nein. Bei ihnen gab es für mich nichts mehr zu erledigen.

Der einzige Gott, den ich kannte, war jetzt gerade im Kerker des Pilatus, bei meinem Meister. Bei dem Meister, den ich verklagt und seinen Feinden in die Hände gespielt hatte. Ich hatte den einzigen Menschen verraten, der mir jemals die Hoffnung gegeben hatte, er könne die Schuld meines Lebens von mir nehmen.

Aus der Ferne hörte man leisen Donner. Es klang wie das Hohngelächter des Himmels.

Noch einmal lungerte ich vor Pilatus' Palast herum in der verzweifelten Hoffnung, einen letzten Blick zu erhaschen. Ein Zahn war mir ausgefallen, zwei weitere waren locker. Meine Augen schwollen immer mehr zu und jeder tiefe Atemzug gab mir einen Stich in den Brustkorb. All das nahm ich undeutlich wahr, aber ich spürte es kaum.

Der Vormittag war halb vorbei und der Hof jetzt fast voll.

Ich schluchzte. Ein paar Leute, die mich erblickten, suchten eilig das Weite, um bloß nicht mit mir in Berührung zu kommen.

„Ein Aussätziger?", fragte jemand.

„Ja", sagte ich und blickte trotzig in die Menge. „Ich bin unrein." Der Albtraum, der mich mein ganzes Leben lang verfolgt hatte.

Sie wichen zurück, wie sich Wasser von Öl trennt. Ich gab ein leises Lachen von mir, das mir aber einen solchen Stich in die Seite versetzte, dass mir gleich wieder die Tränen kamen.

Ich wollte ihn. Ich wollte ihn wiederhaben. Das war alles, was ich ersehnte.

Ich versuchte zu beten. Zum ersten Mal, soweit ich mich erinnern konnte, war ein Tag vergangen, an dem ich das Schma nicht gesprochen hatte.

Höre, Israel, der Ewige ist unser Gott. Der Ewige ist einzig.

Einzig.

Als sie ihn schließlich herausbrachten, war er nichts als eine blutüberströmte Gestalt. Aber ich erkannte ihn, hätte ihn überall erkannt – an der Art, wie er sich bewegte, an seinem Gang, an den leicht schräg gestellten Augen, auch wenn sie jetzt so arg verschwollen waren.

Lasst mich seinen Platz einnehmen. Lasst mich sterben. Lasst ihn leben.

Hinter mich, Satan.

Sie hatten ihn verkleidet wie den König aus dem Würfelspiel der Soldaten. So stand er da, dieser einfache Handwerker aus Galiläa, neben dem mächtigsten Mann in Judäa.

Pilatus trat neben ihn an die Brüstung des Balkons. Nicht er, sondern der Meister trug den königlichen Purpur.

Pilatus wusch sich die Hände, sodass alle es sehen konnten. Ein Möchte-gern-König, der nichts tat und das Blutopfer des Mobs einfach akzeptierte. Wie leicht ihm das von der Hand ging. Und wie leicht auch den anderen – Zadok, den Priestern, den Mitgliedern des Hohen Rates, die ihn in der Nacht verhört und verurteilt hatten.

Als sie den Meister wegführten, fiel ich zu Boden und die Rufe: „*Bar Abbas! Bar Abbas!*“ gellten mir in den Ohren.

Es war das letzte Mal, dass ich ihn zu Gesicht bekam.

Ein Blick – zum letzten Mal. Damals der Kuss – zum letzten Mal.

Zu viele letzte Male.

45

Die Elite unter dem Hinrichtungskommando, nämlich die, die sich mit Kreuzigungen auskennen, ist vor dem Palast aufmarschiert. Pilatus bekommt sein Schauspiel, das jeden weiteren Gedanken an einen Aufstand im Keim ersticken wird.

Ein Teil von mir sagt: *Geh. Berühre ihn. Werde geheilt.*

Ich könnte mich weiter auf der Straße herumtreiben – hoffen, ein Wort oder einen Blick von ihm aufzuschnappen. Irgendetwas, für einen flüchtigen Moment.

Aber es würde nicht genügen.

Weiß er, dass ich ihn geliebt habe, dass ich ihn noch immer liebe?

Er hat mir die Füße gewaschen …

Und ich habe ihn umgebracht.

Was gäbe ich darum, ein Zöllner zu sein.

Ein Samaritaner.

Selbst ein römischer Hund.

46

Je näher man dem Hinnom-Tal kommt, umso spärlicher werden die Zelte der Pilger, bis man sie schließlich ganz hinter sich gelassen hat. Dort brennt Tag und Nacht der Unrat, ein beständiges Schwelen, ein ewiges Feuer.

Ein paar Bäume wachsen dort, vor allem Olivenbäume, stark und knorrig.

Das Seil ist fest und ich habe die Schlinge sorgfältig geknüpft. Ich habe sie mit jedem einzelnen Jahr meines Lebens enger gezogen.

Ich ringe um Luft, aber da ist nichts, nur dieses Rauschen neben mir, wie von Wasser. Ich bin wieder am Jordan und in den trüben Fluten steht Johannes und deutet mit dem Finger auf ihn.

Seht, das Lamm Gottes.

Hosianna. Gott, hilf doch. Erlöse uns.

Sie werden sagen, ich hätte ihn verraten, hätte ihn verschachert um dreißig Silberschekel. Sie werden sagen, ich sei geldgierig. Ich hätte meinem Meister den Krieg erklärt. Sie wissen nicht, dass ich sterbe, weil es mir das Herz brach. Aus Reue …

Aus Liebe.

Sie kannten mich nicht und ihn haben sie auch nicht gekannt. Wussten nicht, wie er uns mit seiner Barmherzigkeit schockiert hat. Damit, dass er sich weigerte, einem Volk eine neue Ordnung zu geben, und es vorzog, stattdessen einzelne Menschen zu erneuern und ihnen ihre Würde zurückzugeben.

Sie haben ihn einen Wahnsinnigen genannt. Einen Lügner. Aber ich weiß jetzt, was er für mich ist: das Antlitz Gottes. Eines Gottes, der uns nicht von den Römern rettet …

Aber vor uns selbst.

Der Gedanke durchfährt mich wie ein Ruck. Das Seil zieht sich enger. Ich würde nach Luft schnappen, wenn ich könnte, vor Erstaunen. Denn ah … jetzt *sehe* ich.

Ich bin der Leprakranke. Der Besessene. Ich war der vor Angst Gelähmte, *ich* war der Blinde.

Die Hure, der Tote im Grab.

Ich. All das bin ich.

Ich, der ihn verleugnet und seinen Feinden ausgeliefert hat. Ich, der mit ihm stirbt. Bis ans Ende der Zeiten wird mein Name immer nur eins bedeuten: „Verräter." Aber er hat seine Feinde geliebt.

Er hat mich geliebt.

Die Sonne sinkt. Sie hat den Goldglanz des beginnenden Sabbats über das Tal gelegt. Niemand weiß, dass ich hier bin. Also wird sich niemand um meinen Leichnam kümmern. Mein Magen, widerspenstig bis zum Schluss, will sich umdrehen.

Über mir lichten sich die Wolkenfetzen und verschwimmen mit der einsetzenden Dämmerung. Bald werden die Sterne erscheinen und den Beginn des Festes anzeigen. Die Sterne, die mein Meister so gern betrachtet hat – mit dem Blick des Ewigen selbst.

Es ist warm für die Jahreszeit.

Das Passahfest wird schön werden.

Nachbemerkung der Autorin

Ungefähr ein Jahr lang bin ich vor dem Stoff dieses Buches davongelaufen. Erst dann habe ich es hier und da gegenüber Freunden erwähnt, dann auch gegenüber meiner Agentin – und auch das nur als vage Möglichkeit. Anders als bei *Havah: The Story of Eve* wusste ich diesmal, worauf ich mich da einlassen würde. Und wenn ich darüber sprach, tat ich es in der sicheren Erwartung (und heimlichen Hoffnung), man würde mir die Sache ausreden. Aber das geschah nicht. Ein weiteres Jahr später musste ich mir eingestehen, dass das Thema in meiner schriftstellerischen Fantasie bereits keimte und spross und in meinem Herzen inzwischen fest verwurzelt war. Ich war erschrocken. Und fasziniert.

Für die nächsten drei Jahre bestand meine intellektuelle und spirituelle Gralssuche darin, mehr über das Leben von Judas herauszufinden. Dabei ging ich von einer Grundannahme aus: Wer in die Irre geht, tut das, weil er einen Sinn darin sieht. Niemand nimmt sich einfach vor, etwas Entsetzliches zu tun. In jeder Geschichte gibt es immer mehr als nur eine Seite der Wahrheit. Es *muss* mehr geben.

Und es gibt auch tatsächlich mehr.

Nach einer ersten Rechercheréise nach Israel arbeitete ich mich durch eine Bibliothek von mehr als 100 Büchern, Dokumentationen, Vorträgen, Kommentaren, Predigten und sonstigen Artikeln. Unschätzbar wertvoll waren für mich vor allem:

The New Complete Works of Josephus, William Whiston, trans. (Kregel, 1999); *The History of the Jewish People in the Age of Jesus Christ,* Vols. I und II, Emil Schürer (T. & T. Clark, 1979); *Bandits, Prophets and Messiahs,* Richard A. Horsley (Trinity Press International, 1999) and *Judas: Betrayer or Friend of*

Jesus?, William Klassen (Fortress Press, 2005).* Und natürlich die Unterstützung durch ein Team von Experten – besonders Dr. Jow Cathey und Randy Ingermanson –, die mich auf dieser Suche begleitet haben.

Fasziniert war ich von den zeitgeschichtlichen Umständen, in denen Jesus lebte – die römische Besatzung und Unterdrückung, unter der Israel stöhnte und nach Freiheit seufzte. Nach Erlösung. Mit großem Interesse studierte ich, wie Judas im Verlauf der Evangelienschreibung immer negativer gezeichnet wird. Der Reichtum der Gleichnisse Jesu und die Vielzahl historischer Ereignisse, auf die die Evangelien verweisen, zogen mich in ihren Bann – und entsprachen auch meinem eigenen Bedürfnis, in meiner Darstellung *exakt* zu sein, egal, worum es geht. Und so suchte ich durch das Objektiv der Geschichte und zahllose Schichten von Dogmen hindurch ein Gesamtbild zu gewinnen.

Und natürlich hatte die Hauptfigur es mir angetan: die Person – und das Rätsel – des Judas, des einzigen Jüngers, den Jesus „Freund“ genannt hat.

Was bedeutete sein Name: Iskariot? Konnte man ihn dem hebräischen Wort für „verschlagener Mensch“ zuordnen? Ist er eine Anspielung auf die „Dolchträger“, die Sikarier – eine extremistische

---

* Weitere wichtige Bände sind u. a.: *Rabbi Jesus*, Bruce Chilton (Image Books, 2000); *Jerusalem in the Time of Jesus*, Joachim Jeremias (Fortress Press, 1969); [dt. Orignialausgabe: *Jerusalem zur Zeit Jesu: Eine kulturgeschichtliche Untersuchung zur neutestamentlichen Zeitgeschichte*/Joachim Jeremias (Vandenhoeck & Ruprecht, Göttingen, 3. Aufl. 1963); *Who Was Jesus?*, N. T. Wright (William B. Eerdmans, 1992); *Judas: A Biography*, Susan Gubar (W. W. Norton & Co., 2009); *Where Christianity Was Born*, Hershel Shanks, ed. (Biblical Archeology Society, 2006); *What Jesus Meant*, Garry Wills (Penguin, 2007); *The Jewish Study Bible* (Oxford University Press, 1999). Außerdem: Amy-Jill Levins Vorlesungen über Große Gestalten des Neuen Testaments, Bart Ehrmans neutestamentliche Vorträge, Isaiah M. Gafni über die Anfänge des Judaismus und Shai Cherry's *Introduction to Judaism* (The Teaching Company, 2002, 2000, 2008, and 2004).
Eine vollständigere Liste meiner Referenzbibliothek findet sich auf meiner Website:
toscalee.com

Gruppe von Zeloten, die besonders in den Jahren vor der großen Revolte 66-70 n. Chr. auftrat? Oder ist er – wie ich hier annehme – abgeleitet von Isch-Kerioth, „Mann aus Kerioth"? Über seine Familie, Kindheit und Jugend wissen wir wenig – nur, dass der Name seines Vaters Simon war. War er ein glühender Patriot? Ein Jünger, der vom Auftreten seines Meisters enttäuscht war? Oder einfach ein Mann, der ebenso irritiert war wie andere aus dem Kreis der Jünger – und ebenso anfällig für ein Scheitern? War er vielleicht, wie manche Forscher vorschlagen, ein Priester und hatte Zutritt zum Priesterhof im Tempel – oder sogar selbst Pharisäer?

Das Johannesevangelium berichtet, dass der Satan von Judas Besitz ergriff. Ist das wörtlich zu verstehen, war er also besessen – oder verkörpert er mit seinem Auftreten vor dem Hohen Rat das Wesen des Satans – des Anklägers? Was unterschied ihn von Petrus, den Jesus in Cäsarea Philippi „Satan" nennt?

Was genau bedeutet das griechische *paradidonai*, das meist mit „verraten" übersetzt wird, genauer aber „ausliefern, übergeben, preisgeben" meint? Wenn Jesus beim letzten Passahmahl ankündigt, einer der Jünger werde ihn verraten, warum sollte Judas offen fragen: „Bin ich es, Herr?" und später bis zum Selbstmord daran verzweifeln, wenn er seinen Meister wissentlich dem Tod überliefert hätte?

Welche Bedeutung haben die dreißig Silberlinge – höchstwahrscheinlich dreißig tyrische Schekel? Ist die Erwähnung dieser Summe in Sacharja 11 eine ironische Warnung an die ursprünglichen Hörer oder eine echte Vorahnung, dass sich ein solcher Verrat einmal ereignen wird?

Und war Judas der eigentliche oder einzige Verräter – oder nicht vielmehr einer von vielen: den Priestern, den Römern, dem Mob, der ihn seinem Schicksal preisgab? Und wenn man bedenkt, was uns letztlich aus den Folgen der Tat des Judas an Segen zufließt – sind wir dann vielleicht alle Komplizen? Das zumindest gibt Susan Gubar in ihrem Buch *Judas: A Biography* zu bedenken.

Auch der Bericht über seinen Tod gibt Rätsel auf. Erhängte er sich an einem Strick, wie man herkömmlich annimmt? Oder so, wie jemand an einem Kreuz „hängt" – oder, wie in biblischen Zeiten üblich, durch eine Pfählung? Was besagt die Bemerkung in der Apostelgeschichte, nach der Judas herabstürzte, sodass sein Leib zerbarst und die Eingeweide heraustraten? Widersprechen sich diese Berichte – oder ergänzen sie sich?

Wird Judas durch die Tat, die sein Leben beendet, zum Verfluchten? Hat Judas, der selbst keine Hoffnung auf Vergebung mehr hatte, deswegen auch keine Vergebung erfahren? Kann das Werkzeug des göttlichen Willens von der Heilstat, die es herbeizuführen half, ausgeschlossen werden ... und wenn ja, wer hätte dann den höheren Preis bezahlt? Oder darf man sich vorstellen, dass die Gnade derartige Grenzen nicht kennt?

In meinem Ringen mit all diesen Fragen (und jeder, der mich ein wenig kennt, weiß: Ich stelle zu viele Fragen) und mit unterschiedlichen religiösen Vorstellungen, mit Gesetzlichkeit, persönlichen Sackgassen und spirituellem Scheitern, geschah es mir immer wieder: Ich erkannte mich selbst in Judas – und manchmal nur allzu gut.

Als es an das Schreiben ging, freute ich mich unter anderem am meisten darauf, dass es mir Gelegenheit gab, in die Haut eines Menschen zu schlüpfen, der Jesus aus nächster Nähe gekannt hat. Ich würde also selbst praktisch neben ihm sitzen. Und deswegen ist dies schließlich ebenso sehr ein Buch über Judas wie ein Buch über Jesus.

Dieser Jesus hat mich in gleichem Maße in seinen Bann gezogen wie schockiert. Ein Mann, dem die Reinheitsvorschriften der feinen Gesellschaft weniger bedeuteten als die Menschen, die eben diese Vorschriften zu Outcasts machten. Ein radikaler Prediger, der die aufrührerische Botschaft von einem anderen als dem Römischen „Reich" verkündete und einen anderen „Sohn Gottes" nannte als den römischen Kaiser. So etwas zieht durch die Geschichte hindurch in der Regel rasche und unwiderrufliche Konsequenzen nach sich. Ein Mann, der für die Unterdrückten aufstand, ohne die Unterdrücker zu verdammen; einer, dem es mehr darum ging, Einzelne zu heilen und ihnen ihre Würde zurückzugeben, als einem Volk eine politische Erlösung zu bescheren. Ein Mann, der – durch das Objektiv der Geschichte betrachtet – höchst gefährlich war.

Ich bekam einen neuen Blick für diese paradoxe Gestalt. Für einen Mann, der Gefühle zuließ. Einen unberechenbaren Menschen, der Anstoß erregte – und in nichts den sanft-süßlichen Jesusgemälden glich, mit denen ich aufgewachsen bin. Jemand, der sich nicht lenken ließ. Ein Mann, so unzähmbar wie Gott selbst.

Nach anderthalb Jahren Recherche griff ich zu meinen Notizen und begann zu schreiben. Es war der Versuch, die angespannte Atmosphäre einzufangen, die Jesus umgab, die historische Bühne zu gestalten, die er betrat, als seine öffentliche Mission begann, die politischen und theologischen Bedeutungsebenen seines Handelns zu erfassen und symbolische Bezüge freizulegen, die uns heute nicht mehr zugänglich sind.

In ihrem ersten Entwurf war die Geschichte dreimal so lang wie das Buch, das nun daraus geworden ist. Ich hatte viele Seiten mit verwickelten Details gefüllt, um die historisch Interessierten ebenso zufriedenzustellen wie die Freunde der Theologie. Aber darüber hatte ich irgendwo das Wichtigste aus den Augen verloren: den Herzton der Geschichte von Judas und Jesus.

Ich erinnerte mich an meinen anfänglichen Besuch in Israel. Ich hatte am Ufer des Sees Genezareth gestanden, in der Synagoge von Kapernaum gesessen, hatte die historische Bühne vor mir gesehen. Ich hatte so viel gelernt. Aber als ich schließlich nach Jerusalem kam, wurde mir das alles aus den Händen geschlagen. Während ich an jenem Tag zum Felsendom hochstieg, vor mir am Horizont Türme und Kuppeln, Moscheen und Tempelmauer, die zum Himmel aufragten wie Hände, die sich nach Gott ausstreckten, wurde mir etwas klar: Ich hatte nicht einen einzigen Augenblick lang etwas vom *Geheimnis* erlebt. Ich setzte den Weg hinauf zur Moschee fort und kämpfte mit den Tränen. Um mich abzulenken, blieb ich stehen und gab einer Bettlerin ein paar Schekel. Sie ergriff meine Hand mit beiden Händen und ich fiel beinahe auf die Knie. *Hier* war Gott. Und ich wusste ohne jeden Zweifel: Ich hatte die weite Reise nach Israel nur zu einem Zweck gemacht: um diese Hand zu halten.

Am Ende habe ich also historische Details, die drei Doktorarbeiten füllen könnten, wieder hinausgeworfen und bin auf das Geheimnis zurückgekommen. Es mag sein, dass ich auch von dem verworfenen Material irgendwann einmal etwas veröffentliche. Aber bis dahin ist dies das Wesentliche ... eine Geschichte von göttlicher Liebe und von menschlicher Liebe – eine Geschichte von dir und mir.

Sela. Tosca.